À Margem do Lago

SARA GRUEN

À MARGEM DO LAGO

Tradução:
ANA CAROLINA MESQUITA

1ª edição

BERTRAND BRASIL
Rio de Janeiro | 2016

Título original: *At the Water's Edge*

Capa: Carolina Vaz

Texto revisado segundo o novo
Acordo Ortográfico da Língua Portuguesa

2016
Impresso no Brasil
Printed in Brazil

CIP-BRASIL. CATALOGAÇÃO NA PUBLICAÇÃO
SINDICATO NACIONAL DOS EDITORES DE LIVROS, RJ

G933m

Gruen, Sara, 1969-
À margem do lago / Sara Gruen; tradução: Ana Carolina Mesquita. - 1ª ed.
- Rio de Janeiro: Bertrand Brasil, 2016.
23 cm

Tradução de: At the water's edge

ISBN 978-85-286-2050-4

1. Ficção canadense. I. Mesquita, Ana Carolina. II. Título.

16-29690

CDD: 819.13
CDU: 821.111(71)-3

EDITORA BERTRAND BRASIL LTDA.
Rua Argentina, 171 - 2o andar - São Cristóvão
20921-380 — Rio de Janeiro — RJ
Tel.: (0xx21) 2585-2076 - Fax: (0xx21) 2585-2084

Atendimento e venda direta ao leitor:
mdireto@record.com.br ou (0xx21) 2585-2002

Para Bob,

'S tusa gràdh mo bheatha

One Crow for sorrow,
Two Crows for mirth,
Three Crows for a wedding,
Four Crows for a birth,
Five Crows for silver,
Six Crows for gold,
Seven for a secret, never to be told.[1]

Um corvo é o pesar,
Dois, a alegria,
Três, um casamento
Quatro, um bebê viria
Cinco são prata
Seis, ouro a chegar
Sete corvos, um segredo
que nunca irá se revelar.

---

[1] Esta é uma rima tradicional da língua inglesa que possui diversas variações e é quase sempre cantada. Por vezes, o animal que traz o augúrio não é o corvo, e sim uma espécie de pardal. (*N. da T.*)

Prólogo

Drumnadrochit, 28 de fevereiro de 1942

AGNES MÀIRI GRANT,
FILHA RECÉM-NASCIDA DE ANGUS E MÀIRI GRANT
14 DE JANEIRO DE 1942

CAPT. ANGUS DUNCAN GRANT,
AMADO ESPOSO DE MÀIRI
2 DE ABRIL DE 1909–DE JANEIRO DE 1942

A pedra tumular era modesta e talhada em granito, uma das poucas coisas que nunca faltavam em Glenurquhart, mesmo naqueles tempos de precariedade.

Màiri visitava todos os dias o montinho de terra que cobria o caixão de sua filha, observando-o se achatar. Archie, o Marmoreiro, dissera que, com o chão daquele jeito, tão gelado e endurecido, podia levar meses até que eles conseguissem colocar a pedra tumular, mas o caixão era tão pequenino que em poucas semanas o monte se nivelou.

A pedra nem bem estava colocada quando Màiri recebeu o telegrama com a notícia sobre Angus, e, então, Archie foi obrigado a retirá-la de novo. Ele queria esperar até confirmarem a data da morte, mas Màiri precisava que o serviço fosse feito imediatamente para ter um local onde pudesse lamentar a morte dos dois ao mesmo tempo, e Archie não pôde dizer não a ela. Talhou o nome de Angus embaixo do da filha, deixando espaço para acrescentar o dia exato da morte dele quando o soubessem. Um acréscimo para compensar uma ausência, já que Angus — ao contrário da bebezinha — não estava ali embaixo e quase certamente jamais estaria.

Só estavam os dois no cemitério da igreja quando Archie recolocou a pedra sobre o túmulo. Era um homem forte para carregar uma peça de granito daquele jeito.

Uma sombra cobriu Màiri, e ela olhou para cima. Alto no céu, um corvo solitário sobrevoava os túmulos em círculos, pairando como se não batesse as asas em momento algum.

Um corvo é o pesar,

A ele juntou-se mais um, e depois mais dois.

Dois, a alegria,

Três, um casamento

Quatro, um bebê viria

Archie tirou o chapéu e o apertou entre as mãos.

— Se eu e Morag pudermos ajudar em alguma coisa, qualquer coisa mesmo...

Màiri tentou sorrir, mas só conseguiu soltar um soluço semicontido. Tirou um lenço do bolso e o pressionou contra a boca.

Archie parou, como se quisesse falar mais alguma coisa. Acabou recolocando o chapéu na cabeça e dizendo:

— Certo, então; até mais.

Assentiu com firmeza e voltou com passos pesados para seu furgão.

Foi Willie Carteiro que entregou o telegrama — nada mais, nada menos que no Dia de São Valentim, exatamente um mês depois do parto. Màiri estava atrás do balcão do bar tirando uma cerveja quando Anna chegou, pálida, e sussurrou que Willie estava nos degraus da entrada, mas que não queria entrar. Como Willie era um cliente habitual, Màiri já soube de tudo ali mesmo, naquele exato momento, antes sequer de aproximar-se da porta e ver o seu rosto. Os olhos sob o boné fitaram os dela, depois se abaixaram para o envelope que ele trazia nas mãos. O homem o revirou umas duas vezes, como se em dúvida de entregá-lo, como se *não* entregá-lo pudesse, quem sabe, fazer com que a notícia contida ali dentro deixasse de ser verdadeira. O vento sacudiu o envelope duas vezes, balançando-o para um lado e para o outro. Quando ele finalmente o entregou para Màiri, foi com o mesmo cuidado com que lhe ofereceria um pintinho recém-saído de um ovo. Ela abriu o envelope, endireitou-o e correu os olhos pela data carimbada de azul — 14 de fevereiro de 1942 — pelo próprio Willie há menos de meia hora, e então

SRA MAIRI GRANT HIGH ROAD DRUM 6 INVERNESS-SHIRE SENTIMOS MUITO INFORMAR QUE SEU MARIDO CAP ANGUS D GRANT SEAFORTH HRS 4TO BTL 179994 ESTA DESAPARECIDO PROV MORTO EM SERVIÇO 1 JAN 1942 CARTA COM DETALHES EM BREVE

Ela só absorveu três coisas: Angus, morto, a data. E isso foi o bastante.

— Sinto muito, Màiri — disse Willie, quase num sussurro. — Principalmente por isso ter acontecido tão perto da... — A frase ficou por terminar. Ele piscou e baixou os olhos, parando-os brevemente sobre a barriga dela antes de voltar a olhar para as próprias mãos.

Màiri não conseguiu dizer nada. Fechou a porta sem fazer barulho, passou pelos clientes silenciosos e entrou na cozinha. Ali se encostou junto à parede, segurando, com uma mão, o útero vazio e, com a outra, o papel que trazia a morte de Angus. Sim, parecia isso mesmo, um papel trazendo a morte dele, e não simplesmente a notícia do ocorrido. Ele já estava morto há mais de seis semanas sem ela saber de nada.

Entre o momento da chegada do telegrama e a recolocação da pedra tumular com o nome de Angus talhado, Màiri se pôs a culpar Willie. Por que ele tinha escolhido entregar o telegrama? Ela notara a hesitação do homem. Ele poderia ter sido cúmplice no que seria chamado, na pior das hipóteses, de mentira por omissão, principalmente se isso significasse a Màiri continuar acreditando que, em algum lugar, Angus ainda estava vivo. Mesmo que ele estivesse fazendo coisas que ela não conseguiria compreender, coisas capazes de transformá-lo do mesmo terrível modo como os homens que voltaram para casa haviam sido transformados, mesmo assim ela acreditava que Angus estava vivo e que então poderia ser curado, pois, quando ele voltasse para casa, certamente nada seria capaz de fazer com que ela deixasse de amá-lo.

Eles tinham mentido para ela quanto ao bebê e ela relevara.

Desde o primeiro momento em que sentiu o bebê se mexer, estivera plenamente ciente de cada um de seus movimentos. Durante meses, assistira maravilhada aos montinhos que surgiam em sua barriga, empurrando-a — um cotovelo ou talvez um joelho —, uma força subterrânea que modificava constantemente a paisagem da sua carne. Seria um menino ou uma menininha? Seja lá o que fosse, já tinha personalidade forte. Lembrou-se de quando percebeu que fazia horas que não sentia o bebê se mexer, justamente no dia de Hogmanay. À meia-noite, no exato momento em que Ian Mackintosh começou a tocar em sua gaita de foles o primeiro acorde de "Auld Lang Syne" [2] e segundos antes de ouvir os tiros correspondentes ao fim do ano vindos da casa de Donnie Maclean, Màiri começou a cutucar a barriga tentando acordar o bebê, pois haviam dito a ela que os bebês dormiam ali dentro. Màiri berrou com o bebê, gritou com ele e por fim abraçou a barriga e chorou. Treze dias depois, as dores começaram.

Suas lembranças do parto eram vagas, pois a parteira lhe dera um chá amargo misturado com narcótico, e o médico cobria-lhe o nariz e a boca com um lenço embebido em éter a intervalos regulares — e, no fim, optou por desacordá-la completamente. Disseram-lhe que a

---

[2] A palavra escocesa Hogmanay designa o último dia do ano ou as comemorações do Ano-Novo. Talvez suas origens sejam a celebração do solstício de inverno entre o povo gaélico. O costume de as pessoas cantarem nesse dia "Auld Lang Syne" (um poema de Robert Burns baseado em narrativas populares) em círculo, com os braços dados cruzados, é comum na Escócia. (*N da T.*)

bebê viveu alguns minutos, o bastante para ser batizada. A mentira deles se tornou a mentira dela, e foi talhada na pedra. A verdade, entretanto, é que muito provavelmente ela perdera a filha e o marido no mesmo dia.

A carta prometida nunca chegou. Onde ele teria morrido? *Como* teria morrido? Sem os detalhes horrendos, Màiri contava apenas com a sua imaginação — sua terrível imaginação —, e, por mais que se esforçasse para não pensar em como teriam sido os últimos momentos do marido, ela os imaginava, com precisão distinta e torturante, e de um milhão de maneiras diferentes. Por favor, Deus, tomara que de fato tenham sido apenas momentos, e não horas ou dias.

O bando de corvos desceu num esvoaçar ruidoso e pousou em fila sobre o muro de pedra, uns achegados aos outros, as penas negro-azuladas eriçadas, as cabeças enfiadas para dentro do corpo, como se tivessem puxado para cima a gola de seus casacos. Encaravam cheios de acusação, de tristeza, mas sem os comentários habituais. Màiri contou-os duas vezes.

Sete corvos, um segredo

Que nunca irá se revelar.

Soube, então, que jamais saberia dos detalhes, jamais viria a saber o que acontecera.

Um vento de gelar os ossos agitou as folhas caídas até elas formarem rodamoinhos que dançaram por entre os túmulos. Màiri se agachou e, com o dedo, escreveu o nome da filha e do marido na pedra negra.

Agnes.

Angus.

Na parte inferior, um terço da pedra ainda estava em branco. Havia espaço para mais um nome, mais um conjunto de datas — e estas seriam exatas.

Ela se levantou sem desviar o olhar da pedra tumular. Enxugou os olhos e o nariz com o lenço e continuou segurando-o enquanto abraçava o próprio corpo e atravessava o portão de ferro negro, deixando-o aberto, balançando, após sua passagem. Seguiu na direção da hospedaria, mas, ao chegar ao cruzamento, virou à esquerda em vez de continuar em frente.

Uma neve fina começou a cair, mas, apesar de a cabeça e as pernas estarem descobertas, Màiri passou reto pelo sítio dos Farquhars. Teria sido bem-recebida ali, e também no sítio dos McKenzies, onde viu o brilho alaranjado do fogo da lareira pela janela, mas seguiu em frente, batendo os dentes, as mãos e as canelas dormentes.

Por fim, o castelo surgiu à sua esquerda, as majestosas ameias em ruínas assemelhando-se mais a dentes quebrados recortados contra o céu cor de chumbo. Ela havia brincado entre aquelas muralhas quando criança e sabia quantos cômodos ainda estavam de pé, onde era preciso cautela antes de pisar, onde eram os melhores esconderijos e quais os lugares preferidos pelos casais de namorados. Ela mesma e Angus tinham sido um deles.

Agora a neve caía mais pesadamente, em nacos que se juntavam e derretiam em seus cabelos. As orelhas tinham parado de doer. Màiri puxou as mangas do casaco por cima das mãos geladas e fechou-as com os dedos, protegendo-se. Passou pela guarita, pela olaria, pela grama alta e os mirrados arbustos, samambaias e cardos, e seguiu até o portão que levava ao lago.

Parou no alto e ficou olhando para a escuridão das águas. Milhares de cristas espumosas dançavam em sua superfície, parecendo mover-se na direção contrária à da corrente sob elas. Dizia-se que aquele lago continha mais água do que qualquer outro corpo d'água, não só da Escócia, mas também da Inglaterra e do País de Gales juntos, e que abrigava outras coisas também. A vida inteira Màiri fora advertida a manter distância do lago, pois a profundeza dele chegava num repente, a frieza era impiedosa e o Kelpie[3] estava sempre à espreita.

Ela desceu a encosta pela lateral, liberando os dedos gelados das mangas para segurarem a barra do seu casaco.

---

[3] Espírito aquático do folclore celta que costuma assumir a forma de um cavalo pequeno (ou pônei) ou, às vezes, de um ser humano. (*N. da T.*)

Quando chegou à margem, a água lambeu-lhe as solas dos sapatos. A beira do lago parecia sedutoramente rasa, deslizando num ir e vir sobre o cascalho. Ela deu um passo à frente e soltou um murmúrio abafado quando a água inundou seus sapatos, tão fria, tão fria, e entretanto nunca havia se congelado, nem uma única vez em toda a história já registrada. Novo passo, novo murmúrio abafado. Pedacinhos de turfa giravam nas águas ao redor dos tornozelos de Màiri, rodeando-lhe as pernas, incitando-a a ir em frente. Outro passo, e dessa vez ela cambaleou, ao afundar até a altura dos joelhos. Seu casaco de lã flutuava, um absurdo guarda-chuva, primeiro oferecendo resistência e, em seguida, encharcando-se e puxando-a para o fundo. Ela olhou para a margem às suas costas, subitamente desesperada. Se tivesse um chapéu, poderia atirá-lo nos arbustos espinhosos. Se estivesse com alguma peça que flutuasse, talvez pensassem que fora um acidente e a enterrassem junto à filha. Talvez achassem que o Kelpie a levara. Então, lembrou-se de que o lago nunca devolvia seus mortos, e abriu bem os braços e deixou que ele a envolvesse.

Capítulo Um

Terras Altas da Escócia, 14 de janeiro de 1945

— Pelo amor de Deus, faça ele parar! — falei, enquanto o carro realizava mais uma curva em meio à escuridão quase total.

Fazia quase quatro horas que havíamos partido da base naval em Aultbea e, desde então, seguíamos de posto de controle em posto de controle. Acredito piamente que essas foram as únicas vezes em que o motorista usou os freios. No último posto, eu estava tão enjoada que quase vomitei em cima das botas do guarda. Ele nem se deu ao trabalho de verificar os documentos, apenas ergueu o bastão vermelho e branco e fez sinal para passarmos com uma cara de nojo.

— Motorista! Pare no acostamento! — ordenou Ellis, que estava espremido no banco de trás entre mim e Hank.

— Bom, acho que aqui não existe "acostamento" — retrucou o motorista com um forte sotaque escocês, enrolando os Rs de um jeito magnífico, e parou o carro no meio da estrada.

Era verdade. Se eu saísse do carro, afundaria até os tornozelos na lama e na vegetação espinhosa — não que isso fosse arruinar ainda mais minhas roupas e sapatos. Eu estava coberta de enxofre, cordite e do fedor do medo da cabeça aos pés. Minhas meias-calças não passavam agora de teias de aranha enroladas em minhas pernas, e minhas unhas vermelhas estavam lascadas e quebradas. Não arrumava os cabelos desde a véspera de nossa partida do porto na Filadélfia. Jamais ficara em tal estado em toda a minha vida.

Entreabri a porta e vomitei enquanto Ellis afagava minhas costas. Neve molhada se acumulou no topo da minha cabeça.

Tornei a me sentar e fechei a porta.

— Desculpem. Já terminei. Seria possível tirar essas coisas dos faróis? Creio que eu me sentiria melhor se pudesse enxergar o que está à nossa frente. — Eu me referia às placas de metal cheias de ranhuras que o motorista caolho prendera sobre os faróis do carro antes de deixarmos a base. Graças a elas, a visibilidade limitava-se a apenas cerca de um metro à frente.

— Não posso — respondeu ele, num tom jovial. — É por causa do Blecaute. — Quando voltou a trocar as marchas, minha cabeça balançou para a frente e para trás. Inclinei-me e escondi o rosto entre as mãos.

Ellis deu um tapinha no meu ombro.

— Estamos quase chegando. Acha que ajudaria um pouco de ar fresco?

Aprumei o corpo e deixei a cabeça cair sobre a parte de trás do assento de couro rasgado. Ellis esticou o braço e abriu uma fresta na janela. Eu, então, virei o rosto em direção ao vento frio e fechei os olhos.

— Hank, será que você poderia, *por favor*, apagar esse cigarro?

Ele não respondeu nada, mas um assovio de ar gelado me disse que ele jogara o cigarro pela janela.

— Obrigada — falei, com voz fraca.

Vinte minutos depois, quando finalmente o carro parou e o motorista desligou o motor, o meu desespero para pisar no chão firme era tanto que saí antes mesmo de o homem abrir a própria porta, que dirá a minha. Caí de joelhos.

— Maddie! — exclamou Ellis, alarmado.

— Está tudo bem — tranquilizei-o.

Uma nuvem passava apressada sobre a lua quase cheia e, graças à sua luz, pude pousar os olhos pela primeira vez em nosso improvável destino.

Levantei-me e me afastei do carro, achando que poderia enjoar novamente. Minhas pernas me impulsionaram na direção do prédio, que girava cada vez mais rápido. Trombei com a parede e, em seguida, deslizei por ela até ficar agachada.

À distância, uma ovelha baliu.

Dizer que eu preferiria não estar ali seria um eufemismo ridículo, mas até então eu havia tido a ilusão de que fora uma escolha.

Precisamos fazer isso, dissera Hank. *Por Ellis.*

Recusar seria o equivalente a uma traição, um ato de crueldade deliberada. E assim, devido à guerra entre meu marido e o pai dele e à obsessão insana de ambos com um monstro mítico, nós havíamos atravessado o Atlântico — enquanto um maluco real, um monstro verdadeiro, tentava dominar o mundo por motivos orgulhosos e egoístas.

Eu faria qualquer coisa para voltar duas semanas no tempo, no momento do início da festa de Ano-Novo, e reescrever a história de maneira completamente diferente.

Capítulo Dois

Rittenhouse Square, Filadélfia, 31 de dezembro de 1944

— *Cinco! Quatro! Três! Dois!*

A palavra "um" já tinha se formado em nossos lábios, mas, antes que pudesse escapar deles, ouvimos uma explosão lá em cima. Os gritos foram aumentando de volume ao redor e eu me apoiei em Ellis, derrubando champanhe em nós dois. Ele protegeu minha cabeça com um braço e não deixou nem uma gota cair da própria taça.

Quando os gritos cessaram, ouvi um tilintar lá no alto, semelhante ao de vidro se quebrando, e também um gemido agourento. Aninhada ao peito de Ellis, arrisquei um olhar para saber o que era.

— Mas que diabo...? — exclamou Hank, sem a menor surpresa. Acho que ele tinha sido a única pessoa no salão que não pulara de susto.

Todos os olhares se voltaram para cima. A dez metros de altura, um gigantesco lustre oscilava em sua corrente de elos prateados, lançando prismas cintilantes pelas paredes e pelo chão. Parecia que um arco-íris havia explodido em um milhão de pedacinhos que agora dançavam pelo mármore, pelas sedas, pelo damasco. Observamos, hipnotizados. Olhei nervosamente para o rosto de Ellis e, em seguida, mais uma vez para o teto.

Uma rolha gigantesca aterrissou ao lado do general Pew, nosso anfitrião naquela que com certeza era a festa mais esperada do ano, quicando cheia de espalhafato como um cogumelo inchado. Um átimo de segundo depois, um cristal solitário, do tamanho de um ovo de codorna, despencou do alto, caindo em cheio no coquetel dele e quase esvaziando sua taça. O general ficou olhando aquilo, entre divertido e embriagado, e, em seguida, calmamente sacou seu lenço e enxugou o paletó.

Enquanto todos caíam na gargalhada, notei um lacaio de calções antiquados encarapitado no penúltimo degrau de uma escada dobrável, pálido, imóvel, esforçando-se para segurar a maior garrafa de champanhe que eu já tinha visto na vida. Na mesa de mármore à sua frente havia uma pilha de taças elaborada de tal modo que, se alguém servisse champanhe continuamente na primeira, todas as demais acabariam se enchendo também. Enquanto um fluxo de borbulhas cascateava pelas laterais da garrafa e empapava as mangas do lacaio, ele olhava horrorizado, lívido, para o Sr. Pew.

Hank percebeu a situação e aparentemente sentiu pena do homem. Ergueu a taça e, com a outra mão, fez um floreio elegante de apresentador de circo, exclamando com voz ribombante:

— *Um! Feliz Ano-Novo!*

A orquestra desembestou a tocar "Auld Lang Syne". Usando sua taça vazia, o general Pew se pôs a regê-la como um maestro, enquanto, ao seu lado, a Sra. Pew não parava de sorrir — a festa dela não só era um sucesso estrondoso, como também agora tinha um episódio cômico sobre o qual as pessoas falariam anos a fio.

Should auld acquaintance be forgot, and never brought to mind
Should auld acquaintance be forgot, and old lang syne...[4]

Quem conhecia a letra da música cantava a plenos pulmões. Eu havia refrescado a memória durante a tarde justamente para me preparar para aquele grande momento, mas, quando a rolha bateu no cristal, a

[4] Em tradução livre: "Deveriam ser esquecidos os velhos conhecidos e nunca relembrados?/Deveriam ser esquecidos os velhos conhecidos, e os velhos tempos?" (*N. da T.*)

letra sumiu do meu cérebro. Na parte que fala sobre correr nas colinas e colher margaridas, eu desisti e me juntei ao lá-lá-lá de Ellis e Hank até o final da música.

Eles ergueram as taças num brinde em solidariedade ao general Pew, envolvendo a minha cintura com seus braços livres. Depois Ellis inclinou-se para me beijar.

Hank olhou para um lado, depois para o outro, e pareceu estarrecido.

— Hmmm. Acho que perdi minha acompanhante. O que terá acontecido com ela?

— O que *não* aconteceu com ela foi vocês se casarem — retruquei, depois soltei um muxoxo, e o champanhe quase espirrou pelo meu nariz. Eu já tinha bebido pelo menos quatro taças de estômago vazio e me sentia atrevida.

Hank abriu a boca, fingindo estar ofendido, mas nem ele mesmo conseguia fazer de conta que não notava o desespero crescente de Violet em relação à natureza aparentemente infinita do namoro dos dois.

— Ei, será que ela foi *embora*? — perguntou ele, correndo os olhos pelo salão, agora com ar mais sério.

— Não tenho certeza — respondi. — Faz um tempinho que não a vejo.

— Então quem é que vai me dar meu beijo de Ano-Novo? — perguntou ele, com ar desolado.

— Ah, venha cá, seu tonto. — Fiquei na ponta dos pés e dei um beijo no rosto. — Você sempre terá a gente. E não exigimos nenhuma aliança no dedo.

Ellis nos lançou um olhar divertido com o canto do olho e fez um gesto para Hank limpar o batom do rosto.

Mais à frente, o lacaio ainda se equilibrava no penúltimo degrau da escada portátil. Curvado na altura da cintura, tentava mirar o gargalo da garrafa na taça do topo, e, com tal esforço, seu rosto passara de branco a roxo. A boca estava apertada numa linha tensa. Olhei ao redor para ver se havia reforços a caminho, mas não vi nenhum.

— Ellis? Acho que ele precisa de uma ajudinha — declarei, inclinando a cabeça na direção do lacaio.

Ellis olhou para o homem.

— Tem razão — disse, entregando-me sua taça. — Hank? Vamos lá?

— Você acha *mesmo* que ela foi embora? — perguntou Hank, pensativo, com os lábios pairando sobre a borda da sua taça. — Ela estava linda hoje. Aquele vestido era da cor do crepúsculo, as lantejoulas pareciam estrelas invejosas na galáxia da noite dela, mas isso não era nada, *nada* em comparação à pele leitosa de seu...

— Rapazes! Concentrem-se! — exclamei.

Hank voltou de supetão à vida.

— Hã?

— Maddie acha que aquele senhor precisa de ajuda — disse Ellis.

— Aquela garrafa é gigantesca — falei. — Acho que ele não consegue segurá-la sozinho.

— Creio que não. Aquela é uma Balthazar — informou Ellis.

— Não é uma Balthazar — retrucou Hank. — É uma Nebuchadnezzar.

Os braços do lacaio tremiam. Ele começou a servir o champanhe, mas errou o alvo, e a bebida caiu entre as taças, molhando a mesa e o chão. As luvas e as mangas de sua camisa estavam empapadas.

— Oh-oh — disse Hank.

— Oh-oh, mesmo — concordou Ellis. — A Sra. Pew não vai ficar nem um pouco satisfeita.

— Desconfio que a Sra. Pew nunca fica satisfeita — brincou Hank.

Fios de suor escorriam pela testa do homem. Estava bastante evidente que ele cairia para a frente, bem em cima das taças. Procurei com o olhar a Sra. Pew a fim de pedir socorro, mas ela havia desaparecido de vista. Tentei gesticular para o general, mas ele estava paquerando um coquetel novinho em folha.

Dei um cutucão na lateral do corpo de Ellis.

— Vá! — falei, com urgência. — Vá logo ajudar aquele homem!

— De quem ela está falando? — perguntou Hank.

Olhei feio para ele, mantendo o olhar até ele se lembrar.

— Ah! Claro! — Ele tentou me entregar sua taça, mas eu já segurava duas. Hank, então, colocou a dele no piso e subiu as lapelas do paletó como alguém prestes a entrar em ação, mas, antes que ele e Ellis pudessem se mobilizar, o socorro chegou na forma de outros criados trazendo quatro garrafas menores, mas ainda assim bastante grandes, e mais três escadas portáteis. A Sra. Pew seguia apressada logo atrás deles para se assegurar de que estaria tudo sob controle.

— Ah, *essas sim* são Balthazars! — exclamou Hank, assentindo com ar de grande conhecedor. Ele recuperou a taça do chão e secou a bebida de uma só vez.

— Não. Essas são Jeroboams — disse Ellis.

— Acho que de champanhe eu entendo — retrucou Hank.

— E eu, não?

— Creio que vocês dois estão errados. Essas são Ebenezers — falei.

Aquilo encerrou a discussão.

Comecei a dar risadinhas, meio tonta.

— Ebenezer? Entenderam? Natal? Férias? Ah, deixem para lá. Alguém me traga mais uma taça. O champanhe da minha caiu.

— É. Em cima de *mim* — disse Ellis.

Hank virou-se e colocou sua taça na bandeja de um garçom que passava por perto. Bateu palmas.

— Certo, alguém aí topa uma guerra de bolas de neve?

Saímos cambaleando da festa e fizemos anjos de neve bem na frente da casa dos Pews e de todos os carros e motoristas uniformizados em fila à espera dos convidados. Fiz uma bola de neve e consegui acertá-la no peito de Ellis, depois soltei um gritinho agudo e retornei para o salão.

No amplo foyer, Ellis me ajudou a limpar a neve das minhas costas e dos meus cabelos. Hank envolveu meus ombros nus com seu paletó e os dois me levaram até três ornamentadas poltronas com estofado bordado ao lado da lareira acesa. Hank, que tivera a presença de espírito de apanhar minha estola de pele de marta ao entrar em casa, sacudiu-a e estendeu-a para secar na beirada da mesa de madeira de lei à nossa frente. Ellis foi buscar chocolate quente e eu retirei minhas luvas, manchadas e ensopadas.

— Meu Deus do céu, olhe só o meu estado! — falei, olhando para mim mesma. — Estou um trapo.

Meu vestido de seda e meus sapatos estavam arruinados. Tentei em vão limpar as manchas de água e rapidamente conferi se ainda possuía os dois brincos nas orelhas. As luvas não importavam, mas torci para que a estola pudesse ser salva. Caso contrário, eu simplesmente teria conseguido destruir todo o meu traje.

— Você não está um trapo. Está magnífica — retrucou Hank.

— Ah, eu *estava* — lamentei.

Tinha passado a tarde no Salon Antoine fazendo cabelo e maquiagem, e praticamente não comera nada nos últimos dois dias para que o vestido ficasse perfeito. Era de uma linda seda cor de romã, mesmo tecido dos sapatos. Combinava com meu anel de noivado de rubi e destacava a cor dos meus olhos verdes. Ellis me presenteara com aquele vestido e os sapatos poucos dias atrás, e antes da festa eu o vesti para ele e fingi ser uma bailarina de flamenco, rodopiando para que a saia se enfunasse. Ellis disse estar maravilhado, mas senti nele uma ponta familiar de tristeza e tentei, mais uma vez, imaginar exatamente o que ele estaria vendo. Meu marido era daltônico; portanto, para ele o que eu estava vestindo não devia passar de uma mescla de tonalidades de cinza. Perguntei-me quais e quantas variações dessa cor poderiam existir e se teriam graus de intensidade diferentes. Não conseguia imaginar um mundo sem cores.

Hank sentou-se em uma das poltronas, deixando a perna pender sobre um dos braços dela. Afrouxou a gravata-borboleta e abriu as abotoaduras e a gola da camisa. Parecia um Clark Gable meio afogado.

Estremeci de frio embaixo de seu paletó, puxando-o para perto do corpo.

Hank começou a dar tapinhas no peito e nas laterais do corpo. Parou de repente e ergueu uma sobrancelha.

— Oh! — exclamei, dando-me conta do que ele procurava. Tirei seu estojo de cigarros do bolso interno do paletó e o entreguei a ele. Hank abriu o objeto e estendeu-o aberto para mim, num gesto de oferta. Neguei. Ele apanhou um cigarro e fechou o estojo.

— E então, o que você acha? — perguntou, os olhos brilhando em tom de brincadeira. — Vamos capturar um monstro?

— Claro — respondi com um gesto. — Vamos zarpar no próximo navio que estiver de partida. — Isso era o que eu sempre dizia quando aquele assunto vinha à tona, o que acontecia com frequência e sempre depois de litros de bebida. Era nossa brincadeirinha.

— Acho que viajar vai fazer bem para Ellis. Ele parece deprimido.

— Ellis não está deprimido — retruquei. — Você é que quer escapar das garras de Violet, isso sim.

— Não quero, não — protestou Hank.

— Você nem percebeu quando ela foi embora da festa!

Ele inclinou a cabeça de lado e assentiu, admitindo que eu estava certa.

— Acho que eu deveria mandar flores para ela.

— Assim que o sol raiar — emendei.

Hank assentiu.

— Claro. Assim que o sol raiar ao meio-dia. Palavra de escoteiro.

— E tem mais — continuei —, acho que você devia se casar com ela. Você precisa de alguém que o civilize, e eu preciso de uma amiga mulher. Só tenho você e o Ellis.

Ele levou a mão ao coração, mortalmente ofendido.

— Nossa, o que somos nós? Fígado picadinho?

— Ah, não... só o mais fino *foie gras*. Falando sério, agora; quanto tempo vai deixar essa mulher esperando?

— Não tenho certeza. Não sei ainda se estou preparado para ser civilizado. Mas, quando estiver, Violet terá as honras. Ela poderá escolher um jogo de porcelana de arrasar.

Enquanto eu pousava minha bebida, olhei novamente de relance para meu vestido e meus sapatos.

— Acho que talvez *eu* precise que você seja civilizado. Case-se logo com ela, sim?

— O que é isso, uma emboscada? — Ele bateu o cigarro na tampa do estojo e o levou aos lábios. Um criado apareceu de repente para acendê-lo.

— Hmm, obrigado — disse Hank, tragando. Ele se recostou na poltrona e deixou a fumaça sair da sua boca e subir em direção ao nariz numa fita branca rodopiante que ele tornou a tragar. Chamava essa manobra de "Cascata Irlandesa".

— Se eu me casar mesmo com ela, eu e Ellis podemos dar adeus às nossas esperanças, porque vocês duas vão nos dominar.

— Não vamos conseguir — falei. — Sempre vai haver um empate.

— Não, a coisa nunca é igualitária entre os sexos. Você sozinha já domina nós dois.

— Não domino, não!

— Já está me dominando neste exato momento, neste mesmíssimo minuto, oferecendo como isca a armadilha do casamento. Vou te dizer, esse é o ápice da conspiração feminina. Vocês duas já armaram tudo. Pessoalmente, não vejo motivo para tanto alvoroço.

Ellis voltou, seguido por um garçom que colocou altas xícaras de cristal fumegantes sobre a mesa à nossa frente, e desabou numa das poltronas.

Hank apoiou o cigarro num cinzeiro e apanhou o chocolate quente. Soprou a fumaça da superfície e, cuidadosamente, tomou um gole.

— Então, Ellis, nossa queridinha aqui estava justamente falando que precisamos fazer uma certa viagem — disse ele. — Para ir atrás de um plesiossauro.

— Ah, estava mesmo. Com certeza.

— Sério. Ela já planejou tudo — falou Hank. — Conte para ele, Maddie.

— Você está bêbado! — retruquei, rindo.

— Isso lá é verdade, admito — disse Hank —, mas continuo achando que devemos fazer essa viagem. — Ele apagou o cigarro com tanta força que a ponta se abriu como uma bala gasta. — Há anos falamos nisso. Vamos em frente! Estou falando sério.

— Não está, não — retruquei.

Mais uma vez, Hank levou a mão ao coração.

— Nossa, o que aconteceu com você, Maddie? Não me diga que perdeu seu senso de aventura. Será que Violet andou civilizando você em segredo?

— Não, claro que não. Você não deu a ela essa chance. Mas não podemos viajar agora; desde que o *Athenia* afundou, não zarpam mais navios.

Dei-me conta de que, do jeito como eu falava, parecia que o navio tinha espontaneamente apresentado um vazamento, quando, na realidade, fora atingido, com 1.100 civis a bordo, pelo torpedo de um submarino alemão.

— Quando existe vontade, encontra-se um jeito — disse Hank, assentindo com ar de sábio. Tornou a bebericar o chocolate quente, depois olhou acusadoramente para a bebida. — Hmmmm. Acho que no fim das contas prefiro um uísque. Volto num minuto. Ellis, converse com sua esposa; está mais do que evidente que ela anda criando maus hábitos.

Ele se levantou e por um momento tive a impressão de que iria cair. Segurou-se, então, nas costas da poltrona de Ellis para recuperar o equilíbrio e finalmente saiu dali, deslizando como uma borboleta.

Ellis e eu ficamos sentados em relativo silêncio, dentro de uma bolha criada pelas conversas e risadas dos outros convidados.

Ele deslizou o corpo lentamente para baixo de tal jeito que, se alguém olhasse de trás, sua poltrona pareceria vazia. Seus olhos estavam embaçados, e ele inteiro parecia meio cinzento.

Minhas orelhas zumbiam devido ao champanhe. Levantei as mãos para inspecionar meus cabelos e descobri que os cachos de um dos lados da cabeça haviam se desmanchado e estavam grudados junto ao meu pescoço. Levei as mãos ainda mais para trás e percebi que o pente de diamantes que minha sogra me dera não estava mais ali. Senti uma pontada de pânico. Eu o recebera dela no dia do meu casamento, um raro momento de compaixão da parte de uma mulher que não fazia a menor questão de esconder que não queria que eu me casasse com o filho dela, mas que, ainda assim, havia me dado aquele presente segundos antes de Hank me conduzir pelo corredor até o altar.

— Acho que a gente deveria ir — disse Ellis.

— Claro — falei, em tom jovial. — Vamos zarpar no próximo...

— Estou falando sério — interrompeu ele, asperamente.

Olhei para meu marido, espantada com seu tom de voz. Ele estava rangendo os dentes. Não tive certeza de quando exatamente acontecera, mas em algum momento o humor dele havia mudado. Aquilo deixara de ser uma brincadeira.

Ele me olhou irritado.

— Que foi? Por que não?

— Por causa da guerra — respondi, com delicadeza.

— Carpe diem e toda essa besteirada. A guerra faz parte da aventura. Deus sabe que, se não for assim, eu nem vou chegar perto dela. E nem Hank, aliás. — Ele correu uma das mãos pelos cabelos, deixando uma mecha arrepiada. Inclinou-se mais para perto de mim e estreitou os olhos. — Você sabe como eles chamam a gente, não é? 4Fers.[5]

Ele e Hank eram os únicos 4Fers ali presentes. Fiquei imaginando se alguém o teria desrespeitado quando foi buscar as bebidas.

Hank achou normal ser recusado por ter pés chatos, mas para Ellis aquilo tivera um efeito devastador. Até ele tentar se alistar e ser recusado, seu daltonismo havia lhe passado despercebido. Ele tentou uma segunda vez num posto diferente e foi mais uma vez rejeitado. Embora obviamente não fosse culpa de Ellis, ele tinha razão ao dizer que isso era malvisto pelas pessoas, e eu sabia o quanto aquele desprezo o arrasava. Era algo constante, mas velado; portanto, nem sequer tinha como se defender. Seu próprio pai, um veterano da Primeira Guerra, o tratava com repulsa indisfarçada desde que recebera a notícia. Era uma injustiça ainda mais dolorosa porque vivíamos com meus sogros, que perversamente bloquearam qualquer chance de escaparmos dessa situação. Dois dias depois do ataque a Pearl Harbor, cortaram a mesada de Ellis em dois terços. Minha sogra nos dera a notícia na sala de estar, antes do jantar, declarando com satisfação arrogante que tinha certeza de que ficaríamos satisfeitos em saber que, até "essa coisa terrível terminar", o dinheiro seria enviado como ajuda de guerra. Estritamente falando, talvez esse até fosse o novo destino do dinheiro, mas ficou perfeitamente claro que o verdadeiro motivo daquela manobra era punir Ellis. Sua mãe estava se vingando porque ele se atrevera a casar-se comigo, e seu pai... bem, não tínhamos certeza. Ou ele não acreditava que Ellis era daltônico, ou não conseguia perdoar-lhe por isso. O resultado tenebroso é que

---

[5] Nem todos os jovens que se alistaram nos Estados Unidos para combater na Segunda Guerra foram aceitos. Trinta por cento foram rejeitados por defeitos físicos, numa classificação denominada de "4-F". Daí a expressão 4Fers para designar esses rapazes, quase sempre, de modo pejorativo. (*N. da T.*)

nos vimos obrigados a morar sob o escrutínio constante de pessoas que passamos a enxergar como captores.

— Você sabe o quanto isso é difícil — continuou ele —, todo mundo me olhando e querendo saber por que não estou lutando na guerra.

— Ninguém fica olhando pra...

— *Não me venha com peninha! Você sabe muito bem que é verdade!*

Aquela explosão de raiva fez todos se virarem para ele.

Ellis, então, fez um gesto irritado para as pessoas.

— Eu não disse?

Ele olhou raivosamente em torno. Uma a uma, as pessoas deram as costas, voltando suas expressões escandalizadas para outro lugar. Com um tom mais amortecido, as conversas foram retomadas.

Ellis me encarou de modo fixo.

— Eu sei muito bem que pareço perfeitamente saudável — continuou, controlando a voz com dificuldade. — Pelo amor de Deus, meu próprio pai acredita que sou um covarde. Preciso provar meu valor. Para ele, para eles, para *mim*. Pensei que você, mais do que ninguém, entenderia isso.

— Mas, querido, eu entendo — falei.

— Será que entende mesmo? — perguntou ele, a boca esticada num sorriso amargo.

— Claro que sim — respondi. E de fato entendia, mas naquele momento eu seria capaz de dizer qualquer coisa para acalmá-lo. Ele vinha tomando bebidas fortes desde o início da tarde, e eu sabia que as coisas poderiam degringolar com rapidez. Os rostos das pessoas ao redor, cuidadosamente desviados para o lado, já eram um augúrio bastante desagradável para aquele início de ano.

Minha sogra, ausente na festa devido a uma enxaqueca, com certeza começaria a receber relatos sobre o nosso comportamento a partir do meio-dia. Eu nem podia imaginar qual seria a reação dela quando descobrisse que eu havia perdido o pente de cabelo. Resolvi que telefonaria no dia seguinte para a Sra. Pew e me atiraria à mercê dela. Se o pente tivesse caído na neve, provavelmente se perderia para sempre, mas, se caísse no encosto de algum sofá, talvez acabasse aparecendo.

Ellis me observou atentamente, o fogo da lareira dançando em seus olhos. Depois de alguns segundos, sua máscara raivosa transformou-se em uma expressão de alívio triste. Ele inclinou o corpo para o lado a fim de me dar um tapinha no joelho e quase caiu da poltrona.

— Essa sim é a minha garota — disse, esforçando-se para se levantar. — Sempre disposta a uma aventura. Você não é como as outras, sabia? Elas não têm nem um pingo de humor. É por isso que Hank não quer se casar com Violet, óbvio. Está esperando aparecer outra igual a você. Só que não existe. Eu tenho a única do mundo.

— Do que vocês dois estão falando, hein? — perguntou Hank, aparecendo de repente e voltando a desabar no assento. — Aqui! — vociferou ele, estalando os dedos acima da sua cabeça. Um garçom colocou mais bebidas na mesa à nossa frente. Hank virou-se para Ellis. — Ela está tentando de novo fazer eu me casar? Eu seria capaz de jurar que acabei de ouvir um eco desse papo.

— Não, ela concordou. Nós vamos para a Escócia.

Hank arregalou os olhos.

— É sério? — Ele olhou para mim em busca de confirmação.

Eu não achava que tivesse concordado, pelo menos não depois de perceber que aquilo deixara de ser uma brincadeira, mas, como havia conseguido neutralizar a bomba e talvez até mesmo salvar a noite, decidi entrar no jogo.

— Claro — respondi com um gesto grandioso. — Por que não?

Capítulo Três

Na manhã seguinte, fui despertada com um sobressalto pelo barulho do telefone tocando no corredor do andar de baixo. Eram exatamente nove horas, o horário mais cedo que se poderia considerar civilizado. Puxei as cobertas até o queixo, paralisada, enquanto Pemberton, o mordomo, ia chamar minha sogra. Ouvi os passos determinados dela, depois sua voz abafada subindo e descendo em ondas surpresas.

Eu estava completamente em frangalhos: minha cabeça doía, meu estômago parecia revirado e era bem provável que eu ainda estivesse bêbada. Embora me lembrasse de grande parte da noite anterior, não conseguia me recordar de alguns momentos, entre eles o de chegar em casa. A compreensão de que eu tinha passado dos limites na quantidade de bebida me atingiu de forma bastante repentina: eu me lembrava plenamente de decidir que chegara a hora de encerrar a noite, mas não me lembrava de ter ido embora e muito menos do trajeto até nossa casa. Eu não fazia ideia de há quantas — ou de quão poucas — horas eu fora me deitar.

Meu vestido arruinado estava caído num montinho no meio do carpete, mais parecendo uma tripa de intestino. Meus sapatos estavam próximos, um deles sem o salto. A estola branca fora atirada na beirada da minha penteadeira de mogno polido, os pelos eriçados e sujos. Eu tinha deixado o meu colar de pérolas diante da caixa de joias, e os brincos, rubis lapidados no meio de um círculo de brilhantes, estavam próximos um do outro, porém separados por uma rolha de champanhe enorme que se localizava bem no meio deles. Levei a mão ao dedo para verificar se minha aliança estava ali e então, com uma sensação nauseante de vertigem, lembrei-me do pente de diamante. Enterrei o rosto no travesseiro e puxei suas pontas por cima das orelhas.

Ao meio-dia, uma criada bateu suavemente à porta, abrindo uma fresta em seguida.

— Desculpe, Emily. Não estou me sentindo disposta para tomar o café da manhã — falei, com a voz abafada pelo travesseiro.

— Trouxe um Alka-Seltzer e biscoitos de gengibre — respondeu ela, e as palavras fizeram meu estômago se revirar novamente. Isso significava que não só tínhamos acordado a casa inteira ao voltar da festa, como também que nosso estado estivera óbvio.

— Coloque em cima da mesa — falei, virando o rosto para a parede oposta. Não queria que ela me visse. Tinha ido me deitar sem sequer retirar a maquiagem, como bem evidenciavam as manchas de rímel na fronha do travesseiro. — Obrigada, Emily.

— Não há de quê, Sra. Hyde.

Ela se demorou mais do que eu esperava e, quando saiu, vi que havia levado consigo o vestido, os sapatos e a pele de marta.

O telefone tocou esporadicamente ao longo do dia. A cada chamada, a voz de minha sogra se tornava mais resoluta, até finalmente assumir um tom seco e duro. Eu me encolhia ainda mais embaixo das cobertas após cada conversa.

Por volta das seis e meia, Ellis entrou cambaleando no meu quarto, ainda de pijama. Seu robe estava aberto, e a faixa arrastava-se atrás dele pelo chão.

— Minha nossa, que noite — disse, esfregando os olhos com os punhos fechados. — Estou meio enjoado. Eu tomaria um drinque para curar a ressaca. E você?

Reprimi a vontade de vomitar.

— Está tudo bem? — perguntou ele, aproximando-se. Seu rosto estava tenso, com olheiras escuras embaixo dos olhos. Eu não queria nem imaginar minha aparência: pelo menos Ellis vestira o pijama, enquanto eu continuava de combinação.

— Para falar a verdade, não — respondi. — Olhe só o que Emily trouxe para mim de café da manhã.

Ele olhou para o lado e caiu na gargalhada.

— Não tem a menor graça — falei. — Isso quer dizer que estão fofocando sobre a gente lá na cozinha. E, para piorar, eu perdi o pente da sua mãe.

— Oh — disse ele, vagamente.

— Ellis, *eu perdi o pente da sua mãe.*

Quando ele se deu conta da gravidade do problema, sentou-se na beirada da cama, e o resto de cor que ainda havia no seu rosto se foi.

— O que é que eu vou fazer? — perguntei, enrodilhando-me na cama.

Ele respirou fundo e refletiu sobre o assunto. Após alguns segundos, deu um tapa nas coxas com as duas mãos, determinado, e declarou:

— Bem. Telefone para os Pew e peça que fiquem de olho, pronto.

— Eu pensei em fazer isso, mas não posso.

— Por que não?

— Primeiro porque não dá nem para chegar perto do telefone. Sua mãe ficou grudada nele o dia inteiro. Deus sabe o que foi que ela ouviu. E, independentemente disso, não posso ligar para a Sra. Pew. Não tenho coragem de falar com ela, nem mesmo pelo telefone.

— Por quê?

— Porque a gente estava *bêbado*! A gente ficou rolando no meio da rua!

— Todo mundo estava bêbado.

— Sim, mas não do mesmo jeito que a gente — falei, arrasada. Sentei-me e segurei a cabeça entre as mãos. — Eu nem me lembro de quando saímos da festa. Você se lembra?

— Para ser sincero, não. — Ele se levantou e foi até minha penteadeira. — Quando você pegou isso? — perguntou ele, apanhando a rolha.

— Não faço a menor ideia — respondi.

No andar principal, o telefone tocou mais uma vez e eu me encolhi de medo. Ellis voltou até a cama e segurou minha mão. Agora, após Pemberton chamar minha sogra, os passos dela vieram rápidos e ela falou em surtos bem pontuados. Depois de alguns minutos, caiu novamente em silêncio — e era um silêncio agourento, rolando pela casa como ondas de um gás venenoso.

Ellis olhou para o relógio do meu quarto.

— Daqui a pouco ela vai subir para se arrumar para o jantar. Então você poderá usar o telefone.

— Me acompanha? — sussurrei, segurando a mão dele com força.

— Claro — respondeu Ellis. — Quer tomar um dos seus comprimidos para o coração?

— Não, eu vou ficar bem — respondi.

— Se importa se eu...? — Ele deixou a frase no ar.

— De jeito nenhum, pode tomar.

Às dez para as sete, quarenta minutos antes de aguardarem nossa presença para tomar os aperitivos na sala de estar, descemos de fininho as escadas, os dois ainda de robe, olhando nervosamente um para o outro e nos escondendo pelos cantos até termos certeza de que não havia ninguém por perto. Eu me sentia como uma criança indo espiar escondida a festa dos adultos.

Telefonei para a Sra. Pew e perguntei timidamente se ela por favor poderia pedir aos criados que ficassem atentos para o caso de o pente aparecer. Depois de uma ligeira pausa, ela respondeu com a voz seca que sim, ela poderia. *Exatamente como ela me disse ontem à noite.*

Quando desliguei, virei-me para Ellis sem dizer uma palavra e ele me puxou para si num abraço.

— Calma, meu amor — disse, pressionando minha cabeça contra seu peito. — Isso também vai passar.

Às sete e meia, nós nos encontramos no alto das escadas. Eu tinha tomado banho e arrumado os cabelos da melhor maneira que consegui dentro do tempo possível. Também havia passado um pouco de batom e ruge, pois meu rosto estava tão pálido que era quase transparente, e apliquei um pouco de *eau de toilette* atrás das orelhas. Ellis se barbeou, e havia marcas de pente em seus cabelos molhados.

— Preparada? — perguntou ele.

— De jeito nenhum. E você?

— Coragem, minha querida — disse ele, oferecendo-me o braço. Segurei-o com meus dedos gelados.

Quando entramos na sala de estar, meu sogro, o coronel Whitney Hyde, ergueu o rosto e olhou para o relógio de piso. O Sr. Hyde estava apoiado na prateleira da lareira, bem ao lado de uma gaiola delicada que pendia de um suporte elaborado. O canário dentro dela era da cor de um sorbet de laranja e tinha formato rechonchudo, oval e liso, com uma cauda curta e aberta como um leque, além de olhos cor de chocolate e um bico que era uma graça. Entretanto, o pássaro, quase perfeito demais para ser verdadeiro, não cantara uma única vez nos quatro anos em que eu vivia naquela casa, muito embora morasse num espaço reduzido justamente para ajudar sua concentração.

Minha sogra, Edith Stone Hyde, estava sentada na beirada de uma cadeira com estofado de jacquard de seda azul-celeste estilo Luís XIV. Seus olhos cinzentos grudaram-se em nós assim que entramos.

Ellis cruzou o tapete rapidamente e beijou a mãe no rosto.

— Feliz Ano-Novo, mãe — disse. — Espero que a senhora tenha melhorado.

— Sim, Feliz Ano-Novo — acrescentei, dando um passo à frente.

Ela virou-se para me olhar e eu parei onde estava. A expressão dela era rígida, seus olhos nem piscavam. Perto da lareira, a ponta dos bigodes do coronel se reviraram. O canário voou do seu poleiro até a lateral da gaiola e ali permaneceu, os dedos sem carne e as garras translúcidas agarradas nas barras.

Tic, tac, fazia o relógio. Achei que meus joelhos fossem dobrar-se sozinhos.

— Melhorado... Hmmm... Se eu melhorei... — Ela falava devagar, com a voz bastante clara, pronunciando bem as palavras. A testa franziu-se muito de leve, e ela tamborilou os dedos no braço da cadeira, começando pelo mindinho e indo até o indicador, duas vezes, depois invertendo a ordem. O ritmo lembrava o trote de um cavalo. A pausa pareceu interminável.

De repente ela olhou para Ellis.

— Está falando da minha enxaqueca?

— Claro — disse Ellis, com ênfase. — Sabemos como a senhora sofre.

— Sabem? Quanta gentileza. Dos dois.

Tic, tac.

Ellis empertigou-se, ajeitou a gravata e foi até o balcão lateral servir as bebidas. Uísque para os homens, xerez para as mulheres. Entregou o copo do pai, depois a taça da mãe e por último trouxe os nossos drinques.

— Conte-me, como foi a festa? — perguntou a mãe dele, olhando para a delicada taça de cristal apoiada em seu colo. Em sua voz não havia entonação alguma.

— Foi um evento e tanto! — disse Ellis, num volume exagerado, com entusiasmo exagerado. — Os Pew sabem mesmo como fazer as coisas. Orquestra, champanhe até dizer chega, bandejas e mais bandejas com petiscos deliciosos... Ninguém imaginaria que há uma guerra acontecendo. Falando nisso, ela perguntou da senhora. Lamentou muito saber que não estava se sentindo bem. E aconteceu uma coisa engraçadíssima quando bateu a meia-noite... ficaram sabendo? As pessoas vão falar disso durante anos a fio.

O coronel soltou um muxoxo de desdém e virou seu uísque de uma só vez. O canário saltava na gaiola de um lado para o outro.

— Fiquei sabendo de bastante coisa — disse minha sogra com frieza, ainda olhando fixo para sua taça. Seus olhos moveram-se deliberadamente para mim.

O sangue subiu-me ao rosto.

— Pois é, ali estávamos nós — continuou Ellis, corajosamente —, fazendo a contagem regressiva, quando de repente ouvimos uma explosão *enorme*. Bem, embora estejamos a um continente de distância do combate, podem imaginar o que pensamos! Nós quase...

— *Silêncio!* — rugiu o coronel, virando-se para nos encarar. Suas faces e o nariz bulboso tinham se tornado roxos, e sua mandíbula tremia de raiva.

Eu me encolhi e segurei o braço de Ellis. Até a minha sogra deu um pulo de susto, porém recuperou a compostura quase que imediatamente.

Em nosso meio social, as batalhas eram vencidas apunhalando-se friamente pelas costas ou fazendo pressão em completo silêncio. As pessoas tombavam sob o peso de um suspiro contido ou de uma frase escolhida com cuidado. Berros estavam fora de questão.

O coronel bateu o copo vazio com toda a força na prateleira da lareira.

— Está pensando que somos idiotas? Acha que não ficamos sabendo do verdadeiro *ponto alto* da festa? Sobre o que as pessoas *realmente* vão falar durante anos a fio? Sobre seu comportamento *vergonhoso, nojento... odioso?*

O que veio a seguir foi uma névoa de insultos e ira. Aparentemente tínhamos feito mais do que apenas ficar bêbados e passar vexame, e aparentemente a explosão raivosa de Ellis não fora sua pior façanha na festa. Pelo visto, ele também tinha dado com a língua entre os dentes e dito em alto e bom tom que iríamos caçar um monstro e "mostrar pro velho", declarando suas intenções para quem quisesse ouvir, mesmo enquanto Hank o chutava para dentro do carro.

O coronel e Ellis quase se engalfinharam em cima do gigantesco tapete de seda, um apontando o dedo para o outro e competindo para ver quem falava mais alto. O coronel nos acusou de envergonhá-lo além dos limites, chamando-nos de degenerados odiosos e membros inúteis da sociedade; Ellis argumentou que não havia nada que *ele* pudesse fazer, e que aliás o coronel não o ajudara em nada a esse respeito também. O que exatamente seu pai esperava que ele fizesse? Abrir uma empresa?

Minha sogra permanecia sentada em silêncio, serena, com uma expressão de estranha calma no rosto. Seus joelhos e tornozelos estavam unidos numa posição de dama fina, ligeiramente inclinados para o lado. Ela segurava sua taça de xerez intocada pela haste; seus olhos arregalavam-se de deleite ante tiradas particularmente boas. Então, sem aviso, explodiu.

O coronel tinha acabado de acusar Ellis de aparecer convenientemente com um daltonismo no momento em que o país mais precisava dele, afirmando que essa covardia lhe causara, a ele, seu *pai* e um *veterano de guerra*, a maior vergonha da sua vida, quando Edith Stone Hyde virou o rosto num rompante para o marido, os olhos arregalados de fúria.

— Como *ousa* falar assim do meu filho!

Até onde eu sei, ela jamais erguera a voz antes em toda a sua vida, e aquilo foi um choque. Ela continuou falando, num tom mais contido, mas agudo, trêmulo de indignação ultrajada: Ellis tinha tanta culpa de ser daltônico quanto outros infelizes de ter pé torto congênito, *será que ele não entendia?*, e o daltonismo, *aliás*, não tinha vindo do *lado dela* da família. E, por falar em genética, a culpa da desgraça de Ellis era *ela* (e aqui ela chegou inclusive a apontar o braço esticado para mim). Uma prostituta desequilibrada, *igualzinha à mãe.*

— Calma aí! É da minha mulher que estão falando! — berrou Ellis.

— Ela não era prostituta nenhuma! — ribombou o coronel.

Durante dois, talvez três segundos, não se ouviu nenhum ruído na sala além do tique-taque do relógio e do esvoaçar das asas do canário, que agora estava em completo estado de pânico e não passava de uma névoa laranja-claro, debatendo-se nas laterais da gaiola e soltando tufos de minúsculas penas úmidas.

Ellis e eu nos entreolhamos, lívidos.

— Ah, não? — perguntou minha sogra com a maior calma do mundo. — Então o que ela era, exatamente, meu querido?

O coronel mexeu os lábios como se fosse responder, mas nenhum som saiu de sua boca.

— Tudo bem. Sempre desconfiei disso. Eu via o jeito como você olhava para ela — continuou minha sogra, os olhos brilhando diante da indignidade daquilo tudo. — Pelo menos você não fez a tolice de fugir com aquela mulher.

Eu estava quase defendendo o coronel, dizendo que *todos* olhavam minha mãe daquele jeito — algo que não conseguiam evitar —, mas sabia que era melhor ficar de boca fechada.

Minha sogra virou-se de repente para Ellis.

— E *você*...! Eu bem que avisei. Por mais constrangedor que fosse, eu provavelmente teria tolerado se você só quisesse encher a cara e divertir fazendo as besteiras que os jovens fazem, mas não, apesar de todas as escolhas bastante adequadas que poderia ter feito, você resolveu casar-se com essa... — Ela fez uma pausa, apertando os lábios e balançando a cabeça rapidamente, como se estivesse decidindo com que nome iria me chamar. — Com *essa aí.* E eu tinha razão. Tal mãe, tal filha. É realmente uma vergonha a maneira como vocês dois e aquele pavoroso filho dos Boyd se comportaram. Eu sinto desespero só de pensar em ter netos. Embora, francamente, já tenha quase perdido as esperanças quanto a esse assunto. Talvez seja até melhor assim. — Ela soltou um suspiro e novamente se acalmou, alisando a testa com o olhar distante para saborear a vitória. Havia repreendido cada uma das pessoas ali presentes e achava que agora o jogo tinha acabado: *match point.*

Ledo engano. Se tivesse olhado com mais atenção, teria notado que o rosto de Ellis começava a adquirir um tom vivo de vermelho que subia da base de seu pescoço, espalhava-se por baixo de seus cabelos loiros e chegava até a ponta de suas orelhas.

— Ótimo, então vamos falar de vergonha — disse ele em voz baixa, feroz. — Não existe absolutamente nada que eu, nem Maddie, nem qualquer pessoa, possa fazer para envergonhar ainda mais essa família. O *senhor* — a voz dele foi aumentando num crescendo até ele novamente estar aos berros, apontando o copo para o pai com a mão trêmula, fazendo o uísque cair sobre o tapete — envergonhou todos nós de um jeito além de qualquer reparação possível no minuto em que resolveu falsificar aquelas fotos!

O silêncio que se seguiu foi apavorante. A boca da minha sogra abriu-se num *O* espantado. A pequenina taça de cristal que ela segurava deslizou de suas mãos e espatifou-se no chão.

Tic, tac, fazia o relógio.

Essa é a história como me foi contada.

Em maio de 1933, um jornal escocês publicou um artigo que tomou conta das manchetes dos jornais do mundo todo. Um executivo (de nível universitário, o repórter teve o cuidado de observar) e sua esposa dirigiam pela recém-construída rodovia A82 ao norte do lago

Ness quando avistaram um animal do tamanho de uma baleia caminhando sobre as águas plácidas do lago. Seguiram-se várias cartas ao editor descrevendo incidentes similares, e o próprio jornalista, que por acaso era um oficial de justiça que inspecionava lagos e rios, dizia ter pessoalmente avistado o "Kelpie" nada menos que 16 vezes. Outro casal declarou que viu "algo parecido com um monstro pré-histórico" deslizar pela rodovia na frente de seu carro carregando uma ovelha na boca. Várias declarações semelhantes se seguiram a essa, despertando um alvoroço mundial.

O coronel, desde a infância fascinado por criptozoologia, em especial por serpentes marinhas, foi acometido por um caso intenso de "Nessie Mania". Acompanhava aquelas matérias com inquietação crescente, colecionando recortes de jornal e fazendo desenhos baseados nas descrições que continham. Havia se aposentado do serviço militar, e o ócio não combinava com ele. Preenchera aquele vazio caçando animais de grande porte na África, mas àquela altura isso já não o satisfazia. Sua sala de troféus era igual a qualquer outra. Quem não tinha uma pele de zebra pendurada na parede, uma cabeça de rinoceronte ou um pé de elefante que servia de porta guarda-chuvas? Até mesmo o clássico leão rosnando era *démodé*.

Quando céticos denunciaram que a primeira foto publicada do monstro, tirada por um homem chamado Hugh Gray, não passava da imagem borrada de um cachorro nadando, o coronel se enfureceu tanto, que declarou que iria até a Escócia para provar pessoalmente a existência do monstro.

Convenceu seu primo de segundo grau, um lorde, a oferecer-lhe estadia em sua propriedade, Craig Gairbh, situada perto das margens do lago. Em poucas semanas, já havia tirado diversas fotografias que mostravam o pescoço curvo e a cabeça de uma serpente emergindo das águas.

As fotos, bastante aclamadas, foram publicadas em ambos os lados do Atlântico, e a volta triunfal do coronel aos Estados Unidos foi marcada por um grande espalhafato. Jornalistas iam aos montes até sua casa, os principais jornais publicavam matérias a respeito das fotos e ele foi, de modo geral, considerado um herói. Passou a usar ternos de tweed escocês para ir ao centro da cidade, o que o tornava imediatamente reconhecível como a celebridade que era, e dizia em tom de brincadeira, numa imitação pomposa do sotaque britânico, que seu único arrependimento era não ter podido pendurar a cabeça do bicho em sua sala de troféus, explicando que isso seria uma indelicadeza, visto que a própria Scotland Yard lhe solicitara que não molestasse o animal. O ápice de todo o frenesi foi quando ele apareceu num pequeno documentário exibido antes das projeções de *Aconteceu Naquela Noite*, o filme de maior bilheteria daquele ano.

Tal como Ícaro, porém, ele voou perto demais do sol. Não demorou para que o *Daily Mail* publicasse uma matéria sugerindo que a turbulência na água não condizia com o tamanho do animal e fazendo a acusação escandalosa de que o coronel fotografara uma réplica flutuante. Em seguida, vieram as alegações de manipulação fotográfica: os ditos especialistas clamavam que as fotos tinham sido retocadas e em seguida novamente fotografadas, apontando ângulos e sombras ligeiramente diferentes e variações nos reflexos. Como o próprio coronel havia revelado os filmes, ele não conseguiu se defender.

O coronel jurou a veracidade de suas fotos e demonstrou grande ultraje por sua honra ter sido colocada em questão justamente por ele ter sido honrado o bastante para atender às solicitações da Scotland Yard. Se ele não tivesse dado a mínima e atirado no monstro (e olhe que havia levado consigo seu rifle de caçar elefantes exatamente para esse propósito), ninguém duvidaria de sua palavra.

A última pá de cal da opinião pública foi quando Marmaduke Wetherell, um caçador de animais de grande porte que acompanhara o coronel diversas vezes a safáris, aterrissou no lago Ness com um grupo de repórteres declarando que provaria de uma vez por todas a existência do monstro e, em seguida, prontamente falsificou as pegadas do animal usando um cinzeiro feito da pata de um hipopótamo — um hipopótamo que o próprio coronel havia abatido na Rodésia.

Os repórteres e suas perguntas insolentes deixaram de ser bem-vindas. O coronel abandonou os ternos de tweed e o sotaque britânico.

Os desenhos e recortes de jornal, tão cuidadosamente colados em álbuns de couro marroquino, desapareceram. Na época em que entrei na vida de Ellis, o assunto já era um tabu, e preservar a dignidade do coronel, uma prioridade.

Obviamente, contudo, aquilo era um tabu para o mundo inteiro, menos para nosso pequeno trio, principalmente depois que o coronel começou a jogar a culpa em Ellis por ele não servir ao exército.

Foi Hank que teve a ideia de sairmos atrás do monstro. Era uma manobra brilhante para arrefecer os ânimos, permitindo a Ellis que zombasse cruelmente do coronel, imaginando triunfar onde seu pai fracassara e ao mesmo tempo provando ser um homem com tanto sangue nas veias quanto qualquer outro no front. Era uma fantasia inofensiva, uma brincadeira nossa que estávamos sempre enfeitando com mais e mais detalhes, em geral no fim de alguma noitada de bebedeira, mas nunca perto dos ouvidos de mais ninguém... Pelo menos não até aquela festa de Ano-Novo.

Ellis engoliu em seco ruidosamente ao meu lado. Minha sogra continuava imóvel em sua cadeira, a mão e a boca ainda abertas, a taça de cristal de xerez espatifada aos seus pés.

O rosto do coronel estava azul, como a pele de uma ameixa madura, e por um momento achei que ele sofreria um ataque do coração. Ele ergueu um dedo trêmulo e apontou para a porta.

— Saia daqui — disse, com uma voz estranha e oca. — Pemberton mandará enviar suas coisas.

Ellis balançou a cabeça, confuso.

— Como assim? Para onde?

O coronel virou as costas para nós e apoiou um dos braços na prateleira da lareira, de modo afetado.

— Para onde? — perguntou Ellis, com desespero crescente. — Para onde nós vamos?

As costas rígidas e a completa ausência de respostas do coronel deixaram claro que, seja lá para onde fôssemos, ele não dava a mínima.

Capítulo Quatro

Ellis orientou o chofer a ir até o Hotel Society Hill, na Chestnut Street. Por fora, o hotel parecia ótimo: a fachada e as áreas comuns encaixavam-se no padrão esperado. Nossa suíte, porém, já tinha visto dias melhores e só possuía um único cômodo. Contudo, era o único lugar onde poderíamos ficar com a mesada restrita de Ellis.

Ellis comprou uma garrafa de uísque no bar do lobby enquanto o atendente fazia nosso check-in e começou a tomá-la assim que subimos até o quarto.

Eu entendia seu desespero. Se o coronel cortasse sua mesada por completo, estaríamos na lona. Infelizmente, aquela era uma possibilidade real.

O crime de Ellis contra seu pai tinha sido duplo, e as duas partes eram igualmente graves. Primeiro ele fora pego falando mal do coronel pelas costas e em seguida o acusara de impostor na sua cara. Eu duvidava que o coronel fosse capaz de perdoar cada uma isoladamente, mas juntas a situação tornava-se exponencialmente pior.

Enquanto aguardávamos a chegada de nossos pertences, Ellis bebia e andava de um lado para o outro, analisando e reanalisando o que acabara de acontecer, e entrava num estado de completa agitação. A certa altura, quando deixou escapar que não teria perdido a paciência se não precisasse me defender, achei que estivesse jogando injustamente a culpa em cima de mim e observei que *eu* não havia dito nem uma palavra sequer durante todo aquele vexame.

Ele parou e olhou para mim, ao mesmo tempo magoado e surpreso.

— Minha nossa — disse. — Não foi isso o que eu quis dizer. Claro que não é culpa sua. Você não fez absolutamente nada. O ataque da minha mãe a você foi totalmente gratuito.

— Tudo bem — falei. — Ela não disse nada diferente do que as outras pessoas pensam.

— *Não* está tudo bem, e eu nunca vou perdoá-la. E você também não devia.

Torci para que ele mudasse de ideia, porque naquele momento sua mãe era nossa única esperança de cairmos de novo nas graças da família. Embora ela demonstrasse seu afeto de uma maneira estranha, todo o seu mundo girava em torno de Ellis e, numa escala menor, de me torturar. Sem nós, sua vida se tornaria vazia. Eu tinha plena certeza de que ela já devia estar tentando interceder em nosso favor, mas eu nunca vira o coronel naquele estado e não apostava muito nas chances dela.

Apelar para o meu pai seria inútil. Quando escrevi para contar que eu e Ellis iríamos fugir para nos casar, esperava que ele fosse ficar chateado e não me surpreendi quando não respondeu logo em seguida. Só depois de meses me dei conta de que ele não responderia nunca. Só o vi uma vez desde então, embora vivêssemos a menos de três quilômetros de distância. Ele estava atravessando a rua e, quando me viu, fingiu não ter visto e virou para o outro lado. Pelos trechos de conversa que eu ouvia aqui e ali, concluí que as atividades dele giravam quase que exclusivamente em torno do Corinthian Yacht Club, permitindo a ele evitar qualquer contato com o sexo frágil.

Em algum momento antes da meia-noite, consegui convencer Ellis de que sua família não iria enviar nossas coisas e que era melhor nos deitarmos. Nenhum dos dois tinha uma única troca de roupa.

Embora o quarto fosse abafado, também era cheio de correntes de ar. Ellis me chamou de espaçosa, dizendo que eu ficava rolando para o lado e puxava o cobertor só para mim, quando então ele puxava as cobertas de volta e me deixava descoberta. Depois de alguns cabos de guerra, que começaram bem-humorados, mas logo descambaram para a rabugice, acabamos virados de costas um para o outro nas beiradas da cama, os dois mal cobertos.

Fiquei deitada de olhos abertos, preocupada. Quando finalmente Ellis adormeceu, passou a roncar tão alto que fui obrigada a cobrir a cabeça com um travesseiro, apertando-o contra as minhas orelhas. Ele exalava um cheiro esquisito, meio terroso e mineral. Durante o resto da noite, a única coisa em que consegui pensar foi quantas cabeças já tinham dormido naqueles travesseiros antes de mim.

Fomos despertados por batidas baixas, mas insistentes, na porta.

— Minha nossa — disse Ellis, com voz rouca. — Que horas são?

Olhei para o relógio com mostrador fosforescente ao meu lado.

— Quase sete.

— O sol ainda nem nasceu — resmungou ele.

Depois de mais alguns minutos de batidas contínuas, murmurei:

— É melhor você ir atender. Seja lá quem for, não vai embora.

Ele suspirou irritado e depois gritou:

— *Já vai!*

Acendeu o abajur e rolou para fora da cama, puxando o cobertor de chenile para trás como se fizesse o truque de puxar a toalha de mesa sem deixar nenhum objeto cair. Envolveu os ombros com ele e saiu pisando duro, fechando com força a porta do quarto depois de sair.

Eu tinha uma boa ideia do que devia estar acontecendo devido aos sons de batidas, tilintares e coisas sendo arrastadas lá fora. Aquilo continuou por quase dez minutos.

Quando Ellis voltou, enrolou o cobertor num montinho e jogou-o sobre as minhas pernas. Quando se atirou de novo na cama, tentei alisar o cobertor em cima dela.

— Nossas coisas, suponho? — perguntei.

— Cada um de nossos pertences mundanos, pelo visto. O equivalente a seis carregamentos. Vamos ter de andar de lado para chegar até a porta.

Tentei não entrar em pânico — o coronel devia ter dado aquela ordem antes de retirar-se para dormir, quando sua raiva ainda estava no auge —, mas mesmo assim uma inquietação se instalou na boca do meu estômago.

— Você não deve ter a menor ideia de onde seus comprimidos foram parar, não é? — indagou Ellis.

— Quer que eu procure?

— Deixa para lá — respondeu ele com tristeza. — Não tem problema.

O abajur continuava aceso; portanto, fui até a antessala.

O chão estava quase completamente tomado por baús e malas. Emily, Pemberton e os outros criados deviam ter passado a noite inteira acordados empacotando aquilo.

Encontrei meu estojo de maquiagem sobre uma mesa baixa, ao lado das minhas caixas de chapéus. Para meu alívio, tudo estava exatamente organizado como eu deixara, o frasco de remédio escondido discretamente embaixo da prateleirinha. Pobre Emily: nós lhe custaríamos no mínimo duas noites de sono, e, se ela deixasse de executar bem as atividades diurnas por causa disso, minha sogra com certeza não aceitaria isso como desculpa.

Entreguei o frasco para Ellis e me sentei ao seu lado. Ele se apoiou sobre um cotovelo, sacudiu o vidro até dois comprimidos caírem na palma da mão e os engoliu a seco. Depois voltou a recostar-se no travesseiro.

— Obrigado, amor. Estou meio nervoso — disse ele.

— Eu sei. Também estou.

— Vamos tentar dormir de novo. De manhã, de manhã *mesmo*, vou pedir para nos trazerem a maior lagosta da cidade junto com uma montanha de salada de batata. E caviar também. Nem precisam mandar pratos, só garfos.

Voltei ao meu lado da cama. Quando entrei embaixo das cobertas, Ellis desligou o abajur. Agora estávamos mais próximos um do outro. Ele rolou de lado e passou um braço pela minha cintura.

— Bem, quem diria — disse. — Talvez, no fim das contas, haja cobertas suficientes.

No início da tarde, o recepcionista telefonou para dizer que Hank nos aguardava no bar do lobby.

Ellis e eu não estávamos nos falando porque eu tinha sugerido a ele que conversasse com sua mãe para tentar uma trégua. Descemos no elevador em silêncio.

Os rapazes tomaram *bourbon sidecars* e eu pedi um gim tônica. Depois de alguns drinques, quando Ellis e eu nos revezamos para relembrar a repercussão desastrosa da festa, o gelo entre nós começou a derreter. Não demorou e logo estávamos terminando as frases um do outro e pedindo desculpas com os olhos. Estávamos metidos na mesma confusão, enfrentando as mesmas consequências. Embora eu estivesse disposta a capitular antes dele, aquilo não passava de uma diferença tática. Estávamos chateados com a situação, e não um com o outro.

Estiquei a perna por baixo da mesa e corri o pé de leve pela panturrilha dele. Seus olhos se iluminaram e os cantos de sua boca ergueram-se em um sorriso.

— Ainda estou tentando enfiar na minha cabeça que sua mãe gritou — falou Hank. — Tem certeza de que era mesmo sua mãe? A mesma Edith Stone Hyde que conheço há tantos anos?

— A própria. E os gritos mais pareciam uma coruja piando — disse Ellis. — Uma coruja estressada.

— Não, um instrumento de sopro quebrado — acrescentei. — Frágil, mas agudo.

— Teria pagado um bom dinheiro para ver isso — disse Hank, acendendo um cigarro.

— Pena; se eu soubesse que isso aconteceria, teria lhe oferecido meu lugar no espetáculo — afirmou Ellis.

— Você acha mesmo que o coronel e sua mãe tiveram um caso? — perguntou Hank para mim, soltando uma série de anéis de fumaça.

— Claro que não — retruquei. — A górgona da minha sogra só perdeu a cabeça porque em algum momento o pegou olhando para ela, e tenho certeza de que ele olhou mesmo. Como todo mundo.

— Sim, mas ele a defendeu — observou Hank. — Da própria esposa.

— Tudo bem. Talvez ele tivesse uma queda pela minha mãe — admiti. — Ainda assim, isso não significa nada, porque todo mundo tinha. Ela exercia esse efeito nas pessoas.

— Menos no seu pai — continuou Hank. — Nunca entendi por que ela se casou com ele. Ela poderia ter quem quisesse. Linda, com pedigree, uma conta bancária do tamanho do estado de Montana... Não consigo imaginar por que ela se enrabichou com um chato antiquado como seu pai.

— Minha mãe não tinha pedigree — falei, olhando carrancuda para ele. Hank sabia perfeitamente bem que minha mãe se casara com alguém de posição social superior à dela.

Hank fingiu estar ofendido.

— Claro que ela tinha pedigree... *do bairro da luz vermelha*! — Ele caiu na gargalhada com a própria piada.

— Ha, ha, ha — falei, séria.

— Sem querer ofender, minha querida. O dinheiro tem seu próprio pedigree. Mas, voltando ao assunto, e se for mesmo verdade? Talvez seja por isso que sua sogra foi tão contrária ao casamento de vocês. *Talvez* — disse ele, fazendo círculos com o cigarro — vocês sejam irmãos.

Ellis e eu soltamos gemidos simultâneos de nojo.

— Hank, isso não é nem um pouco engraçado! Por favor. Minha mãe *não* teve caso algum com o coronel!

— E como você pode ter tanta certeza assim? — insistiu Hank. — Talvez esse seja o motivo de sua sogra ter incentivado o coronel a sair por aí caçando monstros. A fim de que ele ficasse bem longe do perigo, digamos assim.

— Tenho certeza de que ela só queria vê-lo bem longe e ponto — retruquei. — Provavelmente foi ela mesma quem fez as malas do coronel. Provavelmente foi ela quem marcou a passagem.

— Vocês dois se esquecem de que a ideia foi dele mesmo — disse Ellis. — Ele estava louco para dar o fora dali. Fico surpreso por não ter deixado um buraco em formato de coronel na porta da frente ao sair. Mas quem pode culpá-lo por isso?

— Ela é *mesmo* um osso duro de roer — comentei.

— Pior — afirmou Ellis, entristecendo-se subitamente.

Hank recostou-se na cadeira e franziu uma sobrancelha. Olhou primeiro para Ellis, depois para mim.

— Seus copos estão vazios. Deixem eu remediar isso. — Estalou os dedos por sobre a cabeça até chamar a atenção do *bartender* e depois apontou para nossos copos.

Ellis olhou para seu copo vazio e remexeu os cubos de gelo com o misturador de coquetel.

— Bem — disse Hank, esfregando as mãos —, dadas as atuais circunstâncias, acho que vocês dois vão ficar ainda mais satisfeitos ao ouvir a notícia que eu tenho para dar.

— A menos que você tenha vindo dizer que meu pai acabou de cair morto no chão, duvido muito — ironizou Ellis, sem sequer olhar para cima.

O garçom entregou nossos novos drinques. Ellis puxou o dele para si, apanhou outro misturador de coquetel e voltou a remexer o gelo.

— Maddie, querida? — disse Hank, cheio de expectativa.

Suspirei antes de obedientemente perguntar:

— E qual é essa tal notícia?

— Consegui passagens para a gente.

— Passagens para onde? — questionei, com o mesmo tom de de sinteresse.

Apesar de eu saber muito bem do que ele falava, tentei demonstrar que não estava com ânimo para brincadeiras e que tinha plena certeza de que Ellis também não.

— Você sabe — disse Hank, com um sorriso recatado.

Parti para a abordagem direta.

— Hank, não estamos no clima para isso agora. Para começo de conversa, foi justamente essa história que nos colocou nessa confusão.

— Então achem o clima, porque zarparemos daqui a três dias.

Pousei meu copo e observei a atitude dele com atenção. Ele estava sério, porém claramente orgulhoso de si mesmo.

— Você não pode estar falando sério —disse.

— Estou falando seriíssimo — retrucou ele.

— Mas isso é impossível. Nenhum navio está saindo do país.

— Contatos, Maddie, contatos — falou ele, com um floreio. — Vamos viajar num navio da Liberty. O SS *Mallory*, um navio de carga que transporta suprimentos e faz parte de um comboio. E, falando em suprimentos, é bom vocês providenciarem um estoque de cigarros e meias-calças, tanto de náilon quanto de seda. São considerados moeda internacional, por assim dizer.

A expressão séria dele começou a me preocupar.

— Hank, não tem graça alguma.

— Não é para ter mesmo.

— Não podemos atravessar o Atlântico em plena guerra...

— Estaremos perfeitamente seguros. Vamos para as Terras Altas da Escócia. Pelo amor de Deus, é para onde mandam as crianças evacuadas das cidades!

Eu me virei para Ellis. Ele tinha deixado o gelo de lado e agora empurrava o cinzeiro para a frente e para trás.

— Querido, diga alguma coisa — implorei.

— Não precisamos de documentos nem nada do tipo? — perguntou ele.

— Isso tudo já foi providenciado também — respondeu Hank, animado. — Além de uma câmera de cinema Cine-Kodak. Depois que filmarmos o monstro, vou enviar o rolo de filme direto para a Eastman Kodak para que o revelem por lá. E *voilà*: o pessoal do contra não vai mais ter como permanecer do contra. Vamos entrar para a história. Ficar famosos!

Depois de um instante de gaguejos silenciosos, consegui perguntar:

— E o que Violet acha dessa história?

Violet era bastante sensível. Não gostava nem de quando armávamos brincadeirinhas completamente inocentes, como esconder o iate de alguém na vaga errada ou tingir de roxo a água da piscina do clube de tênis. Enviara um pedido de desculpas depois que escondemos o veleiro do general Pew nos fundos da casa dele, muito embora ela nem estivesse no local quando o crime foi cometido.

— Não faço a menor ideia. Ela saiu para resolver qualquer coisa — disse Hank. — Colocar ataduras, fazer curativos, algo assim.

— Você não contou para ela — declarei, sem acreditar.

— Ainda não — confirmou Hank, dando um gole do seu drinque. — Imaginei que é preferível um dia infernal a três.

— Ela jamais vai concordar.

— Não estou esperando que ela concorde.

— Hank, ela está esperando que você *a peça em casamento!* Você não pode simplesmente abandoná-la!

— E eu vou pedi-la em casamento assim que voltarmos. Francamente, agora estou preocupado de você ter sido contagiada por ela. Estava torcendo para que *ela* é que acabasse contagiada por você, e não o contrário.

— Hank tem razão — disse Ellis, ainda remexendo o cinzeiro para um lado e para o outro. — Antigamente você gostava de aventuras.

— E gosto, mas se meter no meio de uma guerra não é aventura alguma!

— Então pense nisso como uma excursão científica — disse Hank com toda a calma. — Sério, Maddie. Estaremos em perfeita segurança. Eu jamais sugeriria uma coisa dessas se não tivesse plena certeza, e Freddie com certeza não planejaria nada se houvesse algum perigo.

— Freddie? — perguntei, com desespero crescente. — O que Freddie tem a ver com isso?

— Ora, foi ele quem organizou tudo, claro.

Enquanto eu tentava entender o envolvimento de Freddie naquela história, Hank me olhou fundo nos olhos.

— Maddie, minha querida. Este é meu canto do cisne, minha última loucura antes de amarrarem uma bola com corrente no meu pé. E, uma vez que minha bola com corrente em particular parece estar disposta a me civilizar, você não me negaria esse último desejo, não é?

— E se inventarmos uma alternativa, algo que não vá nos explodir em pedacinhos? Sabe-se lá; talvez eu consiga mesmo acabar contagiando Violet. Quando a guerra terminar, nós a obrigaremos a ir conosco. Eu vou comprar uma calça de pescador e agarrar o monstro com minhas próprias mãos. Não, melhor ainda, vou comprar uma calça de pescador para Violet também e arrastá-la esperneando até o lago comigo! Não seria engraçadíssimo?

Hank inclinou-se para a frente e pressionou dois dedos sobre meus lábios.

— Shhhh — disse ele. — Precisamos fazer isso. Por Ellis.

Ellis de repente olhou para nós. O fogo havia voltado aos seus olhos.

— Vamos, vamos sim. Vamos fazer essa droga de uma vez. Isso vai consertar tudo.

— O quê? O que isso vai consertar? — questionei.

— Tudo — repetiu ele.

Percebi que não havia jeito de argumentar com ele — pelo menos não ali, e com certeza não na frente de Hank.

— Vou querer um desses cigarros — falei, balançando o pé por baixo da mesa e olhando de cara feia para as fileiras de garrafas cintilantes atrás do balcão.

Num instante, Hank já tinha aberto seu estojo e o oferecia para mim. Deixei que ele o segurasse três segundos a mais do que seria confortável e, então, apanhei um cigarro.

Hank inclinou-se para a frente, completamente calmo, e acendeu o isqueiro, um Dunhill de prata inoxidável com um relógio na lateral. Traguei algumas vezes, o bastante para acender aquele treco, depois empurrei a cadeira para trás e saí marchando em direção aos elevadores, deixando os saltos baterem ruidosamente no piso de mármore. Atirei o cigarro no primeiro cinzeiro que vi pela frente, porque odiava cigarros, coisa que tanto Ellis quanto Hank sabiam muito bem. Pedir um cigarro fora um gesto simbólico, indicando que Ellis deveria ir atrás de mim no nosso quarto. Em vez disso, porém, ele continuou no bar com Hank.

Andei de um lado para o outro no quarto, tentando me convencer de que aquilo não passava de uma brincadeira, que Hank só estava nos pregando uma peça, mas todos os meus instintos me diziam o contrário. Ele fornecera detalhes demais e, se aquilo fosse mesmo uma farsa, ele não continuaria depois de ver a reação de Ellis... a menos que os dois tivessem armado tudo juntos, o que me parecia menos provável ainda. Eles não haviam tido a oportunidade de ficar a sós para planejar.

Eu só queria que tudo voltasse ao normal, mas a única maneira de isso acontecer seria encontrando uma solução que fizesse tanto o coronel quanto Ellis saírem daquela história com a dignidade intacta. Se as acusações tivessem se limitado à sala de estar, onde a única testemunha fora o canário, a amnésia coletiva poderia ser uma opção. Mas não: o coronel fora envergonhado em público.

A parte que mais me assustava, que me levava a pensar que Hank realmente tinha aquilo tudo planejado, era a menção a Freddie. Se existia alguém capaz de fazer arranjos como aquele, era Freddie Stillman, cujo pai era um almirante — mas o motivo de ele se dispor a nos ajudar consistia um mistério para mim. Nós quatro tínhamos sido muito amigos, um quarteto em vez de um trio, durante um verão maravilhoso em Bar Harbor, Maine, até eu rejeitar seu pedido de casamento absolutamente inesperado — e provavelmente não com o tato que deveria. Dez dias depois, fugi para casar com Ellis, e desde então nós não trocamos nem uma palavra sequer. Isso ocorrera há quatro anos e meio.

Fiquei surpresa por Hank ainda manter contato com ele, principalmente porque corriam boatos de que Freddie estivera de olho em Violet antes de Hank aparecer em cena e arrebatar seu coração.

Ellis voltou horas mais tarde, completamente bêbado, e confirmou meus temores. Não era brincadeira nenhuma e ele estava absolutamente decidido a ir em frente.

Observei, com o máximo de delicadeza possível, o que era óbvio ou pelo menos eu esperava que fosse: não fazia o menor sentido a gente se atirar no meio de um oceano repleto de submarinos de guerra para caçar um monstro que provavelmente nem sequer existia, muito menos se o intuito fosse apenas provar o valor dele diante de pessoas ignorantes demais para se darem conta de que ele tinha tanta honra quanto qualquer uma delas. *Nós* sabíamos da verdade. *Eu* sabia da verdade. Seria difícil, mas juntos conseguiríamos suportar as críticas até a guerra terminar.

Ellis investiu contra mim com tanta agressividade que quase não o reconheci.

Claro que o monstro existia, disse ele. Só um idiota acharia o contrário. Esqueça as visões e as fotos, incluindo as do pai dele — que, aliás, eram as melhores dentre todas: a própria Scotland Yard confirmara a existência do monstro quando solicitou ao coronel que não o molestasse.

Ele continuou gritando comigo, agitando os braços naquele quartinho minúsculo repleto de malas, mas, enquanto eu absorvia o fato de que ele tinha mesmo me chamado de idiota, o que realmente chamou minha atenção foi ele ter mudado completamente sua atitude em relação às fotos de seu pai.

Tentei processar aquilo enquanto Ellis apontava para o papel de parede enrolado nos cantos, enquanto apontava para as manchas de água no teto, enquanto passava o dedo pelo peitoril da janela e o levantava para inspecionar a sujeira. Teria ele estado ao lado do pai o tempo inteiro? E, se isso fosse verdade, por que então fizera a acusação horrenda da noite passada — e dissera aquelas coisas terríveis no fim da festa?

Eu não havia dito absolutamente nada desde a minha primeira observação, mas ele continuava falando sem parar, como se eu estivesse discutindo com ele.

Será que eu realmente desejava morar naquele depósito de lixo, vivendo como uma refém, aguardando para ver se o coronel iria cortar a mesada dele completamente? E se cortasse? E aí? Será que eu acharia bacana agir como os Scott Lyons, criando dívidas em toda parte e depois fugindo de hotel em hotel? Porque ele, com certeza, não achava.

Nós iríamos para a Escócia, era nossa única opção, e só voltaríamos a pôr os pés neste continente depois que Ellis encontrasse o monstro que o coronel falsificara.

Ele parou, inflamado e suado, ofegante, esperando que eu o desafiasse, mas meu cérebro só conseguia processar o fato de que ele mais uma vez invertera sua opinião sobre o pai — tudo isso em uma questão de segundos.

Eu testemunhara em primeira mão o quanto a sociedade havia maltratado Ellis — especialmente o seu próprio pai — e sabia muito bem da carga que ele vinha carregando às costas. Durante quatro anos aguentei firme, impotente, enquanto o rapaz feliz e confiante que conheci em Bar Harbor se esfarelava, transformando-se no homem amargo e desconfiado que naquele exato instante se encontrava enraivecido à minha frente, um homem com a certeza de que as pessoas sempre olhavam para ele e comentavam às suas costas, um homem que se irritava cada vez mais com minhas tiradas clichê de Pollyanna porque sabia que eram vazias. Mas, como eu havia observado a degeneração dele muito aos poucos, até aquele momento não tinha percebido que ele já ultrapassara seus próprios limites há muito tempo. O que estava em jogo, agora, era sua autoestima.

Hank tinha razão. Ellis precisava disso.

Atravessei o metro e meio que nos separava e o abracei, pressionando o rosto contra seu peito. Depois de alguns segundos de hesitação espantada, ele também me abraçou, e, poucos segundos depois, senti seu corpo relaxar.

— Sinto muito, minha querida, não sei o que me deu — disse ele.

— Tudo bem — falei.

— Eu nunca devia ter falado assim com você. Não tem desculpa. Você não fez absolutamente nada de errado.

— Eu entendo, meu amor. Tudo bem.

— Oh, meu Deus, Maddie — sussurrou ele ao pé do meu ouvido. — Hank tem razão. Quebraram o molde depois que fizeram você. Não consigo imaginar o que fiz para te merecer.

Por um instante, por mais absurdo que fosse, achei que talvez ele quisesse fazer amor, mas, pelos movimentos de seu peito, percebi que estava começando a chorar, e o abracei com mais força ainda.

Se encontrar o monstro era o preço para Ellis se recompor novamente, que assim fosse. Eu só torcia para que o tal monstro realmente existisse.

E assim, três dias depois, navegamos para o meio da Batalha do Atlântico.

Capítulo Cinco

Vi o primeiro rato antes mesmo de o navio zarpar.

Embora nossas cabines ficassem no alojamento dos oficiais, eram apenas duas e minúsculas; portanto, eu e Ellis fomos obrigados a dividir uma cama muito pequena — um beliche, na verdade —, o que em si já tornaria impossível dormir, mesmo que o motor que alimentava o leme não se localizasse logo abaixo de nós. Na cabine havia uma pequena bacia para se lavar, mas o banheiro era compartilhado. Eu, a única mulher a bordo, era, desse modo, obrigada a me lavar na pia. Além disso, fiquei tão enjoada que não conseguia manter nem uma bolacha de água e sal parada no estômago.

Quando eu não me encontrava com a cabeça pendurada sobre a pia tentando não vomitar, estava deitada no beliche com os braços em volta da barriga, esforçando-me ao máximo para olhar ao longe, o que no caso significava tentar focar algum ponto além da parede da cabine, que ficava próxima demais.

No dia anterior ao de nossa chegada prevista à base naval escocesa, submarinos alemães atingiram com torpedos um dos navios do nosso comboio. Demos meia-volta para resgatar homens da água, que, por estar tão repleta de combustível, incendiara-se. Os alemães ainda estavam por perto, claro, e podíamos sentir o impacto dos torpedos atirados lá embaixo. Eu tinha medo não apenas de o navio virar, mas também de ser partido em dois. Os itens que estavam soltos voavam pelo quarto. A luz acendia e apagava, e a cabine se tornou tão enfumaçada que eu não conseguia respirar sem tossir. Os lenços que segurava contra o meu nariz ficavam cor de chumbo. Ellis tomava comprimidos aos punhados — ele tinha renovado minha receita médica antes de partirmos e trouxera uma quantidade muito maior de remédio do que o normal, uma vez que não sabia por quanto tempo nos ausentaríamos, e a quantidade que ele consumiu me alarmou.

Quando começaram os disparos dos torpedos, Hank encolheu-se num canto com uma garrafa de uísque, dizendo que, como ia morrer, então que morresse bêbado. Eu gritava todas as vezes que um dos canhões do convés disparava um tiro. Ellis vestiu o cinto salva-vidas e me pediu que fizesse o mesmo, mas não pude. Prender algo na minha barriga me impediria de respirar e aumentaria meu pânico; além disso, que diferença poderia fazer? Se o navio afundasse, os alemães não nos resgatariam do mar, e, ainda que resgatassem, os pobres homens que o SS *Mallory* conseguiu salvar estavam tão gravemente queimados que provavelmente acabariam morrendo de qualquer maneira.

Sofri um surto de raiva e choro: atirei um despertador em Hank, que se desviou sem dizer uma palavra e acendeu outro cigarro. Bati com os punhos fechados no peito de Ellis e disse que ele havia nos atirado no meio de uma guerra só porque seu pai não passava de um velho estúpido, teimoso e irascível, e que agora, por causa dele, nós iríamos morrer. Disse que esperava que o coronel caísse morto no chão com seus sapatos A. Testoni, de preferência depois de receber a notícia de que tínhamos morrido no meio de uma explosão, porque ele era um falastrão farsante e egomaníaco que não apresentava o menor pingo de compaixão por ninguém na face da Terra, nem mesmo — principalmente — pelo seu próprio filho. Declarei que Edith Stone Hyde era uma vaca velha, amarga e puritana, e disse que torcia para que ela vivesse até uma idade avançada, solitária, para poder colher os frutos e as fatais consequências do tratamento que dispensou a nós. Disse a Ellis que, tão logo pisássemos em solo firme, eu ia virar as costas e pegar o primeiro navio de volta, porém, assim que disse aquilo, soube que nunca teria coragem de encarar outra viagem marítima. Falei que idiota era *ele*, e que sua obsessão idiota — e do seu pai — com aquele monstro idiota significaria o fim de todos nós e que, se ele conseguia pensar num motivo mais idiota para morrer do que aquele, eu adoraria saber qual era.

A falta de reação de Ellis era quase mais assustadora do que os torpedos, porque percebi que ele também pensava que iríamos morrer. Então senti culpa e chorei em seus braços.

Quando finalmente atracamos, já anoitecia. Ao longo dos últimos dois dias, tive receio de que trocaríamos de navio em vez de atracar, porque todos diziam que nosso destino era o HMS *Helicon* — mas, aparentemente, isso significava apenas um codinome para a Base Naval de Aultbea.

Eu estava tão desesperada para deixar o navio que saí cambaleando pelo convés enquanto os feridos ainda estavam sendo descarregados para o solo. Ellis veio atrás de mim, mas, ao ver os homens queimados, deu as costas e voltou.

Alguns deles não pareciam mais humanos — carbonizados e deformados, a carne derretida como cera de vela. Seus gemidos de agonia eram terríveis de se ouvir, mas mais terrível ainda eram os que estavam em silêncio.

Um deles me olhou ao passar por mim carregado numa maca, a cabeça balançando ligeiramente no ritmo dos passos dos homens que o transportavam. Seu rosto e seu pescoço estavam negros, a boca aberta e sem lábios, expondo tantos dentes que me fazia lembrar um peixe-papagaio. Imediatamente eu me odiei por aquela comparação. Seus olhos eram castanho-claros, e os braços terminavam em ataduras logo abaixo dos cotovelos. O couro cabeludo descascado era uma combinação de manchas roxas e negras, as orelhas tão carbonizadas que eu sabia não haver esperança de salvá-las.

Ele sustentou meu olhar até eu virar o rosto envergonhada, encostando a testa na tinta branca salgada da parede externa do navio. Fechei bem os olhos. Se encontrasse forças para voltar à cabine lá embaixo, teria voltado, mas não encontrei. Em vez disso, continuei de olhos fechados e levei as mãos até as orelhas. Por mais que conseguisse abafar a maioria dos sons, não conseguia deixar de ouvir a vibração dos passos no convés. Eu tinha consciência excruciante de cada vida arruinada que passava por mim. Só Deus sabe como a vida daqueles homens, caso sobrevivessem, seria diferente. Tentei não pensar em suas mães, esposas, namoradas.

Quando finalmente autorizaram nosso desembarque, desci cambaleando a rampa até as docas. Meus joelhos fraquejaram e, se Hank não estivesse ali para me segurar, eu teria tombado pela beirada. Minha visão oscilava para a frente e para trás. Nem conseguia saber direito qual era o lado de cima das coisas.

— Deus do céu, Maddie! — disse ele. — Você quase caiu. Está tudo bem?

— Não sei — falei, com a voz rouca. — Eu tenho a sensação de que ainda estou naquele navio.

Ellis segurou meu outro cotovelo e, juntos, os dois me conduziram para fora das docas. Estiquei um braço e me apoiei num poste pintado de branco, mesma cor do meio-fio aos meus pés.

— Maddie? Está tudo bem? — perguntou Ellis.

Antes que eu pudesse responder, um homem de sobretudo de lã e chapéu se aproximou de nós. Era alto, de ombros largos e bochechas coradas, e usava luvas de couro pretas e um tapa-olho. Seu olho bom alternou-se entre Ellis e Hank.

— Henry Boyd?

— Sou eu — informou Hank, acendendo um cigarro.

— Bom, eu sabia que era um de vocês — falou o homem com um sotaque cantado, deixando as explicações para nossas elucubrações. — Vou levar vocês. Cadê suas coisas?

— Ainda a bordo. Os carregadores estão por aí em algum lugar — disse Hank, fazendo um gesto vago na direção do navio.

O homem riu.

— Eu sou seu motorista, não seu lacaio.

Hank ergueu as sobrancelhas, surpreso, mas o homem enfiou as mãos nos bolsos, virou as costas e começou a assoviar. Não tinha nem o lóbulo nem parte da cartilagem da orelha que ficava do lado do tapa-olho. Uma cicatriz tênue subia pelo seu pescoço e desaparecia por baixo dos cabelos ruivos.

Ellis sussurrou:

— Acho que você precisa dar uma gorjeta para ele.

— Mas Freddie falou que já estava tudo acertado — retrucou Hank.

— Pelo visto não está — murmurou Ellis.

— Bem, alguém faça *alguma coisa*! — berrei.

Hank pigarreou para chamar a atenção do homem.

— Não sei como eu poderia recompensar seu esforço...

— Ah, sim — disse o homem com tom firme, mas jovial. — Um agradinho eu não tenho como recusar, não.

Depois que nossos baús e malas finalmente foram identificados, reunidos e descarregados — uma façanha da engenharia que resultou numa montanha desajeitada de bagagens presas ao teto e ao porta-malas do carro —, nosso motorista levantou a única sobrancelha que estava à vista e olhou para a cintura de Ellis.

— Olha, acho que você não vai mais precisar disso aí — disse ele.

Ellis olhou para baixo: ainda usava o cinto salva-vidas. Virou as costas e desajeitadamente o desprendeu, largando-o, em seguida, na base de um poste. Pude sentir profundamente a sua vergonha.

O motorista abriu a porta de trás do carro e fez sinal para que eu entrasse. Um cobertor sujo cobria o assento.

— Entra aí — falou. E piscou para mim. Acho.

Ellis entrou logo em seguida. Hank deu uma única olhada no cobertor antes de marchar para o banco da frente. Ficou ao lado da porta do passageiro, esperando que o motorista a abrisse.

— Como é, entra ou não entra? — perguntou o homem, inclinando o queixo na direção do câmbio de marchas.

Por fim, relutantemente, Hank deu meia-volta e veio sentar-se no banco de trás. Ellis franziu a testa e passou para o meio do banco. Hank ficou no outro canto.

— Certo, então! — disse o motorista. Fechou nossa porta, sentou-se em seu assento e continuou a assoviar.

Capítulo Seis

Depois de quatro horas e vinte minutos de completo tormento e enjoo, com o motorista jogando o carro como um louco nas curvas fechadas, apesar (ou talvez justamente por isso) de ter sido obrigado a parar nada mais, nada menos do que seis vezes para eu poder inclinar o corpo para fora do carro e vomitar, ele parou o carro e declarou que tínhamos chegado ao nosso destino.

— Chegamos! — disse, alegremente, desligando o motor. — Lar, doce lar.

Olhei para fora. Para mim, não parecia termos chegado a lugar algum.

Meu estômago começou a se revirar de novo, e eu mal podia esperar até o motorista sair e abrir a porta para mim, embora ele obviamente não estivesse com a menor pressa de nada. Tentei abrir a maçaneta, empurrando-a para a frente e para trás até finalmente perceber que eu deveria virá-la. Quando consegui abrir a porta, caí junto com ela e aterrissei de joelhos sobre o cascalho.

— Maddie! — gritou Ellis.

— Estou bem — falei, ainda segurando a maçaneta da porta. Olhei para cima, por entre as mechas de cabelo que tinham caído em meu rosto. As nuvens se moveram e expuseram a lua, e à luz do luar pude ver nosso destino.

Era um prédio atarracado de paredes cobertas por um revestimento de areia e pedrinhas minúsculas, com pesadas cortinas pretas nas janelas dos dois andares. Havia uma placa de madeira pendurada junto à porta de entrada, balançando ao vento:

THE FRASER ARMS
PROPRIETÁRIO A. W. ROSS
AUTORIZADO A SERVIR CERVEJA E BEBIDAS ALCOÓLICAS
COMIDA BOA, QUARTOS
EST. 1547

Meu enjoo aumentou em ondas urgentes, e, embora eu não pudesse acreditar que ainda existia alguma coisa para pôr para fora, empertiguei-me e saí cambaleando na direção de uma bacia de madeira com violetas meio queimadas pelo frio, localizada ao lado da porta de entrada. Entretanto, trombei contra a parede, atingindo-a primeiro com as mãos abertas e depois com minha bochecha esquerda. Fiquei ali um instante, o rosto achatado contra a superfície pedregosa.

— Maddie? Está tudo bem? — perguntou Ellis em algum lugar às minhas costas.

— Sim, estou ótima — respondi.

— Você não parece ótima.

Eu me virei e deslizei pela parede, o casaco e os cabelos arrastando-se contra as pedrinhas incrustadas, até ficar agachada de cócoras.

A neve se acumulou em meus joelhos nus. Em algum lugar ao longe, uma ovelha baliu.

— Maddie?

— Estou ótima — repeti.

Observei Ellis e Hank saírem do carro, olhando-os com um sentimento semelhante ao ódio.

Ellis deu alguns passos na direção do edifício e leu a placa. Ergueu as sobrancelhas e olhou para Hank.

— É *aqui* que a gente vai ficar?

— Pelo jeito, é — respondeu Hank.

— Parece mais um monte de entulho — disse Ellis. — Ou uma daquelas casas comunais de sapé compridas. Do... sei lá, do Arizona, ou coisa assim.

— O que você estava esperando, o Waldorf-Astoria? — perguntou Hank. — Você sabia que seria uma viagem difícil. Pense nisso como um acampamento.

Ellis soltou um muxoxo.

— Isso é um eufemismo e tanto.

— Onde está seu espírito de aventura?

— Caiu na latrina do navio, suponho — respondeu Ellis. — E suponho também que foi Freddie quem escolheu esse lixo.

— Obviamente.

— Ele podia ter mandado a gente para uma caverna que daria na mesma.

Ellis deu um passo à frente e bateu à porta. Esperou, quem sabe, meio minuto, depois bateu de novo. Quase que imediatamente em seguida começou a socá-la com toda a força.

A porta se escancarou e Ellis saltou para o lado quando um homenzarrão vestido com uma calça de pijama listada de azul e camisa regata branca irrompeu do prédio. Era alto, largo, extremamente musculoso. Os cabelos negros estavam espetados em tufos, a barba desgrenhada e ele estava descalço. Parou, correu os olhos por Ellis e Hank e depois inclinou o corpo para o lado a fim de olhar o carro atrás dos dois.

— E o que exatamente vocês desejam a essa hora da noite? — perguntou, com voz inquisidora.

— Precisamos de quartos — respondeu Hank com um cigarro apagado entre os lábios. Ele abriu a tampa do isqueiro, mas, antes que pudesse acendê-lo, o homem esticou rapidamente a mão e o fechou com um gesto brusco.

— Você não pode fumar aqui fora! — exclamou ele, sem acreditar no que via.

Depois de uma pausa espantada — a mão do homem tinha passado a centímetros do rosto dele —, Hank perguntou:

— E por que não?

— Por causa do Blecaute. Você é o quê, idiota?

Hank deslizou tanto o cigarro quanto o isqueiro para dentro do bolso.

— São americanos, é isso? — continuou o homem.

— Isso mesmo — concordou Hank.

— Cadê o seu oficial de comando?

— Não estamos sendo aquartelados. Somos civis — disse Hank.

— Ah. Neste caso, podem dar o fora e achar outro lugar pra ficar. — O homem virou a cabeça para a esquerda e cuspiu no chão. Se tivesse virado a cabeça para a direita, teria me visto.

— Creio que já foi tudo acertado — insistiu Hank. — O nome Frederick Stillman não lhe diz nada?

— Absolutamente nada. Deem o fora e me deixem em paz. — Ele virou as costas, planejando deixar-nos na estrada.

Sufoquei um soluço. Se não dormisse em uma cama depois de tudo pelo que havíamos passado, acho que perderia a vontade de continuar vivendo.

— Espere — disse Hank. — Quer dizer que você não tem quartos vagos?

— Eu não disse isso — retrucou o homem. — Você tem ideia de que horas são?

Hank e Ellis trocaram olhares.

— Claro — falou Ellis. — Sentimos muito por isso. Talvez possamos fazer esse inconveniente valer a pena.

O homem soltou um resmungo.

— Acabou de falar como um riquinho. Eu não trato com gente da sua laia. Podem dar o fora. — Ele fez um gesto de nos enxotar com as costas da mão.

O motorista, que continuava ao lado do carro, soltou um muxoxo de desdém.

— Por favor — disse Ellis, rapidamente. — A viagem foi difícil, e minha esposa... está indisposta.

O homem parou onde estava.

— Sua *o quê?* — perguntou ele, devagar.

Ellis inclinou a cabeça em minha direção.

O homem virou-se e me viu agachada, encostada na parede. Observou-me por um instante e depois tornou a olhar para Ellis.

— Quer dizer então que você arrastou uma mulher pelo Atlântico no meio de uma guerra? Você não tem nada nessa sua cabeça?

O rosto de Ellis assumiu uma expressão sombria, mas ele não disse nada.

Os olhos do homem viraram-se brevemente para cima e, em seguida, ele balançou a cabeça.

— Tudo bem. Podem passar a noite aqui, mas só por causa da sua esposa. E tragam depressa essa tralha para dentro, senão vou acabar recebendo uma advertência por causa do Blecaute. *De novo*. E, se isso acontecer, não vou ser eu quem vai pagar a multa, que isso fique bem claro.

— Claro, claro. Com certeza — disse Hank. — Escute, poderia fazer a gentileza de chamar seu carregador?

O homem respondeu com uma única gargalhada curta e entrou na hospedaria.

— Hã... — comentou Hank. — Acho que eles não têm carregadores.

— E por que isso surpreende você? — indagou Ellis.

Hank olhou para o carro, cuja suspensão estava significativamente mais baixa devido ao peso de nossa bagagem.

Ellis aproximou-se de mim e estendeu as mãos. Enquanto me ajudava a levantar, disse:

— Entre, encontre um lugar para se sentar e peça àquele bruto que lhe traga uma bebida. Eu e Hank vamos entrar assim que resolvermos essa questão.

Entrei. A pesada porta de madeira rangeu nas duas direções, e, quando se fechou com um ruído baixo, olhei, timidamente, ao redor.

Não havia nem sinal do homem barbudo, embora ele tivesse deixado um lampião de querosene em um longo balcão de madeira à minha esquerda, atrás do qual pude ver uma fileira de torneiras brilhantes de cerveja: McEwan's, Younger's, Mackeson e Guinness, e mais algumas que não consegui ler. Em uma delas havia uma placa de papelão informando que aquela cerveja estava temporariamente em falta.

A luz do lampião tremulou sobre as garrafas nas prateleiras atrás do balcão, refletindo-se e ampliando-se no espelho atrás delas. Tive a clara impressão de ali existir um salão idêntico àquele, porém invertido, e por um instante fiquei na dúvida se eu não tinha ido parar no salão errado.

Havia diversas mesas e cadeiras na frente do balcão e um rádio num painel alto de instrumentos na parede dos fundos. O teto, baixo, era suportado por vigas escuras e grossas, e o piso, feito de enormes pedras. As paredes eram cobertas de gesso e, mesmo à luz fraca do lampião, pude ver as bordas ligeiramente erguidas dos rastros da trolha. Um tecido grosso e preto cobria as janelas, e então compreendi que os postes e meios-fios pintados de branco que eu vira em Aultbea provavelmente haviam sido pintados dessa cor para ajudar as pessoas a se orientarem à noite durante o Blecaute.

À direita havia uma grande lareira de pedra na frente da qual se encontrava uma gama variada de móveis descombinados. Aparentemente, eram todos vitorianos: um sofá e duas cadeiras de espaldar alto posicionados frente a frente sobre um tapete oriental gasto, e entre eles uma mesa baixa e pesada. Dentro da lareira, uma camada lisa de cinzas ainda emitia um fraco brilho alaranjado.

Fui, então, até o sofá e me sentei na beirada, depois estiquei meus dedos dormentes em direção às brasas. Elas cheiravam a terra defumada. Os troncos empilhados ao lado não eram de madeira, mas eu não fazia a menor ideia do que eram. Retangulares e estriados, mais pareciam barras gigantescas de chocolate Cadbury Flake que a avó britânica de um dos meus colegas da escola lhe mandava e que tanto cobiçávamos.

Um cachorro de pelagem cinzenta encardida apareceu de repente e se materializou bem ao meu lado. Enrijeci. Era extremamente alto e magro como um galgo, com as mesmas costas arredondadas e barriga encovada. O cão me olhou com olhos escuros e tristes, a cauda enfiada no meio das pernas.

— Não tenha medo. Ele não vai te fazer mal.

O homem barbudo tinha entrado por uma porta atrás do balcão. Apanhou o lampião, atravessou a sala e colocou um copo com alguma bebida borbulhante na mesa à minha frente.

O teto baixo acentuava sua altura, mas ele seria imponente independentemente das circunstâncias. Tinha olhos de um tom azul impressionante e improvável sob sobrancelhas tão desgrenhadas quanto sua barba. Continuava descalço e sem robe, e aparentemente não ligava a mínima para isso.

— Quer dizer que vocês fizeram uma viagem difícil?

— Sim. — Levei a mão instintivamente aos meus cabelos para checar o estado em que estavam, mas, a julgar pelo que eu conseguia ver do meu peito para baixo, tinha uma boa ideia de como devia estar.

Ele fez sinal para o copo.

— Água tônica. É para acalmar seu estômago.

— Obrigada — falei. — É muito gentil da sua parte.

Senti seus olhos sobre mim. Depois de uma pausa silenciosa, ele disse:

— Suponho que você ouviu dizer que está acontecendo uma guerra.

Senti um arrepio familiar na nuca. Virei-me para ver se Ellis estava por perto, mas ele e Hank continuavam lá fora, do outro lado da porta fechada, no meio de uma discussão acalorada com o motorista.

— Ouvi, sim.

— Seu marido e o amigo dele não parecem ter nenhum defeito físico.

— Meu marido e seu colega vieram realizar pesquisas científicas — declarei.

O homem atirou a cabeça para trás e soltou uma risada.

— Claro. Caçadores de monstros. Absolutamente brilhante. E eu aqui pensando que vocês eram turistas que tinham vindo ver como é uma guerra.

Ele pousou o lampião na mesa e indicou um quadro de chaves pendurado atrás do balcão.

— Podem ficar no dois e no três, ou no quatro e no cinco, ou no dois e no seis, tanto faz. Pra mim não faz a menor diferença. Mas andem logo. Não quero que fiquem aí desperdiçando minha parafina.

Aquilo fez meu sangue subir e tomei coragem. Nunca tinha conhecido um homem tão mal-educado.

— Certamente o senhor quis dizer querosene — retruquei.

— Acho que eu sei o que foi que eu quis dizer — falou ele, virando as costas para ir embora.

— Espere — disse rapidamente. — Não quer nem saber nossos nomes?

— Para falar a verdade, não. O que eu quero é voltar pra minha cama. — Ele deu um tapa em sua coxa. — Conall, *thig a seo!*

O cachorro foi para o lado dele e os dois caminharam até a escuridão atrás do balcão.

Eu ainda olhava fixo para o local por onde tinham desaparecido quando Hank e Ellis apareceram pela porta da frente carregando um baú. Eles o deixaram cair sobre o piso de pedra gasto e olharam em torno.

— Onde está o interruptor? — perguntou Ellis, piscando enquanto tateava as paredes.

— Acho que não existe interruptor — respondi.

Observei os olhos de Ellis correrem pelos diversos lampiões e suportes de vela presos nas paredes. Eram todos cobertos por globos de vidro — lampiões a óleo.

— Está brincando? Não tem luz elétrica aqui?

— Acho que não — falei.

Seus olhos pousaram no rádio.

— E isso?

— Talvez seja de pilha, sei lá — respondi. — O motorista não vai ajudar vocês com a bagagem?

— Ele foi embora — disse Hank. — Largou tudo aí na frente.

— Você bem que podia ter dado outra gorjeta para ele — provocou Ellis.

— Acho que agora era sua vez — retrucou Hank.

Ellis olhou feio para ele.

— O que foi? É dinheiro, só isso — disse Hank. — Enfim, seja como for, agora não importa mais. Ele já foi embora e precisamos de ajuda.

Onde está aquele escocês encantador?

— Tenho certeza absoluta de que voltou para a cama — falei.

— Mas precisamos de ajuda! Você viu para que lado ele foi? — insistiu Hank, virando o pescoço. Seus olhos pousaram na porta atrás do balcão.

— Hank, por favor. Deixe o homem em paz.

Capítulo Sete

— Deus do céu, Maddie... o que você trouxe? Eu disse para trazer meias, não lingotes de ouro! — exclamou Hank, arrastando uma das minhas malas atrás de si e a fazendo bater em cada degrau da escada.

— Ah, só o essencial — respondi.

Eu estava no topo da escada, segurando o lampião, enquanto Hank e Ellis subiam com nossa bagagem. Morria de frio e sentia-me enjoada, e, por causa disso, como seria de esperar, o lampião oscilava. Temi acabar caindo no chão e ateando fogo no carpete.

— Além de âncoras e bigornas, pelo jeito — disse Hank, soltando a mala e enxugando as mãos.

Ellis apareceu atrás dele com duas caixas de chapéu.

— Acabou — declarou.

— Na verdade, não — discordou Hank. — Ainda precisamos colocar isso tudo dentro dos quartos. Não sei por que Maddie não me deixou acordar o Paul Bunyan.

— Ela não gosta de incomodar os funcionários — disse Ellis.

— E por que motivo? — retrucou Hank, olhando para mim surpreso. — Não é para isso que servem os funcionários?

— Bem, eu diria que sim — respondeu Ellis.

— Sabe, ainda está em tempo de chamá-lo — disse Hank.

— Não está, não! — retruquei, irritada. — Ele falou que podíamos ficar com qualquer um dos quartos de dois a seis; portanto, que tal fazermos isso e ir logo para a cama?

— Certo, querida — disse Hank, olhando para a fileira de portas. — Eu só estava observando que seria muito mais rápido se tivéssemos ajuda. Não precisa ficar brava.

Saí cambaleando em direção à mesinha do corredor para me livrar do lampião. Estava tão tonta quanto no momento em que pisei para fora do navio. Se não soubesse que era impossível, juraria que a casa inteira balançava.

— Por que vocês acham que não podemos ficar no quarto um? — questionou Hank.

Eu me virei e vi que ele estava forçando a maçaneta do quarto trancado.

— Pare, Hank! Pelo amor de Deus. Provavelmente tem alguém dormindo aí dentro, e todos os outros quartos estão vazios!

Ele continuou forçando a maçaneta.

— Mas e se for esse o quarto que eu quero? E se for o único que tiver um banheiro decen...

De repente, a porta se abriu, arrancando a maçaneta da mão de Hank. Ele deu um grande passo para trás quando uma estonteante mulher ruiva saiu irritada até o corredor segurando um atiçador de ferro.

— Posso saber que diabo vocês querem? — berrou ela, com sotaque forte. Os cabelos estavam amarrados em cachos com tiras de pano, e ela usava uma camisola branca de tecido grosso. Plantou-se bem na frente de Hank, segurando o atiçador com as mãos.

— Henry Winston Boyd IV — disse Hank, sem se afetar, e estendeu a mão. — E você?

Ela virou a cabeça e berrou para o corredor:

— Angus! *ANGUS*!

Hank recuou um passo e levantou as mãos, num gesto de trégua.

— Não, calma. Somos hóspedes também. Acabamos de chegar. Está vendo? — Ele apontou para nossas bagagens espalhadas pelo corredor.

Ela olhou para aquilo, depois para mim e para Ellis, e finalmente voltou a olhar para Hank. Deu um passo decidido na sua direção, brandindo o atiçador diante do rosto dele.

— Eu não sou hóspede nenhuma! — disse, estreitando os olhos acusadoramente. — Sou Meg, e só pego no batente amanhã à noite. Por isso, pode ir tirando o cavalinho da chuva porque eu não vou fazer nada pra você antes disso. Isso vale pra vocês também. — Ela voltou para dentro do quarto e bateu a porta com força.

Depois de um momento de silêncio, Hank disse:

— Acho que ela gostou de mim.

— Escolha um quarto e pronto — falou Ellis.

— Não, é sério. Acho que gostou mesmo.

Os quartos eram apertados e deprimentes: cada um deles possuía uma cômoda com um espelho, uma cama estreita com duas mesinhas de cabeceira e, mais à frente, uma pequenina área de estar com uma poltrona surrada, uma lareira e uma única janela coberta com tecido preto. O papel de parede desbotado tinha estilo vitoriano, e os tapetes eram todos gastos.

Hank escolheu o quarto dois, e eu e Ellis ficamos com o cinco e o seis, respectivamente. Embora Hank não tivesse explicado por que escolhera aquele quarto específico, não era difícil imaginar o motivo.

Apesar de tudo o que havíamos passado, ele tramava uma conquista amorosa. Eu, que já me sentia irritada com ele em solidariedade a Violet (tinha certeza absoluta de que ele nem contara a respeito da viagem), fiquei furiosa. Então me ocorreu que talvez, para Hank, ficar com Meg não significasse uma traição. Talvez ele apenas pensasse que era seu direito. O direito do senhor sobre as servas.

Havia vários boatos sobre Hank, incluindo um a respeito de uma criada de cozinha que ficou grávida, sendo infrutiferamente acusada de roubo pela mãe dele, e que pouco tempo depois sumiu de cena, ao que se dizia com uma bela quantia de dinheiro. O ponto alto da história consistia em como a mãe de Hank tinha plantado um conjunto de jantar de prata completo estilo georgiano no quarto da garota e depois chamado a polícia. A verdadeira causa da confusão foi, assim, disfarçada, com a explicação vaga de que "os homens são assim mesmo". Sempre que eu ouvia aquela história, a criada nunca me parecia uma pessoa real, nem seu filho. Agora, eu me perguntava: será que Hank alguma vez pensava neles?

— Vou me deitar — avisei, deixando que os homens cuidassem da bagagem.

Meu quarto era o último à esquerda. Acendi a vela sobre a cômoda e caí na cama, de sapato e tudo, esperando que eles trouxessem minhas coisas.

— Sabe aquela porta dos fundos que pensamos que era um armário? — perguntou Hank, arrastando um baú para dentro do quarto. — É um banheiro. Graças a Deus.

— Compartilhado! — gritou a voz de Ellis do corredor.

— Com água encanada! — ralhou Hank em resposta. Olhou para mim e deu uma piscadela. — Espere — sussurrou ele, levando um dedo aos lábios. — Espere... a qualquer segundo agora...

No corredor, Ellis murmurou algo inaudível.

Hank soltou uma gargalhada trovejante.

— Ele sempre dá um jeito de ter a última palavra! Ou pelo menos é o que ele acha. Bem, o banheiro. Fica dentro da casa e ao lado do seu quarto, sua sortuda.

Por mais que eu sentisse vontade de cair no sono, precisava pelo menos limpar a sujeira do meu rosto e escovar os dentes. Consegui me reanimar o suficiente para vasculhar por entre minha bagagem e encontrar o que precisava — não foi nada fácil, porque, no meu pânico de arrumar as malas para aquela viagem, eu desfizera a arrumação cuidadosa de Emily. Tinham nos avisado que teríamos espaço limitado para bagagens no navio cargueiro — a maior ironia que eu já ouvira; afinal, um cargueiro não tinha sido feito justamente para estocar coisas? No fim, acabei atirando tudo a esmo nas malas, freneticamente, certa de que qualquer coisa que eu não trouxesse poderia acabar se mostrando de importância vital.

Ao sair do quarto, bati no canto da cômoda com tanta força que soltei um grito de dor, e um pensamento horroroso me ocorreu. E se as ondas não parassem nunca mais? E se aquilo continuasse para sempre?

Quando voltei do banheiro, Ellis encontrava-se no canto do meu quarto remexendo a lareira vazia com um atiçador.

— Está vazia, claro, e os aquecedores estão desligados. Um hotel de alta classe. Sem luz elétrica, com um único banheiro, sem aquecimento. Vou lá apanhar lenha, ou carvão, ou estrume, ou seja lá o que for que essa gente queima na lareira lá de baixo.

— Por favor, não faça isso — implorei. — O homem que nos recebeu parece meio sensível em relação aos combustíveis.

— E daí? Dá para ver a minha própria respiração! — Ele ficou de perfil e expirou, soltando uma nuvem fina de vapor.

— Eu vou ficar bem — retruquei. — Tem um monte de cobertores aqui. E posso dormir de robe.

— Tem certeza? Não me importo de enfrentar o Barba Negra.

— Sim, tenho certeza. E, seja como for, provavelmente acabaríamos causando um incêndio.

Ellis sorriu lentamente.

— Quer dizer, igual ao da Casa de Hamlet?

Durante nossa lua de mel em Key West, Ellis esqueceu um charuto aceso que quase provocou uma catástrofe numa colorida casa histórica de estilo vitoriano que apelidamos de Casa de Hamlet pelo fato de o príncipe da Dinamarca ser um dos hóspedes. O príncipe e todos os demais foram obrigados a trocar de hotel, mas, uma vez que ninguém se feriu no acidente, aquilo se tornou um caso engraçado, parte do repertório de casos que eu e Ellis compartilhávamos, uma história que costumávamos contar nas festas.

Eu sabia que, ao mencionar aquilo, ele só estava tentando acender uma lembrança querida e amenizar o clima entre nós, mas o que Ellis não percebeu é que lembrar aquele incêndio em Key West só me fez recordar os homens terrivelmente queimados que vi sendo carregados para fora do navio meras horas antes.

— É, igual ao da Casa de Hamlet — respondi.

— Mas a gente não incendiou a casa. Só carbonizamos alguns quartos — disse ele, em tom de brincadeira.

Deitei na cama e estremeci.

Ellis franziu a testa, depois recolocou o atiçador no suporte da lareira e deitou-se ao meu lado.

Tínhamos estabelecido uma frágil trégua depois de por fim escaparmos dos submarinos alemães, uma trégua que consistia basicamente em dar o máximo de espaço possível um ao outro numa situação em que não existia espaço algum e só falávamos o mínimo necessário. Isso, porém, não significava que meu surto no navio não tinha acontecido, nem que eu não estava ciente da velocidade horrível com que a proximidade trouxera o ódio, nem que eu ainda não continuasse aterrorizada e furiosa por ter sido arrastada naquela fuga às pressas. Era a coisa mais estúpida e mais perigosa que já tínhamos feito na vida.

E inútil. Percebi assim que o motorista soltou o comentário sobre o cinto de segurança ainda na cintura de Ellis e de novo quando o homem barbudo perguntou por que ele e Hank não estavam servindo no exército, e compreendi que aquilo não teria fim. Aquilo de que estávamos tentando fugir tinha nos seguido na travessia do Atlântico.

Abri os olhos e peguei Ellis me olhando com uma tristeza óbvia. Eu sabia que ele queria consolo, um sinal de que as coisas voltariam ao normal entre nós, mas eu não podia lhe dar isso. Simplesmente não podia.

— Por favor, Ellis. Não quero ser grosseira, mas estou completamente, absolutamente desesperada para dormir...

Seus lábios se esticaram num sorriso triste.

— Claro. Eu bem sei como você está exausta.

Ele se inclinou para beijar minha testa e naquele instante meu ressentimento se estilhaçou, restando apenas um arrependimento terrível e pungente.

Ninguém tinha colocado uma arma na minha cabeça e me obrigado a embarcar no navio. Eu era tão culpada quanto eles. Certo, ele e Hank me disseram que não havia perigo e que nada aconteceria conosco, mas fui eu quem escolhi acreditar.

— Ellis — falei, quando ele se virou para sair. — Desculpe.

— Pelo quê? — perguntou ele, parando.

— Pelas coisas que eu disse.

Ele soltou uma risada baixa.

— Quais?

— Todas. Eu estava com muito medo.

Ele voltou e sentou-se na beirada da cama.

— Não precisa se desculpar. Eu só não tinha percebido ainda que me casei com uma desbocada.

Ele pousou a mão em meu rosto, e meus olhos se encheram de lágrimas. Torci para estar errada em meu julgamento sobre como as pessoas olhavam para ele, mas, se não estivesse, desejei conseguir protegê-lo de alguma maneira, fazer com que ele não percebesse ou, melhor ainda, com que não se importasse.

— Eu não estava sendo eu mesma — falei.

— Ninguém estava, meu amor.

— Só Hank — retruquei, fungando. — Hank estava sendo ele mesmo o tempo inteiro.

— Ah, sim. O bom e velho Hank. Sempre o desagradável — disse ele, levantando-se. — Falando em desagradável, quer tomar um comprimido?

— Não, eu estou bem.

Era a deixa para eu lhe oferecer um, e eu teria oferecido, mas não fazia a menor ideia de onde estava o frasco e não tinha ânimo para procurar.

— Durma bem, meu amor. Amanhã eu e Hank vamos encontrar um hotel decente e depois sua única preocupação será recuperar suas forças.

Ele apanhou a vela e foi até a porta. Eu rolei na cama a fim de ficar de frente para ele.

— Ellis — falei, quando ele pisou no corredor. — Essa sensação de ainda estar no mar... você acha que é normal?

Ele fez uma pausa antes de responder.

— Perfeitamente normal — disse. De manhã já terá passado. Você vai ver. — E fechou a porta.

Deitada na cama, era tão impossível estancar as ondas quanto não lembrar as imagens e os sons dos feridos sendo carregados pela rampa de desembarque, um atrás do outro, numa fila aparentemente infinita.

Capítulo Oito

Acordei com um grito de gelar o sangue, e só depois de alguns segundos me dei conta de que ele saía da minha própria garganta. Abri meus olhos rapidamente, mas isso não fez a menor diferença. A menor. As trevas eram impenetráveis; o breu, violento.

O motor havia parado. Por que o motor havia parado?

Ainda que o barulho em minha cabeça fosse agudo o bastante para mascarar o som da turbina, nada seria capaz de disfarçar sua vibração. Ela fora uma constante — fazia tremer os dentes, o cérebro, os tímpanos, exatamente como os propulsores de um avião — e sua ausência era aterrorizante.

Eu estivera sonhando que o SS *Mallory* batera diretamente em alguma coisa, mas agora percebia que não fora sonho algum. A cabine balançava loucamente, quase como se o cargueiro fosse virar a qualquer momento, rodopiando como uma rolha antes de deslizar para o fundo das águas.

— Ellis? — gritei. — *Ellis?*

Tateei o cobertor ao meu lado, mas ele não estava lá: isso significava que fora atirado ao chão, ferido, com a força do impacto. Precisava encontrá-lo depressa, porque a cabine se inclinara tão drasticamente que eu não tinha certeza de por quanto tempo ainda seria capaz de encontrar a porta.

Tateei a superfície e as beiradas do beliche, esperando identificar em que direção eu me encontrava e esperando também que Hank estivesse tentando nos encontrar, porque eu não achava que seria capaz de arrastar Ellis comigo sozinha.

Quando minhas mãos atingiram uma cabeceira de madeira, fiquei confusa por um momento. No momento em que topei com uma mesinha de cabeceira coberta com uma toalha de renda, caí de costas na cama, sufocando um grito de alívio.

Eu não estava no SS *Mallory*. Estava na cama do quarto de um hotel em Drumnadrochit, e todo aquele movimento ocorria unicamente dentro da minha cabeça.

Estiquei o braço e tateei até encontrar a mesinha de cabeceira, procurando a vela, até lembrar que Ellis a levara consigo na noite passada. Eu me levantei, achando que, se conseguisse encontrar a cômoda, encontraria a porta. Tinha dado apenas dois passos quando meu pé tropeçou em alguma coisa e se torceu. Caí de quatro no chão.

A porta se abriu e um vulto feminino apareceu de repente recortado contra ela, todo iluminado por uma luz às suas costas.

— Sra. Pennypacker? Está tudo bem? — perguntou ela.

Pisquei diante da mulher, sem saber por que ela me chamara pelo nome da minha mãe.

— Meu Deus! — Ela se apressou para me ajudar. — O que aconteceu? Está tudo bem?

— Sim, obrigada — respondi. — Acho que tropecei num sapato, veja só.

Agora que não havia mais luz alguma atrás dela, percebi que tinha mais ou menos a minha idade, era robusta e simpática, e seus cabelos ruivos espessos haviam sido presos num coque com uma redinha. Seu rosto era salpicado de sardas e queimado de sol.

— Quer que chame seu marido? — perguntou, olhando preocupada para mim.

— Não, obrigada — respondi. — Só preciso de um minuto para me orientar. Quando acordei, não tinha certeza de onde eu estava e então... — Apontei com uma das mãos para o carpete, lotado de coisas que eu tirara das malas na noite anterior enquanto procurava minha camisola e minha escova de dentes. — Bem, eu estava um tanto apressada para me deitar ontem à noite, e hoje de manhã não consegui enxergar para onde andava.

— É por causa das cortinas do Blecaute — explicou ela, assentindo determinada e indo até a janela. — Elas são tão escuras que não dá pra enxergar nada, e acho que a ideia é justamente essa.

A moça enfiou a ponta dos dedos nas bordas internas da moldura da janela e retirou uma armação quadrada robusta, coberta com um tecido preto. A luz inundou o quarto.

— Assim está melhor, não é? — perguntou ela, pousando a armação no chão.

Fitas adesivas cruzavam as vidraças. Depois de um segundo de confusão, percebi que eram para o caso de uma explosão de bomba.

— Sim, muito obrigada — respondi, tentando esconder meu alarme. — Isso aí é uma estrutura de madeira? Achei que as cortinas do Blecaute fossem cortinas de verdade.

— Sim. Usamos cortinas tradicionais também, mas aí temos de prender bem o tecido em toda a lateral para a luz não sair. Desse jeito fica muito mais fácil, e os dedos doem menos. Angus construiu essas armações depois da última vez em que fomos multados em doze *shillings*, a senhora acredita, só porque o Velho Donnie fez a temeridade de puxar a cortina para o lado um momentico de nada para espiar se ainda estava chovendo! Mas, *além disso,* o inspetor é um Wee Free,[6] *e além disso* não é do nosso vale; por isso com ele não tem conversa, ah, isso eu garanto. Doze *shillings!* É mais do que a diária de uma lojista! — exclamou ela, indignada, olhando-me nos olhos para ter certeza de que eu estava entendendo.

Assenti, com ênfase.

— Bom, mas estas aqui... — continuou ela. — Daria para colocar o próprio sol atrás delas que nem um raiozinho passaria. Angus esticou bem o tecido e depois pintou tudo com uma tinta epóxi de látex. — Ela

---

[6] Membro da Igreja Livre da Escócia. (*N. da T.*)

se inclinou para tamborilar a superfície da armação. — Ficam parecendo um tambor, ah, se ficam!

— Angus é o homem de barba?

— Sim.

— E ele é uma espécie de funcionário faz-tudo?

Ela deu uma risada.

— Eu diria que não. É ele que gerencia isso aqui!

A. W. Ross.

Fazia todo sentido, mas aquela ideia nem me passara pela cabeça; foi uma suposição completamente baseada nas aparências. Eu me vi de relance no espelho e me senti ridícula pelo meu julgamento. Eu mesma mais parecia ter sido arrastada pelo meio de uma sebe.

O teto começou a girar de novo, e eu me sentei na beirada da cama.

— Nossa, a senhora ficou branca que nem uma casca de batata — comentou a garota, aproximando-se para me inspecionar. — Quer que lhe traga um chá?

— Não, vou ficar bem. Por mais estranho que possa parecer, continuo meio tonta por causa do navio — falei.

— Sim — disse ela, assentindo com ar sério. — Já ouvi falar disso. De gente que fica com esse negócio.

Um raio de medo me atravessou, mas consegui me forçar a dar um sorriso.

— Não se preocupe — tranquilizei-a. — Eu e meu marido velejamos o tempo inteiro. Provavelmente devo ter pegado um resfriado, sabe, alguma coisa no ouvido. Vai passar. Falando no meu marido, ele já se levantou?

— Faz meia hora que ele desceu.

— Por favor, poderia avisar a ele que eu vou descer daqui a alguns minutos? Preciso de uns instantes para me recompor.

Ela olhou para minha bagagem.

— Bom, com todas essas coisas aí, isso não vai ser difícil. Acho que, se a senhora quisesse, poderia abrir sua própria loja! Se mudar de ideia e quiser que eu traga o chá aqui em cima, é só me dar um grito.

— Desculpe, como é mesmo o seu nome? — perguntei, sabendo perfeitamente bem que ela não havia me dito.

— Anna. Anna McKenzie.

Depois que Anna saiu, continuei na cama, olhando para o espelho a uns dois metros de distância. O rosto que me olhava de volta estava abatido, quase irreconhecível. E, além disso, balançava de um lado para o outro. Olhei para a maçaneta da porta, uma emenda do papel de parede, um sapato no chão. Tudo em que tentava focar os olhos também balançava.

Eu tinha plena consciência da minha tendência a me preocupar demais e sabia que precisava esquecer o que a garota dissera. Eu estava pisando em terra firme há menos de um dia, não era nem de longe o bastante para começar a entrar em pânico. O mar estivera muito agitado e eu, tão enjoada, que fazia todo o sentido minha vertigem demorar um pouco para passar. Se eu estivesse em casa, entretanto, provavelmente teria ido consultar um especialista apenas para me tranquilizar.

Se dissesse a Ellis o que estava acontecendo, ele sugeriria que eu tomasse um dos meus comprimidos, e, muito embora eles servissem justamente para momentos como aquele, assim que me foram receitados, recusei-me com veemência a tomar nem que apenas um único deles.

Por causa da minha mãe, as pessoas sempre procuravam por deslizes de minha parte, esperando — ou inclusive torcendo — que eu acabasse como ela. Embora a declaração chocante da minha sogra no dia de Ano-Novo tivesse sido a primeira vez em que alguém fora tão explícito a respeito desse assunto, pelo menos na minha frente, eu sabia muito bem o que as pessoas pensavam de mim — e me recusava a lhes dar razão. O mais ridículo de tudo, porém, é que apenas eu sabia que não tomava os comprimidos, e portanto, na verdade, não estava provando nada para ninguém além de mim mesma. Ellis achava que os comprimidos o acalmavam; portanto, minha receita era renovada com constância o suficiente para agradar a Edith Stone Hyde, que remexia minhas coisas sem a menor vergonha quando eu não estava por perto.

O tempo passava e Ellis e Hank me aguardavam lá embaixo; então me concentrei na tarefa que tinha à frente.

Ellis sempre elogiava bastante a minha aparência, brincando que meu único trabalho na vida era ser a garota mais bonita onde quer que eu estivesse. Eu sempre me achei bastante hábil em arrumar meus próprios cabelos e em me maquiar, mas pelo visto Ellis não pensava o mesmo, pois, logo depois de casarmos, ele me entregou às mãos de profissionais.

Revirei as malas e baús, reunindo minhas "loções e poções", como dizia Ellis, e coloquei todos sobre a cômoda. Em casa, ele gostava de abrir os potinhos e cheirar o conteúdo deles, querendo saber o preço e para que servia cada um (quanto mais caro, melhor).

Certa vez, entrei no quarto e o peguei na minha penteadeira com o rosto semimaquiado. Ele me deixou terminar a maquiagem e depois, de brincadeira, vestiu meu robe oriental, envolveu a cabeça num turbante com uma echarpe azul esverdeada e colocou um boá de penas sobre os ombros.

Como Emily não deu a menor indicação de estranhar nada quando trouxe os *petit fours*, eu lhe apresentei a Tia Esmée. Ela se espantou quando expliquei que Tia Esmée era uma parente distante que eu não via há tempos e que era *um tantinho* excêntrica. Depois que ela saiu, nós urramos de rir, desejando que pudesse haver um jeito de envolver Hank na brincadeira. Bebemos uísque em xícaras de porcelana e a Tia Esmée leu a minha sorte, dizendo que no meu destino havia uma longa viagem e grande fortuna. Perguntei se por acaso não havia também algum bonitão alto e moreno, e ela me informou que em meu destino havia, sim, um homem, alto e bonitão, mas *loiro* — e que ele estava bem diante do meu nariz.

Eu me inclinei na direção do espelho para me olhar melhor, virando o rosto para um lado e para o outro. A viagem não tinha sido bondosa com minha compleição, e na minha bochecha esquerda havia finas linhas vermelhas no lugar onde eu batera o rosto na parede lá de fora. Parecia que um gato me arranhara.

Cobri aquilo da melhor maneira que pude. No fim, ficou evidente que tinha exagerado na maquiagem, mas meu rosto acabou melhor do que eu esperava. Os cabelos, porém... bom, eles eram outra história.

Em geral eu os usava partidos de lado, com uma onda sobre a testa, depois presos atrás das orelhas e, em seguida, cascateando em cachos até a altura do meu pescoço. Cortesia de Lana, a cabeleireira do Salon Antoine, que arrumava meus cabelos duas vezes por semana. Ela enchia minha cabeça de bobes e me colocava embaixo do secador para "fixar" os cachos, enquanto outra pessoa retocava minhas unhas. Depois que tirava os bobes, Lana remexia meus cabelos até eles cederem aos seus dedos e borrifava produtos que os deixavam tão duros e brilhantes quanto vidro, dispensando-me em seguida.

Entre uma visita e outra ao salão, a única coisa que eu precisava fazer era substituir algum grampo que porventura tivesse caído e usar uma redinha para dormir. Se por algum acaso fosse necessário alisar a superfície do penteado, eu era instruída a usar uma escova de cerdas macias com extremo cuidado, mas, se algum problema acontecesse e eu não conseguisse resolver sozinha — principalmente com os cachos —, deveria ir ao salão de imediato.

Por esse motivo, há quatro anos eu não arrumava sozinha os meus cabelos e não tinha a menor ideia do que fazer com aquela bagunça de cachinhos caídos em cima da minha cabeça.

Em homenagem à Tia Esmée, envolvi a cabeça com um turbante, prendi um broche de pedra semipreciosa na frente e desci as escadas para encontrar meu marido.

Apoiei a mão na parede enquanto descia e parei no último degrau para recuperar o equilíbrio.

A lareira estava acesa e as cortinas do Blecaute — ou melhor, as armações — tinham sido retiradas e empilhadas num canto. As janelas lá de baixo também possuíam fita adesiva, e cartazes pregados de ambos os lados do rádio advertiam que "Em Boca Fechada Não Entra Mosquito" e que "Falar Demais Pode Custar Vidas".

Outra onda de medo me atravessou.

Ellis e Hank encontravam-se sentados a uma das mesas com diversos livros de registros abertos à frente deles, observando um mapa da Ordnance. Uma sacola de lona, um tripé e diversos outros equipamentos estavam espalhados no chão e ambos tinham atirado o chapéu e os casacos sobre uma cadeira vazia.

Hank olhou para mim quando entrei cambaleante e torci para ele não ter tempo de fazer alguma piadinha sobre enjoo marítimo.

— Vejam só quem acordou! — disse ele, animado.

Ellis se levantou e puxou uma cadeira para eu me sentar.

— Bom dia, dorminhoca — falou ele, beijando meu rosto. — Ou devo dizer "boa-tarde"?

Sorri fracamente e me sentei.

— Está na cara que você teve um verdadeiro sono de beleza — comentou ele, empurrando minha cadeira para a mesa e voltando a se sentar. — Você está radiante.

— Ah, só passei uma corzinha — falei. — Vocês dois parecem ocupados. O que estão aprontando?

— Estamos montando estratégias, só isso — respondeu Ellis. — Pensei em fazer um reconhecimento da região a pé, talvez alugar um barco. Se houver tempo, poderíamos caminhar até o castelo.

— Não se esqueça do jornal — disse Hank.

— Sim, vamos colocar um anúncio no jornal procurando pessoas que viram algo para nos ajudar a estabelecer algum padrão: onde e quando o monstro aparece, em que condições climáticas etc.

— Achei que iríamos trocar de hotel — comentei, olhando para os equipamentos no chão. — Ou mandaremos buscar nossas coisas depois?

— Pois é. Bem, nem uma coisa nem outra — disse Ellis. — Aparentemente não existem outros hotéis na região. Hank saiu de manhã cedo para dar uma volta nos arredores e resulta que a cidadezinha é do tamanho de uma pulga. A garota da cozinha informou que o hotel mais próximo se localiza a cinco quilômetros daqui, mas está cheio de soldados que ali passam a noite e, seja como for, não parece ser muito melhor do que este. Pelo visto, não há luz elétrica no vilarejo inteiro.

Olhei em torno para ter certeza de que estávamos a sós.

— Mas e se o dono não quiser que fiquemos aqui?

— Acontece que o Barba Negra é muito mais simpático de manhã — disse Ellis. — Bem, "muito mais" talvez seja um pouco de exagero, mas já fizemos check-in para uma estadia de tempo indeterminado; portanto, não preocupe essa sua cabecinha linda nem mais um segundo. — Ele esticou o braço e beliscou minha bochecha.

Pela primeira vez, olhei para os pratos deles. Havia uma fatia retangular cinza-claro em cada um ligeiramente gelatinosa.

— O que é isso?

— Mingau — respondeu Hank alegremente, cutucando a fatia com o garfo. — Ao que parece, eles guardam os restos de mingau em uma gaveta e, depois que ele endurece, cortam fatias. Onde há fome não há pão duro.

— Vocês dois estão de ótimo humor — comentei.

— Claro! — exclamou Ellis, espalmando as mãos. — Afinal, estamos aqui, não estamos?

— Com licença, Sra. Pennypacker — disse Anna, aparecendo ao meu lado.

Novamente o nome da minha mãe. Olhei para Ellis, mas ele estava observando Anna deslizar uma tigelinha de mingau fumegante na minha frente, junto com uma xícara de leite cremoso.

— Volto num minuto com seu chá — informou ela.

— Ora, ora, olhem só para isso — disse Hank. — Mingau recém-feitinho. Como você é especial.

Olhei para aquilo.

— Acho que não consigo comer. Meu estômago ainda está esquisito.

— Você precisa comer — disse Ellis. — Está magra como um gambito.

— Por favor. Você gosta de mim assim — retruquei.

— Sim, mas, se ficar magra demais, seu rosto vai ficar feio.

Olhei para ele, horrorizada, perguntando-me se isso já teria acontecido. Ainda estava tentando decifrar a expressão no rosto dele quando Anna voltou com uma xícara de chá.

— Trouxe um pouquinho de açúcar, senhora — disse ela, colocando a xícara na minha frente. Dois cubinhos de açúcar repousavam no pires.

Hank desviou os olhos do mapa e olhou para aquilo.

— O chá dela é mais forte também. Estou farejando certo favoritismo.

— O que é mais do que justo — retrucou Ellis. — Ela bem que precisa.

A parte de trás da minha garganta se enrijeceu. Eu já não devia mais estar "radiante". Apanhei o leite para derramá-lo no mingau.

Anna reprimiu um som de espanto e eu parei com a tigela em pleno ar.

— Se não se importa que eu diga, senhora, esta não é a melhor maneira de fazer as coisas. Despejar o leite por cima... — Ela fez *tsc, tsc*. — Simplesmente não é assim que se faz.

— Você não teria mais nada aí, não? — perguntou Ellis, desafiadoramente. — Presunto? Ovos? Um bife? Minha mulher precisa de proteína.

Anna levou os ombros para trás.

— Não, não temos, Sr. Pennypacker. Esses itens específicos estão racionados, e não estávamos esperando hóspedes. E saiba o senhor que leite e açúcar também sofrem racionamento; só trouxe os dois para a Sra. Pennypacker porque achei que ela precisava comer melhor, depois de passar tão mal de enjoo.

— Obrigada — falei. — É muito gentil da sua parte.

— Tudo bem, deixa para lá — disse Ellis, puxando o livro de registros para si. Quando percebeu que ela continuava ali, olhou-a irritado e fez um gesto de enxotá-la. — Eu disse pode ir.

Ela cruzou os braços e o olhou carrancuda.

— Não; não disse, não. O senhor disse "deixa para lá". E, além disso, acho que se esqueceu de entregar suas cadernetas de racionamento para o Angus.

— Pois é — retrucou Ellis sem olhar para ela.

— Ah. Bem — disse ela, depois de respirar fundo. — Não posso fazer mais nada por vocês até entregarem as cadernetas, e acho bom saberem que é crime oficial desperdiçar comida; portanto, engulam logo isso aí, senão serei obrigada a chamar o inspetor. — Ela levantou o queixo, atravessou a sala, entrou atrás do balcão e desapareceu pela porta dos fundos.

Ellis olhou ansiosamente para Hank. Os dois desataram a rir.

— Eu disse que ela não batia bem — falou ele.

Hank assentiu.

— Ela parece mesmo meio devagar.

— Você não precisava ter sido tão grosseiro — repreendi. — Ela é muito simpática e, se você não tivesse interrompido, iria me mostrar como se faz.

Ellis pareceu estupefato.

— Mostrar como se faz *o quê*? Como se come mingau? Ora essa; é *mingau*. Você come e pronto!

— Ah, deixa para lá — falei.

Ellis me encarou fixo.

— Quer que eu a chame de volta?

— Não, tudo bem — disse. — Mas talvez você possa me explicar por que exatamente ela acha que eu sou minha mãe.

Ellis soltou uma risada e Hank quase espirrou o chá pelo nariz.

— Você não é sua mãe... ainda bem — retrucou Ellis, depois que os dois se recompuseram. — Mas é verdade, eu fiz o check-in usando seu nome de solteira.

— E posso saber por que motivo?

— Meu pai não se tornou muito popular por aqui depois do vexame do *Daily Mail*. Mas não se preocupe, depois que encontrarmos o monstro vamos reparar isso. — Ele levantou as mãos, emoldurando uma manchete imaginária: — "Filho do Coronel Whitney Hyde Captura Monstro do Lago Ness; Aclamado como Herói."

— Diga, Herói, será que podemos voltar ao trabalho? — perguntou Hank, enfiando a beira do guardanapo embaixo do seu prato. Ele circulou uma área do mapa com o dedo. — Uma vez que este é o epicentro das aparições, acho que deveríamos começar em Temple Pier e depois ou ir a pé ou de barco até o...

Enquanto Hank continuava tagarelando, olhei para as duas tigelas à minha frente. Se não se despejava o leite sobre o mingau, então será que se colocava o mingau no leite? Enfiei a colher no mingau e olhei para a tigela de leite, mas me senti ridícula e desisti da ideia.

Coloquei um dos cubinhos de açúcar na colher e a abaixei lentamente no chá, observando a água castanha subir de modo constante, irrevogável.

Capítulo Nove

Hank e Ellis pareceram quase aliviados quando avisei que não iria com eles. Se eu não soubesse que não conseguiria caminhar em linha reta, teria me ofendido com essa reação.

Eles reuniram as coisas e saíram em meio a um turbilhão de atividade. Eu não via Ellis animado daquele jeito desde o verão em que o conheci. No último segundo, Hank se inclinou sobre a mesa, apanhou seu mingau e o engoliu de uma só vez. Depois comeu o de Ellis também, dizendo que "não estava disposto a ser arrastado até a prisão, pelo menos não por causa de uma porção de mingau". Ellis me deu um beijo no rosto e implorou que eu comesse meu mingau, do jeito que eu achasse melhor, e que fizesse os funcionários cuidarem de mim. Depois, os dois foram embora.

Eu planejara solicitar a Anna que me preparasse um banho, mas, depois da ameaça de chamar o inspetor, ela não voltou mais. Então imaginei que tivesse saído da hospedaria.

Consegui subir as escadas segurando com força o corrimão e parando diversas vezes. A certa altura, achei que cairia para trás e sentei-me no degrau até aquela sensação passar.

Havia uma linha preta pintada na parte interna da banheira, a cerca de 13 centímetros de altura, e supus que servisse para informar a altura máxima da água. Qualquer pessoa ficaria congelada com aquela pequena quantidade de água, não importando em que temperatura ela estivesse. Então, decidi que aquilo era apenas uma mera sugestão, não uma regra; assim, coloquei o plugue no ralo e abri as torneiras ao máximo. Deixei a água correndo e fui para o quarto.

Ao voltar e tentar entrar na banheira, descobri que a água que saía de ambas as torneiras era gelada.

Quando terminei de colocar minhas roupas e saí correndo até a lareira, meus dentes batiam de frio.

A lareira emitia um calor apavorante e eu não conseguia calcular a distância correta que deveria manter dela — se ficava perto demais, minhas canelas e faces ardiam; se ficava longe demais, eu morria de frio. Houve um momento em que os dedos dos meus pés ardiam de calor e os meus calcanhares congelavam de frio simultaneamente. Eu estava com frio, tonta, enjoada e imunda. Era difícil imaginar um estado mais lastimável do que aquele.

Sobre a mesinha baixa havia um jornal, mas, quando tentei lê-lo, as palavras começaram a nadar pela página. Desisti quase no mesmo instante, deixei o jornal aberto sobre o meu colo e me pus a olhar para o fogo. Seu movimento parecia acompanhar o dos meus olhos, e foi a coisa mais eficiente que eu experimentara até então para aliviar minha tontura.

As pedras da chaminé estavam chamuscadas, e o fogo, parte carvão e parte coisa indecifrável, silvava e estalava, soltando um assobio esquisito de vez em quando. Enquanto eu olhava, espirrou uma brasa vermelha que aterrissou no carpete e imediatamente se tornou preta. Um par de sapatos grosseiros castanhos, meias de lã grossas e canelas avermelhadas apareceu bem ao lado de onde a brasa aterrissara.

Anna estava de pé ao meu lado, segurando um prato e uma xícara fumegante. Colocou ambos sobre a mesa à minha frente.

— Não tive como não reparar que a senhora não comeu seu mingau, provavelmente por não saber como — disse ela, olhando para trás. Depois acrescentou: — Coloquei um pouquinho de bebida no seu chá. Acho que pode ajudar, porque também não tive como não reparar que a senhora continua meio bamba.

No prato havia um ovo quente e algumas fatias de batata frita. Momentos antes, meu estômago estava revirando, mas agora de repente me vi faminta.

— Mas... os ovos não estão sendo racionados?

— Sim, e a manteiga também, mas temos galinhas e uma vaca no sítio. Eu voltei e disse a Mhàtair, minha mãe, que a senhora não estava se sentindo bem, e ela falou para lhe dar isso. Ela sabe dessas coisas porque também é a parteira. Disse que primeiro você precisa tomar o chá.

— Obrigada. É muito gentil. Por favor, transmita meus agradecimentos a ela.

Anna se demorou um pouco por perto e, em seguida, disse:

— Seu marido veio mesmo atrás do monstro? Meu primo Donald viu a criatura, sabe.

Olhei para ela.

— É mesmo?

— É, e os pais dele também — disse ela, assentindo com gravidade. — Quando minha tia Auldie e meu tio John voltavam para casa de carro, vindo de Inverness, pensaram que um bando de patos estava brigando na água perto de Abriachan e se aproximaram para ver melhor. Aí perceberam que na verdade não era pato nenhum, era um bicho — um monstro preto do tamanho de uma baleia — rolando e mergulhando na água, causando uma baita *confusão.* — Ela ia ilustrando tudo aquilo com gestos.

— E o que aconteceu depois?

— Nada — respondeu ela, simplesmente. — O bicho foi embora.

— E seu primo?

Ela encolheu os ombros.

— Ah, no caso dele não tem muito o que dizer. Ele era pescador e alguma coisa aconteceu num dia em que ele estava no meio do *loch*. Depois disso, meu primo nunca mais entrou num barco. E não quer falar sobre o assunto.

— E sua tia? Você acha que sua tia falaria sobre o assunto?

— Acho que ela falaria pelos cotovelos se tivesse a oportunidade. Por que a senhora não a convida para um *strupag?*[7] E... Sra. Pennypa-

[7] Gaélico para "xícara" (de chá). (*N. da T.*)

cker? A senhora estava indo bem. A gente coloca o mingau na colher e depois mergulha a colher no leite. Isso conserva o mingau quentinho.

— Desculpe por não ter comido o mingau — falei. — É verdade que é crime oficial desperdiçar comida?

— É, e há muitos anos, aliás. Mas não se preocupe, o leite vai para a sopa e o seu mingau foi para a gaveta. Conall ficou tão feliz em lamber sua tigela que até abanou o rabo. A senhora acha que vai precisar de mais alguma coisa? É que preciso voltar para o sítio. As pessoas podem até imaginar que não há muito o que se fazer por aqui em janeiro, mas que nada! Precisamos tirar as pedras, cortar nabo para as ovelhas, ordenhar a vaca; ai, ai, é coisa que não acaba mais... — Seu olhar perdeu-se no nada e ela deu um suspiro.

— Sim, tem uma coisa — falei. — Eu gostaria muito de tomar um banho, mas não há água quente.

— Daqui a uns vinte minutos vai ter. Eu ouvi a senhora fazendo barulho aqui em cima e liguei o aquecedor. Vou trazer uns sais Lux também. É para encher a banheira só até a altura da linha, mas acho que a senhora pode encher um pouquinho mais, só dessa vez.

Não tive como me sentir ofendida: afinal, ela me vira momentos depois de eu quase que literalmente cair da cama.

— Certo, eu vou embora. Meg volta da serraria lá pelas quatro da tarde. Agora coma isso — disse ela, de modo autoritário. — Já vi mais carne nas juntas de um pardal, e, se Mhàthair souber que a senhora não tomou todo o chá, é o óleo de castor que ela vai lhe mandar.

Embora o chá em si tivesse gosto de galho fervido — acho que era artificial —, a tal da "bebida" ajudou tanto que depois do banho me deitei um pouco para descansar. Fiquei surpresa ao perceber que conseguia cair no sono, pois estava animada; mal podia esperar para contar a Ellis o que os parentes de Anna haviam visto.

Muitas horas depois, despertei meio zonza com o ruído de conversas e risadas vindo do andar de baixo. Fiquei surpresa com o número de vozes, pois sabia que éramos os únicos hóspedes por ali, e decidi que o lugar devia ser um bar também. Era noite e eu me sentia novamente faminta. Não fazia uma refeição decente desde que partíramos dos Estados Unidos.

Você está magra como um gambito, dissera Ellis.

Já vi mais carne nas juntas de um pardal, dissera Anna.

Corri as mãos pela minha barriga: os ossos da bacia estavam bastante proeminentes, a área entre eles era côncava e as costelas estavam aparentes.

Oh, Madeline. Precisamos tomar uma providência, dissera minha mãe.

Eu tinha 12 anos e, a princípio, não entendi o que ela estava falando. Eu acabara de sair de uma tenda de lona listrada que servia de trocador na praia de Bar Harbor e fiquei sem fôlego ao topar com o azul profundo do céu e o azul ainda mais profundo do oceano, com as risadas e gritinhos das crianças brincando nas marolas do quebra-mar, com as gaivotas que mergulhavam do alto dando giros. Então me virei assustada ao ouvir o tom de voz dela. Minha mãe balançava a cabeça, tristemente, mas seus olhos eram duros. Ela apertou os lábios numa linha fina enquanto inspecionava as partes do meu corpo que mais me causavam vergonha: eram as partes que cresciam, mas não eram curvas ainda. Eu só estava meio rechonchuda. Nunca senti tanta vergonha na minha vida.

Minha mãe aprovaria meu corpo agora, pensei, esticando as pernas. Quando eu juntava os tornozelos e os joelhos, as coxas não encostavam uma na outra. Então pensei: Não, não aprovaria. Ela nunca me aprovaria, não importa o que eu fizesse ou o que me tornasse.

Os quartos de Ellis e Hank estavam vazios; portanto, desci as escadas. Imaginei que tivessem voltado, notaram que eu dormia e haviam ido beber. Estava ansiosa para contar o que eu descobrira: com certeza eles ficariam felizes. Quem sabe, com o tipo certo de persuasão, até mesmo o primo Donald contasse sua história.

Ao emergir das sombras no pé da escada, todos fizeram silêncio. Hank e Ellis não estavam por ali e, fora Meg, eu era a única mulher do salão.

Havia mais ou menos uma dúzia de rapazes musculosos com uniformes cáqui sentados às mesas e uns seis homens mais velhos com roupas civis sentados nos bancos altos em frente ao balcão. Todos me olhavam.

Eu respirei fundo, sentindo os olhares daqueles homens em cima de mim e torcendo para que não pensassem que eu estava bêbada enquanto andava até o sofá. Conall me olhou de onde estava, junto à lareira. Não levantou a cabeça, mas seus olhos me acompanharam e as sobrancelhas peludas tremeram quando me aproximei dele. Depois que me sentei no sofá, percebi que eu só estava ligeiramente tonta. Aí me dei conta de que havia descido as escadas sem o menor problema e então, com certo espanto, percebi que o que eu achava ser o gosto de um chá artificial devia ser o gosto de algum remédio. Embora não me agradasse a ideia de ser medicada sem saber, não pude negar que havia funcionado.

Meg estava atrás do balcão com os cabelos cuidadosamente arrumados em uma cascata de cachos ruivos. Eu me lembrei dos pedaços de pano amarrados em seus cabelos na noite anterior e me perguntei como se fazia aquilo. Meus cabelos, ainda úmidos do banho, estavam de novo escondidos embaixo de um turbante.

Ela usava um vestido azul-lavanda justo, e a boca e as unhas estavam pintadas de vermelho. Era difícil acreditar que trabalhasse numa serraria; ela mais parecia uma Hedy Lamarr ruiva. Se desse bola para os avanços de Hank, estaria perdida. Hank jamais levaria a sério uma atendente de bar. Ele era tão escorregadio que mal conseguia ser sério com Violet! Eu precisava encontrar uma chance de afastá-lo, e me arrependi de não ter dito nada para ele já naquela primeira noite.

— Posso lhe servir alguma coisa, Sra. Pennypacker? — chamou ela, do outro lado. — Uma cerveja? Ou quem sabe um xerez?

— Nada por enquanto, obrigada — respondi, e, ao som da minha voz, os homens trocaram olhares. Não os culpei: com certeza, desejavam saber por que e como uma americana tinha se materializado ali. Fiquei vermelha.

Um jovem sentado a uma mesa com um copo de cerveja perguntou com um sotaque tão antiescocês quanto o meu:

— Canadense ou americana?

E eu me peguei olhando-o com a mesma surpresa com que os outros tinham me olhado.

Antes que eu pudesse responder, a porta da entrada se abriu e um velho de bengala entrou.

Ele disse para todos em geral:

— Hoje não está chovendo.

— É, Donnie, verdade — concordou Meg de trás do balcão. — Um *hauf and a hauf*,[8] certo?

— Não, só uma caneca de cerveja. — Ele se dirigiu até o último banquinho vazio.

Meg retirou uma caneca de trás do balcão e segurou-a embaixo da torneira de cerveja.

— Hoje tem torta de carne de caça — disse. — Por isso pode deixar sua caderneta de racionamento dentro do bolso.

— Ah, que maravilha, Meg — falou o homem, e começou a tentar tirar o casaco, com esforço.

— Posso lhe dar uma mão? — perguntou ela, chegando por trás dele.

— Ah, bem que eu precisava de uma, Meg. Com certeza — respondeu Donnie, rindo da própria piada. A manga vazia da sua camisa estava presa na lateral. Enquanto Meg tirava o casaco do homem, ele sentou-se no banquinho. Levantou a caneca e virou-se para o restante do salão. — *Slàinte!* — exclamou.

— *Slàinte!* — Todos, jovens e velhos, ergueram os copos.

Naquele instante, Ellis e Hank entraram de supetão, os rostos vermelhos e frios e os casacos e chapéus molhados.

---

[8] Bebida feita da mistura de cerveja e uísque em partes iguais. Era a bebida preferida da classe trabalhadora escocesa. (*N. da T.*)

— ...então, se o anúncio sair na sexta — disse Ellis —, pode ser que a gente já comece a receber respostas na terça. Enquanto isso, podemos ver de novo... o... — A frase ficou no ar quando ele percebeu que era o centro das atenções.

Hank deixou as mãos caírem nas laterais do corpo e começou a abrir e fechar os dedos, como um caubói preparando-se para sacar as armas. Meg apanhou um pano e começou a limpar o balcão. O proprietário barbudo do hotel apareceu na porta que dava para os fundos, vestido com um suéter de lã canelada verde-oliva escuro.

Depois de um silêncio que pareceu interminável, o Velho Donnie pousou a caneca e se levantou do banquinho. Apanhou a bengala e saiu bamboleando lentamente.

Tac, tac, tac.

Parou bem na frente de Ellis. Era mais baixo do que o jovem cerca de uns trinta centímetros. Olhou para ele de cima a baixo, depois levantou a cabeça de novo, o pescoço se esticando como o de uma tartaruga enquanto se esforçava para ver o rosto de Ellis.

— Você é igualzinho ao seu pai — disse ele por fim.

— Como? — perguntou Ellis, empalidecendo.

— O caçador de monstros. De 1934. Ainda não estou assim tão gagá. — Os vasos capilares saltados de seu rosto escureceram. Uma gota de cuspe voou de seus lábios.

Meg ergueu as sobrancelhas e olhou para Ellis, depois continuou limpando o balcão com o pano.

— Venha, Donnie — chamou ela. — Sente-se aqui que eu vou trazer sua torta.

Ele a ignorou.

— Você deve ter vindo atrás do monstro, não é? Ou será que está pensando em dar uma voltinha de balão e tirar uma foto lá do alto, que nem seu pai?

O rosto de Ellis passou de pálido para roxo em um átimo de segundo.

O velho virou as costas e saiu apressado para apanhar seu casaco, batendo a bengala retorcida no chão de pedra.

— Eu é que não fico onde pisa esse *canalha*.

— Ele falou mesmo o que eu acho que escutei? — perguntou Ellis.

— Ele acabou *mesmo* de me chamar de canalha?

— Se não fosse aleijado, eu lhe daria uma bordoada! — disse Hank.

— Ah. Então quer dizer que sua mamãezinha é a mulher dele? — indagou o Velho Donnie. — Ora, mas o que todo mundo comentava é o quanto ele gostava de um *houghmagandy*.

— Donnie! — exclamou Meg, rispidamente dessa vez. — Deixa disso. Venha cá comer sua torta.

— Você perdoe o meu linguajar, mas não dá pra evitar — disse o homem, indignado. — Aquele *creutair* ridículo, tentando fazer das garotas honestas do Casarão umas *striòpaichean*, sem um pingo de decência! E pelo jeito ninguém aqui vai me ajudar com meu casaco. — Essa última frase foi dita em tom categórico, embora a bengala estivesse apoiada no balcão e ele permanecesse parado, esperando.

O Sr. Ross, que observava Ellis desde a declaração inicial de Donnie, saiu de trás do balcão e ajudou o velho a vestir o casaco. Donnie apanhou a bengala e saiu pisando duro, dramaticamente, até a porta, antes de virar-se e declarar:

— Não piso mais o pé aqui, Angus. Não enquanto esse aí estiver por perto.

Vários segundos depois que a porta se fechou, alguém disse:

— Bom, acho que Rhonna vai até achar bom não precisar mais vir até aqui apanhá-lo no fim da noite.

Uma onda de risadas se seguiu, e os homens continuaram a conversar.

Meg saiu de trás do balcão e ligou o rádio, mexendo no dial até encontrar a Rádio Luxemburgo, com "Lord Haw-Haw" anunciando com um sotaque inglês perfeito:

— *Alemanha chamando! Alemanha chamando!*

Ela virou imediatamente o dial até encontrar estática; depois o moveu mais uma vez e por fim encontrou Bing Crosby cantando sobre luares e estrelas com uma voz doce.

Ellis, cujo rosto finalmente se acomodara num tom cinzento, veio sentar-se ao meu lado.

— E foi exatamente *por isso*, minha querida, que eu usei o seu nome de solteira — disse ele, entredentes.

O dono do hotel mais uma vez o observava com atenção.

Capítulo Dez

Ellis manteve uma expressão fria e fechada durante todo o jantar e pediu licença logo em seguida. Quando me levantei para subir com ele, disse-me com firmeza que permanecesse lá e desfrutasse meu xerez.

Eu não queria ficar, e certamente não havia nada para desfrutar — a única coisa em que eu conseguia pensar era no que faríamos se fôssemos expulsos por mentir —, mas sabia que ele queria que eu ficasse para tentar salvar a nossa cara. Aquilo só durou 15 minutos. Quando saí, Hank rangia os dentes e segurava o copo de uísque com tanta força que os nós dos dedos dele estavam brancos.

Bati na porta do quarto de Ellis.

— Vá embora!

— Sou eu — falei, com a boca perto da fresta. — Por favor, me deixe entrar.

Ele vociferou qualquer coisa sobre não estar disposto a desfrutar a companhia de nenhum ser humano.

Fui para o meu quarto, esperando que ele mudasse de ideia e viesse me ver. Quando o resto da casa já tinha ido dormir e minha vela não passava de um toco, desisti e resolvi dormir.

Deitei de costas no escuro embaixo de uma montanha de cobertores, escutando a chuva cair pesadamente no telhado. Eu usava minhas duas camisolas mais grossas, mas ainda assim sentia tanto frio que assoava o nariz sem parar.

Nunca tinha ouvido as palavras *strìopaichean* ou *houghmagandy* antes, mas deduzi pelo contexto que a primeira significava o que minha sogra achava que minha mãe era e que a segunda representava a atividade que a definia como tal.

Fazia tempo que eu achava o coronel um falastrão irritante, mas nunca passara pela minha cabeça que ele pudesse ser também um tarado. A simples ideia do coronel fazendo avanços para cima de moças desafortunadas era terrível. A pele pegajosa, a barriga gelatinosa, o bigode amarelado de cigarro...

Eu não havia percebido antes, mas, se Ellis fosse careca e tivesse quarenta anos e trinta quilos a mais, e o nariz de um alcoólatra, ele se pareceria muito com o coronel.

Não admira que Ellis não quisesse desfrutar a companhia de nenhum ser humano. Deve ter sido um golpe terrível descobrir que acabaria ficando igual ao pai, mas não havia como negar isso, porque o Velho Donnie o identificara como filho do coronel assim que bateu o olho nele. Entretanto, existiam jeitos de adiar aquela transformação com dieta e exercícios — ou mesmo implantes de cabelo, se necessário — e poderíamos nos preocupar com esse assunto mais tarde. Agora tínhamos um problema mais urgente para resolver.

Eu atirei as cobertas para o lado e tateei no escuro, procurando fósforos. Acendi o toquinho de vela que me restava.

Pouco depois, estava no corredor na frente da porta do quarto dele. Quando levantei a mão para bater, a porta do quarto de Meg se abriu com um clique, e um vulto de ombros largos emergiu dela.

Dei um pulo para trás e sufoquei um grito.

O homem era alto e tinha orelhas proeminentes, mas à luz da vela não consegui ver muito mais do que isso. Ele olhou para mim rapidamente, virou a gola do casaco para cima e desapareceu na escuridão completa da escadaria. Bati depressa na porta de Ellis.

— *Ellis! Ellis!* — falei com urgência, olhando para o corredor. — Me deixe entrar!

Um instante depois, a porta se abriu e o rosto dele apareceu na fresta.

— O que foi? É seu coração? Precisa tomar um comprimido?

— Não, eu estou bem — respondi, irritada por ele ter automaticamente pulado para essa conclusão.

— Você não parecia bem.

Olhei uma última vez para o corredor e resolvi não dizer nada sobre o homem que vira saindo do quarto de Meg.

— Estou, sim. Estou ótima — retruquei —, mas precisamos conversar.

— Sobre o quê?

— Você *sabe*. Posso entrar, por favor? Prefiro não fazer isso aqui no corredor.

Depois de um instante de hesitação, ele abriu a porta. À luz da minha vela, vi que o quarto dele não estava em condições muito diferentes das do meu: seus pertences estavam atirados no chão por toda a parte.

— Cuidado onde pisa — disse ele, indicando a bagunça.

Abri caminho até a cama e coloquei a vela sobre a mesinha. Quando entrei embaixo das cobertas, Ellis perguntou:

— O que você está fazendo?

Foi como se ele tivesse me dado um soco na boca do estômago.

— Só estou me esquentando, não se preocupe. Não vou ficar.

Ele soltou o ar com as bochechas cheias e correu uma das mãos pelos cabelos. Por fim, fechou a porta e foi até o outro lado da cama. Deitou-se por cima das cobertas com os braços cruzados na altura do peito, rígido como uma pedra de mármore.

— Você podia ao menos ter me trazido um comprimido — reclamou ele.

— Posso ir pegar um.

— Não precisa — disse.

Alguns minutos depois, quando se tornou evidente que ele não falaria do que estava em questão, nem de nenhum outro assunto, perguntei:

— O que vamos fazer?

— Como assim?

— Para onde vamos? Não podemos ficar aqui.

— Claro que podemos. Por que não poderíamos?

— Porque fizemos check-in com nomes falsos.

Ellis explodiu, sentando-se bem empertigado e batendo os punhos fechados no quilt com tanta força que eu me encolhi de medo.

— Não é um nome falso! É *seu* nome de *solteira*, como já lhe expliquei. Então aonde exatamente você está querendo chegar?

— Aonde eu quero chegar? Ora, estou morrendo de medo de ser atirada no olho da rua! — respondi com um sussurro irritado. — Sinto muito por você estar chateado, mas isso não lhe dá o direito de descontar em mim. Nada disso é culpa minha.

— Então a culpa é minha? É isso?

— Bom, *eu* com certeza não fiz nada!

O vento uivou chaminé abaixo. A janela balançou nas esquadrias.

— Sinto muito pelo velho — falei. — Aquilo foi um horror.

Ellis começou a gritar de novo:

— Estou quase chamando a polícia para prendê-lo! É calúnia e difamação e Deus sabe mais o que fazer com essas acusações ridículas e sem fundamento contra alguém que nem sequer está presente para se defender! Meu pai *nunca*, *jamais*...

— Eu sei! — interrompi num sussurro, torcendo para que aquilo o encorajasse a baixar o tom de voz. Pousei a mão em seu braço. — Eu sei.

Mas, na verdade, eu não sabia de nada. Estaria ele furioso por causa das acusações de abuso sexual ou de falsificação? Ou porque ele mesmo fora pego mentindo?

A chuva aumentou e mudou de direção, batendo na vidraça como se alguém atirasse baldes de pregos nela. De vez em quando, a água escorria pela chaminé e caía na lareira com um *plonc* ocasional.

Ellis se recostou na cama.

Eu me arrependi muito de ter vindo e estava prestes a sair da cama quando ele de repente rolou o corpo de lado para me olhar, pegando-me desprevenida.

— Bom — disse ele. — Respondendo à sua pergunta, eu certamente espero que possamos ficar. Não existe mais nenhum lugar aonde ir.

— E se formos para a propriedade dos seus parentes? Estou até um pouco surpresa por não termos ido para lá logo de início.

— Desconfio que eles já tiveram a cota de Hydes deles em 1934, e você?

— Ah, não sei. Acho difícil seu pai ter sido o primeiro homem a dar em cima de uma criada. E, independentemente disso, você é da família.

Ele deu uma risadinha seca.

— Sou um primo de segundo grau; e não, mesmo que nos recebessem, o que eu acho muito improvável, isso não teria a menor importância. Parece que a casa e o terreno estão repletos de soldados.

— A casa foi solicitada pelo exército? E para onde foi a família que mora lá?

— Não faço a menor ideia — respondeu ele. — Nós não trocamos cartões de Natal, sabe.

Ele pousou um braço esticado sobre mim e percebi que estávamos fazendo as pazes.

— E você, o que fez hoje? — perguntou.

— Basicamente descansei, mas tenho uma notícia muito empolgante: três parentes de Anna avistaram o monstro, e pelo menos dois deles estão dispostos a conversar conosco.

— Parentes de quem?

— De Anna. A garota que serve nosso café da manhã.

— Hmmm — disse ele. — Que interessante.

— Achei que você ficaria feliz — retruquei. — Quem sabe até empolgado.

— Ah, mas eu estou. Com certeza vou seguir essa pista — afirmou ele. — E a sua tontura? Acha que consegue nos acompanhar amanhã?

— Está bem melhor, e, sim, eu adoraria.

— Ótimo. Seus olhos aguçados serão de grande ajuda. — Ele se enfiou embaixo das cobertas. — Você não vai apagar a vela?

Percebi que ele estava me convidando para ficar.

Soprei a chama e rolei na direção dele.

Alguns minutos depois, um ruído baixo começou a sair de sua garganta, e não demorou para ele virar de costas. O ronco aumentou de volume. Permaneci deitada, acordada, durante o que me pareceu uma eternidade, olhando para as trevas.

Tentei me lembrar da última vez em que fizéramos amor e não consegui.

Pensei no homem que saíra do quarto de Meg e torci para que ela estivesse tomando cuidado. Se Hank a engravidasse, a reputação dela até poderia ficar arruinada, mas ela acabaria se dando bem em termos de dinheiro... pelo menos depois que eu intimasse Hank. Mas, se um homem comum a colocasse em apuros... bem, eu só podia torcer para que ele se casasse com ela e que os dois estivessem de fato apaixonados.

De manhã, Ellis não estava mais ali. Como havia retirado as molduras do Blecaute, acordei com a luz do dia. Eram quase dez da manhã, cedo para os meus padrões.

Lá embaixo, Anna esfregava as janelas com um jornal. Numa mesa ao lado havia uma vasilha com a etiqueta VINAGRE DESTILADO. Os cabelos dela estavam presos em um coque coberto por um lenço simples de pano, um contraste gritante com a echarpe da Hermès que eu mesma trazia ao redor do meu.

Ela me olhou de relance e depois se virou imediatamente para o outro lado.

— Bom dia, Sra. Hyde — disse, enfatizando o nome.

— Bom dia — respondi, sentando-me na cadeira mais próxima. Só então notei a ausência de Hank e Ellis.

Anna estava me observando com o canto do olho.

— Eles saíram — avisou, atacando a janela com vigor renovado. — Pediram para eu avisar que voltam amanhã.

Eu me sentei, em pânico.

— O quê? Como assim? Para onde eles foram?

— Para Inverness, parece — respondeu ela.

— Onde fica isso? E por quê?

— Fica a 22 quilômetros daqui. E o motivo eu não tenho como saber — informou ela, pousando o jornal sobre o peitoril e limpando as mãos no avental.

— Não deixaram um bilhete nem nada?

— Não que eu saiba.

— Você sabe se eles chegaram a resolver a... confusão? — perguntei, estremecendo com aquela última palavra.

Ela virou-se e me olhou feio, com as mãos plantadas nos quadris.

— Está falando do nome falso? Melhor perguntar isso a Angus.

Fui acometida por uma sensação de terror. Se o dono me mandasse embora, o que eu iria fazer? Para onde poderia ir?

— Alguma chance de terem trazido sua caderneta de racionamento? — perguntou Anna, continuando. — Porque não pude deixar de notar que nenhum de vocês apresentou a caderneta, muito embora eu tenha tocado nesse assunto ontem, e vocês *precisam* apresentar a caderneta assim que fazem o check-in. Mas imagino que, se estão de saída, isso não deve ter muita importância.

— Não sei direito onde Ellis as guardou — retruquei, com a voz fraca. — Vou ter de procurar um pouquinho.

Anna manteve as mãos nos quadris, encarando-me com grande suspeita. Baixei os olhos para o meu colo.

— Vou trazer seu café da manhã então — disse ela, antes de sair pisando duro.

Pousei os cotovelos sobre a mesa e apoiei a cabeça entre as mãos. Não podia acreditar que Ellis fosse capaz de fazer isso comigo. Só podia ser algum engano.

O café da manhã foi uma fatia de mingau da gaveta e um chá fraco sem leite nem açúcar. Anna praticamente atirou ambos na minha frente e voltou a limpar as janelas.

— Bacon, manteiga, açúcar, leite... nada disso cresce em árvores, sabia? — questionou ela, como se continuasse uma conversa.

Minhas mãos estavam novamente no meu colo. Comecei a puxar as lascas do meu esmalte.

— Nem ovos. Nem margarina. Nem chá — prosseguiu Anna. Inspecionou o jornal em sua mão e o atirou sobre a mesa. Apanhou uma folha nova, inclinou o canto da vasilha na direção do jornal e depois, com força, soltou a vasilha, que bateu na mesa.

— Bem. Acho que o chá cresce em árvores, sim, mas não por aqui. — Ela fez um sinal para minha xícara. — Eu reutilizei as folhas para fazer esse aí — disse.

Durante quem sabe uns quinze segundos, achei que ela já tivesse terminado.

— Acho que eu posso preparar um sanduíche de beterraba para a senhora nesse meio-tempo, mas não acredito que o Pão Nacional esteja à altura do padrão de qualidade da senhora. Couve-nabo, batata, cebola. Mingau, sim, com certeza. Mas sem leite, que fique claro. Eu poderia encontrar uns dois tabletes de sacarina. Mas não acho que a senhora tem máscara de gás, ou tem? — Ela olhou rapidamente de relance para mim, intuiu a resposta e suspirou com ar grave. — Foi o que eu pensei mesmo. É preciso levar uma o tempo inteiro. Você pode ser multada se não fizer isso. E eu acho que o gás mostarda não vai saber a diferença entre a senhora e uma pessoa comum. — Ela revirou os lábios ao pronunciar aquelas duas últimas palavras.

Finalmente tirei os olhos do meu colo e olhei para ela.

— Anna, sinto muito. Não sei nem o que dizer.

— Ah, tudo bem. Não sei se eu acreditaria mesmo.

Aquilo foi como um tapa.

O Sr. Ross entrou vindo dos fundos, usando o mesmo suéter da noite anterior, calças do mesmo tom verde-oliva escuro e botas pretas pesadas. Parecia uma roupa militar, mas não havia nenhum distintivo nem qualquer outra identificação. Ele parou por um instante ao me ver e depois continuou andando, e, então, como se eu não existisse, foi até a caixa registradora e retirou o dinheiro da gaveta. Folheou um livro pesado de contabilidade, fazendo anotações ocasionais com um lápis. Notei com espanto que lhe faltavam as duas primeiras falanges do dedo indicador direito.

Anna voltou a atenção para a janela.

— Devo corrigir o erro de grafia no check-in? — perguntou ele, sem olhar para mim.

Meu alívio foi tão grande que levei a mão à boca.

— Posso encarar isso como um sim?

— Sim — respondi, quase sem conseguir falar direito. — Muito obrigada.

Já era ótimo ele não me chutar para fora dali. Ele não tinha o menor motivo para preservar minha dignidade, e aquele simples ato de bondade fez minha garganta se contrair.

— Certo, então. — Ele deu um tapa na sua coxa. — Conall, *trobhad!* — O cachorro alto rodeou trotando o canto do balcão e os dois saíram.

— A senhora tem muita sorte, é só o que eu lhe digo — comentou Anna.

Minhas entranhas se reviraram num nó e minhas mãos e meu coração se tornaram tão agitados que eu não conseguia nem levantar o garfo, que dirá a xícara. Empurrei a cadeira para trás com tanta força que ela se arrastou estridentemente no piso e, em seguida, subi as escadas como um raio, abandonando meu café da manhã.

— Olha que eu posso chamar o inspetor por causa disso! — gritou Anna às minhas costas.

Tranquei a porta do meu quarto e me encostei nela, respirando fundo para me acalmar. Meu coração estava tão acelerado que achei que eu poderia desmaiar. Se isso acontecesse, não seria novidade.

A primeira vez em que desmaiei foi quando estava almoçando no Acorn Club com minha sogra e cinco de suas amigas, incluindo a Sra. Pew.

Não fazia nem quatro meses que eu havia me casado, e ainda guardava a ilusão de que o pente de diamante que minha sogra me dera era um sinal de que um dia ela viria a me aceitar, quem sabe até a gostar de mim. As senhoras conversavam sobre o ataque horrível a Pearl Harbor, dizendo que, apesar de suas reservas anteriores, concordavam de cabo a rabo com a decisão do presidente de se envolver diretamente na guerra. Eu mencionei o ataque ao *Athenia* e sugeri que os Estados Unidos já deveriam ter se envolvido naquele momento, dado o número de americanos a bordo. Meu comentário caiu no silêncio.

Depois de uma pausa longa e plena, minha sogra disse:

— Você, claro, tem direito a ter sua própria opinião, minha cara. Mas pessoalmente eu nem *sonharia* em duvidar das decisões do presidente. — Ela levou a mão cheia de joias ao peito e revirou os olhos ao pronunciar a palavra "sonharia".

Enquanto a vermelhidão do meu rosto denunciava a minha vergonha, ela seguiu falando, elogiando o clube por oferecer aquele almoço de sete pratos para ajudar os esforços de guerra. Encorajou as outras mulheres a fazerem coro, dizendo que ela mesma instruíra a equipe da cozinha a doar latas de mantimentos e também as panelas que não estivessem mais usando com frequência. Todas manifestaram logo um grande arrependimento por não poderem fazer mais nada para ajudar, dada a distância da guerra, e seguiu-se uma conversa sobre o resultado surpreendente das tentativas de alistamento de Ellis.

— Foi um choque e tanto, isso eu posso dizer — falou minha sogra. — Imaginem, todos esses anos e não tínhamos a menor ideia! Acho que foi por isso que ele bateu tantos carros: ele não consegue saber se a luz do sinal está verde ou vermelha. Ellis ficou extremamente desapontado, mas não há o que fazer. Whitney, claro, deu todo o apoio ao filho.

As senhoras soltaram murmúrios de solidariedade tanto para Ellis quanto para o coronel, e então a Sra. Pew inclinou-se para a frente numa atitude conspiratória e disse:

— Claro, porém, que existem aqueles que *dão um jeito* de serem recusados.

— Não! Você está falando de...? — questionou outra em voz baixa. Em vez de preencher a lacuna da frase solta no ar, ela olhou para o outro lado do salão, onde a mãe de Hank almoçava com as amigas.

A Sra. Pew piscou com ênfase para confirmar. As outras mulheres arregalaram os olhos, e a alegria de serem duas-caras se tornou palpável.

— Absolutamente uma vergonha. Pé chato, pois sim!

— Nada que um bom par de botas não resolva.

— Aquele ali sempre foi encrenca, desde o início — disse minha sogra. — Está no sangue da família, apesar de a mãe dele ser uma Wanamaker. — Ela abaixou a voz ainda mais. — Eu bem que queria ver que Ellis longe dele, mas meu filho nunca presta atenção em nada do que eu digo.

Eu estava olhando para o camarão com abacate sobre o fino prato de porcelana na minha frente quando me dei conta de que ela quase com certeza devia ter dito essas mesmas palavras a meu respeito, a essas mesmas mulheres, talvez nessa mesma mesa.

O pente de cabelo não fora uma oferta de paz. Eu não tinha a menor ideia do que ele significara, nem por que elas haviam me convidado para aquele almoço, mas àquela altura eu já tinha plena certeza de que, certamente, existia um motivo.

Eu me lembro de ficar olhando fixo para a tigela de molho de salada, a taça de champanhe com linhas de bolhas subindo de minúsculos gêiseres aleatórios nas laterais. Eu me lembro de perceber que permaneci imóvel por tanto tempo que elas começaram a me olhar e de pensar que devia apanhar o garfo, mas não apanhá-lo, por saber que o deixaria cair. Alguém falou comigo, mas era impossível ouvir o que dizia devido ao zumbido intenso em meus ouvidos. Então não consegui mais respirar. Não percebi que estava deslizando pela cadeira abaixo, mas notei com certeza que me tornara o centro das atenções quando abri os olhos e me vi deitada no tapete, olhando para um círculo de rostos preocupados. E como esquecer o trajeto constrangedor na ambulância com a sirene estridente?

Várias consultas seguiram-se depois disso, culminando com a visita de um médico de Nova York que mediu meu pulso, auscultou meu coração e emendou uma batelada de perguntas sobre a minha família.

— Entendo, entendo — era o que ele não parava de dizer enquanto me observava por cima da armação de metal dos seus óculos.

Por fim, o médico dobrou os óculos e os guardou no bolso da camisa. Então me informou — bem na frente de Ellis e de sua mãe — que eu sofria de uma doença de fundo nervoso. Prescreveu um remédio e disse que eu precisava evitar me excitar a qualquer custo.

Minha sogra reprimiu um murmúrio espantado.

— Isso quer dizer que ela não pode...? Quer dizer que jamais haverá um...?

O médico observou o rosto dela, que assumia diversas tonalidades de vermelho.

— Ahhh — disse ele, percebendo o que ela queria dizer. — Não. Ela é capaz de suportar uma quantidade razoável de relações conjugais. A questão se refere muito mais a evitar excitação mental. Uma doença dessas não é surpreendente, dado o histórico materno.

Ele guardou suas coisas na maleta e colocou o chapéu.

— Espere! — exclamou minha sogra, pondo-se de pé num pulo. Ela olhou para mim, que estava prostrada na cama. — Quando o senhor disse que não é surpreendente, isso quer dizer que doenças como essas são transmitidas de geração em geração?

Depois de uma breve pausa, o médico respondeu:

— Nem sempre. Lembre-se de que cada geração se dilui, e só um dos avós dos futuros filhos deste casamento é, hum, como posso dizer, alguém diferente de nós.

Edith Stone Hyde soltou um grito e afundou de novo na cadeira.

Minha doença de fundo nervoso imediatamente se transformou em uma doença do coração, e, embora eu raras vezes sinta gratidão por minha sogra, admiro a rapidez com que ela assumiu a tarefa de me dar um novo diagnóstico — principalmente porque isso conferiu ao menos uma ilusão de distância entre mim e a minha mãe.

Minha mãe era famosa por sua beleza, com olhos verde-claros, nariz arrebitado e lábios em forma de coração que se abriam sobre dentes perolados. Em algumas mulheres, traços perfeitos não resultam num todo bonito, mas, no caso da minha mãe, a soma produzia um resultado tão impressionante que, quando ela se casou com meu pai, um *Proper Philadelphian* (expressão que servia para designar os descendentes diretos dos pioneiros que fundaram a Pensilvânia e a cidade da Filadélfia), a sociedade pareceu disposta a desconsiderar que o pai dela era um empresário dos cabarés burlescos (atividade que a revisão histórica passou a chamar de *vaudeville*) que se casara com uma das estrelas desse ramo e que o avô fora um famoso barão ladrão ligado ao Tammany

Hall. A família dela tinha a fortuna; a dele, o nome. O arranjo não era de todo incomum.

Desde minhas primeiras lembranças de criança, eu sabia que minha mãe era infeliz, embora eu tenha demorado anos para compreender a magnitude e o grau de elaboração dessa infelicidade. A tristeza a atravessava como algo inescapável.

Para o mundo exterior, ela só apresentava fraqueza e sofrimento, transmitindo sutilmente a ideia de que meu pai era um tirano e que eu... bem, na melhor das hipóteses, era rebelde, e muito provavelmente maliciosa a ponto de cometer infrações, situação que, dada a suposta crueldade do meu pai, só se tornava ainda mais comovente. Minha mãe era bastante sutil: bastava soltar um suspiro, embaçar ligeiramente os olhos com lágrimas ou fazer uma pausa quase imperceptível para que todos entendessem a profundidade de sua angústia e a nobreza com que ela suportava aquele fardo.

Ela era excelente em ler a atmosfera dos salões. Se o clima não estivesse propício para obter a empatia dos outros, ela se comportava de modo espirituoso e envolvente, transformando-se no centro das atenções, mas nunca de modo óbvio. Corria um dedo na haste da sua taça de cima a baixo, devagar, diversas vezes, ou então cruzava as pernas e mexia o pé em círculos deliberados, chamando a atenção para seu belíssimo tornozelo. Era impossível afastar os olhos dela. Minha mãe enfeitiçava homens e mulheres igualmente.

Em casa, vivia sua tristeza de modo extravagante, e aprendi desde cedo que o silêncio era tudo, menos pacífico. Ela estava sempre chateada com alguma coisa, real ou imaginária, e era capaz de criar uma verdadeira crise absolutamente do nada.

Eu tentava passar despercebida, mas era inevitável vê-la quando nos reuníamos à mesa do jantar. Eu nunca sabia se ela dirigiria sua insatisfação a mim ou a meu pai. Quando era a mim, o jantar transcorria com silêncios gélidos e olhares carrancudos. Quase nunca eu sabia o que fizera de errado, mas, mesmo que soubesse, jamais ousaria me defender: em vez disso, eu me encolhia. Naquelas noites eu até conseguia comer, embora ela inspecionasse cada bocadinho que eu colocava na boca e como o colocava ali.

Nas noites em que meu pai constituía o alvo, a coreografia era bastante diferente. Os olhares de ódio e os comentários maliciosos aumentavam de intensidade até se transformarem em observações cortantes que ela desferia como um mestre, as quais meu pai ignorava, e então as observações passavam a um sarcasmo penetrante que ele também ignorava. Aí ela, com os olhos cheios de lágrimas, perguntava-se em voz alta por que nós dois sentíamos tanto prazer em torturá-la, e nesse ponto meu pai dizia algo preciso e letal, em geral comentando que ela não era obrigada a ficar ali — ninguém a forçava —, ao que ela saía correndo da mesa aos prantos.

Meu pai continuava comendo como se nada tivesse acontecido; portanto, cabia a mim consertar o estrago. Eu deixava minha comida de lado e subia as escadas até o quarto trancado de minha mãe, e a cada degrau meu pavor aumentava. Sempre era necessária certa negociação, mas em geral ela me deixava entrar. Eu me sentava na sua cama e ela começava a desfiar como sua vida era um completo vazio. Meu pai era caprichosamente cruel e incapaz de entender outra pessoa, dizia ela. Ela o teria abandonado anos atrás, porém ele jurou que, se ela fizesse isso, nunca mais me veria, chegou a ameaçar interná-la num sanatório. Eu tinha ideia do que acontecia nesses lugares? Ela desistira de todas as suas chances de felicidade unicamente por minha causa, por puro amor materno, embora o tamanho da minha ingratidão fosse mais do que evidente. Ela, porém, achava que a culpa era dela mesma: eu puxara ao meu pai, não tinha culpa dos meus genes horrorosos. E, como eu estava ali, será que não poderia ser um anjo e lhe trazer um comprimido?

Vinte minutos depois de fugir de Anna e do mingau da gaveta, meu coração ainda não demonstrava nenhum sinal de desaceleração.

Eu estava caída junto à porta e continuava respirando com dificuldade. Minhas mãos e meus pés formigavam, as bordas da minha visão brilhavam.

Eu odiava que tivessem me receitado um remédio para os nervos — odiava que alguém percebesse algum paralelo entre mim e minha mãe —, e, embora isso me enchesse de ódio por mim mesma, eu me vi rastejando até minha bagagem e revirando minhas coisas, atirando vestidos, combinações, echarpes e até mesmo sapatos por cima do ombro em minha busca pelo vidrinho marrom onde, eu sabia, estaria o alívio.

Encontrei o remédio e engoli um comprimido, bebendo água direto da jarra para que ele descesse. Deitei na cama e esperei. Depois de alguns minutos, uma névoa reconfortante começou a descer sobre mim e eu entendi, de uma maneira que me apavorou, por que Ellis e minha mãe gostavam tanto daquele medicamento.

Eu me sentei na cama e olhei ao redor. O quarto estava uma bagunça. Eu vinha usando as coisas das malas desde que chegara, como se achasse que em algum momento minhas roupas seriam magicamente penduradas, dobradas com cuidado e colocadas dentro das gavetas, e que as malas e os baús seriam guardados. De repente, percebi que isso não aconteceria.

Depois de guardar tudo, arrumei a cama, mas ficou dolorosamente claro que um amador a tinha arrumado. Enfiei os cantos dos lençóis e cobertas para dentro do colchão e alisei a superfície da cama, mas aquela arrumação só fez com que um dos lados saltasse para fora. Era melhor desistir antes que a cama ficasse completamente desfeita de novo.

Agora não havia mais nada a fazer. Eu trouxera algumas palavras-cruzadas, um livro policial e um punhado de obras sobre o monstro, as quais Ellis me instruíra a ler. Ler, entretanto, era algo fora de questão — não mais por causa da tontura, mas sim porque agora meu cérebro encontrava-se amortecido.

Fui até a janela e olhei para fora.

O céu estava claro, embora uma nuvem sólida cor de granito assomasse distante. As casas geminadas do outro lado da rua eram uma mistura de gesso branco e pedra rosada, com largas chaminés de tijolinho. Atrás delas, havia morros salpicados de ovelhas e campos delimitados por fileiras de árvores. Mais ao longe se viam morros ainda mais altos, morros de um tom marrom uniforme nos pontos onde não haviam sido reflorestados, os picos obscurecidos pelas nuvens.

O frio era intenso e acabei apanhando um dos cobertores da minha cama malfeita e envolvendo-me com ele. Então me acomodei numa cadeira.

Talvez Anna tivesse entendido mal. Talvez Ellis e Hank tivessem apenas ido fazer um passeio. Talvez estivessem procurando outro hotel.

Ouvi passos no corredor e, pelo som de portas se abrindo e se fechando e da água correndo no banheiro, presumi que Anna estivesse arrumando os outros quartos. Alguns minutos mais tarde, ela desceu as escadas e eu ouvi — e senti — uma porta se fechar. Fui até a janela e observei enquanto Anna se afastava rua abaixo numa bicicleta escura com uma grande cesta de palha, a cauda do casaco enfunando ao vento atrás dela.

Capítulo Onze

Percebi que eu estava segurando o peitoril, zonza e fraca. Aquela sensação me acometeu sem aviso algum: minha testa de repente se encheu de gotas de suor e me dei conta de que ou eu desmaiaria ou vomitaria. No começo, pensei que fosse uma reação ao remédio, depois reconheci ser fome. Depois do espetáculo com o Velho Donnie na noite passada, limitei-me a beliscar meu jantar, incapaz de comer, e, exceto o ovo e as poucas fatias de batata que Anna me servira no dia anterior, eu não havia comido praticamente nada desde que partira dos Estados Unidos.

Já tinha sentido isso antes, no início da minha adolescência, e sabia que, se não comesse nada muito em breve, eu acabaria desmaiando. Não havia ninguém por perto para me encontrar caída; por isso eu não tinha outra escolha a não ser ir até a cozinha e arrumar alguma coisa para comer. Encontraria a gaveta onde guardavam o mingau e retiraria só uma fatiazinha bem pequena, a que eu deveria ter comido no café da manhã, para mitigar ao máximo meu crime.

Quando estava na metade da escadaria, fui atingida pelo cheiro de carne assada. Era tão bom que minha boca se encheu d'água e eu quase chorei, afinal Anna deixara bem claro no que consistiria minha dieta até eu aparecer com uma caderneta de racionamento.

O salão principal estava vazio, portanto, entrei pela porta atrás do balcão. Apesar de ter certeza de que estava sozinha na hospedaria, parei à porta, atenta para ver se escutava algum barulho. Como não ouvi nada, fui em frente.

A cozinha era maior e mais iluminada do que eu esperava. As paredes eram caiadas, e as portas e janelas, pintadas de azul-claro. Havia panelas de cobre e conchas penduradas em ganchos sobre uma mesa pesada que se localizava no meio do ambiente. Um grande fogão a lenha emanava uma quantidade maravilhosa de calor e, na parede oposta, havia nada menos que uma cama. Ficava embutida, atrás de portas de madeira que corriam sobre um trilho. Agora elas estavam abertas e mostravam uma cama tão malfeita quanto a que eu mesma fizera lá em cima. Imaginei que ali dormisse o Sr. Ross.

Fiquei maravilhada com o que havia naquela despensa: vidros e mais vidros de repolho roxo em conserva, beterraba em picles, picles de pepino, geleias, compotas de frutas silvestres, cubinhos de caldo de carne, molho Worcestershire, cestas de cebolas, nabos e batatas, enormes jarras de cerâmica cheias de vinagre, latas com etiquetas indicativas onde se lia CHÁ, PASSAS e AÇÚCAR... Era uma infinidade de produtos, e vi ainda mais coisas atrás das portas de vidro dos armários da cozinha.

Mas não consegui resistir a um cesto de maçãs. Era um cesto gigantesco, lotado. A maioria das frutas estava embrulhada individualmente em papel jornal, mas havia algumas expostas no topo da pilha, brilhantes, redondas, lindas. Eu me senti como a Branca de Neve ou quem sabe até Eva; todos os pensamentos virtuosos sobre o mingau de gaveta sumiram assim que pousei os olhos naquelas maçãs.

Eu estava prestes a levar uma à boca quando ouvi uma voz feminina atrás de mim:

— Encontrou o que estava procurando?

Dei um pulo e virei-me, ao mesmo tempo em que abaixava a mão e dobrava o punho, escondendo a maçã atrás de mim.

Meg estava parada diante da porta dos fundos, vestida com um casaco pesado verde-oliva e um boné da mesma cor. Sobre o ombro trazia pendurada com um barbante uma caixa de papelão com os dizeres MÁSCARA DE GÁS que ela colocou sobre uma cadeira ao lado da porta. Ela pôs as mãos nos quadris e olhou para mim.

— Posso ajudá-la em alguma coisa?

— Não, obrigada. Eu estava apenas...

Engoli com dificuldade e segurei a maçã com mais força.

Ela correu os olhos pelo meu braço, depois me encarou diretamente nos olhos. Após uma pausa de uns três ou quatro segundos, virou as costas e tirou o casaco, pendurando-o na cadeira.

— Quando tiver um tempinho, Angus quer lhe mostrar onde fica o abrigo Anderson.

Meg tirou o gorro e remexeu em seus grampos de cabelo, ainda de costas para mim. Percebi que estava dando tempo para eu esconder a maçã ou devolvê-la ao cesto.

Inclinei-me na direção da despensa e coloquei a fruta com delicadeza no alto da pilha.

— Preciso apanhar meu casaco? — perguntei.

— Se quiser, apanhe, mas não vou levar o meu. Só vamos ficar lá fora um minuto — disse ela. — Angus apenas quer que você saiba onde fica o abrigo para o caso de precisar encontrá-lo no escuro. O Blecaute, você sabe: não podemos usar nem uma tocha para iluminar o quintal. Mas, sendo justa, de qualquer maneira provavelmente não seria uma boa ideia acender uma tocha durante um bombardeio aéreo.

Apesar do remédio, meu coração se sobressaltou.

O abrigo Anderson localizava-se nos fundos atrás de uma enorme horta. Com exceção de umas poucas fileiras de repolhos resistentes e escarolas, a horta estava coberta de palha.

O abrigo mais parecia uma gigantesca lata descartada, meio enterrado na terra e coberto por uma camada fina de grama anêmica. Havia musgo nas paredes laterais e um pedaço de lona grossa pendurado na entrada.

— É isso aí — disse Meg, levantando a lona. — Se quiser, pode entrar, mas não tem muito o que ver. Lembre apenas que existem alguns degraus que levam até lá embaixo e dois beliches nos fundos. Temos tochas e roupa de cama aí dentro para o caso de precisarmos passar a noite. Deixe seus sapatos e o casaco sempre à mão: você vai precisar deles, mesmo havendo cobertores aqui. Eu também tenho um macacão antiaéreo. Basta vestir, puxar o zíper e pronto. Você ainda tem algum cupom de comprar roupa?

Balancei a cabeça em silêncio.

— Bem, não importa. Posso conseguir um molde se quiser costurar um para você, mas vai ter de comprar o tecido.

Embora passasse pouco das quatro da tarde, o céu começara a adquirir o tom azulado do crepúsculo e eu estremeci com uma rajada súbita de vento.

— É isso, então — disse Meg. — Vamos voltar.

Ela se dirigiu até a hospedaria, caminhando depressa. Tive de correr para acompanhá-la.

— Desça para jantar hoje — falou ela. — Teremos um assado maravilhoso.

— Não posso comê-lo — retruquei, tristíssima. — Não tenho caderneta de racionamento.

— Não precisa se preocupar; é carne de veado.

— E carne de veado não está sob racionamento? — perguntei. A esperança aumentou dentro de mim como um pássaro alçando voo.

— Ninguém pode racionar aquilo que nem sabe que existe — respondeu Meg —, e Angus não é do tipo que fica de braços cruzados vendo as pessoas passarem fome.

— Quer dizer então que ele está caçando? Ilegalmente? — Eu me surpreendi assim que aquelas palavras saíram da minha boca.

— Eu não disse isso — retrucou Meg enfaticamente. — Mas, mesmo que estivesse, coisa que eu não sugeri, de jeito nenhum, matar um veado seria um roubo justificado. Antigamente ele era o guarda-caça de Craig Gairbh.

— E por que ele deixou o emprego?

— Ele se alistou no exército. E, obviamente, quando retornou, o velho já tinha doado a casa e o terreno para serem usados pelos militares durante a guerra. Como seu filho tinha morrido, ele achou que era o mínimo que poderia fazer, pois estava velho demais para lutar. Nos tempos dele, Angus foi um combatente. Assim, por enquanto, não existe necessidade de nenhum guarda-caça por aquelas bandas, e a única diferença entre antes e hoje é o título do emprego.

— Angus era o guarda-caça em 1934? — perguntei.

Ela me olhou por cima do ombro e arqueou uma sobrancelha.

— Era, sim.

Isso significava que ele estava por perto durante as aventuras do coronel, o que só tornava ainda mais admirável o fato de ter me deixado ficar.

Quando chegamos à hospedaria, Meg segurou a porta para eu entrar primeiro.

— Não foi ideia minha — falei, com voz fraca. — Quero dizer, a troca do nome.

— Ah, sim — disse Meg, assentindo. — Já percebi que seu marido não lhe pede a opinião em vários assuntos. Diga uma coisa, acha que poderia me ajudar com as cortinas do Blecaute? Já está escurecendo, e ainda nem comecei a preparar o purê de batata e nabo.

— Claro — respondi. Embora tivesse sido pega de surpresa, nem me passou pela cabeça negar.

— Elas precisam ficar bem presas. Se um único raiozinho de luz entrar, podemos receber uma multa. Ou uma bomba na cabeça. — Ela olhou para meu rosto e riu. — Foi só uma piada de mau gosto.

— Sim, claro — falei, virando-me para ir embora.

— Espere um minuto.

Ela foi até a despensa e voltou. Ergueu minha mão direita e colocou sobre ela uma maçã.

Olhei para a fruta, quase muda de tanta gratidão.

— Obrigada.

Ela segurou minha outra mão e inspecionou minhas unhas.

— Nossa, até parece que você estava arrancando batatas! Vou dar um jeito nisso amanhã. "A beleza é seu dever", sabia? Mantém os rapazes animados. E por que essa echarpe na cabeça, hein?

— Porque meu cabelo está horroroso — respondi, segurando a maçã com tanta força que a pele da fruta se abriu. — Será que amanhã você poderia me mostrar como se faz cachos com os paninhos?

— Claro. Se você conseguir dormir com meus bobes, posso emprestá-los. — Ela me olhou com ar crítico e assentiu. — Seus cabelos são do tipo em que será fácil fazer cachos lindos. Agora pode ir; preciso terminar o jantar e ficar apresentável.

Comi a maçã inteira, até só restarem um cabinho fibroso e as sementes, porém isso não aliviou em nada a minha fome. Eu odiava a ideia de jantar sozinha, mas, uma vez que Ellis e Hank não me deram outra escolha, foi o que fiz.

Os banquinhos e mesas estavam tomados pelos mesmos homens da noite anterior (com a exceção perceptível do Velho Donnie); no entanto, dessa vez ninguém prestou a menor atenção em mim quando fui me sentar ao lado de Conall perto do fogo. Quase que imediatamente, Meggie colocou um enorme prato de comida na minha frente.

O assado de veado estava bem passado, dourado, e foi servido com geleia de fruta silvestre e uma pilha enorme de purê de batata e nabo.

Fiquei tonta de desejo por aquela comida. Olhei ao redor para ver se não havia mesmo ninguém me observando e, em seguida, comi. Foi difícil manter uma velocidade civilizada.

O cachorro, que antes estava deitado entre a ponta do sofá e o fogo, observou-me com intenso interesse até eu raspar o prato, depois soltou um suspiro desapontado. Quis lhe dar um pedacinho do que eu comia, mas o Sr. Ross estava atrás do balcão e de vez em quando me olhava. Ele não me parecia do tipo que mima cachorros e eu tentava não me intrometer: não queria que nada o fizesse mudar de ideia quanto a me deixar ficar ali.

Quando Meg veio buscar meu prato, trouxe uma caneca de cerveja, dizendo que ajudaria a "fortalecer meu sangue". Eu nunca havia tomado cerveja antes — nosso meio a considerava uma bebida de pobre — e tomei um gole, apreensiva. Não era ruim e contribuiu para aumentar a sensação de calor e bem-estar que eu fiquei por finalmente estar de barriga cheia.

Era a única coisa que me fazia sentir bem-estar. Sempre que a porta se abria, eu olhava, esperando que fosse Ellis e Hank, mas nunca eram os dois, e comecei a aceitar que eles de fato tinham me deixado para trás de mãos abanando, sem caderneta de racionamento e sem explicação alguma.

Eu não tentava ouvir o que os outros diziam, mas, por estar sozinha, não houve como não captar alguns trechos de conversa.

Os rapazes que estavam sentados às mesas pertenciam a uma unidade militar de lenhadores, a Canadian Forestry Corps, que fora destacada para abastecer a necessidade infinita de madeira da parte do exército britânico. Meg — que, em nome do dever, tinha colocado uma saia rodada, pintado os lábios de vermelho e mais uma vez desenhado linhas nas partes de trás das pernas — trabalhava com eles durante o dia. Os homens locais eram mais velhos e vários deles exibiam cicatrizes e ferimentos evidentes, provavelmente da Primeira Guerra. Ficavam sentados nos banquinhos altos do balcão, conversando entre si sem prestar atenção nem nos lenhadores canadenses nem em mim.

Às dez para as nove, Meg ligou o rádio para que os tubos se aquecessem. Quando as badaladas do Big Ben anunciaram a transmissão noturna, todos ficaram em silêncio.

O Exército Vermelho avançava no sul da Polônia, apesar do combate intenso, e agora se encontrava a apenas 90 quilômetros do solo alemão. Em uma única batalha apenas havia matado mais de três mil soldados alemães e destruído 44 tanques do inimigo. Em Budapeste, em três dias de combates, capturaram 360 conjuntos de edifícios e fizeram 4,7 mil prisioneiros. Em todos os fronts, 147 tanques alemães tinham sido destruídos e 60 aviões alemães, abatidos. E, dali a quatro dias, Franklin D. Roosevelt assumiria a presidência pela quarta vez.

Apesar dos avanços inquestionáveis no front, minha saciedade contente despencou para uma depressão imensa.

Na Filadélfia, a guerra parecia estar a milhões de quilômetros de distância. Era, claro, assunto de debates e discussões, mas aquilo não passava de um exercício acadêmico realizado durante coquetéis ou almoços no clube. Era como se homens teóricos estivessem lutando uma guerra teórica, e, depois que Ellis foi dispensado do serviço militar, passamos a evitar completamente o assunto por medo de ferir seus sentimentos.

Ter vivenciado o ataque dos submarinos alemães e presenciado os terríveis ferimentos dos homens resgatados da superfície em chamas do mar havia destruído qualquer sentimento de distância que eu pudesse ter em relação à guerra. Entretanto, eu ainda sentia dificuldades em compreender a ideia de três mil pessoas sendo mortas em uma única tarde — e isso somente do lado inimigo. No decurso da guerra, eu já ouvira cifras de vítimas muito maiores, mas, até aquele momento, ali sentada num salão lotado de homens uniformizados e veteranos idosos, creio que não havia compreendido de fato a magnitude do flagelo humano.

Na cama, com os cabelos arrumados com os bobes de Meg e o rosto cheio de creme, senti uma súbita saudade de Ellis, algo totalmente ridículo, uma vez que era ele o responsável pelo meu atual dilema. Então me dei conta de que o verdadeiro culpado era a falta que sentia de casa. A menção ao presidente Roosevelt despertara aquilo.

Eu desejava estar no meu quarto na Filadélfia, antes da véspera de Ano-Novo, antes de tudo isso. Queria estar a salvo, ainda que isso significasse ser obrigada a suportar mais incontáveis anos de Edith Stone Hyde.

Contudo, eu me encontrava em uma hospedaria repleta de estranhos em um país estrangeiro — e, ainda por cima, no meio de uma guerra. Se eu desaparecesse, duvidaria que alguém fosse notar, quanto mais se importar com isso. Em casa, pelo menos, minha sogra notaria minha ausência: poderia até ficar feliz, mas notaria.

Pensei em Violet: será que ela me odiava? Então me dei conta de que sim, claro que me odiava. A única coisa que ela sabia é que eu tinha vindo junto, enquanto ela fora deixada para trás. O que ela pensaria se soubesse que eu trocaria de lugar com ela sem pestanejar?

Então me ocorreu que, caso Hank não tivesse contado nada a Violet sobre nossa suposta "aventura", a única pessoa no mundo que saberia onde eu estava seria Freddie, pois, quando os pais de Ellis investigassem, descobririam que ele limpara sua conta bancária e deixara a maior parte de nossos pertences guardados no hotel: depois disso, as pistas rareariam.

Se Hank e Ellis não voltassem mais, seria absolutamente verdade que ninguém perceberia minha ausência.

Capítulo Doze

Anna estava passando o esfregão no chão quando desci as escadas na manhã seguinte. Sem dizer uma palavra, ela encostou o esfregão na parede e foi até a cozinha. O café da manhã era uma torrada cinza e granulosa e outra xícara de chá de folhas reutilizadas que me foram entregues sem a menor cerimônia.

Uma vez que eu não tinha mais o que fazer, trouxe meu livro para ler ao lado da lareira, um policial chamado *Died in the Wool.*[9] O título me parecera engraçadíssimo quando coloquei o livro na mala, mas, a julgar pela expressão de Anna, ela discordava.

Depois que me acomodei numa cadeira, a moça passou o esfregão em torno de mim, remexendo a água cinzenta ruidosamente no balde e torcendo o esfregão de pano como se fosse o meu pescoço. Por fim, enrolou o tapete para poder limpar o chão bem na minha frente, quase me pedindo que levantasse os pés.

Foi quase um alívio quando ela colocou as mãos nos quadris e disse:

— A senhora não vai desperdiçar outro dia, não é?

---

[9] Livro de Ngaio Marsh, publicado em 1945, que não foi editado no Brasil. O título (em tradução livre, *Morte na Lã*) é um trocadilho com a expressão em inglês "dyed-in-the-wool", que significa "intransigente", "turrão". A trama diz respeito à morte misteriosa, em plena Segunda Guerra, de um parlamentarista neozelandês numa fazenda de carneiros — daí a piada. (*N. da T.*)

Fechei o livro e esperei.

— Eu e Meg estamos aqui, trabalhando no mínimo 16 horas por dia, ela na serraria e eu no sítio, e nos revezando pra cuidar de gente como a senhora, que está aqui passando os dias sentada ao lado da lareira esperando que sirvam suas refeições e que façam a sua cama!

Mexi a boca para responder, mas não consegui dizer nada.

— Por que não tricota meias para os soldados ou pelo menos uns cobertores? — perguntou ela em tom acusador.

— Não sei tricotar.

— Ora, ora, *que surpresa*.

Coloquei o livro sobre a mesa.

— Anna, não sei o que você quer que eu faça.

— Tem uma guerra acontecendo aí fora, mas pelo visto para vocês é tudo diversão e alegria. Não tenho a menor ideia do que vieram fazer aqui, sinceramente.

Nem eu.

Quando Anna voltou a limpar o chão, apanhei meu casaco.

Depois de encontrar a agência de correios e de suportar os olhares carrancudos do carteiro, cujas sobrancelhas desgrenhadas e ferozes pareciam taturanas grudadas em seu rosto, enviei o seguinte telegrama:

DR ERNEST PENNYPACKER FRONT STREET, 56, FILADELFIA, PA
QUERIDO PAPAI COMETI ERRO TERRIVEL PT ESTOU TERRAS ALTAS ESCOCIA PRECISO VOLTAR PT NAO POSSO IR DE NAVIO NOVAMENTE PT POR FAVOR MANDE UM AVIAO PT PRECISO DE VOCE PT SUA FILHA DEDICADA

A indignação do carteiro aumentou mais ainda quando eu percebi que não tinha como pagar o telegrama.

Assim que saí da agência, fiquei na dúvida se fizera a coisa certa. Esperava que sim, porque não havia mais volta.

Quando Ellis retornasse, eu sabia que ele tentaria me convencer a não voltar aos Estados Unidos. Contudo, como ele e Hank pareciam determinados a me deixar para trás, eu não via motivo para não me permitirem voltar. Imaginei que a única razão de terem me levado para aquele lugar foi o fato de Ellis não ter onde me deixar na Filadélfia.

Eu não podia voltar para a hospedaria sem a certeza de que Anna já tinha ido embora; por isso, caminhei a esmo pelo vilarejo tentando encontrar o *loch*.

A vila consistia em sua maior parte de casas geminadas e alguns chalés isolados circundados por muros de pedra. Só havia três estabelecimentos comerciais, e por toda a parte viam-se lembretes gritantes da guerra: nas paredes da Prefeitura havia pôsteres advertindo "Recicle o Que Tem" e "Rumo à Vitória Agora!", e uma única cabine telefônica — em tom vermelho-vivo, parecendo extraída diretamente de um cartão-postal — estava apoiada em três lados por sacos de areia. Um grupo de pequenos aviões velozes apareceu de repente, zumbindo no céu, o que me fez soltar um gritinho e me esconder depressa embaixo de uma porta. Eu só soube que não estávamos sendo atacados porque os habitantes prestaram pouquíssima atenção tanto nos aviões quanto em mim. Nem uma única pessoa me olhou. Eu me perguntei se todos saberiam que eu era a nora do coronel.

Topei com uma escola. Enquanto observava as crianças no pátio, percebi que todas, bem como todos os adultos na rua, carregavam uma caixa de papelão igual à de Meg pendurada sobre o ombro com um barbante. Lembrei-me do comentário de Anna sobre o gás mostarda e de repente me senti nua.

O mais triste era o cemitério, que continha pedras tumulares das famílias com os nomes recém-gravados de jovens. Não havia muitos sobrenomes diferentes, e vários dos nomes eram idênticos. Contei três Hectors McKenzies e quatro Donald Frasers, e fiquei imaginando quantos desses últimos seriam parentes de Angus. Provavelmente todos, se considerássemos os parentescos mais remotos. A Velha Filadélfia de repente não parecia mais tão velha assim.

Havia uma pedra tumular, ainda bastante recente, diante da qual fiquei parada por um longo tempo. Era incomum não apenas porque uma criança recém-nascida, um marido e uma esposa tinham falecido com dois meses de diferença entre eles, mas também porque a data da morte do marido era vaga — apenas o mês e o ano tinham sido gravados na pedra, havendo um espaço em branco no lugar do dia. Eles tinham morrido três anos atrás; portanto, imaginei que também fosse uma vítima da guerra e que, na confusão dos acontecimentos, os dados específicos de sua morte se houvessem perdido. Havia apenas uma data para a bebê: ou ela nasceu morta, ou morreu imediatamente depois do parto. A mãe faleceu seis semanas depois — talvez de tristeza. Eu me perguntei como seria amar daquela maneira.

O céu se tornara ameaçador; portanto, não me surpreendi quando uma mistura de chuva e neve começou a cair. Saí do cemitério e subi a rua. Pouco depois me senti tão zonza que precisei me apoiar numa cerca de madeira até a tontura passar. Se eu não tivesse certeza de que era impossível, pensaria que estava grávida.

Os pôneis brancos e peludos do outro lado da cerca vieram me cumprimentar, empurrando seus focinhos curiosos contra meu rosto e me dando beijos sem motivo algum. Meus bolsos estavam vazios, com exceção de um lenço amassado e sujo de muco.

Por fim, acabei percorrendo a longa estrada até o início da rua onde se localizava a Fraser Arms. Enquanto eu esperava na esquina que Anna passasse em sua bicicleta, percebi que, apesar de ter ido até o vilarejo, ainda não vira o lago. No mapa, Drumnadrochit parecia estar exatamente às suas margens.

Eu alimentara a esperança de que em algum momento daquela tarde eu veria o monstro. Não teria câmera nem outra maneira de provar aquilo, e de certa maneira fiquei feliz por não tê-lo visto, porque minha vontade não possuía nada de nobre. Eu só queria ver o monstro antes de Hank e Ellis para que os dois se sentissem arrependidos por me deixarem para trás — não apenas hoje, mas no dia anterior também.

A coisa sempre foi Hank e Ellis, ou Ellis e Hank, bem antes de o grupo incluir Freddie e a garota que estivesse com Hank no momento.

Começou muitos anos antes, quando os dois estudaram em Brooks juntos e depois em Harvard. Mesmo depois que eu e Ellis nos casamos, eu sempre tinha a sensação de ter chegado atrasada.

Eu precisava de Ellis para me confortar, para dizer que eu estava errada. Mas ele não estava ali. Simplesmente não estava.

Capítulo Treze

Meg me encurralou tão logo cheguei e me arrastou para a cozinha a fim de dar um jeito nas minhas unhas.

— Eu estava mesmo me perguntando para onde você tinha ido. Foi dar uma voltinha, é? — indagou ela, puxando duas cadeiras até um dos cantos da mesa.

— Não deu muito certo — falei. — Não consegui nem encontrar o *loch* e pensei que estivéssemos bem ao lado dele.

— E estamos, só que ele fica atrás da Cobertura — disse ela.

— Cobertura?

— A floresta de Urquhart. Mas ninguém a chama assim. Dá na cara que você não é da região.

— Acho que meu sotaque já cumpre essa função — comentei.

Ela abriu uma toalha, balançou um vidrinho de esmalte vermelho e o abriu. Enquanto fazia as unhas da minha mão esquerda, explicava que, embora não fosse possível comprar esmalte no mercado oficial, ele era vendido como "consertador de desfiamentos" na farmácia. A ideia de usar tinta em tom vermelho vivo para dar um jeito em meias-calças desfiadas era tão absurda que eu ri, e ela também, observando que não fazia diferença porque, de qualquer modo, não havia meias-calças disponíveis para desfiar. Então eu me senti culpada por estar usando um par naquele exato momento.

Ela olhou para o meu rosto, depois olhou de novo para minhas unhas recém-pintadas sobre a mão dela.

— Esta cor combina perfeitamente com seu batom.

— Sempre usei vermelho.

— Ótimo. "Vermelho é o Novo Distintivo da Coragem", sabe como é. E destaca esses seus lindos olhos verdes. — Ela inclinou a cabeça de um lado a outro para inspecionar seu trabalho.

Depois suspirou.

— Meu batom está nas últimas. Já estou pegando o restinho com um palito, e não há batom de cor nenhuma para comprar em Drumnadrochit. Vou ter de ir a Inverness, mas sabe-se lá quando encontrarei tempo, ou dinheiro, para isso.

— Tenho um batom a mais — falei.

— Ah, não, eu não poderia aceitar — protestou ela, apoiando minha mão cuidadosamente sobre a toalha.

— Mas eu insisto! Afinal, estou usando seus bobes.

— Bem, já que você coloca a coisa dessa maneira... Tem sorte de conseguir dormir com eles — disse ela, olhando rapidamente para mim. — Seu cabelo ficou lindo. Esses cachos são verdadeiros cachos da vitória, são sim.

Resolvi que, quando meu pai mandasse me buscar, eu deixaria todas as minhas meias-calças e maquiagem para Meg.

O jantar era truta, preparada de modo simples, com uma porção generosa de couve cozida e batatas. Meg me trouxe um copo de porto e gengibre.

Mais uma vez limpei o prato, e mais uma vez o alto e magro Conall, que Meg dissera ser um cão escocês usado para caçar veados, soltou um suspiro de frustração. Ele havia se juntado a mim na lareira assim que desci as escadas e me senti grata por sua companhia.

Somente quando o Sr. Ross ligou o rádio para que aquecesse é que me dei conta do quanto estava tarde e de que Ellis ainda não tinha voltado. O que na noite anterior não passara de uma sensação vaga retornou com mais força, junto com todo o meu medo e espanto. E se ele simplesmente não voltasse mais?

Antes de ele ir a Inverness, nunca passara pela minha cabeça que Ellis poderia me abandonar, mas, quanto mais eu pensava no assunto, mais possível isso me parecia. Se ele de fato me deixasse, sua mãe redobraria os esforços para convencer o pai a não lhe cortar o apoio financeiro e a deixá-lo voltar a ocupar seu lugar na família. Um divórcio era algo escandaloso, mas escândalos podiam ser varridos para debaixo do tapete. Eu poderia ser substituída por uma esposa mais adequada, e o coronel e Edith Stone Hyde teriam, enfim, netos que não seriam apenas três quartos normais, mas inteiramente normais. Depois de refletir mais um pouco, percebi que o propósito daquela viagem — restaurar a honra de Ellis — abalou-se no momento em que ele foi pego mentindo e que talvez ele não quisesse mais mostrar as caras em Drumnadrochit. Mas me deixar?

Sumir sem dizer nada era um jeito covarde de abandonar uma mulher. Mais do que covarde, pois, para todos os efeitos, eu teria sido enxotada do hotel na manhã anterior.

Quando o apresentador pronunciou as palavras "bombas aéreas", meus devaneios tristes sumiram. Mísseis haviam destruído centenas de casas em East London, matando 143 pessoas. Os sobreviventes estavam catando seus pertences no meio do entulho com pedaços de pau, tentando salvar o que podiam, e mais de quatro mil e quinhentas pessoas dormiam nas plataformas do metrô.

Os lenhadores e moradores da região, alguns deles vestidos com os uniformes da Primeira Guerra, olharam para o rádio em silêncio com determinação conjunta.

Logo depois da transmissão, Ellis e Hank entraram apressados pela porta no meio de uma rajada de vento e neve, rindo. A raiva subiu-me pelo corpo.

— Meu amor! — exclamou Ellis, avistando-me imediatamente e vindo me beijar. Virei o rosto, de modo que o beijo aterrissou na minha orelha. Seu hálito quente de bebida roçou o meu rosto.

— Que espécie de recepção é essa? — perguntou ele, lutando para tirar o casaco e atirando-o sobre o braço do sofá. Ele sentou-se ao meu lado e olhou para o meu prato. — Meu Deus do céu, Maddie. O que você fez, limpou o prato com a língua?

Hank estalou os dedos no ar e disse:

— Três uísques! Duplos.

O Sr. Ross ignorou-o completamente. Meg levantou as sobrancelhas e apanhou três copos embaixo do balcão.

— Eu não quero, obrigada — falei, erguendo meu copo de porto com gengibre. — Ainda estou tomando isso.

Hank atirou seu casaco em cima do de Ellis e sentou-se na poltrona em frente.

— Onde você estava? — perguntei a Ellis.

— Em Inverness. Aquela garota não lhe contou?

— Ela se chama Anna. E sim, contou.

— Então por que você está chateada? E cadê esses uísques? — perguntou ele, levantando a voz e olhando em torno.

Meg apareceu com as bebidas e bateu os copos na mesa.

Hank apanhou o dele e tomou um gole.

— O que tem no cardápio de hoje? — questionou. — Eu seria capaz de comer um cavalo.

Meg cruzou os braços.

— Acho que eu poderia lhe trazer um sanduíche de beterraba — respondeu ela.

— O que foi que ela comeu? — perguntou Ellis, inclinando a cabeça na direção do meu prato.

Meg levantou o queixo.

— *Ela* comeu truta. E, por acaso, o último pedaço.

— Temos cadernetas de racionamento — disse Ellis, assentindo encorajadoramente para Hank.

— É! Verdade — concordou Hank, inclinando-se para remexer em uma das malas de lona. Sacou as cadernetas e agitou-as como cartas de baralho. — E então, o que temos no cardápio agora? — perguntou ele, sorrindo.

Meg apanhou as cadernetas da mão dele e disse:

— Sanduíche de beterraba.

Ellis ficou estupefato.

— O que é isso, algum tipo de piada?

— Com certeza, não — respondeu Meg.

— O hotel de Inverness tinha rissoles de carne. *E* luz elétrica — disse Ellis.

— Então sugiro que volte para o hotel de Inverness — retrucou ela, dando as costas e afastando-se depressa.

— Certo, tudo bem! Vamos comer os sanduíches! — gritou Ellis para Meg. Ele atirou o corpo para trás no sofá e bebeu ininterruptamente, secando o copo de uma só vez. Quando por fim o copo se esvaziou, ele o pousou sobre a mesa.

Ellis olhou mais uma vez para o meu prato.

— Você não costuma exagerar na comida. Espero que isso não se torne um hábito.

Fiquei chocada demais para responder.

Hank balançou a cabeça.

— Minha cara, não dê importância. Ele está completamente bêbado. Aqui, aceite um cigarro... — Ele empurrou o estojo por cima da mesa, em sinal de oferecimento.

Minha intenção era apenas afastar o estojo, mas ambos movemos as mãos ao mesmo tempo e, de alguma maneira, acabei derrubando-o no chão. Os cigarros voaram para todos os lados e o estojo quicou no peito de Hank.

O restante do salão caiu em silêncio. Todas as cabeças voltaram-se para nós.

— Oh — disse Hank, examinando seu peito. Ele limpou o suéter e reuniu os cigarros. — Maddie, olhe só o que você fez. Quebrou dois cigarros.

O proprietário atravessou o salão com passadas largas e parou na nossa frente com as mãos nos quadris. Olhou para Ellis por um longo tempo, depois para mim e por fim para Hank.

— Está tudo bem?

— Melhor perguntar para ela — disse Ellis. — Ela é que está lançando mísseis.

— Está tudo ótimo — respondi em voz baixa, olhando para as botas pretas pesadas dele, por não conseguir olhá-lo no rosto.

— Tem certeza?

— Sim — respondi. — Obrigada, Sr. Ross.

— O que você disse?

— Sim, obrigada — falei, sentindo-me repreendida. — Está tudo bem.

Depois de uma ligeira pausa, ele falou:

— Fico muito feliz em saber.

Quando saiu, Ellis inclinou-se em minha direção e vociferou:

— Perdeu a cabeça? Qual é o seu problema, hein? Você não pode sair por aí atirando objetos nos outros na frente de todo mundo!

— Eu não queria atirar nada em ninguém — respondi, olhando desesperadamente para Hank. — Foi um acidente. Desculpe, Hank.

Ele assentiu e fez um gesto, como se não tivesse importância.

— Tudo bem.

— Bom, *eu* não acredito que foi um acidente — continuou Ellis. — Você está se comportando como uma vaca desde que a gente entrou por aquela porta.

Contive a respiração. Nunca haviam falado comigo daquele jeito. Até mesmo na discussão de Ano-Novo minha sogra se referira a mim na terceira pessoa. E, por todos ali continuarem olhando para nós, sabia que tinham ouvido.

— Ellis! — sibilou Hank, irritado, parecendo meio sóbrio. — Controle-se.

Enquanto eu me levantava, atravessava o salão e subia as escadas, tinha plena consciência de que todos os olhares me acompanhavam, exceto o do meu marido.

Não era a primeira vez que Ellis bebia o suficiente para se comportar de modo extravagante. Houve uma festa em que ele virou uma bandeja inteira de drinques quando achou que o garçom os estava servindo na ordem errada. A frequência desses episódios aumentara continuamente desde o diagnóstico de seu daltonismo, mas antes desta noite ele jamais havia direcionado sua raiva para mim. Eu sempre fora aquela que o acalmava e o convencia a voltar para casa.

Tive certeza absoluta de haver tomado a decisão certa ao pedir ajuda a meu pai e torci para que ele não me deixasse na mão. Também torci para que Ellis encontrasse o monstro na minha ausência e que isso causasse nele o efeito terapêutico sobre o qual ele tinha tanta certeza, porque, caso contrário, eu estava com a sensação inexorável de ter acabado de vislumbrar o futuro.

Capítulo Catorze

Às dez da manhã do dia seguinte, bati na porta do quarto de Ellis, pois queria um minuto a sós com ele. Ele não estava lá.

Ao descer as escadas, avistei ao longe Anna tirando o pó de um castiçal pesado de prata apoiado na prateleira da lareira, o rosto contraído como se tivesse comido um caqui verde.

Teria ela ouvido falar da cena da noite passada? Se tinha, fiquei me perguntando como eu conseguiria encarar os clientes do bar e principalmente o Sr. Ross.

Hank e Ellis estavam sentados a uma mesa, trajando diversas camadas de roupas de lã e botas com travas nas solas. Ao lado deles havia uma pilha de sacolas e equipamentos, além de seus casacos, chapéus e luvas. Não conseguia acreditar no que estava vendo: eles iam sair de novo.

Passei reto e fui me sentar junto à janela.

Imediatamente Ellis veio juntar-se a mim.

— Querida, o que foi?

Inclinei a cabeça na direção da pilha de sacolas aos pés de Hank.

— Dessa vez vocês pelo menos iriam me deixar um bilhete? — perguntei, tentando manter a voz baixa.

— Para quê? — Ele olhou para onde eu indicava e depois de novo para mim, surpreso. — Você está falando *disso*? São nossos equipamentos de inspeção. Estávamos esperando você acordar. Mas, pelo tom da sua pergunta, imagino que ficou chateada por termos ido até Inverness.

— Por terem ido *sem mim* — retruquei, num sussurro urgente. — E se o dono da hospedaria tivesse me atirado no olho da rua?

O espanador de Anna pairava sobre a prateleira da lareira, as penas trêmulas. Era mais do que evidente que ela podia ouvir cada palavra do que dizíamos.

— Eu sabia muito bem que o Barba Negra não iria atirar você no olho da rua.

— Como você podia saber? — inquiri acusadoramente, sem me incomodar mais em sussurrar.

— Porque eu perguntei para ele, óbvio.

Anna bateu o espanador com força na prateleira e saiu pisando duro para a cozinha.

— Mesmo assim. Você podia ter me deixado um bilhete.

Ellis esticou o braço por cima da mesa e segurou minhas duas mãos.

— Meu amor, era para aquela garota ter lhe avisado. Não estou tentando esconder nada de você; foi somente durante o café da manhã que Hank e eu nos demos conta de que precisávamos arrumar cadernetas de racionamento e máscaras de gás imediatamente; caso contrário, todos nós morreríamos de fome para não dizer de outra coisa pior. Nunca imaginei que você quisesse vir conosco. Fomos obrigados a implorar por carona nos fundos de um furgão de parafina que fedia como o diabo e tivemos de ir agachados o trajeto inteiro. Você teria sofrido horrores. — Ele inclinou a cabeça, tentando me olhar nos olhos. — Amor? Tem mais algum problema? Você ainda parece muito chateada.

— Ora, é óbvio! Claro que estou.

— Por quê? — perguntou ele.

— O que você acha?

O rosto dele assumiu uma expressão de confusão.

— Maddie, não faço absolutamente a menor ideia.

— Ele não se lembra de nada — gritou Hank, lá da outra mesa. — Muitas libações, receio eu.

— Você me chamou de um nome extremamente rude ontem à noite — falei. — *Extremamente*. Na frente *de todo mundo*.

Ellis franziu a testa.

— Eu jamais faria uma coisa dessas. Você com certeza não ouviu direito.

— Creio que não — intrometeu-se Hank. — Tenho plena certeza de que todo mundo ouviu muito bem. Querem que eu vá até aí ou preferem que eu continue preenchendo as lacunas gritando pelo salão?

— O que foi que eu disse? — perguntou Ellis.

— Não quero repetir — retruquei.

Ellis apertou minhas mãos.

— Maddie, sinto muito. Se for mesmo verdade, obviamente bebi demais. Eu jamais a ofenderia em sã consciência. Eu adoro você.

Olhei para a lareira atrás de Ellis, mas ele segurou meu queixo e virou meu rosto para o seu. Ergueu as sobrancelhas, ansioso, implorando.

Depois de muitos segundos, suspirei e revirei os olhos.

— Ah! Assim está melhor. Esta é minha garota — disse ele, dando um largo sorriso.

— Se vocês dois já fizeram as pazes novamente, será que poderíamos colocar o pé na estrada? O sol já nasceu; portanto, os ponteiros já começaram a rodar — falou Hank. — Maddie, minha querida, embora você esteja absolutamente linda, não pode sair andando pelo meio da lama com essa roupa. Será que por um acaso você não trouxe nada mais... — Ele agitou o ar ao lado da sua cabeça com um dedo. — Não sei; mais Rosie, a Rebitadeira?[10]

— Ah, agora sim — disse Ellis quando desci novamente.

Hank tinha ido a um dos píeres da região conseguir um barco, e Anna voltara apenas para deixar pratos com mingau de gaveta na mesa.

---

[10] Ícone cultural dos EUA criado para uma campanha cujo objetivo era estimular as mulheres a assumir as funções dos homens nas fábricas durante a Segunda Guerra. (*N. da T.*)

Olhei para minha jardineira, minha jaqueta de safári e meus sapatos de trabalho e esperava que Anna só voltasse da cozinha após sairmos. Eu me sentia ridícula.

— Tome — disse Ellis, entregando-me um estojo vermelho-vivo de couro com uma alça ajustável e uma fivela brilhante de metal. — O que você acha? Não é bonito?

— Chama bastante a atenção — admiti. — O que é?

— Sua máscara de gás. O couro desses estojos foi impermeabilizado, porque aqui parece estar sempre chovendo ou nevando — explicou ele, dando um tapinha na tampa do seu próprio estojo, marrom-escuro.

Retirei a máscara para examiná-la. Era de borracha preta resistente, com uma janelinha de plástico transparente em cima e um tubinho estranho de metal em cuja base havia um disco verde berrante. Das laterais e do alto da cabeça saíam três alças de pano branco, unidas atrás com uma fivela.

Eu acabara de colocar a máscara e estava tentando ajustar as alças quando Hank entrou de supetão pela porta da frente. Ele parou quase que no mesmo instante com um ar espantado.

— Ellis! Não era para você encontrar o Nessie sem mim!

Retirei a máscara e voltei a guardá-la no estojo.

— Muito engraçado, Hank.

— E foi mesmo, se quer saber — retrucou ele. — Ninguém gosta de mim por aqui. Vamos começar de novo. Finjam que eu acabei de entrar. Pronto, virem as costas e depois se virem para mim.

Após Ellis e eu obedecermos, Hank deu um passo à frente e levantou os braços.

— Temos uma poderosa embarcação marítima que será toda nossa pelo tempo que quisermos! — anunciou ele, grandiosamente. Depois de uma pausa, abaixou os braços e continuou: — Certo, não é tão poderosa assim, e talvez seja mais acertado dizer que é uma embarcação fluvial, mas tenho certeza de que não possui vazamento algum, porque passeei com ela pelo lago para fazer um teste.

— Ele bateu palmas. — Vamos, vamos, meus queridos carrancudos! Estamos desperdiçando a preciosa luz diurna! Que comece logo a aventura!

Capítulo Quinze

Andamos algumas centenas de metros para o norte até chegarmos ao Temple Pier, um pequenino píer da região, e entramos num barco a remo surrado. O plano era encontrar um terreno acessível perto do Castelo de Urquhart e começar as observações.

Quando bati os olhos no barco e na escada que conduzia até ele, parei. Hank e Ellis perceberam minha apreensão e, antes que eu me desse conta, ajudaram-me a descer e zarpamos; em vez de ir na proa atrás de Hank, Ellis sentou-se ao meu lado na popa. Isso fez o barco ficar um pouco desequilibrado e, quando Hank começou a remar, fiquei o mais próximo possível do banco, segurando, com uma das mãos, a máscara de gás com força e, com a outra, a beira do barco.

A água estava estranhamente escura e parecia mover-se em direções contrárias, a camada superior deslizando pelas inferiores. O terço inferior dos remos desaparecia a cada remada, e fiquei imaginando o que poderia estar escondido nas profundezas. Decidi me concentrar na margem, que apresentava vegetação densa e pantanosa, quase no mesmo nível das águas. Como estávamos indo para o sul, percebi que aquilo devia ser a Cobertura e que a vila provavelmente se localizava logo atrás.

— Esta é a floresta de Urquhart — avisou Ellis, apontando naquela direção. — Drumnadrochit fica bem atrás, mas mal se poderia imaginar olhando daqui.

As margens começavam a se tornar íngremes nos limites da Cobertura e assim continuavam — com cerca de um metro e meio de altura, vegetação espessa e espinhosa que se espalhava até as águas, e árvores que pareciam nascer diretamente do lago. Passamos por duas ovelhas presas que baliam e lutavam para se equilibrar no alto do monte. A pelagem espessa delas estava coberta de gravetos, e as perninhas pretas brilhantes dobravam-se em estranhos ângulos enquanto elas tentavam sentir o terreno. Seus balidos eram de dar dó e pareciam o ruído de pessoas zombando de ovelhas.

— Como será que elas foram parar lá em cima? — perguntei.

Hank olhou para as duas e encolheu os ombros.

— Esses bichos não são exatamente famosos pela inteligência.

— Não podemos deixá-las aí — protestei quando Hank continuou remando. — Ellis?

— Não podemos fazer nada, meu amor — disse ele, soltando minha mão do banquinho e levando-a até sua coxa. — Mas não tem problema, as ovelhas sabem nadar. A lã as ajuda a boiar.

Hank remava com todas as forças, e, em pouco tempo, as ovelhas não passavam de dois pontinhos minúsculos na margem do lago. Eu me contorci no meu banco, ainda as observando cheia de preocupação. Mesmo que elas conseguissem sair, como atravessariam aquela vegetação espinhosa? Para começo de conversa, eu nem imaginava como haviam ido parar ali.

— Olhe! — disse Ellis, tocando meu braço para chamar minha atenção e em seguida apontando. Eu me virei na direção que ele indicava e perdi o fôlego.

O castelo — espetacular, imponente e em ruínas — apareceu num promontório bem na nossa frente. Boa parte da sua fachada estava destruída, e uma das torres não tinha teto. As muralhas e ameias ao redor encontravam-se em destroços, as pedras, salpicadas de líquen e musgo.

Ellis observou-me olhando o castelo e deu um sorriso malicioso.

— Agora vamos, conte tudo o que você sabe sobre ele.

O sangue me subiu ao rosto: eu não tinha lido nenhum dos livros que ele me pedira para ler a respeito.

— Você não abriu nem um livro sequer, não é?

— Acho que não — respondi. — Mas vou ler. Começarei esta noite.

Ele riu e deu um tapinha no meu joelho.

— Não preocupe essa sua cabecinha linda. Só arrumei aqueles livros para você ter o que fazer durante a viagem, mas pelo visto essa estratégia não deu muito certo.

Hank soltou um muxoxo.

— Felizmente tenho todos os conhecimentos de que preciso bem aqui — disse Ellis, dando um tapinha em sua cabeça. — Li tudo o que havia na biblioteca do meu pai sobre a época anterior ao Grande Terror. — Ele tamborilou os dedos sobre os lábios. — Hmmm, por onde posso começar... Bem, a parte que vocês podem ver daqui foi construída entre os séculos XIII e XVI e mudou de dono diversas vezes. Os últimos foram os legalistas em 1689, mas, quando estes foram obrigados a bater em retirada, explodiram a torre da guarda — ele imitou sons de explosão e atirou os braços por cima da cabeça, fazendo o barco balançar —, por isso o castelo não pôde mais ser usado pelos apoiadores dos jacobitas. Há grandes destroços logo na entrada da fortaleza.

— Tente não virar o barco, Professor Maricas — disse Hank. — Este trecho específico do lago tem mais de duzentos metros de profundidade.

Corri os olhos rapidamente procurando cintos salva-vidas, e, como não vi nenhum, continuei segurando o banquinho com todas as forças.

Ellis prosseguiu.

— Para nossos fins, o fato mais interessante sobre o castelo é que ele foi construído no mesmo lugar de um antigo forte dos pictos, tribo antiga da Escócia que lutou contra os romanos. O registro da mais antiga aparição do monstro vem desse forte. São Colombo, o monge irlandês, estava vindo para cá no ano de 565 d.C. e diversas testemunhas declararam que ele salvou um homem que estava preso nas mandíbulas de um monstro fazendo o sinal da cruz.

Eu me encolhi para longe da água.

— Nossa. O monstro come gente? Por que ninguém me avisou?

Ellis riu.

— Não há o que temer, minha querida. A máxima acusação que o monstro já recebeu até hoje foi a de devorar uma ou duas ovelhas.

Eu, que sabia que o primo de Anna se traumatizara a ponto de nunca mais querer entrar em um barco novamente nem falar sobre a experiência, não me tranquilizei muito.

— Chegamos — disse Hank, usando um dos remos para virar o barco em direção a uma pequena plataforma ao lado do castelo. Ele segurou o barco enquanto Ellis tirava as botas e as meias e enrolava as calças.

Ellis assentiu para Hank, que arreganhou os dentes num rugido primal e enfiou os dois remos na água. Ele se pôs a remar com tanta fúria que as veias de seu rosto saltaram. Levou-nos depressa até a margem e, quando a atingimos, eu quase caí do banco. A proa se ergueu, fazendo a popa abaixar ainda mais, e soltei um grito.

Ellis apanhou uma corda e saltou do barco. A água cobriu suas pernas até acima da altura dos joelhos, ensopando-lhe as calças até o meio da coxa.

— Merda! — exclamou ele. — *Que fria!*

Hank deu risada enquanto Ellis saía chapinhando da água.

— A temperatura do lago é de aproximadamente 4°C, se não me engano. Se você se sentar na proa da próxima vez, estará mais perto dela. Ah, melhor ainda: você bem que poderia remar, Sr. Eu-Fiz-Parte-do-Time-de-Remo-em-Harvard — disse ele.

— Pode apostar, vou remar mesmo — retrucou Ellis. — Vou começar hoje no trajeto de volta.

Ele segurou a proa e puxou o barco em sua direção. Senti e ouvi o cascalho arranhar o casco.

— Por mim está ótimo — disse Hank. — Há um píer na outra ponta.

— Ha, ha. Você se acha muito esperto, não é? — questionou Ellis.

— E sou mesmo — retrucou Hank. — É o que sempre lhe digo.

Ellis continuou puxando até o barco estar bem preso nas margens. Limpou as mãos nas coxas e disse:

— Pronto. Todo mundo para fora.

Hank apanhou o tripé e duas sacolas e saltou pela lateral do barco. Ellis esticou a mão para apanhar suas botas e, em seguida, ajudou a sair.

— Pelo menos minhas meias estão secas — disse ele, olhando de relance para suas calças empapadas. Estava sorrindo, felicíssimo, e tive a sensação de voltar no tempo.

Eu estava diante do Ellis que conhecera em Bar Harbor — antes da guerra, antes do seu diagnóstico, antes do meu próprio diagnóstico, antes da briga com o pai. O endiabrado charmoso e otimista com quem me casara continuava ali, e, pelo visto, estava tão evidente quanto o Ellis que agira de modo tão calhorda na noite passada.

Resolvi naquele instante enviar um segundo telegrama a meu pai anulando o primeiro. Muito embora soubesse que ele ficaria furioso, precisava fazer isso, porque percebi que Hank tinha razão.

Ellis *realmente* precisava disso, e eu queria estar ao seu lado quando ele encontrasse o monstro, queria ver sua restauração com meus próprios olhos. Além disso, e muito importante também: eu não queria que Hank fosse a única pessoa relacionada às lembranças desse dia.

Hank montou o tripé e nele prendeu a câmera, enquanto Ellis estendia um cobertor no chão e colocava sobre ele diversos itens que ia tirando da sacola: béqueres, binóculos, bússolas, um termômetro, mapas e livros de registro. Embora eu não tivesse frequentado uma universidade, tudo aquilo me parecia extremamente científico.

Acomodei-me no cobertor e olhei para a superfície brilhante do *loch*. Se Hank estivesse certo quanto à sua profundidade, eu achava difícil até de imaginar. Seria tão fundo quanto os morros eram altos? O *loch* tornava-se tão escuro e tão profundo com tamanha rapidez que parecia tão impenetrável quanto a fortaleza à nossa frente tinha sido um dia.

Ellis repassou o plano.

— Primeiro, vamos registrar a temperatura da água, depois colher uma amostra para ver o quanto de espuma flutua em sua superfície. A espuma afeta a visibilidade da água e, além disso, informa também a velocidade da corrente inferior. Depois vamos registrar as condições da superfície, do clima, a velocidade e a direção do vento etc. Repetiremos essas medições de hora em hora.

— E entre uma medição e outra? O que vamos fazer? — perguntei.

Hank tomou a frente das explicações.

— Entre uma medição e outra vamos inspecionar a superfície das águas em busca de agitações. Se você avistar alguma coisa, grite:

Monstro! Confirmaremos a localização com a bússola e começaremos a filmar. Vocês dois fiquem de olho na localização o tempo inteiro para o caso de eu, por acaso, perdê-la.

Devia haver três binóculos e três bússolas, mas uma das bússolas não estava ali. Ellis me deu uma das duas restantes, insistindo que ele e Hank poderiam compartilhar a outra.

Quando eu por fim admiti que não sabia usá-la, esperei que eles dessem uma de sabichões ou no mínimo que revirassem os olhos. Mas não: em vez disso, eles simplesmente me ensinaram.

— É fácil — disse Ellis, guiando minhas mãos. — Vire a bússola assim até a seta apontar para o norte. Agora imagine uma linha reta dos graus marcados ao redor da borda até o objeto que você está observando e leia o número ao lado. Pronto, é só isso.

Confirmei acertadamente a localização de um pontinho na margem oposta. Resolvemos que ali seria o limite da minha área de observação. Eu devia começar dali e ir para a esquerda, lentamente, com atenção, depois voltar e ir até um pouco além do ponto demarcado para garantir que houvesse certa sobreposição entre a área que eu deveria observar e a que Ellis deveria observar. Hank não tinha nenhuma demarcação, o que eu achei engraçadíssimo — mas, como eles não haviam caçoado de mim pela falta de conhecimento técnico, resolvi não fazer piada alguma.

Alguns minutos depois de começarmos, pensei ter avistado algo e virei o binóculo naquela direção. Algo arredondado emergia da água e movia-se num ritmo contínuo, deixando uma série de *Vs* atrás de si.

— Monstro! — gritei. — Monstro!

— Onde, Maddie? Onde? — perguntou Ellis.

Eu me levantei de um pulo, apontando com ênfase.

— Ali! Bem ali! Está vendo?

— Use a bússola! — gritou Ellis.

— Não tire os olhos dele! — ordenou Hank, abaixando o binóculo e indo para trás da câmera. Ele se curvou sobre ela, espiando pelo visor, protegendo-o da luz com uma das mãos em concha.

— Não dá para fazer as duas coisas ao mesmo tempo! — exclamei, desesperada. — O que eu faço?

— Tudo bem, estou vendo! — gritou Ellis. — Maddie, fique de olho nele. Caramba, acho que o pegamos!

Ele deu um pulo e segurou o compasso bem ao lado da câmera, de modo que Hank pudesse olhar para o instrumento de vez em quando enquanto mirava o monstro com a lente.

— Está a setenta graus — informou Ellis, instruindo Hank. — Ainda setenta. Agora pouco mais de setenta e continua se mexendo. Setenta e um quarto.

— Já vi! — disse Hank, e começou a virar a manivela da câmera depressa, no mínimo duas rotações por segundo.

Eu não tirava os olhos do ser que estava dentro da água. Ele virou de costas, mostrando bigodes e um focinho negro.

— Oh, meu Deus — falei, completamente desanimada. — Desculpem, desculpem mesmo.

— Por quê? — perguntou Hank, ainda girando a manivela.

— Porque é uma lontra.

— Ellis? — disse Hank sem parar de filmar.

Ellis voltou o binóculo aos olhos. Depois de uma breve pausa, abaixou-o e declarou:

— Ela tem razão. É uma lontra.

Hank soltou a manivela e empertigou o corpo. Protegeu os olhos com uma das mãos e olhou para a água.

— Ai, ai — suspirou, sentando-se. — Tudo bem. Pelo menos a gente sabe que Maddie tem uma visão aguçada.

Ellis registrou o evento no livro de registros, Hank acendeu um cigarro, e os dois passaram uma garrafinha de mão em mão, mas eu não quis beber.

— Desculpem — falei, depois de disparar o alarme por causa de um pato.

— Tudo bem — disse Ellis, com falsa alegria. — Melhor cem alarmes falsos do que deixar escapar o monstro de verdade.

Ele registrou aquilo no livro sem grande animação. Repetiu novamente as medições e nós três continuamos a observar o lago.

— Desculpem, de verdade — falei, depois de ver um tronco flutuante.

— Não se preocupe — disse Ellis. — Acho que, de longe, realmente se parecia um pouco com as costas de um monstro.

Quando pedi desculpas por causa de um peixe que saltou para fora d'água, Hank disse:

— Ellis, acho melhor checar o que Maddie está vendo antes de vocês dispararem o alarme.

— Acho que não é uma boa ideia — discordou Ellis, obviamente desanimado. — Porque, se for mesmo o monstro, esse atraso daria tempo para ele voltar a mergulhar. Foi por isso que meu pai só conseguiu tirar três fotos.

Olhei fixo para as costas dele.

Ele realmente acreditava no pai. A questão não era apenas restaurar a própria honra: também era vingar a do coronel. Como pude me enganar tanto a respeito de meu próprio marido? Eu me sentei ao lado dele no cobertor, tão perto que nossos ombros se tocaram.

Hank sentou-se ao nosso lado e acendeu um cigarro.

— Não tem problema, desde que o filme não acabe — murmurou. — Passe essa garrafinha para cá, sim?

Quatro horas e meia depois, Hank havia fumado 11 cigarros, ele e Ellis tinham secado uma terceira garrafinha de bebida e eu avistara um galho, dois patos nadando e outro peixe saltando.

Capítulo Dezesseis

Quando o sol começou a se pôr às nossas costas, Hank declarou que nossos trabalhos estavam encerrados por aquele dia. Os dois tentaram esconder, mas percebi que se sentiam irritados comigo por causa dos alarmes falsos e me senti péssima por tê-los desapontado. Mal conversamos no trajeto de volta enquanto Ellis remava.

Eu também estava ansiosa, com medo de encarar as pessoas na hospedaria, mas não havia como evitar isso. Devido a minha roupa de Rosie, a Rebitadeira, e mais ainda às minhas luvas e ao estojo da máscara de gás em tom vermelho berrante, não era possível entrar de fininho sem chamar atenção.

No fim eu não precisava ter me preocupado. Senti cheiro de perfume e ouvi o som de risadas assim que abrimos a porta, e quando entramos ninguém nos olhou duas vezes. Havia um grupo reunido que, dessa vez, incluía mulheres.

— Ora, ora, o que temos aqui? — indagou Hank, correndo os olhos pelo salão.

A Prefeitura daria um baile, e a empolgação era palpável. Meg e as outras garotas tinham puxado cadeiras para se sentarem perto umas das outras, e todas tomavam bebidas e elogiavam os sapatos, as roupas e os cabelos das amigas, posando disfarçadamente para os lenhadores, que conversavam como se nada estivessem reparando.

Uma das garotas disse que descosturara um vestido velho da mãe, que "não servia mais nela", e o transformara de acordo com a moda atual usando um molde que viera no último folheto da campanha "Recicle o Que Você Tem". Outra garota usava meias-calças de verdade, o que era motivo de grande admiração por parte das outras. Ela esticava a perna para as garotas examinarem, mas os lenhadores também examinavam com bastante atenção...

— São lindas! — disse Meg, com inveja. — Olhe o brilho que elas têm. São de seda ou de náilon?

— De náilon — respondeu a outra, apontando os dedos em várias direções.

— E onde você as conseguiu?

— Meu George me mandou três pares de Londres. Ele disse que lá as garotas estão roubando meias-calças a torto e a direito, em plena luz do dia. Os lojistas precisam escondê-las embaixo do balcão!

Meg deu um suspiro.

— Ah... E nós aqui, sem um único par que possa ser roubado. — Ela se virou para um lenhador grandalhão de costas largas, sentado à mesa ao lado. Percebi que era o homem que vi saindo de fininho do quarto dela. — Rory, quando você sair de licença da próxima vez, será que poderia me trazer meias-calças de verdade?

— E me arriscar a ser esquartejado pelos bandos de ladras que tomaram conta da cidade? — Ele deu um sorriso. — Amor, por você faço qualquer coisa.

Meg virou a perna para examinar a linha que desenhara.

— Acho que me saí bem com lápis e molho de carne. Mas, se chover, os cachorros virão atrás de mim de novo, querendo lamber minhas pernas.

— Eu não vou deixar os cães chegarem perto, sejam eles da raça canina ou de outras — disse Rory, dando uma piscadela. — Vamos, meninas, tomem mais um drinque. É por minha conta.

— Ah, mas você é mesmo um perigo! — disse Meg, agitando o dedo para ele. — Não fique achando que não estou caída por você. Todas nós estamos caídas por vocês!

Todos riram e as garotas coraram, cada uma lançando um olhar tímido de canto de olho a um lenhador diferente. O grupo saiu minutos depois, rindo animadamente, e apenas três habitantes locais permaneceram no bar, encarapitados nos banquinhos altos do balcão.

Um deles se virou para observar os rapazes fazendo fila atrás das garotas. Quando a porta se fechou, dirigiu-se aos outros:

— Bom, acho que a melhor época para ser carneiro é quando se é um jovem cordeirinho — disse ele, com um suspiro.

— Pois é — falaram os outros, assentindo sabiamente.

— Não me diga que você quer ir também — brincou Ellis, dando-me uma cutucada.

Tentei sorrir, mas não pude. Ele dissera aquilo em tom de piada, mas eu daria qualquer coisa para fazer parte daquele grupo de garotas a caminho do baile da Prefeitura.

Eu nunca tive amigas mulheres. A minha melhor chance para isso — o internato — foi um fracasso completo. O que aconteceu com minha mãe me transformou numa pária antes mesmo de eu pisar os pés na escola. Minha chance seguinte, o verão da minha formatura, não foi muito melhor. Era evidente que as garotas apenas toleravam a minha presença para se aproximarem de Hank, Ellis e Freddie, e, quando eu aparentemente tirei dois deles do mercado ao mesmo tempo — casando-me com um e partindo o coração de outro —, a maioria delas sumiu. As namoradas de Hank me toleravam até perceber que ele não se casaria com elas, mas nenhuma tentava manter contato comigo depois. Violet foi a primeira com a qual me senti otimista, principalmente porque pensei que Hank afinal se deixaria prender por alguém.

Mais uma vez senti culpa por termos deixado Violet para trás.

Ouvi uma batida na porta do meu quarto logo depois de me deitar e apagar a vela.

— Quem é? — perguntei.

— Sou eu — disse Ellis.

Não acontecia com frequência, mas, pelo tom da voz dele, eu soube o que queria.

— Só um minuto.

Tateei até alcançar a cômoda, encontrei a toalhinha e tirei o creme do meu rosto. Em seguida, desajeitadamente, comecei a tentar tirar os bobes.

— O que você está fazendo aí dentro? — questionou ele.

— Nada de mais — respondi. — Só ficando apresentável.

— Eu não estou nem aí se você está apresentável ou não.

Não havia jeito de conseguir tirar os bobes no escuro; portanto, desisti e abri a porta.

Ellis entrou e segurou meu rosto entre as mãos, pressionando a boca contra a minha.

Ele se barbeara e passara perfume, uma colônia feita sob encomenda que usava desde que o conheci. Embora ele tivesse mantido os lábios fechados, senti o gosto de pasta de dentes. Seu pijama era de seda.

— Oh! — falei, afastando-me surpresa. Em geral não havia nenhuma preliminar.

— Que diabo é isso? — perguntou ele, tateando as laterais da minha cabeça e minha nuca.

Lana sempre tinha cuidado da séria tarefa de arrumar meus cabelos; por isso, a única coisa que Ellis já encontrara em minha cabeça eram grampos e uma redinha delicada.

— Bobes — expliquei. — Eu estou arrumando meus próprios cabelos. Se me der dez minutinhos, acendo uma vela e tiro todos eles.

— Mesmo no fim do mundo, num lugar sem luz elétrica, minha mulher intrépida ainda assim consegue encontrar um jeito de continuar linda — disse ele. — Hank tem razão, sabia? Quebraram o molde quando fizeram você.

Ele fechou a porta e abraçou a minha cintura.

— Depois de nosso desentendimentozinho, pensei que seria bom a gente fazer as pazes de verdade — disse ele com um rouquejo grave.

— Além disso, hoje eu me lembrei de como você sempre consegue levar as coisas na esportiva. Você não sabe o quanto isso significa para mim.

Ellis me empurrou contra a cômoda e pressionou o quadril no meu. Não havia como interpretar errado suas intenções.

— Está falando da caça ao monstro? — perguntei.

— É...

— Mesmo com os alarmes falsos e tudo o mais?

— Isso só prova que olhos bons você tem...

— E quanto a tolerar Hank? — indaguei. — Isso eu também sei levar na esportiva?

— E como — disse ele, com um sussurro rouco. Colocou as mãos em meus quadris e começou a esfregar a virilha em mim. Inclinei a cabeça para trás, oferecendo ousadamente o pescoço aos seus carinhos. Nunca fizera isso, e, quando ele não o beijou, fiquei imaginando se não conseguira ver meu pescoço no escuro.

— E minha imaginação fértil? — continuei. — E meu apetite inadequado?

— Não tem absolutamente nada de inadequado em você — retrucou ele. — Quer que acenda uma vela ou vamos tentar encontrar a cama assim mesmo? Sua bagagem está no meio do caminho?

— Não, o caminho está livre...

— Você por acaso é mais organizada do que eu ou eles guardaram suas coisas?

— Acho que sou mais organizada, só isso...

— Mais organizada, mais bonita, inteligente...

Ele foi me levando para trás. Quando trombamos com a lateral da cama, entrei embaixo das cobertas e me deitei sobre os travesseiros.

Ele se deitou ao meu lado, levantou minha camisola e então se posicionou em cima de mim. Abriu minhas pernas com um dos joelhos, equilibrou-se em um dos braços o suficiente para abaixar a calça do seu pijama e me penetrou. Depois de algumas estocadas, caiu em cima de mim pesadamente, ofegando em meu ouvido. Um minuto depois, rolou para o lado.

— Oh, Maddie, minha doce, doce Maddie... — disse, acariciando meu ombro.

Eu queria lhe dizer que não era possível a gente já ter acabado, que não era meu ombro que precisava de carinhos, mas não consegui encontrar as palavras certas. Nunca havia conseguido, e provavelmente nunca conseguiria, porque não tinha muita certeza do que eu queria que ele fizesse.

Durante um longo tempo, após ele já ter saído da cama e voltado para o seu quarto, fiquei deitada de olhos abertos na escuridão.

Na minha adolescência, sempre que eu pensava nessas coisas, imaginava que o lado físico do casamento fosse muito diferente do que acabou se revelando ser. Talvez os romances proibidos que circulavam de mão em mão nos alojamentos da Miss Porter tenham me feito criar expectativas grandes demais. Ou quem sabe a culpa fosse das histórias sussurradas sobre as garotas que *já tinham feito aquilo* (e qualquer uma que não voltava das férias caía imediatamente sob suspeita). Podia ser também por ver os belos heróis dos filmes transformarem as suas mocinhas em manteiga derretida com um único beijo decidido.

Apesar de minhas grandes esperanças para a nossa noite de núpcias, ela foi um completo desastre. Ellis não parava de xingar e arremeter seu pênis flácido, enquanto sua mãe chorava teatralmente no quarto localizado no fim do corredor. Naquela época, eu era inocente demais para saber, mas creio que nem chegamos a consumar o casamento naquela noite.

Talvez as circunstâncias desastrosas tenham contribuído para o fracasso da nossa noite de núpcias, mas minha frustração e meu espanto continuaram mesmo nos meses subsequentes, quando essas tais circunstâncias deixaram de existir. Ou o ato sexual terminava rápido demais, ou Ellis simplesmente não conseguia ir até o fim, o que o deixava de péssimo humor. Eu torcia para que um dia aquilo se transformasse em algo diferente, algo que também *me* envolvesse, porém isso nunca aconteceu.

Eu achava que ele também devia se sentir frustrado, porque a frequência despencou enormemente assim que ele passou a contar com a desculpa do meu diagnóstico, e eu, por minha vez, nunca tomei a iniciativa. Não admira que não tivéssemos filhos.

Capítulo Dezessete

O segundo dia da caça ao monstro foi muito parecido com o primeiro com a única diferença de que nevava.

Eu estava desesperada para ir à agência de correios, mas não consegui pensar em nenhuma desculpa para escapar dali. Àquela altura, imaginava que um avião já devia estar a caminho vindo me buscar.

Continuei avistando agitações na água, porém agora sentia mais relutância em dizer alguma coisa. Hank não escondia o quanto se irritava em desperdiçar filme, e eu não suportava ver o olhar de frustração no rosto de Ellis.

O terceiro dia foi sombrio, escuro, o ar pesado com a ameaça de chuva. Nós estávamos com frio e rabugentos, e eu ainda mais inquieta por não ter tido a chance de enviar o segundo telegrama a meu pai.

Algumas horas depois de organizarmos os equipamentos, Ellis percebeu que eu não apontava mais nada e me acusou de fazer corpo mole.

Logo depois, vi uma grande agitação muito próxima da margem oposta e dei o alarme. Era um veado nadando. O animal saiu da água e sacudiu o corpo exatamente no ponto que eu localizara com a ajuda da bússola.

— Maravilha! Fantástico! — gritou Hank, atirando as mãos para o alto. — Vinte segundos de um plano superdefinido de uma merda de veado! E pronto, lá se foi mais um rolo.

Ele tirou a câmera com esforço do tripé, puxou o filme para fora e o atirou na água.

— Ei! Que diabo você está fazendo? — perguntou Ellis. — E se a gente tiver filmado o monstro sem querer?

Hank enfiou a mão na sacola de lona, tirou de lá outro rolo de filme e outra garrafinha de bebida.

— Já filmamos monstros demais. Os "monstros" de Maddie, para ser exato — disse ele, fazendo aspas com os dedos antes de destroçar o invólucro amarelo da caixa do filme, na pressa de abri-lo.

— Pelo amor de Deus, se controle! — retrucou Ellis. — Precisamos mandar as caixas originais para a Eastman Kodak.

— Ah, eu não esquentaria a cabeça com isso. Acho que pelo visto caixa vazia é o que não vai faltar — disse Hank, enfiando o novo rolo na câmera e, em seguida, lutando para recolocar a tampa do painel lateral e fechá-la. Bateu nela duas vezes com força.

— Não vamos ter nada para mandar se você quebrar a porra da câmera! — vociferou Ellis. — Pare de se comportar como um imbecil e me dê essa merda. O filme não foi colocado direito.

Hank virou a cabeça para encarar Ellis. Estava de olhos arregalados e com uma expressão assassina no rosto. Achei que fosse atirar a câmera no chão — ou em Ellis, não sei. Enfim, como quer que fosse, eu tinha certeza absoluta de que os dois iriam se engalfinhar.

Eles se encararam por um longo tempo, os olhos irados, a respiração ofegante. Então, sem nenhum motivo aparente, Hank pareceu se acalmar. Ele recolocou a tampa lateral da câmera, prendeu-a novamente no tripé e sentou-se.

Ellis apanhou a garrafinha e tomou um gole demorado. Ofereceu-a para Hank, mas puxou-a para fora do alcance do amigo quando este esticou o braço para aceitar a oferta e então bebeu, ele mesmo, mais uma série de goles. Quando tornou a oferecer a garrafa, Hank olhou-o carrancudo por alguns instantes e, em seguida, arrancou-a da mão de Ellis.

Fiquei estupefata. Em quatro anos e meio, eu nunca tinha visto Hank e Ellis brigarem daquele jeito. Já tinham discutido e se desentendido, principalmente quando um dos dois exagerava a dose em algum comentário, mas nada parecido com o que eu acabara de presenciar. Os dois quase haviam partido para a agressão física e provavelmente teriam ido até o fim se eu não estivesse ali.

Eu me sentia abalada demais para continuar inspecionando a superfície do lago em busca de agitações, principalmente depois da explosão desencadeada devido ao veado que vi. Entretanto, não tirei o binóculo do rosto, porque, como Ellis já havia percebido que eu não estava mais olhando, agora passava mais tempo checando se eu fazia o meu trabalho ou o dele.

Eu não conseguia acreditar que o plano dos dois se limitasse a permanecer ali sentados na margem com a câmera a postos. Contudo, apesar da postura científica e das medições cuidadosas das condições do lago, parecia que de fato era apenas isso. Isso, e encherem a cara e jogarem a culpa em mim por eu estar fazendo exatamente o que me mandaram fazer.

Por fim, abaixei o binóculo e disse:

— Por que não tentamos algo diferente?

— Como o quê? — murmurou Elis, com uma completa falta de interesse.

— Por que não atraímos o monstro com alguma isca?

Ele e Hank baixaram os binóculos, viraram a cabeça e se entreolharam. Depois de um instante de silêncio, disseram incrédulos e exatamente ao mesmo tempo:

— *Isca*?

Então desataram a rir uma gargalhada histérica. Hank segurou a coxa de Ellis e sacudiu-a com força antes de cair de costas e fazer bicicletas no ar. Ellis também caiu de costas no chão, abraçando o próprio corpo e batendo os pés.

— Mas é claro! — exclamou Ellis por fim, enxugando as lágrimas dos olhos. Parecia enlouquecido. — Vamos amarrar umas ovelhas e empurrá-las na água, que tal? Ou você acha que ele preferiria criancinhas? Tenho certeza de que vi uma escola na vila.

— Tive uma ideia melhor; por que não assobiamos para chamá-lo? — disse Hank, rindo como um maníaco. — Quem sabe ele não faz umas travessuras para a gente se lhe oferecermos um agrado!

— Assobiar! Claro! — gritou Ellis. — Por que não pensamos nisso antes?

Os dois começaram a uivar de novo, com o rosto roxo, dando socos no cobertor.

Fechei a boca e lhes dei as costas. Finalmente percebi a situação. Embora ainda não fosse nem meio-dia, os dois estavam completamente bêbados.

Uma hora depois, quando a garoa se transformou em uma chuva torrencial e a histeria de Ellis e Hank tinha mais uma vez assumido a forma de uma determinação inflexível e embriagada, eu não aguentava mais.

— Vou voltar — avisei.

— Não podemos voltar agora — retrucou Hank, irritado. — Ainda tem muitas horas de luz do sol.

— Eu vou a pé — falei, levantando-me. Minhas pernas estavam dormentes e rígidas de tanto tempo que eu passara sentada de pernas cruzadas. — Para que lado fica a estrada?

— Para lá — disse Hank, apontando por cima do ombro. — Vire à direita. A hospedaria fica a uns dois quilômetros daqui.

Eu me inclinei para apanhar minha máscara de gás. Ellis me observava.

— Hank, precisamos acompanhá-la até lá.

— Por quê?

— Porque está chovendo.

— Aqui no barco também está chovendo — observou Hank.

— E se ela não conseguir encontrar a hospedaria?

— Claro que ela vai conseguir encontrar, ela é esperta.

— Não se preocupem — falei. — Eu vou encontrar a hospedaria.

— Tudo bem, então — disse Hank. — Se tem certeza...

Ellis ainda olhava para mim.

— Não tem problema, sério. Não fica assim tão longe — afirmei.

O alívio tomou conta do rosto dele.

— Grande garota. Maddie, você é demais. Quebraram a forma quando fizeram você.

— É o que estão sempre me dizendo — comentei e comecei a subir o morro, mal conseguindo dobrar os joelhos.

— Ela é sensacional, sabia? — comentou Hank. — Você nunca deu tanta sorte no cara e coroa. Agora eu acho que vou ser obrigado a ficar com a Violet...

— Ah, não reclame. Ela é muito melhor do que as ovelhinhas choronas e arrogantes que minha mãe queria empurrar para mim — disse Ellis.

Parei e virei para trás, lentamente. Os dois estavam sentados lado a lado sobre o cobertor, vasculhando o *loch* com os binóculos, completamente alheios ao fato de que eu continuava ali.

Voltei para a vila com o chapéu bem enfiado na cabeça, a gola do casaco virada para cima e as mãos dentro dos bolsos. Mantinha os olhos na estrada à minha frente, observando as gotas de chuva caindo e juntando às outras antes de escorrerem pelo asfalto em pequenos rios.

Tentei analisar de diversas maneiras o que eu acabara de ouvir, revirando aquela frase para um lado e para o outro na esperança de ter interpretado mal, mas acabei concluindo que tinha entendido perfeitamente bem. Eu fora decidida no cara e coroa.

Por mais ultrajante que parecesse, quando eu pensava em nossa história, não havia nada que pudesse contradizer essa versão.

Tínhamos nos conhecido no verão da minha formatura na Miss Porter's, quando eu ainda guardava esperanças de estudar na universidade. Muitas das minhas antigas colegas iriam para a Sarah Lawrence ou a Bryn Mawr, e, embora eu quisesse fazer o mesmo, não tinha ideia de como conseguir isso. Sabia que não poderia contar com nenhuma ajuda do meu pai, que nem se dera ao trabalho de me fazer participar do Assembly Ball[11] e que pelo visto tinha também se esquecido de

[11] O Philadelphia Assembly Ball é considerado por alguns o baile mais antigo e tradicional dos Estados Unidos. Evento exclusivo dos membros da elite de bem-nascidos da cidade, nele as garotas pertencentes a essa classe realizam sua noite de debutantes. (*N. da T.*)

que eu voltaria para casa naquele verão. Poucos dias depois de meu retorno, ele viajou para Cuba, onde passou o verão inteiro praticando pesca submarina.

Sozinha, fiz as malas e fui para Bar Harbor, acompanhando a maré dos membros da elite da Filadélfia que rumava para suas casas de veraneio. Meu pai não abria a nossa desde o *grand scandale* da minha mãe, e ir para lá, ainda mais sozinha, era algo que me deixava ao mesmo tempo apreensiva e empolgada. Eu estava segregada da companhia do sexo masculino desde os 12 anos de idade, e aquela era a minha primeira chance de conhecer os jovens da minha cidade. Torcia para que eles me aceitassem, independentemente do que fofocavam seus pais, uma vez que eu não fora aceita pelas garotas da Miss Porter's.

Eu nem precisava ter me preocupado, porque Hank, Ellis e Freddie imediatamente me colocaram embaixo de suas asas protetoras. Não davam a mínima para a história desonrosa da minha família — para falar a verdade, Ellis e Hank também tinham, de certa maneira, suas próprias histórias desonrosas. Embora todos se considerassem alunos de Harvard, Freddie foi o único que saiu com um diploma de lá. Ellis era o que chamavam, eufemisticamente, de "formado de Natal": havia sido expulso no meio do seu primeiro ano. Já Hank fora expulso pouco depois, por tentar plagiar um texto de John Maynard Keynes — e não nos esqueçamos do escândalo com a criada da cozinha.

Hank era obviamente o líder da turma, um sósia quase perfeito de Clark Gable com um ar perigoso que as garotas consideravam irresistível. Nem os boatos sobre a criada nem o plágio foram capazes de afastar as debutantes esperançosas e seus pais, pois Hank era o único herdeiro de seu tio solteiro, um Wanamaker que era o atual presidente do exclusivíssimo Pot and Kettle Club.

Se Hank era Clark Gable, Ellis era uma versão loira e sem bigode de Errol Flynn. Tinha feito parte do time de remo de Harvard e seu físico refletia isso. Seu peito parecia esculpido em mármore. Ele também possuía um humor inteligente que eu considerava hilário — coisa que ele, por sua vez, considerava adorável em mim.

Já Freddie... Pobre Freddie. Embora por gerações os homens de sua família só tivessem se casado com belas mulheres, ele representava a prova viva de que nem um planejamento como esse poderia surtir sempre bons resultados. Seus traços eram assimétricos o bastante para serem considerados feios, e, apesar de jovem, seu cabelo já começava a rarear. Além disso, ele possuía queimaduras de sol horrorosas, e, por causa da asma, sempre contava com um inalador a postos. Nunca consegui entender como se tornou tão próximo de Ellis e Hank, mas ele era muito gentil e me adorava.

Sem perda de tempo eu me tornei uma mistura de irmã caçula, confidente e parceira de crimes dos três, embora soubesse muito bem que parte do meu encanto se devia à novidade. Eu era a única garota por ali que não tinha sido obrigada a desfilar embaixo de seus narizes em bailes, chás formais e clubes nos últimos dez anos, e eles concordavam de modo unânime que eu era moderna e interessante justamente por meu espírito não ter sido destruído pelos esforços cansativos da boa apresentação social. Portanto, parabenizavam meu pai ao mesmo tempo por não haver me "adestrado" para a sociedade e pela gentileza de ausentar-se em Cuba.

Passávamos os dias jogando tênis, velejando e inventando peças cada vez mais ousadas para pregar nos outros. À noite frequentávamos festas, fazíamos fogueiras e bebíamos até dizer chega.

Foi numa festa na praia, quando estávamos deitados de costas na areia assistindo a um show de fogos de artifício, que Freddie repentinamente pediu a minha mão. Fui pega completamente desprevenida — eu nunca pensara nele em termos românticos — e pensei que ele estivesse brincando. Quando eu ri, ele ficou arrasado e percebi o meu erro. Tentei pedir desculpas, mas já era tarde demais.

Não se passou nem uma semana e Ellis também me pediu em casamento. Disse que, quando Freddie pediu a minha mão, ele percebeu o quanto me amava, e que, apesar de não querer parecer apressado demais, não poderia arriscar-se a me perder. Até então, eu não tinha percebido que estávamos apaixonados, mas fazia todo sentido. Eu nunca me sentira tão à vontade com alguém na vida — podíamos conversar sobre qualquer assunto —, e isso certamente explicava a indiferença dele em relação às garotas.

Assim que eu aceitei, Hank nos mandou para Elkton, em Maryland, a capital dos casamentos-relâmpago da Costa Leste. Entretanto, como tivemos de encarar um período de espera recém-instituído por ali, a mãe de Ellis conseguiu descobrir nosso paradeiro. Apareceu na capela com um vestido roxo de luto, chorando histericamente. Quando por fim se deu conta de que não seria capaz de impedir a cerimônia, inexplicavelmente sacou o pente de diamante que prendia seus próprios cabelos e o apertou em minha mão, fechando meus dedos com força em torno da joia.

Enquanto esse drama todo se desenrolava, Hank não parava de rir e Ellis revirava os olhos. Os dois estavam vestidos com smokings idênticos — até mesmo as rosas nas lapelas de ambos eram indistinguíveis uma da outra —, e eu me lembro de ter pensado que qualquer um dos dois poderia ser o noivo. Como eu estava certa...

Eu fora decidida no cara ou coroa. Não houve nenhuma luta justa, nenhum duelo; nenhuma luva foi atirada, nenhum navio zarpou às pressas. Tampouco houvera declarações de amor eterno, desafios ou exibições de valor para conquistar a minha mão: apenas uma moeda, decidindo tudo no cara ou coroa.

Não admira que a parte física do meu casamento fosse praticamente inexistente, e não admira que Hank estivesse sempre por perto. Quando eles perceberam que existiam Freddies no mundo capazes de me levar a sério, decidiram que um dos dois precisava casar-se comigo apenas para manter as coisas como estavam.

Cara ou coroa. Pelo amor de Deus.

Eu estava encharcada até os ossos e tremia violentamente quando cheguei à Fraser Arms.

Anna, sentada a uma mesa com uma fileira de lampiões à sua frente, limpava os globos de vidro com um trapo de pano.

— Já está de volta? — perguntou ela, olhando para mim.

— Sim — respondi.

Fechei a porta e fui direto até a lareira. Meus dentes batiam, meus ossos estavam enregelados.

Anna franziu a testa.

— Sozinha?

— Sim.

Como percebi que ela me olhava, mantive a compostura. Era a primeira vez que eu me via sozinha com ela desde que Ellis e Hank retornaram de Inverness e achei que seria vítima de mais uma saraivada de recriminações, mas, em vez disso, ela se aproximou de mim e atirou mais um daqueles troncos misteriosos no fogo.

— Chegue mais perto — disse ela. — Seus joelhos estão batendo. Vou lhe trazer uma xícara de chá.

Eu só percebi o quanto meus dedos estavam gelados quando os estendi na direção do fogo e voltei a senti-los novamente. Foi como ser pinicada por mil agulhas finas.

Anna me trouxe uma xícara de chá forte com leite. Eu a aceitei, mas imediatamente me dei conta de que eu tremia tanto que era difícil segurá-la; portanto, pousei-a na mesa. Ela me observou por mais alguns instantes, depois se dirigiu até o balcão e trouxe de lá um copo pequeno de uísque.

— Tome isso — ordenou.

— Obrigada — falei, dando um gole. A sensação de calor foi imediata.

Permanecemos em silêncio por um minuto antes de ela retomar a palavra.

— Quer dizer então que eles deixaram a senhora voltar a pé sozinha, é isso?

Depois de uma pausa, assenti.

Ela fez *tsc, tsc.*

— Não é da minha conta e, em geral, não costumo denunciar ninguém, mas não aguento mais e vou falar mesmo. Quando seu marido e aquele tal de Boyd se mandaram para Inverness, não perguntaram a Angus se a senhora poderia ficar aqui. Eu não ia dizer nada, mas, quando ele mentiu na cara dura, achei que a senhora deveria saber.

Fiquei sentada, em silêncio, absorvendo aquela informação. Eles tinham jurado de pés juntos que o Sr. Ross não me atiraria no olho da rua caso eu ficasse sozinha, e estavam certos — mas não por nenhum esforço da parte dos dois. Eu não representava apenas a esposa bonita de mentirinha deles, seu joguete: eu era sua fiança, alguém com quem podiam jogar estrategicamente.

Não haveria um segundo telegrama.

Capítulo Dezoito

Depois que eu avistei um veado, caímos em uma rotina que era tão inflexível quanto entediante. Ellis e Hank saíam todos os dias com seus equipamentos e, para todos os efeitos, percorriam diferentes pontos do *loch* no barco a remo, enquanto eu permanecia na hospedaria sem fazer mais nada além de me tornar a cada dia mais deprimida com a guerra, esperando que meu pai mandasse um resgate. O clima era tão implacavelmente ruim que eu não tinha vontade nem de sair para caminhar.

Hank e Ellis voltavam todas as noites tão embriagados que chegava a ser obsceno, discutindo sem parar para decidir quem era o culpado por não terem encontrado o monstro ainda. Era como observar uma cobra tentando comer a si mesma pelo rabo. Certa noite, eles chegaram tão bêbados que era difícil crer como ainda conseguiam se manter de pé. Fiquei surpresa por conseguirem remar de volta e, mais do que isso, por terem conseguido sair do barco e tirar de lá os equipamentos.

Ellis tinha certeza de ter avistado o monstro, porém Hank se recusara a tentar filmá-lo, pois estava certo de que não passava de outra lontra, que nem de longe possuía a envergadura necessária para ser confundida com um monstro. Ellis argumentou que talvez houvesse mais de um monstro e que aquele podia ser um filhote, mas, filhote ou não, teria sido igualmente útil para os propósitos dos dois. Hank rebateu, dizendo que não iria mais desperdiçar filme com lontras, e Ellis insistiu mais uma vez que não era lontra, e sim um monstro. Monstro, lontra, monstro, lontra, monstro... a lenga-lenga não terminava.

Na manhã seguinte, desci as escadas e encontrei os dois esparramados um ao lado do outro no sofá. Hank não tinha nem se vestido; simplesmente atirara um robe em cima do pijama e calçara as pantufas. A barba estava amanhecida, e seu cabelo, desgrenhado em pontas arrepiadas.

O estado de Ellis era ainda pior: aparentemente nem sequer conseguira subir até o quarto, pois usava as mesmas roupas da noite anterior. A camisa pendia para fora da calça, com a gola aberta, e os sapatos e o cinto não estavam em nenhum lugar à vista.

Hank abriu parcialmente um olho quando eu me aproximei.

— Bom dia, luz do dia — rouquejou.

— Bom-dia — falei.

Ellis soltou um resmungo.

— Já vou logo avisando que hoje eu não vou remar — disse Hank. — Não sei nem se consigo andar.

— Nem eu — comentou Ellis, cobrindo o rosto com um braço.

Os dois caíram em um silêncio de vários minutos sem se mexer, nem mesmo quando Anna colocou xícaras de chá na frente deles.

Ela os olhou, parada, depois balançou a cabeça. Então, seu olhar voltou-se para mim.

— Volto daqui a pouco com seu chá — disse ela. — Ele ainda está em infusão.

Depois que ela saiu, Ellis falou:

— Sabe o que eu estava pensando? Que talvez a gente já tenha esgotado aquele ponto de observação.

Nenhum dos dois levantou a cabeça ou abriu os olhos.

— Hã — disse Hank. — É bem possível.

— Acho que a gente podia tirar um dia de folga e se reorganizar.

— Acho que você teve uma boa ideia — concordou Hank.

— Vamos nos reunir mais tarde então, certo?

— Claro — disse Hank. Ele se levantou, cambaleou por alguns segundos e depois foi subindo as escadas.

Ellis o seguiu.

— Me diga uma coisa, quer tomar uma para curar a ressaca?

— Mal não vai fazer — respondeu Hank.

Anna me trouxe uma xícara de chá forte e doce, e voltou para a cozinha. Eu tomei o chá depressa, reuni minhas coisas e rumei até a porta.

— O que a senhora acha que está fazendo? — perguntou ela, aparecendo atrás de mim. — Eu estava preparando o seu café da manhã.

— Desculpe. Eu preciso... preciso não estar aqui.

— Os dois voltaram lá para cima, não é?

Assenti.

Ela fez *tsc, tsc*.

— Homens bobos. Para onde a senhora vai, então?

— Pensei em ir até Craig Gairbh e dar uma olhada no Casarão.

— A senhora não pode ir lá!

Fiquei impressionada com o tom dela.

— Nossa, eu ia apenas dar uma olhadinha de longe.

— A senhora não pode chegar perto, a não ser que queira morrer! Agora aquilo virou uma escola de guerra, e os soldados treinam com munição de verdade! Tem mais de um dia que eu vejo balas cruzando o céu quando estou ordenhando a vaca.

— Oh — exclamei. — Eu não sabia. Nesse caso, acho que vou apenas dar uma volta por aí.

O ar ofendido de Anna passou.

— Espere só um minutinho. Sério; nem pense em fugir de mim.

Alguns instantes depois, ela voltou e me entregou um guarda-chuva e um embrulho de papel.

— É só um pouco de apresuntado com pão. Coloquei um pouco de molho. A senhora precisa engordar. E é sério o que eu falei sobre aquele casarão, hein? Não é por acaso que a gente não vê soldados pela cidade. Nem os homens têm liberdade de ir e vir, a não ser Angus, mas ele conhece toda essa terra como a palma de sua mão.

Eu estava tão perdida lá fora quanto lá dentro, mas precisava de distância física entre mim e meu marido.

Sempre bebemos, mas ele e Hank agora estavam consumindo uma quantidade assombrosa de bebida — uma quantidade perigosa, até —, e eu mais uma vez me perguntei o que aconteceria se eles jamais encontrassem o monstro.

Hank ficaria bem, claro, mas Ellis já perdera tudo. Ainda que arrumasse uma maneira de se redimir perante a sociedade, eu não tinha certeza se eu ainda desejava fazer parte daquela vida, sabendo que meu casamento — que sempre encarei como minha tábua de salvação — não passava de uma fraude bonita.

E bonita era mesmo, e como: eu morara em casas fabulosas, choferes me levavam para lá e para cá em carros elegantes, só bebia do mais fino champanhe. Tinha um armário completo forrado de peles e vestidos de grandes estilistas. Minha vida consistia em acordar ao meio-dia, encontrar Hank e Ellis e depois saltar de um drinque matutino para um coquetel pré-festa, para uma bebidinha antes de dormir, passando as noites inteiras em festas ou jantares de gala... só para recomeçar tudo de novo no dia seguinte. Era uma vida cheia de armadilhas luxuosas e bolhas cintilantes que me cegara para o fato de que nada daquilo era real.

Tendo crescido onde cresci, como eu não percebi que tudo não passava de fachada?

O caso de amor da sociedade com a minha frágil e vitimizada mãe chegou a um abrupto fim logo depois que completei 13 anos, quando ela deixou um recado na mesa do meu pai embaixo de um peso de papel de vidro, informando que estava fugindo com um homem chamado Arthur.

Sete semanas mais tarde, Arthur foi convencido a voltar para a esposa por causa do rechaço da sociedade (e também por certa pressão financeira); então minha mãe também teve de voltar para casa. Ela não tinha outra escolha. Embora o dinheiro viesse do seu lado, o meu avô impedira que o controle da fortuna coubesse a ela.

Meu pai passou a viver quase que de modo permanente em seu escritório, onde realizava até mesmo suas refeições, e por isso eu fui obrigada a lidar com a minha mãe completamente sozinha.

Ela não saía mais da cama, e seu choro para mim era insuportável. Minha mãe tinha certeza de que a vítima era ela e sua indignação era enorme — não conseguia entender de jeito nenhum a falta de cavalheirismo e coragem de Arthur. Porque, de tão apaixonada que estava, ela seria capaz de ir morar com ele feliz e contente em uma caverna, enquanto ele simplesmente a descartara.

Quando minha mãe descobriu que ele tinha devolvido ao carteiro as longas cartas que ela lhe mandara todos os dias e que foram depois incineradas sem sequer serem abertas, perdeu a cabeça.

Ficou furiosa por Arthur nem ter se dado ao trabalho de ler as palavras que para ela foram tão difíceis de escrever. Ficou furiosa com meu pai por sua completa falta de compreensão, e também, incrivelmente, por ele tampouco ter se dignado a ler aquelas cartas, que, ela tinha certeza, fariam qualquer ser humano com um coração perdoar-lhe. E ficou especialmente furiosa com June, a esposa de Arthur, por deixar que as antigas amigas de minha mãe a consolassem.

Quando nada disso funcionou, ela começou a escrever para a própria June, advertindo-a de que Arthur era infiel e inconsequente — ele seduzira minha mãe e foi o responsável pela sua desgraça. Ela e June tinham sido igualmente enganadas. Será que June não conseguia perceber o quanto a situação de ambas era parecida? Essas cartas também foram devolvidas intocadas.

Do dia para a noite, minha mãe passou de queridinha a pária da alta sociedade. Era irrevogável, porém ela não conseguia aceitar isso. Continuou comparecendo aos eventos sociais, aparentemente para convencer as pessoas de que ainda era a mesma Vivian corajosa, estoica e trágica, mas nenhuma mulher lhe dirigia a palavra, e nenhum homem recebia permissão para isso.

A injustiça daquilo tudo, principalmente quando ela descobriu que Arthur fora aceito de volta na alta sociedade, fez minha mãe perder a cabeça de vez. Ela dizia que preferia que meu pai estivesse morto e ela também, amaldiçoando-o por privá-la do que era seu por direito. Xingava os criados e despediu a governanta porque desconfiava que era espiã do meu pai, porém ele a recontratou imediatamente. Nem eu escapava de sua ira, porque, se era para acabar com seu corpo e prendê-la num casamento sem amor, eu bem que podia pelo menos ter nascido menino.

Minha mãe passou a não sair mais de casa, e eu me tornei sua confidente a contragosto. Queria ser tranquilizada a todo instante. Sua beleza estaria definhando? Seu pescoço continuava firme? Ela queria saber isso porque existia uma operação, uma coisa chamada "retalho cutâneo", que, segundo diziam, fazia o tempo andar para trás. Será que eu achava que ela devia fazer essa operação? Eu não achava, mas ela viajou a Nova York e a fez mesmo assim. Voltou com o rosto todo esticado e, o que era mais alarmante, cheia de ideias de melhorias para mim.

Era uma pena eu não ter herdado o nariz dela, mas havia uma operação capaz de consertar isso. Eu era do contra e me preocupava com tudo... ora, existia uma operação capaz de dar um jeito nisso também. Algo simples, um mero ajuste na parte frontal do cérebro. Em questão de uma hora eu já receberia alta e me tornaria uma pessoa muito mais feliz. Todas as famílias mais importantes faziam essa cirurgia. Se, por algum motivo, não desse certo, havia um tratamento novo na França bastante promissor, à base de choques elétricos. Ah, ela apenas odiava ver-me tão infeliz, ainda mais sabendo que existia uma cura.

Eu não cuidava bem do meu cabelo, mas uma permanente resolveria isso. Eu não era magra o suficiente e para isso, que pena, não existia solução rápida: eu jamais deveria colocar mais do que o equivalente a três ervilhas ou uma pequena rodela de cenoura no meu garfo a cada garfada. Sempre deveria deixar dois terços da refeição no prato e nunca deveria comer em público.

Ela me pesava com frequência e, se eu emagrecia, abraçava-me. Esses raros momentos de afeição eram o bastante para me fazer tomar meu "tônico" matinal de vinagre de cidra de maçã e comer o mínimo possível, embora de vez em quando eu me sentisse tão faminta que ia escondida até a cozinha de madrugada e devorava um pão de forma inteiro. Certa vez, comi meio quilo de queijo cheddar de pé junto à pia.

Apesar desses exageros ocasionais, nos dois anos seguintes, cresci dez centímetros e emagreci quase três quilos. Os ossos do meu quadril e da coluna se tornaram proeminentes e não existia, segundo minha mãe, pescoço mais elegante do que o meu em toda a Filadélfia.

Eu estava desesperada para escapar dali. Todas as garotas da minha idade já tinham ido para o internato, mas minha mãe dizia que não conseguia ficar longe de mim nem um único dia (sem se lembrar de todo o tempo que ficou longe de casa com Arthur). Eu não tinha nenhum amigo. Meu pai não olhava para mim e minha mãe não parava de olhar.

Certo dia, abri a lista telefônica e anotei o endereço de um orfanato. Hoje, em retrospecto, percebo que sair de um táxi elegante com roupas caras e me declarar órfã para a madre superiora provavelmente não fora o melhor dos planos. Óbvio que me recusaram, enviando-me de volta e, depois disso, eu literalmente passei a viver em regime de prisão domiciliar. Os criados receberam ordens severas para não me deixar sair e deviam avisar minha mãe se eu fizesse qualquer tentativa. Entretanto, não havia motivo para eles se preocuparem: eu não tinha para onde ir.

Pouco tempo depois de minha tentativa de fuga, meu pai e eu trombamos no corredor e, em vez de ele passar reto resmungando, parou. Seus olhos foram do topo da minha cabeça até meus pés e dos meus pés até minha cabeça, parando por um período longo e constrangedor nos meus quadris e no meu peito. Ele franziu o cenho.

— Quantos anos você tem? — perguntou.

— Vou fazer 15 no mês que vem — respondi.

— Você mais parece um menino, pelo amor de Deus. Onde está sua mãe?

— Na sala de estar, acho.

Ele me empurrou para passar e saiu pisando duro, berrando.

— Vivian? Cadê você? *Vivian!*

Quando ele bateu a porta da sala de estar com tanta força que as paredes tremeram, entendi que algo extraordinário estava prestes a acontecer. Aproximei-me da porta, ansiosa para ouvir a conversa dos dois. Nossa governanta, a Sra. Huffman, estava no fim do corredor de olhos arregalados com a mão na boca. Trocamos um olhar, concordando implicitamente que iríamos escutar atrás da porta. Ela se postou atrás de mim.

Dessa vez não houve uso de nenhuma das armas costumeiras de guerra: nenhuma insinuação fria e cáustica, nenhum comentário cortante cuidadosamente premeditado e certamente nenhum silêncio devastador. O ataque inicial do meu pai limitou-se a um rugido, e a resposta da minha mãe foi chorar histericamente.

Eu imaginei que ela fosse sair correndo da sala a qualquer momento com o rosto coberto por um lenço, mas, em vez disso, seu choro se transformou em gritos furiosos, pontuados pelo som de coisas sendo quebradas. No ápice de um grito primal, veio o maior estrondo de todos — parecia que uma mesa de bilhar tinha atravessado o teto e caído no chão. A Sra. Huffman e eu nos entreolhamos horrorizadas, mas a batalha continuou em pleno vapor, sinal de que ninguém fora assassinado.

Meu pai: acaso ela não se contentava em destruir a reputação dele fugindo com outro homem? O ódio que sentia por ele era realmente tão imenso assim a ponto de ela agora também se dedicar a destruir a saúde da única filha dele?

Minha mãe: Ela só estava cuidando de meus interesses, coisa que *ele* nunca fez. Ele se importava tão pouco comigo quanto por ela: nunca a amou, desde o início a única coisa que ele queria era o dinheiro. Então ela era a culpada por ele não ser seu marido de fato? O que havia de tão errado assim em desejar ser amada?

Meu pai: Que dinheiro? Se ela era tão tola a ponto de achar que seus rendimentos valiam suportar as excentricidades dela, tinha uma ideia bastante exagerada de si mesma. Nenhum dinheiro compensava o tormento de ser casado com ela.

Seguiu-se um período de cacofonia ensurdecedora, durante o qual eles tentaram, sem êxito, vencer o outro no grito. Por fim, meu pai exigiu silêncio com uma voz tão amedrontadora e inesperada que ela lhe obedeceu.

Quando ele tornou a falar, sua voz fervilhava de determinação e fúria contida.

Sim, ele até podia estar condenado, disse; mas eu não estava, e, como pelo visto eu seria a única filha que ele teria nessa vida, não ficaria de braços cruzados vendo minha mãe me matar de fome. Eu iria para o internato imediatamente, no dia seguinte mesmo, assim que ele pudesse tomar as providências necessárias.

A porta se abriu tão de repente que tanto eu quanto a Sra. Huffman tivemos de nos encostar à parede para não sermos vistas pela minha mãe, que saiu correndo em disparada com o rosto vermelho, segurando um lenço retorcido.

Meu pai saiu menos de um segundo depois com os olhos arregalados e a testa brilhante. Parou quando me viu e, por um instante terrível, pensei que bateria em mim.

Ele se virou para a Sra. Huffman.

— Arrume as coisas de Madeline. Todas — ordenou, antes de virar as costas e sair pisando duro até seu gabinete. Quando bateu a porta com toda a força, outra porta lá em cima foi batida com mais força ainda.

A Sra. Huffman e eu enfiamos a cabeça na sala de estar.

Parecia um campo de batalha. Todos os vasos tinham sido estilhaçados, todas as fotos, despedaçadas. A mesa de antiguidade fora virada de ponta-cabeça e uma de suas pernas havia sido arrancada, mas, mais impressionante do que isso, o relógio antigo de piso fora derrubado de frente no chão e a parte de vidro se estilhaçara em mil pedacinhos, todos espalhados em meio a lascas de madeira, molas e pregos.

Enquanto eu inspecionava o estrago, uma alegria imensa tomava conta de mim. Era o mais próximo de um êxtase que já tinha experimentado na vida. Se a situação continuasse daquele jeito, seria possível que eu finalmente saísse daquela casa e, se tivesse sorte, com meu nariz e meu lobo frontal intactos. Pela primeira vez na vida, decidi não ir consolar minha mãe e rezei — rezei de verdade — para que nenhum dos dois cedesse em suas convicções.

Sim, eu acabei saindo de casa. Quatro dias mais tarde. Não sem antes, porém, encontrar minha mãe submersa na banheira, o cabelo flutuando ao seu redor como o de Ofélia e um frasco vazio de comprimidos em sua mão esticada.

Menos de uma hora depois da discussão, não aguentei e fui atrás dela em seu quarto. Ela imaginara que eu chegaria mais cedo.

Uma formação aérea passou zumbindo no céu, tirando-me de meus devaneios. Meg me dissera que "nossos rapazes" nos sobrevoavam o tempo inteiro e que não havia por que eu me preocupar, a menos que fosse acionado o alarme. Mesmo assim, aquele barulho deixava meus nervos em frangalhos.

Fui até o campo dos pôneis brancos, que mais uma vez se aproximaram da cerca para ver se eu havia lhes trazido alguma coisa. Desembrulhei meu sanduíche e lhes ofereci pedacinhos, mas eles afastaram a cabeça, enojados. Percebi que acabara de lhes oferecer carne e murmurei um pedido de desculpas desolado; comi os pedacinhos eu mesma. Momentos depois, já tinha devorado o sanduíche inteiro.

Quando passei pelo cemitério, um corvo surgiu no céu, dando voltas e crocitando como se tivesse uma queixa particular. Parecia me seguir. Tenho certeza de que ainda pairava acima de minha cabeça quando cheguei à entrada da Cobertura e me enfiei pela trilha serpenteante para escapar dele. Não tinha ido muito longe quando percebi como aquilo era ridículo e parei para ver onde eu estava.

As árvores e a vegetação eram densas, e o chão, úmido. Eu me encontrava rodeada pelo barulho de água corrente e, embora as árvores estivessem desfolhadas, tudo à minha volta era verde iridescente, luxuriante até, com musgos cobrindo o chão e os troncos caídos, pendurados em emaranhados finos como renda nos galhos.

Lindos cogumelos salpicavam o chão da floresta. Eram pequeninos, com formato de calicezinhos, e, embora sua parte interna tivesse um tom comum de castanho, o interior era do tom de escarlate mais espetacular que eu já tinha visto. Apanhei alguns e enfiei-os no meu bolso. Ao fazer isso, encontrei a bússola: tive vontade de atirá-la nas árvores.

Logo topei com um rio que corria depressa e segui pela trilha que o acompanhava. A trilha fez uma curva fechada para a direita e percebi que, se eu me abaixasse, poderia ver o *loch* por entre as árvores.

Se quisesse chegar mais perto, teria de atravessar um regato que alimentava o rio. Havia pedras a intervalos possíveis de saltar, mas imaginei que, se eu escorregasse e quebrasse o tornozelo, levaria dias até alguém me encontrar. Isso era algo bem possível de acontecer, caso a ressaca de Ellis e Hank durasse mais do que um dia ou caso o tal do "drinque para curar a ressaca" se transformasse em outra bebedeira.

A ideia de não ser encontrada transformou-se em pânico quando, depois de tentar durante quarenta minutos sair da floresta, percebi que estava andando em círculos.

Troquei de direção. Escolhi trilhas diferentes. Voltei até o *loch* e com a bússola tentei descobrir em que direção ficava a vila, mas as trilhas se entrecruzavam sempre em algum ponto e descobri que havia mais de um regato. Eu era a Maria de João e Maria, só que sozinha, e era tarde demais para deixar um caminho de migalhas de pão, pois eu já o comera inteiro.

Talvez o Sr. Ross ou Meg dessem por minha falta no jantar — ou talvez apenas imaginassem que eu tinha dormido e esquecido de descer para comer, como Ellis e Hank. Ainda que percebessem minha ausência, eles não teriam a menor ideia de por onde começar a procurar.

Que espécie de idiota anda a esmo despreocupada numa floresta?

Eu estava prestes a me sentar numa pedra para chorar quando avistei por entre as árvores uma mulher ajoelhada na margem oposta do rio. Ela lavava o que parecia ser uma camisa manchada de ferrugem, esfregando-a numa pedra grande. Os cabelos estavam amarrados em um lenço e suas roupas eram antiquadas — uma saia verde comprida de pano rústico, um avental e botas marrons gastas que iam até quase a altura dos joelhos.

— Senhora! Olá! — gritei, caminhando aos tropeções para a frente.

Ela parou de esfregar a camisa e olhou para mim. Seus olhos brilhavam em função de lágrimas, e, quando ela piscou, uma gota caiu no rio. Seus lábios estavam ligeiramente entreabertos e expunham um dente avantajado, proeminente. A imagem como um todo me assustou e me fez parar por um instante, mas logo voltei a caminhar cambaleante trilha acima, segurando os troncos das árvores para não cair, tentando chegar mais perto dela.

— Olá! Senhora? Com licença! Desculpe incomodar, mas será que a senhora poderia por favor me dizer...

Minha frase ficou solta no ar quando dobrei uma curva que deveria me colocar bem na frente dela e percebi que não havia ninguém ali.

Corri os olhos depressa pela margem, confirmando que aquele era exatamente o ponto onde a mulher devia estar, devido à rocha grande onde ela esfregava a camisa. Olhei ao redor, desesperada, buscando ouvir o som de passos ou de gravetos se partindo. Nem sinal dela. Porém, eu não conseguia imaginar para onde ela poderia ter ido ou o que poderia ter causado sua fuga. Era como se a mulher tivesse simplesmente desaparecido no ar.

— Por favor, volte! — gritei, mas a única resposta foi o som da água do rio e o crocitar do corvo, que, de alguma maneira, continuava sobrevoando minha cabeça.

— Estou perdida! Por favor! — gritei uma última vez, antes de me ajoelhar e explodir em lágrimas. Assim fiquei por uns dez minutos soluçando como uma criança.

Contudo, por fim eu me recompus. Levantei-me, limpei o rosto com as costas das minhas luvas, tirei o excesso de sujeira do meu casaco, enlameado por ter me ajoelhado no chão. Em seguida, endireitei o cachecol no pescoço e segui adiante, trêmula, usando o guarda-chuva como bengala.

Capítulo Dezenove

Quando finalmente encontrei a saída da Cobertura, quase chorei ao ver o céu aberto e os morros altos — dessa vez, porém, de alegria, com uma sensação completamente inesperada de gratidão ao divino.

Embora eu fosse teoricamente protestante, deixara de rezar havia anos. Na última vez em que rezei pedindo alguma coisa, meu pedido fora atendido, porém aparentemente o preço de ir para o internato foi a morte da minha mãe.

Apesar de meu histórico duvidoso com Deus, sentia-me tão grata por conseguir sair da cobertura que decidi parar na igrejinha e oferecer um pequeno agradecimento — mas sem pedir nada específico e somente se isso ainda me parecesse o certo a fazer quando eu ali chegasse e caso não houvesse mais ninguém na igreja.

Eu acabara de subir os degraus quando avistei o Sr. Ross diante do túmulo que eu achara tão trágico no outro dia, aquele com a pedra talhada com os nomes dos membros de uma família mortos com uma pequena diferença de tempo entre si. Ele estava de costas para mim, mas reconheci seus ombros largos e o cabelo desgrenhado.

Depois de um instante, ele se ajoelhou e pousou a mão na pedra de granito. Abaixou a cabeça e assim permaneceu durante vários minutos. Em seguida, colocou algo no chão, levantou-se e foi até o portão do cemitério, onde Conall o aguardava. Subiu a estrada até a hospedaria com o cachorro ao seu lado sem perceber que eu estava ali.

Desci os degraus e me aproximei do túmulo. Ele deixara um punhado de miosótis.

— Willie Carteiro passou para deixar umas correspondências para vocês. Eu as coloquei perto da máquina registradora — avisou Meg assim que cheguei.

Ela estava atrás do balcão, segurando copos contra a luz e, em seguida, os limpando com um pano de prato.

Pendurei meu casaco e reuni as cartas. Havia várias endereçadas a Hank e Ellis que deixei no balcão, e uma endereçada a mim, enviada por correio aéreo. Reconheci a caligrafia imediatamente. O alívio que senti foi tão grande que quase deixei a carta cair.

Eu sentei ao lado da lareira e rasguei o envelope.

18 de janeiro de 1945

Minha querida Madeline,

Fiquei bastante surpreso ao receber seu telegrama. Não consigo imaginar como pensou que eu pudesse — ou quisesse, para todos os efeitos — mandar um avião resgatá-la de seu "erro terrível". Tem alguma ideia das implicações de uma manobra como essa? Obviamente não. Assumo em parte a responsabilidade, uma vez que sempre a protegi o máximo que pude das realidades da vida. Você embarcou numa empreitada das mais tolas e perigosas sem se dignar de fazer a gentileza de conversar sobre o assunto, privando-me assim da oportunidade de salvá-la de si mesma — numa atitude muito semelhante à que tomou ao decidir casar-se às minhas costas e sem minha autorização.

Tive de saber da sua brincadeirinha mais recente por segunda (ou mesmo terceira) mão, via os colegas de Frederick Stillman e os boatos de que ela envolveu procedimentos nefastos e, dizer, até mesmo traiçoeiros. Até receber seu telegrama, e tinha a menor indicação nem de que você havia sobreviv viagem. Tomei a liberdade de informar aos Hydes e aos Boyds que seus filhos também sobreviveram, uma vez que você não menciona nada que sugira o contrário.

Gostaria que tivesse me procurado antes, minha querida, mas, uma vez que não foi este o caso, não há nada que eu possa fazer por você. Não vou à falência para salvá-la de uma situação em que você mesma se colocou de boa vontade e que qualquer pessoa em estado de sã consciência perceberia o quanto é, bom, insana. Mais uma vez, intencionalmente ou não, você me coloca numa situação das mais difíceis.

Sinceramente,
Seu pai

PS1: Provavelmente é melhor que você saiba que seus sogros estão furiosos e que seu amigo Freddie tem mais o que fazer.

PS2: Concordo, fique longe do oceano. Receio que seja melhor você ficar onde está até o fim da guerra. Desejo-lhe sorte.

Fiquei olhando para a carta durante um longo tempo após lê-la. Ele a escrevera e enviara no mesmo dia em que recebeu o telegrama. Eu sabia que seria difícil e perigoso enviar um avião para cá, mas, com certeza, não impossível. Os alemães não controlavam o espaço aéreo; os comandantes militares voavam para lá e para cá o tempo inteiro. Meu pai simplesmente havia resolvido que não valia a pena me salvar, e pelo visto sem sequer se dispor a refletir com mais calma a respeito do assunto.

Enfiei a carta de novo no envelope e o atirei no fogo. Em questão de segundos, as chamas o envolveram — brancas, alaranjadas, vermelhas —, até que o papel se transformou apenas em um retângulo negro derretido junto aos troncos chamuscados.

Percebi que Meg me observava.

— Está tudo bem? — perguntou ela.

— Não. Na verdade, não.

Ela continuou me olhando, mas não consegui pensar em mais nada para dizer.

Permaneci sentada ao lado da lareira durante todo o restante da tarde e depois até a noite, enquanto os moradores da região lotavam o bar e os lenhadores chegavam em grupos. Mal notei sua presença. Nem reagi quando Conall deitou-se pesadamente aos meus pés.

— Faz horas que você não se mexe — comentou Meg, trazendo-me uma taça de xerez. — Algo que eu possa fazer?

— Receio que não — respondi. — Mas obrigada por perguntar.

Meg se enrijeceu.

— Lá vêm eles.

Eu me virei e vi Hank e Ellis descendo a escada. Embora tivessem se barbeado e trocado de roupa, os dois possuíam uma aparência tão sepulcral quanto a daquela manhã.

Meg aproximou-se deles imediatamente e lhes entregou as correspondências e um abridor de cartas.

— Dois uísques — disse Hank, apanhando as cartas da mão dela. — Duplos. E pode ir mandando mais.

As cartas eram respostas ao anúncio que eles haviam publicado no *The Inverness Courier* de pessoas que já tinham visto o monstro e estavam dispostas à entrevista. A empolgação que aquilo gerou — mais o uísque — trouxe os dois de volta à vida. Eles consultaram os relógios de pulso e decidiram que ainda não estava muito tarde para telefonarem. Hank chamou o Sr. Ross.

— Precisamos usar o telefone — disse.

— Fica no fim da rua — respondeu o Sr. Ross, cofiando a barba.

— Como assim, "fica no fim da rua"? — questionou Ellis.

— Eu disse *fica no fim da rua* — repetiu o Sr. Ross, cruzando os braços sobre seu suéter de lã verde espessa.

— Há uma cabine telefônica a poucas quadras daqui — falei, não exatamente a título de esclarecimento, mas apenas para amenizar o clima. — Não fica longe. Acho que aceita moedas.

— Aceita, sim — confirmou o Sr. Ross, assentindo. — Precisam de troco?

— Quer dizer que vocês não têm telefone? Não têm luz elétrica e *também* não têm telefone? — perguntou Ellis.

— Ellis, pare com isso — disse Hank. — Você está me dando dor de cabeça.

O Sr. Ross voltou para trás do balcão e nossos olhares se cruzaram algumas vezes. Depois disso, tomei cuidado para não olhá-lo mais.

Será que ele sempre usou barba? Como ficaria sem ela? Por que não teria esposa? Ele não possuía nenhum problema que um pouco de atenção feminina não conseguisse dar um jeito. Eu me perguntei como seria a vida casada com ele.

Eu me perguntei como seria a vida casada com outro homem que não Ellis. Se a moeda tivesse mostrado uma face diferente, seria eu levada a acreditar que estava apaixonada por Hank, casando-me com ele? Provavelmente. Não importa: eu fora atraída para um casamento tão verdadeiro quanto as pegadas de monstro que Marmaduke Wetherell criara nas margens do lago com a ajuda de uma pata de hipopótamo.

Ainda estava imersa nos meus pensamentos quando o policial chegou, e só notei a presença dele porque Ellis e Hank caíram em silêncio. O homem, de aparência cansada e na faixa dos cinquenta e poucos anos, entrou e parou em frente à porta.

— Bob! — gritou Meg, do outro lado do salão. — Bob Policial! Faz séculos que você não aparece. Alguma notícia do seu filho Alec?

— Sim, algumas. Recebemos cartas. Ele não sabe exatamente onde está, mas disse que está pilotando um Spitfire.

— Uau, é demais, não é? — comentou Meg. — Vai querer um chope claro, certo?

— Hmmm, creio que não — respondeu ele, melancólico. — Joanie me fez prometer não beber. E, além disso, vim aqui em missão oficial.

— Ah, é? — questionou Meg.

O policial pigarreou e abaixou a voz.

— Angus, será que podemos conversar um instantinho?

— Claro — disse o Sr. Ross, rodeando o balcão e aproximando-se do policial que se encontrava parado junto à porta.

Hank, que estava de costas para os dois, levou um dedo aos lábios. Ellis deu um sorrisinho cúmplice e os dois se colocaram em uma posição para ouvir melhor a conversa.

— É sobre o... *incidente* — disse o policial, abaixando a voz de tal maneira que a última palavra saiu num sussurro. — Você sabe que numa situação normal eu nem viria perturbar você com esse tipo de coisa, mas, pelo que soube, você atirou o inspetor de águas no rio.

— Sim, atirei mesmo. E atiraria de novo. Ele mereceu, falando como se fosse dono do pedaço.

— Sem dúvida, sem dúvida — disse o policial, balançando a cabeça compreensivamente. — O único problema é que ele fez uma reclamação oficial em Inverness e, portanto, sou obrigado a lhe dar uma advertência. Pronto, está dada. Você já está avisado.

— Tudo bem, Bob — falou o Sr. Ross. — Eu entendo.

— Será que, em uma próxima vez, você poderia se controlar só um pouquinho mais? — O policial juntou o indicador e o polegar de modo que quase se tocassem. — Será que, no futuro, você não poderia segurá-lo pela camisa em cima do rio só por um tempinho a mais?

— Claro. Na próxima vez, ele só vai molhar os dedos dos pés. As meias dele nem vão ficar molhadas.

O policial riu e deu um tapinha no ombro do Sr. Ross.

— Maravilha, Angus. Você sabe que eu não meteria o bedelho se não houvesse uma reclamação oficial. Você sabe que admiro muito tudo o que você faz. — Ele tornou a abaixar a voz. — Minha mãe ficou muito satisfeita com o salmão que você enviou para ela no outro dia.

— Ah — disse o Sr. Ross, fazendo um gesto de que não tinha importância. — Pode ter sido qualquer pessoa.

— Sabemos muito bem quem foi.

O proprietário da hospedaria fez o mesmo gesto de que não tinha importância e disse:

— Se o assunto está encerrado o bastante para reportar o resultado a Inverness, que tal tomar um drinque com a gente?

— Mas Joanie me fez prometer que...

— Um pequenininho. E você já ouviu aquela frase. Sempre leve uma garrafinha de uísque para o caso de ser mordido por uma cobra e, além disso, sempre leve consigo uma pequena cobra também.

— Nunca ouvi falar — comentou o policial. — Quem disse essa frase?

— Ah, é de um desses atores americanos. Que tem um nariz de batata. Um bom camarada e ninguém pode negar.

— Bom, é brilhante. Mas qual o problema de ter nariz de batata?

— Absolutamente nenhum. E, se por acaso Joanie ficar sabendo, arrumo uma cobra venenosa para você. Ou te atiro no rio. O que lhe parecer melhor na ocasião, em termos de necessidade de uma bebidinha para solucionar a questão — disse o Sr. Ross, envolvendo os ombros do homem com um dos braços e guiando-o na direção do balcão.

— Ora, nesse caso, acho que tudo bem — concordou o policial com um olhar de alívio. Os homens que estavam sentados junto ao balcão puxaram um banquinho para ele se sentar.

— Caçar em propriedade alheia — disse Ellis, dando um tapinha no queixo e olhando para Hank. — Se não me engano, isso é passível de uma bela punição.

Capítulo Vinte

Quando o alarme disparou, eu soube imediatamente o que era. Com o coração na boca, tateei na escuridão até encontrar a cadeira, onde havia colocado meu casaco e os sapatos. Estava vestindo ambos quando alguém escancarou minha porta e uma luz forte machucou meus olhos.

— Está pronta? — berrou Meg por cima da sirene. Ela já vestira seu traje especial, feito de tecido xadrez preto e vermelho.

— Sim — gritei em resposta, saltitando na direção dela enquanto forçava o calcanhar para dentro do meu sapato teimoso.

A sirene continuou gritando ensurdecedora, aumentando e abaixando de volume. Hank e Ellis saíram cambaleando para o meio do corredor, descalços e de pijama. Hank vestia apenas a calça do pijama.

— Que merda é essa? — perguntou, protegendo os olhos da luz forte da lanterna.

— É um ataque aéreo. Vamos! Precisamos ir — disse Meg.

— Pra onde? — indagou Ellis, esfregando os olhos com ar confuso.

— Para o abrigo!

Meg e eu empurramos os dois para o lado e descemos as escadas correndo. Eu os ouvi descendo aos trambolhões atrás de nós, xingando no escuro.

O Sr. Ross apareceu no pé da escada, segurando outra lanterna.

— Venham — disse, apontando apressado para a cozinha.

Quando chegamos na porta dos fundos, Meg e o Sr. Ross desligaram as lanternas.

Meg saiu primeiro e eu consegui enxergar o bastante para segui-la. Tropecei e caí de joelhos na terra congelada. Alguém — o Sr. Ross, percebi imediatamente — me apanhou e me impeliu para a frente, segurando meu cotovelo com a mão esquerda e mantendo a direita com firmeza em torno da minha cintura.

Meg já abrira a porta feita com uma aba de lona e estava dentro do abrigo. O Sr. Ross me ergueu pelas axilas e me abaixou ali dentro, entregando-me para Meg.

— Cuidado com a cabeça. Tem um beliche nos fundos — disse ela, puxando-me para o interior do abrigo e conduzindo-me até o beliche. — Tem outro mais acima, por isso cuidado com a cabeça ali também. Depois que todo mundo tiver entrado, Angus vai acender uma luz.

Ela sentou-se ao meu lado e se inclinou para perto de mim. Eu me aninhei contra seu corpo e nós nos demos as mãos. O lugar cheirava a umidade e terra, e era terrivelmente, terrivelmente frio.

Lá fora, os homens estavam aos berros. Hank e Ellis diziam que nunca tinham visto o abrigo à luz do dia; portanto, como diabos poderiam saber onde ficava ou como entrar, e será que o Sr. Ross não poderia acender a luz só por um instante? Ele respondeu que não estava nem aí para o que eles sabiam ou deixavam de saber e para que entraram logo, merda.

Minha voz saiu num guincho agudo e rouco:

— Ellis! Hank! Entrem! Precisam descer dois degraus. Entrem de costas se preciso for, mas venham depressa!

— Entrem, *amadain!* — berrou o Sr. Ross. — Entrem logo!

— Eu entraria, se eu pudesse en... Ei!

Ouvi alguma espécie de confusão na entrada do abrigo, seguida por um som seco de algo caindo e uma torrente de palavrões terríveis ditos por Hank. Outro som seco, e dessa vez ouvi alguém se arrastando em nossa direção.

— Estamos aqui no fundo — falei, esticando os braços. Minhas mãos encontraram o topo da cabeça de Ellis e, em seguida, seus ombros. Ele estava engatinhando.

— Tem um beliche aqui — disse.

— Conall, *thig a seo!* — gritou o Sr. Ross e, pouco tempo depois, acendeu a sua lanterna.

Fechou a aba de lona. Estávamos todos ali dentro. Nossas respirações se enovelavam no ar como fumaça saindo de nossas bocas, e a expressão do Sr. Ross parecia tão feroz que, se eu não soubesse que seus olhos eram azuis, naquele momento teria jurado serem negros.

Quando Ellis viu que o beliche onde nos sentávamos estava arrumado com roupa de cama, agarrou bem firme o cobertor que o forrava e o puxou de baixo da gente, quase derrubando eu e Meg no chão.

— Ei! — reclamei. — Precisava fazer isso?

— Eu estou congelando, puta que o pariu — disse ele, enrolando-se no cobertor.

— Manda um desses para cá — falou Hank, que estava agachado descalço encostado na parede corrugada. — Dá para ver minha respiração!

— Venha pegar — retrucou Ellis. — Eu estou tão sem roupa quanto você.

— Ah, pelo amor de Deus — disse Meg, e, sem pensar duas vezes, virei-me para ajudá-la a tirar outro cobertor que forrava o beliche, quase tropeçando em cima de Ellis nesse processo. Ela fez uma bola com o cobertor e o atirou para Hank. Ele o envolveu ao redor dos ombros e foi para os fundos do abrigo, depois subiu na cama de cima do beliche.

A sirene continuava tocando.

— Você não trouxe sua máscara de gás? — perguntou o Sr. Ross.

Olhei rapidamente e vi que Meg tinha trazido a dela.

— Não — respondi. — Mil desculpas.

Ele atirou a dele no meu colo.

Minhas mãos tremiam quando tentei colocar a máscara. O cheiro de borracha era intenso, minha área de visão bastante limitada e eu não conseguia prender as tiras em função dos bobes em meus cabelos. Meg tirou sua própria máscara com um gesto fluido e virou-se para me ajudar.

— Fique parada um instante — disse ela, com voz abafada. — Preciso amarrar as tiras... Uma já foi... Espere... Quase... Pronto. Está ótima, bem presa.

A combinação da sirene histérica com minha cabeça confinada me fez entrar em um estado de pânico crescente. Era como se eu tivesse voltado ao *SS Mallory* durante o ataque dos submarinos. Eu tinha a sensação de não conseguir respirar, embora obviamente pudesse, porque a parte interna da minha máscara estava tão embaçada que não era possível enxergar nada. Quando tentei limpá-la por fora, Meg puxou minhas mãos do meu rosto e segurou-as contra sua própria coxa.

— Leva um tempinho até você se acostumar com ela. Respire normalmente que ela vai desembaçar.

Fechei os olhos e respirei fundo algumas vezes.

— Pronto — disse ela. — Puxe o ar pelo nariz e deixe sair pela boca. Inspire, expire. Já melhorou, né?

Quando abri os olhos, o visor da máscara começava a desembaçar.

— E eu? Não tenho máscara — disse Hank, lá do beliche de cima.

— Você bem que seria capaz de arrancar uma de uma mulher, não seria? — retrucou o Sr. Ross, irritado.

Hank ficou em silêncio por um instante e depois acrescentou, num tom que poderia ser interpretado como arrependido, resignado, ou ambos:

— Acho que não tem nenhum uísque nessa lata de sardinha, tem?

O Sr. Ross lançou-lhe um olhar enojado e desligou a lanterna. O céu estrelado ficou brevemente à vista quando ele saiu pela aba de lona. Um instante depois, voltou e tornou a acender a lanterna. Tinha apanhado seu rifle e estava agachado, segurando-o perto da entrada do abrigo. Justamente quando me lembrei de que ele não tinha o dedo que apertava o gatilho, percebi que segurava o rifle com a mão esquerda.

— Quanto tempo isso vai demorar? — perguntou Ellis. Ele estava encolhido num canto, enrolado no cobertor. — Acho que eu prefiro me arriscar a tomar uma bomba lá dentro.

O Sr. Ross ergueu a mão pedindo silêncio, escutando, concentrado. Muito de longe, sobre o barulho da sirene, ouvia-se o *bum-bum-bum* de grandes turbinas.

— Puta que o pariu — disse ele, pondo-se de pé num pulo e empunhando o rifle.

— Quê? O que foi? — indagou Ellis.

— É um maldito Heinkel.

Ele apagou a lanterna e saiu e soltou um resmungo intraduzível. O barulho se tornou mais próximo e mais alto, até que de repente estava bem acima de nós. O Sr. Ross começou a berrar — e a atirar — naquilo.

— *Thall is cac, Mhic an Dhiabhail!*

Depois do segundo tiro, o som do avião transformou-se de uma série constante de ruídos em apenas três, seguidos de um intervalo. O avião continuou seu caminho, agora meio torto, afastando-se para longe.

O Sr. Ross entrou novamente no abrigo e acendeu a lanterna.

— Você acabou mesmo de fazer o que eu acho que acabou de fazer? — perguntou Meg.

Ele encolheu os ombros.

— Você acabou mesmo de atirar numa turbina?

— Se atirei ou não atirei, não há a menor importância. O avião tem outras três.

— Mas com um rifle?

— Aquela *merda* estava bem em cima da gente. Se eu tivesse pulado, conseguiria segurar seu...

Ele foi interrompido pelo barulho de uma gigantesca explosão a distância, seguida imediatamente de outra — um ruído terrível que reverberou pelas águas e pelo vale. Berrei dentro da máscara e segurei Meg com força, o que ela, por sua vez, também fez comigo.

Depois de uns vinte minutos, que mais pareceram vinte anos, a sirene tocou no volume mais alto que já tocara até então, continuou assim por um tempo e depois finalmente caiu em silêncio.

— O que é isso? O que isso quer dizer? — perguntou Hank, que continuava em cima no beliche.

— Que a barra está limpa — respondeu Meg, retirando sua máscara do rosto. Ela estava pálida. — Santa Mãe de Deus. Onde será que isso foi?

O Sr. Ross abaixou o rifle e limitou-se a balançar a cabeça.

— Queira Deus que não tenha atingido ninguém — disse Meg, apertando as têmporas com os dedos.

— Sim — disse o Sr. Ross, assentindo devagar.

Tentei retirar minha máscara, mas ela não se movia nem um centímetro; então puxei com mais força ainda. Meg segurou minhas mãos e tirou a máscara para mim. Eu tinha me esquecido de que ela amarrara as tiras através dos meus bobes.

Sem dizer uma palavra, o Sr. Ross desligou a lanterna e saiu do abrigo antiaéreo, deixando a aba de lona aberta.

— Venham — disse Meg. Eu e ela tateamos até a abertura e saímos. Vi a silhueta do Sr. Ross caminhando pesadamente pelo quintal em direção à hospedaria, acompanhado por Conall. Ele não olhou para trás nem uma única vez.

Meg e eu demos os braços e seguimos juntas, pisando com cuidado no chão congelado, tentando não pisotear os preciosos legumes de inverno. Hank e Ellis vinham atrás de nós.

Instantes depois de eu chegar ao meu quarto ouvi uma batida à porta.

— Maddie? Querida? — chamou Ellis.

— Estou me preparando para deitar.

— Maddie, por favor. Preciso de um comprimido.

Deixei ele entrar.

— Está na gaveta de cima — falei.

Ellis abriu a gaveta com força e remexeu ali dentro até encontrar o frasco. Pelo barulho, percebi que apanhava mais de um comprimido. Ele ficou de costas para mim até terminar de enfiar todos na boca.

— Quer um? — perguntou, depois de engolir os seus com a água que estava na jarra em cima da cômoda. A água escorreu pelo paletó do seu pijama. — Merda — disse, enxugando a boca com as costas da mão.

— Não, estou bem — respondi.

— Você deve estar em frangalhos. Aqui, tome estes. Ele sacudiu o frasco até dois comprimidos caírem em sua mão e entregou-os para mim.

— Ponha-os aí em cima da cômoda — falei.

Tirei o casaco, dobrei-o em dois e coloquei-o nas costas da cadeira. Depois, arrumei os sapatos embaixo da cadeira, num lugar onde eu não poderia tropeçar neles sem querer.

Ellis me observou com ar desconfiado.

— Essas coisas estavam assim arrumadas para você?

Em vez de responder, alisei meu casaco, limpando a neve.

— Estavam, não estavam? — insistiu ele. — Foi por isso que você conseguiu se vestir tão depressa.

Ele olhou para a gaveta da cômoda que deixara aberta, para as roupas dobradas e organizadas até ele remexer tudo. Atravessou o quarto e abriu meu armário, revelando vestidos e outras peças penduradas em cabides.

— Eles guardaram suas coisas! — exclamou, indignado. — Você devia ver só o estado do meu quarto. É como se estivessem se recusando a arrumá-lo de propósito.

— Eu mesma guardei minhas coisas.

Ele levou um segundo para responder.

— Você fez o quê?

— Eu mesma guardei tudo.

Ele me olhou, sem acreditar no que ouvia.

— Meu amor, você sabe que não deve fazer isso. O que passou pela sua cabeça?

Ele começou um discurso sobre os perigos de fazer concessões para os criados, sobre como era tênue o limite entre fazer isso e a familiaridade excessiva, e, depois, sabe-se lá como essa história poderia acabar, mas com certeza não seria bem. Se a criada da casa de Hank não era uma prova viva disso, então ele não sabia o que era. A Sra. Boyd quase teve de enfrentar um processo para consertar aquela confusão. Manter uma distância adequada era importantíssimo e ele esperava que eu não...

Fiquei olhando para ele, fascinada, observando sua língua ondular por trás de seus dentes. Em um momento, um fio de saliva ficou grudado em seus lábios e sobreviveu a mais algumas palavras antes de se romper. Ass narinas dele se abriam sob o osso de seu nariz. Rugas profundas surgiam entre seus olhos, e, quando ele inclinou o queixo para me olhar melhor, eu poderia jurar que estava olhando para a cabeça da mãe dele grudada em seu corpo, um *cockentrice*[12] que saíra do prato e cuspira para fora a maçã da boca a fim de me dar um sermão, dizendo que até mesmo eu certamente era capaz de enxergar como a ausência de fronteiras claras entre mim e os criados não só estimulava a preguiça das classes inferiores, como ameaçava as próprias estruturas sociais sobre as quais nossas vidas estavam construídas.

Percebi que ele havia parado de falar.

— Maddie? — perguntou, observando-me mais de perto. — Está tudo bem?

— Estou ótima — respondi, tentando afastar aquela imagem da cabeça. — A noite foi longa, só isso, e gostaria de me deitar.

A expressão dele se abrandou.

— Desculpe, meu amor. Às vezes eu me esqueço do quanto você é frágil. Eu não deveria ter repreendido você, especialmente logo depois de um...

Ele deixou a frase no ar, como se tivesse decidido que mencionar o ataque aéreo me deixaria nervosa.

— Você me perdoa? — Ele deu um passo em minha direção, e eu instintivamente levantei a mão para que ele parasse. Ele obedeceu, mas pareceu magoado.

Segurei o encosto da cadeira e olhei para a lareira. Não havia sentido dizer a ele que seu comportamento no abrigo fora mais do que incivi lizado. Eu não procurava uma discussão.

— Bem, agora sou eu quem peço desculpas — falei, virando-me para Ellis. — Não quis magoar, só preciso dormir.

— Sim, é claro — disse ele, transformando-se na epítome do cavalheiro. — Mas, se precisar de alguma coisa, qualquer coisa mesmo, sabe onde me encontrar. E não se esqueça de tomar o remédio. Mesmo que você não esteja tendo um surto agora, ele vai ajudar você a dormir.

---

[12] Prato que consiste da metade superior de um leitão costurada na metade inferior do corpo de um peru ou frango capão. (*N. da T.*)

Assim que Ellis saiu do quarto, fui até a porta e tranquei-a à chave. Também passei o ferrolho.

Quando devolvi ao frasco os comprimidos que ele deixara na cômoda, espantei-me com a quantidade que tinha sido consumida.

Vinte minutos depois, ouvi outra batida.

Eu virei as costas para a porta e coloquei o travesseiro na cabeça, prendendo as laterais contra meu rosto. Se eu ignorasse Ellis, com certeza ele pensaria que eu estava dormindo e me deixaria em paz.

— Sra. Hyde? — chamou Meg.

Segundos mais tarde, eu estava diante dela com a porta aberta.

— Meg... Está tudo bem?

— Sim, perfeito — respondeu ela num sussurro. — Só que meus pés estão congelando, e pensei que os seus também poderiam estar; por isso lhe trouxe um porco.

Ela empurrou uma bolsa d'água feita de cerâmica vitrificada para os meus braços. De fato, tinha formato de porco, perfeita, com direito a focinho e tudo.

— Obrigada — falei, segurando a bolsa. Embora aquilo não fizesse sentido, comecei a tremer ainda mais por causa do calor.

— Melhor fechar a porta agora. Só trouxe duas, e não vou voltar para fazer mais — pelo menos não para gente da laia deles. Preciso me levantar daqui a menos de quatro horas.

Balancei a cabeça no escuro.

— Sinceramente não sei como você consegue.

Ela deu uma risada baixa.

— Nem eu. É por não ter escolha, suponho.

Capítulo Vinte e Um

Quando desci as escadas arrastando-me de manhã, encontrei Ellis e Hank com um bom humor incomum — mesmo apesar do fato de terem sido arrancados da cama no meio da madrugada, mas justamente por isso.

Enquanto eles relembravam o ataque aéreo durante o café da manhã, os detalhes iam amadurecendo. Na última vez em que a história foi recontada, Ellis tinha verificado se todos estavam sãos e salvos dentro do abrigo antes de ele mesmo entrar, Hank ficara no beliche acima de mim e de Meg apenas para nos proteger com seu próprio corpo, e o Sr. Ross mal estava presente.

O rosto de Anna foi se fechando cada vez mais enquanto ela servia o café da manhã e limpava a mesa.

Hank resolveu que escreveria para Violet, pensando que talvez, se ela soubesse que ele passara perigo mortal, afrouxasse suas regras pré-nupciais draconianas.

— Quer dizer que você e ela estão na fase pré-nupcial, é isso? — perguntou Ellis.

— Bem, *pré*-pré-nupcial, pelo menos — respondeu Hank. — Mesmo assim, acho que eu deveria ter o direito de provar a mercadoria. E se eu esperar até a noite de núpcias e descobrir que terei de ficar com algo de qualidade inferior até que a morte nos separe?

— *Hank* — falei, em tom urgente.

— Que foi?

— Caso você tenha esquecido — continuei, em voz baixa — há mulheres presentes.

— Minha queridíssima, quando foi que você se tornou tão pudica?

— Não estou falando de mim. — Olhei para Anna.

— Ah — disse ele, franzindo a testa.

Ele mudou de assunto e começou a falar da caça ao monstro, mas não sem antes me olhar de um jeito estranho. Estava mais do que evidente que a presença de Anna lhe passara completamente despercebida.

A porta da frente se abriu e um rapaz bonito, de cabelo loiro-escuro e roupas puídas, entrou. Ele acenou para Hank e Ellis, pousou as duas cestas que estava carregando no chão e voltou a atenção para a porta, abrindo-a e fechando até identificar onde exatamente ela rangia mais alto. Tinha idade o bastante para estar combatendo, e eu me perguntei por que não estaria — não que eu fosse julgá-lo por isso, mas porque com certeza era um assunto delicado para mim.

— Ora, ora, quem diria — disse Hank para Ellis. — É Georgie do Furgão. Talvez ele nos dê uma carona de novo.

— Olá, George — cumprimentou Anna, aparecendo atrás do balcão. Como tem passado, hein?

— Ah, você está vendo. Embora esteja bem úmido hoje — disse ele, fechando a porta e levando os cestos até o balcão.

Não pude deixar de prestar atenção. Ele andava colocando o peso do corpo nas laterais, quase como um pinguim, e a perna direita balançava para a frente a partir do quadril. Era uma perna falsa.

— E o que trouxe para mim hoje? — perguntou Anna.

— Parafina, óbvio. Mais um embrulho da lavanderia e umas coisinhas do açougue.

— Ora, vamos ver então.

— Tem perna de carneiro e umas linguiças maravilhosas — disse George, retirando tudo e colocando as peças sobre o balcão. A carne não estava embrulhada e o preço fora escrito diretamente sobre ela.

Anna inclinou-se para cheirá-la. Quando voltou a endireitar o corpo, pôs as mãos nos quadris.

— Quer dizer então que nossos lençóis também estão cheirando a parafina? — perguntou, em tom acusador.

— Só estou colaborando para economizar gasolina — disse George. — Basta deixar arejando que o cheiro sai. Coloque a carne no guarda--comida e ela vai ficar melhor que a encomenda.

— E os lençóis, também vou ter de colocar no guarda-comida? — indagou Anna com um suspiro sofredor comprido. Pelo visto era uma pergunta retórica, porque ela se virou e levou a carne para os fundos.

— Quer que passe óleo nas dobradiças da porta? — gritou ele para ela, lá dentro. — Estão rangendo como se alguém puxasse um gato pelo rabo.

Ele virou o pescoço para espiar pela porta, esperando em vão uma resposta. Acabou desistindo.

— Bem, vou embora então — disse para nós três. — Digam a ela que depois eu volto para dar um jeito na porta.

— Escute, por acaso você não está indo a algum lugar perto de Horseshoe, está? — indagou Hank.

— Eu não estava, mas suponho que possa ir.

— Mesmas condições de antes? Talvez um pouco mais pelo incômodo?

— Eu seria bobo se negasse — disse George. — Estão prontos para ir ou preferem que volte quando terminar minhas entregas?

Hank tomou o resto do chá e levantou a sua sacola de lona.

— Se você estiver pronto, estamos também. Por que não nos deixa na cabine telefônica e volta para nos apanhar depois que terminar suas coisas? Precisamos dar uns telefonemas.

Ellis beijou meu rosto antes de sair.

Anna voltou da cozinha e cortou os barbantes dos embrulhos que continham os lençóis. Abriu algumas dobras e cheirou-as.

— *Afff!* — exclamou, agitando a mão na frente do nariz. — Se não estivesse nevando, eu penduraria esses aí no varal lá fora. Quem sabe se eu não colocar os cobertores por cima e deixar as janelas abertas por algumas horas... E pelo jeito hoje no jantar vamos ter torta de parafina. — Ela olhou com o canto do olho para mim. — Não pude deixar de notar que há uma semana e meia a senhora não vai com eles.

— E dá para me culpar?

— Nem um pouco — retrucou ela. — Eles são tão *sleekit* que você se arrisca olhar para o lado e descobrir que a deixaram sozinha no meio da estrada.

Depois de alguns segundos, perguntei:

— Anna, será que você poderia me ensinar a tricotar?

Ela, que dobrava novamente os lençóis, parou.

— O quê?

— Uma vez você me perguntou se eu sabia tricotar. Não sei. Mas quero aprender. Quero fazer meias para os soldados.

— Não é assim tão fácil — retrucou ela, olhando para mim de um jeito estranho. — É difícil fazer um calcanhar direito. Existem até competições para isso.

— E quadrados? Com certeza eu poderia aprender a tricotar quadrados. Também servem para os soldados?

— Sra. Hyde... — começou ela.

— Maddie. Por favor, me chame de Maddie.

— Eu sinto muito mesmo, mas não tenho tempo para ensinar a senhora a tricotar.

— Então será que eu poderia ajudar você no trabalho da casa?

Ela balançou a cabeça vigorosamente.

— Ah, não, acho que não. Não, acho que não seria nada prudente.

— Mas por quê? — implorei. — Quando chegamos, você me acusou de só ficar "ao lado da lareira", e é verdade. É o que eu faço todos os dias, o dia todo, e isso está me deixando maluca, mas não tenho como sair daqui até meu marido encontrar o monstro ou desistir dessa busca. Por favor... você teria menos trabalho e eu ficaria feliz em ajudar.

Ela franziu a testa.

— Seu marido jamais aprovaria uma coisa dessas e eu acho que Angus também não.

— Eles não precisam saber de nada. Não direi uma palavra a ninguém e vou fingir ser a ociosa que fui até agora assim que alguém entrar por aquela porta.

As mãos dela ficaram paradas e entendi que estava pensando no assunto.

— A senhora já fez uma cama na vida? — perguntou ela, por fim.

— Sim — respondi. — Bom, uma vez.

Ela pensou mais um pouco e, então, continuou a dobrar os lençóis.

— Acho que, se eu trocar os lençóis, a única coisa que a senhora precisa fazer é colocar os cobertores. E Mhàthair me pediu para apanhar umas coisas na cidade esta tarde, então...

— Posso fazer mais do que apenas colocar os cobertores. Posso guardar as coisas deles também.

Ela soltou uma gargalhada.

— Ora, isso seria uma melhora e tanto! Eu já tinha perdido as esperanças nesse sentido.

— Eles também — falei, solenemente.

Ela arregalou os olhos.

— Como?

Ficou me olhando fixo, desafiando-me a negar o que eu dissera. Em vez disso, assenti.

— Ah, não... eles não acharam que... — disse ela, indignada. — Eles não *podem* ter esperado que...

— Ah, sim, certamente que esperaram. — Ergui as sobrancelhas para causar mais efeito. — E continuam esperando.

Os olhos dela se acenderam de raiva.

— Bom, *neste caso*, vou apenas colocar os lençóis nas camas e deixo o resto com a senhora. Porque, se a senhora não fizer isso, vai ficar por fazer, e, se ninguém fizer, nunca mais conseguirei varrer os tapetes de novo.

Ela apanhou os lençóis de cima do balcão e saiu com o busto empinado como a proa de um barco viking.

Não sei se me espantei mais por ter convencido Anna daquela ideia ou por ter feito a proposta.

Enquanto Anna trocava os lençóis, folheei o jornal para ver se havia mais detalhes sobre as bombas que eu ouvira cair ontem. Não havia, claro: o jornal já tinha ido para a gráfica quando o bombardeio aconteceu. Havia diversas outras notícias e, enquanto eu as lia, meu otimismo quanto a encontrar algo para fazer e passar o tempo transformou-se em negra depressão.

A força irrefreável que se tornara o exército russo agora se encontrava a apenas 265 km de Berlim, e o marechal Stálin declarara que, em uma única investida na Silésia, eles tinham matado 60 mil alemães e levado aproximadamente outros 21 mil como prisioneiros. Era uma vitória do nosso lado, mas a minha sensação era a de que aquilo não passava de um triste progresso.

Tantos mortos. Meros 15 dias antes eu achara quase impossível compreender a ideia de 3 mil homens mortos numa única tarde. Agora, a imensidão de uma cifra como 60 mil vítimas era ainda mais chocante, pois quase abria a possibilidade de esquecermos que cada um desses mortos fora uma pessoa, cujas esperanças, sonhos e amores tinham sido ceifados.

Eu não entendia como aquilo poderia continuar. Não sobrariam mais homens no mundo.

Quando Anna voltou do andar de cima, eu estava sentada com o jornal aberto no colo, olhando para a parede.

— A senhora não mudou de ideia, não é? — perguntou ela.

— De jeito nenhum — retruquei, forçando um sorriso. Dobrei o jornal e me levantei. — Então, além de arrumar tudo e colocar os cobertores nas camas, o que mais preciso fazer? Encher as jarras de água?

Ela franziu a testa, num estado de confusão momentâneo.

— Ah, a senhora está falando das *moringas*? Não se preocupe com isso. Eu cuido delas depois que voltar da cidade.

— Não tem problema, Anna — falei. — Nem mesmo eu posso cometer um erro enchendo as jarras — quer dizer, as moringas —, e você pode conferir meu trabalho quando voltar.

Ela fez *tsc tsc.*

— Ah, eu não estou preocupada. Bem, está certo. Acho que venho dar uma espiadinha de nada, mas só nos primeiros dias. — Ela retirou uma chave do bolso do avental e a entregou a mim. — Essa é a chave-mestra.

Segurei a chave, mas ela demorou vários segundos até soltá-la.

Comecei pelo quarto de Meg, que foi fácil porque ela era organizada, e fui descendo pelo corredor.

O quarto de Hank se encontrava mais ou menos no estado que eu imaginava. A maioria de suas roupas estava fora das malas e espalhada pelo chão, e o restante parecia tentar organizar uma fuga coletiva. Empilhei tudo temporariamente em cima da cama e comecei a arrastar suas malas e baús para guardá-los dentro do armário.

Um dos baús parecia cheio de meias-calças e cigarros, mas, quando não consegui movê-lo nem um só centímetro, enfiei a mão por baixo das camadas de cima e encontrei dúzias e mais dúzias de garrafas de bebida. Estavam protegidas com palha e papelão, mas mesmo assim me surpreendi por terem sobrevivido à viagem. O aporte de moeda internacional de Hank era tão pesado que precisei me posicionar de quatro e apoiar um pé na cama para conseguir empurrá-lo, mas, após algum tempo, consegui guardá-lo no armário.

Fiquei sem fôlego. Embora a janela estivesse escancarada, minha blusa grudava nas minhas costas — e eu ainda nem começara a cuidar do restante da bagunça.

Era estranhamente íntimo tocar coisas como as meias e o pijama dele, sem falar em suas cuecas, mas logo encontrei um ritmo de trabalho. Pelo menos ele fizera uma pilha de roupas sujas; portanto, eu não precisei inspecionar nada de perto para conferir isso.

Justamente quando eu achava que já tinha guardado tudo, avistei algo embaixo da cama. Era uma pilha de cartões-postais, mas, quando os apanhei, fiquei chocada. Eu estava diante de uma mulher nua, reclinada numa *chaise longue* de pernas abertas, vestida apenas com um longo colar de pérolas e uma tiara.

Olhei para o resto das fotos, fascinada. Nunca havia visto outro corpo completamente nu a não ser o meu próprio — Ellis sempre ia direto ao assunto tirando o mínimo de peças possível e sempre no escuro — e fiquei espantada ao ver como éramos diferentes. Uma das mulheres encontrava-se deitada de costas num cavalo branco com uma das penas pendurada para fora, de modo que a câmera pudesse focar na área escura entre suas pernas. Outra se posicionava de quatro sobre uma toalha de piquenique, sorrindo por cima do ombro para o fotógrafo. Suas pernas estavam abertas apenas o suficiente para que se entrevissem seus seios pelo meio delas, e eles eram tão grandes que quase pareciam ter enchimento. Os meus se tornavam minúsculos em comparação aos dela.

Quando cheguei no último postal e vi que neste havia, além da mulher, um homem nu, com o corpo pressionado atrás dela e segurando os seios com as mãos em concha, fiquei subitamente constrangida e ansiosa para me livrar daqueles cartões. Abri a gaveta da mesinha de cabeceira e, ao fazer isso, vi um pacotinho onde estava escrito DOUGHBOY PROPHYLACTIC.[13] Sempre pensei que "*profilático*" significasse escova de dentes, mas, quando vi as palavras "*para a prevenção de doenças venéreas*", percebi que era algo completamente diferente. Coloquei os postais dentro da gaveta e a fechei. Não queria descobrir mais nada a respeito de Hank e me senti feliz por terminar de arrumar seu quarto.

Preparei-me para enfrentar o quarto seguinte com medo do que poderia descobrir sobre Ellis.

---

[13] Famosos kits produzidos pelo laboratório Reese Chemical contendo produtos químicos para lavar e desinfetar a uretra e a área genital masculina depois do ato sexual. Depois de uma verdadeira epidemia de doenças venéreas no exército americano durante a Segunda Guerra, passaram a ser distribuídos aos soldados, junto com camisinhas. (*N. da T.*)

Embora eu achasse estar preparada para tudo, estava enganada. Quando abri a porta do quarto de Ellis, parei no mesmo instante, completamente abismada. Parecia que uma bomba havia explodido ali dentro. Roupas de todos os tipos, inclusive cuecas, estavam espalhadas para todos os lados — sobre a cabeceira da cama, o encosto da cadeira e até mesmo a grade da lareira. Havia pilhas de roupas nos cantos, embaixo da cama e no meio do quarto. Os sapatos, os artigos de higiene pessoal e outras miscelâneas se encontravam atirados para todos os lados, e a única coisa que conseguira parar em cima da cômoda era um chinelo.

Eu não podia imaginar como ele fora capaz de produzir tamanha bagunça. Então, com uma onda de náusea, entendi que ele fizera aquilo de propósito.

Entendi claramente: sempre que ele descobria que ninguém ainda tinha vindo guardar suas coisas, vingava-se enfiando a mão nos baús e atirando para cima cargas e mais cargas de qualquer coisa que aparecesse pela frente, e depois as chutava para longe. De que outra maneira então se explicaria uma escova de dentes dentro de um sapato ou a brilhantina e o pente embaixo da janela? Era uma atitude bruta, infantil e destrutiva, e aquilo me assustou.

Comecei a trabalhar do canto mais distante até a porta. Não conseguia pensar em uma maneira de organizar a bagunça que não fosse estarrecedora.

Quando abri a gaveta superior da sua cômoda, encontrei uma foto dele com Hank na praia em Bar Harbor, abraçados de lado e sorrindo de frente para o sol. Embaixo desta havia uma foto de Hank sozinho, sem camisa, de pé num veleiro com as mãos nos quadris. O peito brilhava, os braços e ombros eram musculosos e ele sorria maliciosamente para a pessoa atrás da câmera. Não havia nenhuma foto minha, embora eu estivesse presente ali naquela época.

Na gaveta de baixo encontrei vários lenços com monogramas bordados dobrados em pequenos embrulhos. Abri-os e contei mais de cem comprimidos meus. Então tornei a dobrá-los e deixei-os onde estavam. Não queria que ele pensasse que Anna ou Meg havia roubado algum.

Eu, que já trancava a porta do meu quarto à noite, decidi começar a trancá-la também durante o dia. Queria ver quanto tempo ele levaria para tomar todos aqueles comprimidos.

Será que mais alguém, além de Anna, tinha visto o estado dos quartos de Ellis e Hank? Eu esperava que não. Eu mal podia imaginar o que Anna pensava deles e, por extensão, de mim.

Os dois voltariam, veriam que suas coisas haviam sido guardadas e não dariam a mínima para o que a pessoa que organizara os quartos tinha visto ou pensado. Na verdade, eles nem pensariam nessa pessoa, a não ser talvez para se sentirem vitoriosos.

Embora eu tivesse desfeito minhas próprias malas poucos dias depois de chegarmos, senti vergonha ao perceber a quantas coisas eu não dava o menor valor. Perguntei-me como Emily estaria agora e desejei que ela soubesse o quanto eu me sentia grata por tudo que havia feito por mim em todos aqueles anos. Imaginei que não devia estar sendo nada fácil trabalhar como criada de Edith Stone Hyde naquele momento específico.

Depois de arrumar todos os quartos, recolocar os cobertores nas camas, fechar as janelas e instalar as armações do Blecaute, apanhei alguns pares de meias-calças do meu estoque e enfiei-as na gaveta de Meg.

Capítulo Vinte e Dois

Quando retornei à cozinha, Anna olhou cheia de surpresa para mim.

— Não pode ser que a senhora já tenha terminado! — exclamou ela.

— Terminei.

— E guardou todas as coisas deles?

— Guardei.

— Ora, se isso não merece uma xícara de chá, não sei o que merece! Vá sentar-se ao lado da lareira que eu já volto. Acho que merecemos um *strupag* de verdade, e a senhora?

— Então, os lençóis ainda estão cheirando a parafina? — perguntou Anna, tomando um gole com o máximo de delicadeza do chá servido numa xícara decorada com pequeninas rosas e borda dourada.

Ela também trouxera biscoitos de aveia e geleia, além do chá, que era o mais forte que eu já tinha tomado ali, e servira tudo com a mais fina porcelana. Até mesmo enfeitara a bandeja com uma toalhinha de renda.

— Não senti nenhum cheiro — respondi.

— Que bom. Porque lavar não é um trabalho que eu esteja disposta a fazer. Tem gente que não quer mandar a roupa para lavar fora porque receia que volte cheia de piolhos. — Ela soltou um muxoxo de desdém.

— Pessoalmente, tenho mais medo do que George vai colocar ao lado da roupa naquele furgão dele.

— E por que poderia voltar cheia de piolhos?

— Porque é a mesma lavanderia que lava as roupas dos soldados que estão no Casarão e nos acampamentos da floresta. Quem mais se preocupa com isso são os velhos e os Wee Frees, mas eu desconfio que o verdadeiro problema é que mandar a roupa para ser lavada parece um luxo. Eu fico muito feliz por Mhàthair não ser dessa opinião — e olhe que ela é tão conservadora quanto eles, pois é velha e, além disso, Wee Free.

O tronco superior da lareira deslizou em nossa direção, lançando uma cascata de fagulhas. Anna levantou-se e o recolocou no lugar com o atiçador.

— E você fique aí! — repreendeu ela, observando o tronco por alguns segundos antes de tornar a se sentar.

— Isso talvez explique por que vi uma velha lavando roupa no rio outro dia — comentei. — Mesmo parecendo um lugar estranhíssimo para se fazer isso.

Anna pousou a xícara.

— Como?

— Eu me perdi na Cobertura, porque, imagine você, fui perseguida por um corvo! Achei que ele estivesse me seguindo.

De repente percebi que o clima mudara. Olhei para Anna e vi que ela tinha empalidecido. Repassei o que eu dissera, sem saber qual parte poderia ser a causa da ofensa.

— Desculpe! — falei, em pânico. — Eu não acho isso, na verdade.

Anna continuou olhando fixo para mim.

Pousei minha xícara, com medo de derramar o chá.

— Por favor, esqueça o que eu disse. Eu tenho uma imaginação muito fértil.

— Quem estava lavando roupa e onde? — perguntou ela, rispidamente.

— Uma velha senhora estava lavando uma camisa no rio. Ela não respondeu quando eu lhe pedi ajuda. Depois, quando tentei chegar mais perto, não consegui mais encontrá-la. É como se ela nunca... Anna, por favor... qual é o problema?

Ela levou uma mão à boca.

— Anna? O que foi? Por favor, me diga o que eu fiz.

— A Caonaig — disse ela, com voz bem rouca. — A senhora viu a Caonaig.

Balancei a cabeça.

— O que é a Caonaig? Não entendo.

— Alguém vai morrer — afirmou ela.

— Não, com certeza, não. Era apenas uma senhora idosa que...

— Ela estava de verde?

Hesitei.

— Sim.

— Tinha um dente saltado?

Hesitei ainda mais.

— Sim.

— Estava chorando?

Dessa vez não respondi, mas meus olhos devem ter me entregado.

Anna soltou um grito e saiu em disparada para a cozinha. Chamei seu nome, e depois corri atrás dela, mas ela desaparecera, deixando a porta aberta. Corri até a porta da entrada, mas, quando cheguei à estrada, ela já estava longe em sua bicicleta.

— O que está acontecendo? — perguntou o Sr. Ross.

Eu me virei depressa. Ele e Conall tinham aparecido atrás de mim na estrada.

— Ela pensa que eu vi a Caonaig — expliquei, desolada.

— E o que a faz pensar isso?

— Eu ter visto uma velha lavando roupa no rio.

Ele respirou fundo, e o ar assobiou entre seus dentes.

— Mas de que maneira isso pode significar que alguém vai morrer? — perguntei, desesperada. — Era apenas uma velha senhora. Não entendo!

— Dois irmãos de Anna ainda estão no Front — disse ele.

Ainda?

Eu me virei a fim de olhar para o ponto na estrada onde ela havia desaparecido de vista.

Subi as escadas e me escondi no meu quarto, mas, cerca de uma hora antes de Meg voltar da serraria, comecei a entrar em pânico. Anna não havia retornado mais, e era ela quem sempre começava a preparar o jantar, que Meg, então, terminava e servia aos clientes. Por fim, desci as escadas, achando que eu deveria no mínimo avisar ao Sr. Ross de que não haveria nada para servir, mas também não vi sinal dele.

Eu não sabia o que fazer, mas, uma vez que aparentemente eu é que causara o problema, entrei na cozinha e vasculhei a despensa, procurando itens para preparar uma refeição.

Quase que imediatamente me dei conta de que era inútil, não apenas por eu não conseguir encontrar nenhuma das carnes que vira sendo entregues aquela manhã, mas também porque, mesmo que conseguisse, não teria a menor ideia de como prepará-las. Eu não tinha certeza nem mesmo se sabia cozinhar batatas, e dali a mais ou menos uma hora começariam a chegar homens querendo comer.

Quando Meg entrou pela porta dos fundos, encontrou-me inclinada sobre a tábua de corte, com a cabeça enterrada entre as mãos. Rapidamente compreendeu a situação quando correu os olhos pela cozinha e não viu nada por ali.

— Anna saiu mais cedo — expliquei.

— O que aconteceu?

— Eu disse algo que a chateou.

— E o que foi?

— Não tenho certeza — respondi, arrasada. — Mas garanto que não foi minha intenção.

Esperei que ela fosse me interrogar, mas, em vez disso, apenas colocou o casaco e a máscara de gás sobre a cadeira e disse:

— Tudo bem, então. Você consegue cozinhar as batatas?

Pisquei algumas vezes.

— Sim. Acho que sim.

— Acha ou consegue?

— Acho.

Na verdade, eu não sabia nem como se fatiava pão. Nos meus ataques famintos à cozinha, na minha adolescência, eu apenas arrancava os pedaços do pão de forma, escavando-o para comer primeiro o miolo macio, e em seguida comia a casca sobre a pia a fim de lavar as evidências mais tarde.

Meg me mandou encher a maior panela da cozinha de água, acrescentar sal e quarenta batatas e colocá-la no fogo. Ela mesma acendeu o fogo enquanto me dizia para andar depressa; assim, não correria o risco de meu marido me encontrar no lugar errado quando voltasse, pois ela tinha a impressão de que, se isso acontecesse, as coisas não acabariam nada bem.

Então ela voltou para os fundos e apanhou algo que chamou de *potted hough*.[14] Agradeceu ao bom Deus por terem aquilo à mão, pois ele era servido frio.

O bar fervilhava aquela noite com notícias do bombardeio, o que de certa maneira ajudou a desviar a atenção do purê de batatas — pelo gosto, parecia que eu tinha cozinhado as batatas com água do mar. Além disso, não sabia que devia ter pelado as batatas e tirado as partes escuras e que elas só estariam cozidas se eu pudesse enfiar facilmente uma faca nelas, coisas que Meg só me explicou mais tarde. Vi mais de um homem levantar uma garfada cheia, examiná-la sem acreditar no que estava vendo e depois tentar atirar o purê de volta no prato para ver com que tenacidade ele se grudaria ali. Pobre Meg — embora no salão não houvesse nenhum homem com coragem para reclamar, todos pensaram que ela fosse a responsável.

---

[14] Prato típico escocês, semelhante a um pudim de carne, feito com canela de boi e tutano. (*N. da T.*)

Conall, que viera ficar ao meu lado junto à lareira assim que Hank e Ellis chegaram, pareceu não dar a mínima para a textura pegajosa do purê. Tive certeza de que ele viera ficar comigo porque sabia que eu precisava de apoio moral, portanto, como forma de agradecimento, comecei a lhe dar bocadinhos de purê com a ponta do dedo que ele lambia com ar muito sério. Houve um momento em que achei que o Sr. Ross viu quando estendi um dedo cheio de purê para o cachorro. Pelo visto, Conall achou o mesmo, pois permaneceu olhando para a frente ignorando meu dedo até seu dono voltar a atenção para o outro lado. Somente então abaixou a cabeça e lambeu o purê.

Como os jornais não tinham noticiado o bombardeio, as pessoas começaram a acrescentar seus próprios fatos à história geral. Hank e Ellis ouviam com grande interesse.

Dois caças-bombardeiros voaram da Noruega até Great Glen tendo como alvo a planta da British Aluminum em Foyers, um vilarejo a muitos quilômetros de distância dali, situado na outra margem do Lago Ness. Uma sentinela fora morta quando o impacto da explosão a atirou na turbina da planta, e outra falecera de ataque do coração.

Quando alguém comentou que um dos Heinkels caíra no Loch Lochy quase que imediatamente em seguida, reprimi um murmúrio de espanto e olhei para o Sr. Ross. Ele terminou de servir uma caneca de cerveja e a deslizou pelo balcão para um dos habitantes locais como se não tivesse ouvido nada.

— Ora, ora, quem diria... — comentou Hank, a voz entregando um certo sentimento de respeito. — Ele alvejou um caça-bombardeiro com um maldito rifle! Por que será que não está na guerra, hein?

— Boa pergunta — disse Ellis, que em seguida se virou na cadeira e declarou: — Ei, garçom, meu amigo aqui tem uma pergunta para lhe fazer.

— Pare com isso! — sussurrei, completamente horrorizada.

— Por quê? — perguntou ele.

— Porque não é da sua conta — respondi, irritada. — E ele é o dono, pelo amor de Deus, não o garçom! Será que você não pode mostrar o mínimo de respeito?

Porém, era tarde demais.

— E que pergunta seria essa? — indagou o Sr. Ross.

— Você sabe atirar muito bem — afirmou Hank. — Por que não está no Front?

O salão caiu em silêncio. O Sr. Ross simplesmente ficou olhando para Hank sem dizer nada.

Foi Rory quem por fim levantou a voz.

— Nossa, que engraçado — falou ele, devagar. — A gente estava querendo justamente saber o mesmo de vocês.

— Não passamos no exame médico — disse Hank, como se tudo aquilo não fosse nada além de uma grande piada.

— Vocês parecem bastante saudáveis para mim.

— Eu tenho uma doença chamada *pes planus* — disse Hank.

— Ah, é mesmo? — ironizou Rory. — Isso é o termo em latim para *frouxo*?

Hank se levantou de um pulo. O lenhador também se levantou, só que devagar. Era evidente que Hank não seria páreo para ele.

— Hank, *sente-se* — implorei.

— E deixar esse camarada me chamar de covarde?

— Se a carapuça serviu... — disse Rory.

— Ellis, você vai ficar aí sentado e deixar que eles nos chamem de covardes? — perguntou Hank, ofendido.

— Ele não estava falando comigo — murmurou Ellis.

— Para falar a verdade, estava — disse Rory. — Por acaso você também tem um diagnóstico pomposo para fracalhão? *Fracus covardus imensis,* talvez?

— Eu tenho protanopia — respondeu Ellis. — Não consigo enxergar cores. E, para sua informação, tentei me alistar duas vezes.

— Vocês três deviam cuidar da própria vida — disse Meg, saindo de trás do balcão.

— É o que estou fazendo: cuidando da *minha vida*, se esse camarada me chama de covarde — protestou Hank.

Ela o olhou, exasperada, depois desistiu e virou-se para o lenhador.

— Você não pode brigar com ele, Rory. Acabou de ouvir o que ele disse. O homem tem um problema médico. Você não pode sair por aí espancando inválidos.

Hank abriu a boca para protestar, mas Ellis lhe deu uma pancada na lateral da perna.

— Eles não parecem doentes — disse Rory.

— Bom, nem sempre os doentes aparentam a doença, é ou não é? George, a sentinela, parecia ter uma saúde de ferro, até cair duro por causa de um ataque do coração. Você não pode bater num homem com *pes planus*. Ele poderia morrer.

Rory ficou olhando para Hank por um longo tempo e, finalmente, retornou à sua cadeira.

— Acho que você tem razão — concordou ele com um suspiro. — Seria como chutar um cachorrinho, né?

— Claro que eu tenho razão, seu tonto — disse Meg, dando um tapinha no braço dele. Em resposta, ele deu um tapa no traseiro dela. Ela virou-se depressa e apontou o dedo na cara do rapaz, mas ele apenas deu uma risada e soprou-lhe um beijinho. Meg olhou feio para ele e voltou para trás do balcão.

Enquanto os outros homens retomavam suas conversas, Hank e Ellis permaneceram sentados em silêncio, pálidos.

Capítulo Vinte e Três

Na manhã seguinte, Anna apareceu e serviu o café da manhã como se nada tivesse acontecido. Fiquei pensando se ela havia imaginado que as mortes em Foyers tinham satisfeito a requisição tétrica da Caonaig.

Observei-a sub-repticiamente, esperando que a coisa frágil que surgira entre nós não tivesse se alterado e que ela ainda me deixasse arrumar os quartos, mas precisaria esperar até ter certeza, porque Ellis e Hank continuavam ali.

Nenhum dos dois disse uma palavra sobre o fato de seus quartos terem sido organizados. Em vez disso, vociferaram indignados, querendo saber por que todo mundo se dava ao direito de criticá-los quando estava mais do que na cara que o Barba Negra era tão fisicamente apto quanto qualquer pessoa e que seu único problema era não ter um dedo, coisa que obviamente não o impedia de atirar. Eles disseram tudo aquilo na frente de Anna, como se ela não existisse, e eu me encolhi de constrangimento. Ela encontrava-se do outro lado do salão, varrendo a lareira com uma vassoura feita de gravetos. Fingia não dar a mínima, mas eu sabia que não era verdade.

Eu tinha quase perdido as esperanças de que eles fossem embora quando George do Furgão chegou.

— Passei óleo na dobradiça da porta pra você — disse ele, olhando timidamente para Anna e balançando o corpo para a frente e para trás. — Ontem de tarde, quando voltei.

— É muita gentileza sua — falou ela, sem olhar para ele.

George a encarou abertamente por vários segundos e, por sua expressão desolada, percebi que estava apaixonado por Anna.

— Bom, vou esperar lá fora então — disse ele para Ellis e Hank.

— Já vamos sair num segundo. Ah, me diga uma coisa, por acaso você ficou com uma das bússolas? — perguntou Ellis, virando-se para mim. — Demos falta de uma.

— Está no bolso direito do meu casaco — respondi. — Pendurado perto da porta.

Ele foi até lá e enfiou a mão no bolso do casaco.

— Desde quando você começou a gostar de botânica? — perguntou, olhando para a palma da sua mão. Voltou e colocou um punhado de cogumelos castanhos e vermelhos sobre a mesa. — Jogue isso fora, parecem venenosos.

Num rompante de atividade, eles apanharam seus casacos, chapéus e equipamentos. Quando finalmente a porta se fechou atrás dos dois, o único som que se ouvia era o do ritmo da vassoura de Anna no piso de pedra.

Eu queria entabular uma conversa e descobrir em que pé estavam as coisas, mas, mesmo depois que Hank e Ellis saíram, a presença deles continuou pairando por ali como uma nuvem de fuligem.

Anna finalmente olhou para mim e disse:

— Eles se chamam taça escarlate e não são venenosos, mas também não têm gosto bom. Secam bem; se quiser, pode deixá-los numa tigela no seu quarto.

— Vou fazer isso. Obrigada — falei.

— Então... Qual é o problema deles? — perguntou Anna.

Eu não precisava pedir mais esclarecimentos para saber a que ela se referia.

— Hank tem pé chato e Ellis é daltônico.

Ela arqueou as sobrancelhas.

— Entendi.

— É verdade. Ele não enxerga a diferença entre verde e vermelho; é tudo cinza para ele. Ellis nem sabia disso antes de tentar se alistar. Os dois não podem fazer absolutamente nada a respeito, mas as pessoas não acreditam. Acham que é tudo invenção. Por isso estamos aqui: Ellis acredita que, se encontrar aquele monstro, as pessoas serão obrigadas a reconhecer que ele não é um covarde.

— Ah, ele acredita, é? — indagou ela, e voltou a varrer o chão.

Por um instante, não consegui pensar em nada para dizer. Percebi que estava cansada de encontrar justificativas para ambos.

— Acho que já devem ter lhe contado o que eles disseram para o Sr. Ross ontem à noite.

— Para quem?

— Para o Sr. Ross. Angus.

Ela riu.

— Angus não é um Ross, é um Grant. De onde a senhora tirou a ideia de que ele era um Ross?

— A placa... — falei. — Diz A. W. Ross. E, no nosso primeiro dia aqui, você me disse que ele administrava a hospedaria...

— E administra mesmo, mas o dono é Alisdair. Angus só está segurando as pontas até Alisdair voltar do Front. — Ela encostou a vassoura na parede e colocou as mãos nos quadris. — A senhora achava isso o tempo todo?

Alguém bateu à porta, um ritmo lento e solene.

Anna franziu a testa.

— Ora! Não gostei nada desse som. Nadinha mesmo.

Ela limpou as mãos no avental e foi atender. Willie Carteiro estava ali, segurando o chapéu entre as mãos, com o rosto sombrio.

— Posso saber por que motivo você bateu na porta, Willie? — questionou Anna, com um tom irritado que não conseguia disfarçar seu medo. — Não está trancada. Entre logo, então, se está esperando que eu o convide. Não tenho o dia inteiro.

— Sinto muito, Anna — disse ele sem se mexer. — Mas você precisa ir para casa.

— Como assim? Não estou vendo nada na sua mão além do seu chapéu.

— Você precisa ir para casa — repetiu ele, em voz baixa. — Acabei de entregar um telegrama.

Os joelhos de Anna falharam e ela segurou o batente da porta.

Levantei depressa da cadeira e corri até ela, segurando-a pela cintura.

— Seus pais precisam de você — informou Willie. — Vá ficar com eles.

Ela segurou o pulso do homem com tanta força que os nós de seus dedos se tornaram brancos.

— Qual deles? — perguntou ela, enlouquecida. — Me diga isso, pelo menos!

— Anna...

— *Foi Hugh ou foi Robbie?*

A boca de Willie se abriu, mas passaram-se alguns segundos até sair algum som.

— Foi Hugh — disse ele por fim, olhando para o chão.

Ela soltou o pulso dele e se desvencilhou de mim. Deu um passo para trás, balançando a cabeça, com os olhos enlouquecidos.

— Você está enganado. Não pode ser verdade! Vai ser como foi com o Angus! Você vai ver só!

Willie balançou a cabeça, impotente.

— Anna...

Ela saiu em disparada, passando por ele e saindo porta afora. Quando tentei ir atrás dela, Willie segurou o meu braço.

— Deixe — disse.

Ele estava certo. Eu não tinha por que me intrometer. Quando percebeu que eu não lutava mais para me soltar, afrouxou o aperto em meu braço.

Virei o pescoço para espiar pela porta e vi Anna pedalando furiosamente, a bicicleta inclinando-se de um lado para o outro com o esforço, o cabelo voando na brisa.

Ela esquecera tudo ali — o casaco, o cachecol, o chapéu, a máscara de gás. Se eu soubesse onde ficava o sítio, teria levado seus pertences até lá e os deixado à porta, mas a única coisa que eu sabia é que se localizava entre a hospedaria e o castelo.

Procurei a chave-mestra e encontrei-a pendurada num gancho embaixo do balcão. Então arrumei os quartos, passando de tarefa em tarefa como um robô. Quando terminei, dei meia-volta e fiz tudo de novo.

Organizei os artigos de higiene pessoal em intervalos regulares sobre as cômodas. Limpei os espelhos. Retirei os restos de cera dos castiçais e alisei os cobertores das camas. E, quando já não havia mais nada para arrumar, polir ou limpar, deitei-me na cama.

Fiquei no meu quarto aquela noite, apesar da insistência de Ellis para que eu jantasse com ele. Percebi pelo seu tom de voz que estava de mau humor, e, quando parei de responder, seus pedidos se transformaram em acusações de instabilidade mental. Ele ameaçou mandar chamar um médico se eu não saísse do quarto.

Eu não saí, e nenhum médico apareceu.

Horas depois de todos já terem se deitado, continuei me revirando de um lado para o outro na cama, torcendo os cobertores nos meus pés e afofando o travesseiro, procurando uma posição que me permitisse finalmente descansar, mas nada ajudava, porque não era o meu corpo que se recusava a ficar quieto. Minha garganta estava tão apertada que eu mal conseguia engolir, e meus olhos se encheram de lágrimas.

Eu sabia com absoluta certeza que, se tivesse subido as escadas logo em seguida, minha mãe ainda estaria viva. Porém, se eu não tivesse ido à Cobertura e visto a Caonaig, será que Hugh ainda estaria vivo?

Desci as escadas de fininho e me sentei ao lado da lareira, que fora apagada com uma camada de cinzas.

Quando o Sr. Grant me encontrou, eu estava sentada no chão na frente da lareira, abraçando os joelhos. Não o ouvi chegar, nem notei a luz da sua vela.

— Está tudo bem? — perguntou ele.

Eu virei a cabeça depressa e puxei a camisola por cima dos tornozelos numa tentativa de esconder meus pés descalços. Meu rosto estava pegajoso de lágrimas.

— O que foi? O que aconteceu? — Ele aproximou a vela de mim e me observou com mais atenção.

O nó na minha garganta aumentara ainda mais e eu sentia dificuldade em falar. Quando consegui, minha voz saiu estrangulada.

— Fui eu, não é?

— Foi você o quê, moça? — Ele pousou a vela na mesa baixa e ajoelhou-se ao meu lado, procurando meus olhos com os seus. — O que você fez?

— Eu matei o irmão de Anna.

— E de onde tirou essa ideia?

— Eu vi a Caonaig... eu não queria ver, mas vi, e, quando contei a Anna, ela soube na mesma hora o que isso significava. Pensei que ela estivesse apenas sendo supersticiosa, mas no fim das contas ela estava certa. Se eu não tivesse ido à Cobertura, se não tivesse deixado aquele corvo idiota me perseguir até lá, o irmão dela ainda estaria vivo.

— Ah — disse ele, deixando a palavra sair num longo suspiro. Sua expressão se transformou em tristeza e pena. — Não. Não, moça. Não estaria.

— Mas eu vi a Caonaig...

— Você não fez nada. Foi essa guerra maldita.

— Mas Anna já tinha perdido outro irmão. Quantas perdas as pessoas ainda terão de suportar?

Ele balançou a cabeça.

— Acho que não sei. Parece não existir nada de tão bom ou puro que não possa ser arrancado de nós de repente, sem aviso. E, no fim, de qualquer maneira, tudo acaba sendo arrancado de nós.

Olhei para ele, enlouquecida.

— Se isso é mesmo verdade, então qual o sentido de continuar vivendo?

— Bem que eu queria saber — respondeu ele com um meio sorriso torto. — Faz algum tempo que isso é fonte de grande mistério para mim.

Olhei para ele por mais alguns segundos e depois explodi em lágrimas — dando soluços enormes, colossais, que faziam com que tremessem.

Antes que eu me desse conta do que estava acontecendo, ele me abraçou e me puxou para perto de seu corpo, respirando contra meu cabelo. Fiquei de joelhos e abracei seu pescoço, pressionando minha boca aberta e soluçante na veia que pulsava com força em sua garganta.

Capítulo Vinte e Quatro

Aquilo não passou de um abraço inocente, eu disse a mim mesma pela milésima vez, esperando acabar acreditando. Depois que voltei ao meu quarto na noite anterior, fiquei horas deitada no escuro, desejando que ele estivesse ali comigo. Queria que ele me abraçasse, queria adormecer em seus braços. E sabia que queria mais do que isso, também.

Apesar de ter ficado acordada a maior parte da noite, levantei-me cedo e aguardei na frente da porta até Hank e Ellis aparecerem no corredor. Então me juntei a eles para descermos todos juntos. Não conseguiria encarar Angus (já não conseguia mais pensar nele em termos formais) sozinha. Até mesmo a ideia de vê-lo, inclusive com outras pessoas ao meu lado, já me deixava zonza.

Quando nós três descemos a escada, vi que ele estava na porta da entrada conversando com uma senhora bastante idosa numa língua que me parecia ao mesmo tempo gutural e borbulhante. Ele me olhou e eu pensei que meus joelhos iriam se dobrar ao meio.

Não conseguia olhar para ele com medo de que percebesse tudo.

O ar estava tão cheio de eletricidade que eu tinha certeza de que Hank e Ellis notariam alguma coisa também e tampouco conseguia olhar para eles. Assim, não me restava mais ninguém para olhar a não ser a velha, que me encarava como se mergulhasse nos recessos mais profundos da minha mente e desencavasse toda espécie de segredo terrível.

— Esta é Rhona — apresentou Angus. — Ela vai ficar conosco até Anna voltar. Ela não fala inglês. — E, após isso, saiu.

— E o serviço estelar continua de vento em popa! — murmurou Ellis, liderando o caminho até nossa mesa costumeira. — E agora, o que devemos fazer? Aprender gaélico? Brincar de mímica e adivinhação?

— Por que não? — perguntou Hank. — É sempre mingau mesmo, e eu consigo fazer mímica para isso. — Ele colocou as mãos na garganta e fingiu que estava se estrangulando.

— Não me diga que você está se acostumando — falou Ellis.

Hank encolheu os ombros:

— Pelo menos eles começaram a guardar minhas coisas.

Ellis soltou um muxoxo.

— Quando eles começarem a passar o jornal a ferro, aí sim podemos conversar.

Rhona serviu nosso café da manhã num silêncio mal-humorado e nos ignorou completamente. Seria ela a esposa do velho que nos desmascarara no primeiro dia? Mesmo que não fosse, era evidente que nos desaprovava tanto quanto ele.

Ela era anciã, com uma corcunda e pernas curvas. Seus cabelos eram brancos; as roupas, pretas; a compleição, cinzenta. Cheirava a lã molhada e vinagre e, pelo que eu pude perceber, apresentava constantemente uma cara azeda. Seu lábio superior e seu queixo eram cobertos por uma espécie de penugem, o rosto era tão enrugado que seus olhos pareciam meras fendas embaixo do peso das pálpebras. Mesmo assim, de vez em quando, ali eu avistava de relance um brilho azul intenso — em geral quando eu estava tentando esquecer a lembrança do abraço de Angus, o desespero em relação aos irmãos de Anna ou quando me perguntava como dois pensamentos tão disparatados podiam coexistir no meu cérebro.

— Maddie?

Ellis estava olhando para mim com a testa enrugada. Eu me dei conta de que ele havia dito meu nome no mínimo duas vezes, porém eu o ouvira como se a uma distância muito grande, o fundo de um túnel.

— Querida? Você está bem? Você parece meio... não sei, abalada, ou distraída, ou algo assim. Está tendo um surto?

— Não, nada do gênero. É que não dormi muito bem.

— Por que não?

— Fiquei pensando na família de Anna. Eu estava aqui quando ela recebeu a notícia do irmão.

— Que notícia do irmão?

— Ele foi morto em combate — falei. — É no mínimo o segundo irmão que ela perde na guerra.

— Ah — disse ele, sorrindo com tristeza. — Suponho que isso explique por que você não quis descer na noite passada. Mas essas coisas acontecem, meu amor. *C'est la guerre.* Como você está agora? Será que, no fim das contas, eu deveria ter chamado o médico?

Eu só pude balançar a cabeça em negativa.

Ele deu um tapinha na minha mão e voltou a atenção novamente para Hank.

Permaneci olhando para ele por um longo tempo. Se Ellis quisesse terminar sua caça ao monstro, não precisaria procurar mais longe: bastaria olhar-se no espelho.

Reuni minhas coisas e escapei assim que Hank e Ellis saíram com George, que pelo visto havia sido contratado em tempo integral pelos dois, apesar do racionamento de gasolina. Com que velocidade Ellis estaria gastando o dinheiro que lhe restava? Talvez a essa altura Hank já nos sustentasse.

Depois que saí, livrei-me do penetrante olhar carrancudo de Rhona, mas mais uma vez me vi sem destino, sem propósito e sem objetivo num dia em que eu precisava desesperadamente me ocupar. Entretanto, ainda que falássemos a mesma língua, não teria coragem de pedir a Rhona que me deixasse arrumar os quartos. Estava mais do que na cara que ela me desprezava. Mais uma vez, eu fora colocada no mesmo saco que Hank e Ellis.

Meu cérebro fervilhava, meu organismo estava esgotado. Meu copo havia sido preenchido muito rápido, e em demasia. A Caonaig, a morte do irmão de Anna, meu abraço com Angus... sem falar no reconhecimento da frieza do meu marido...

Mesmo depois de ele me arrastar para o meio de uma guerra, depois de eu perceber que nosso casamento era uma fraude, depois de eu tê-lo visto descer ao andar inferior para não encarar os feridos no SS *Mallory*, mesmo então, em momento algum, acreditei que ele fosse tão frio e indiferente como acabara de se revelar. Sempre supus que ele evitasse tudo o que estivesse relacionado à guerra porque sentia culpa de não servir ao exército, mas agora me dava conta de que ele simplesmente não ligava a mínima.

Ainda que Ellis não considerasse Anna um ser humano propriamente dito, será que não lhe passara pela cabeça o que acontecera com a perna de George? Pelo visto, não, porque ele interpretou meu abalo como um sintoma de fragilidade.

Lembrei o instante em que Angus me puxou para junto de si, segurando-me com força, sem achar em nenhum momento que eu poderia quebrar, muito embora eu estivesse soluçando contra seu pescoço. Nós nos agarramos um ao outro como se nossas vidas dependessem disso; talvez realmente dependessem.

Olhei para cima, reprimindo um murmúrio de espanto.

Vai ser que nem foi com Angus, dissera Anna, o rosto retorcido de tristeza, menos de um minuto depois de rir de mim por eu entender o nome dele errado.

Seria possível?

Caminhei decidida pela rua, mantendo a cabeça baixa — principalmente depois que a cortina de renda de uma das janelas das casas se abriu de leve na largura de um dedo, tal como quase todas as outras, aliás.

Se o vermelho era o novo distintivo da coragem, então eu com certeza tinha virado um farol de bravura, com minhas luvas vermelhas ridículas e meu ridículo estojo vermelho de máscara de gás. Enfiei as mãos nos bolsos e encontrei ali um único cogumelo taça escarlate, que atirei no acostamento da estrada apenas por ser vermelho.

Vermelho, vermelho, tudo era vermelho. Eu queria ser cinza.

Encontrei-me mais uma vez diante da pedra tumular, olhando para o granito entalhado como se eu pudesse forçá-lo a revelar seus segredos.

AGNES MÀIRI GRANT,
FILHA RECÉM-NASCIDA DE ANGUS E MÀIRI GRANT
14 DE JANEIRO DE 1942

CAPT. ANGUS DUNCAN GRANT,
AMADO ESPOSO DE MÀIRI
2 DE ABRIL DE 1909 — DE JANEIRO DE 1942

MÀIRI JOAN GRANT,
AMADA ESPOSA DE ANGUS
26 DE JULHO DE 1919 — 28 DE FEVEREIRO DE 1942

Eu sabia que muitos homens no vilarejo tinham nomes idênticos — eu mesma já confirmara isso olhando outras lápides e sabia, por exemplo, que Willie Carteiro era chamado assim para ser diferenciado de Willie Carpinteiro e Willie Coveiro, pois os três se chamavam Willie MacDonald —, mas não conseguia esquecer a imagem de Angus depositando miosótis sobre o túmulo.

Parece não existir nada de tão bom ou puro que não possa ser arrancado de nós de repente, sem aviso, dissera ele, e não havia nada tão puro quanto um recém-nascido. Seria possível que ele tivesse voltado da guerra e descoberto que tudo o que ele mais amava lhe fora arrancado pelo destino cruel?

Lembrei a noite em que chegamos à Escócia. Quando percebi que fora a noite do terceiro aniversário daquela criança, tive medo de, por fim, desmoronar completamente.

Receava que acabasse tomando um comprimido se voltasse à hospedaria. Então, segui pela A82, sabendo que em algum ponto entre o vilarejo e o castelo se localizava o sítio dos McKenzies.

Casinhas pontilhavam o morro e parei por um breve instante diante de cada uma, perguntando-me se Anna e seus pais estariam ali dentro. Quando por fim cheguei ao castelo, porém, tive certeza de que a casa deles ficara para trás.

As ameias em ruínas pareciam bem diferentes do que no dia em que nos aproximamos delas de barco. Um imenso fosso, profundo e seco, rodeava o castelo, e estava tomado pela grama alta e por arbustos de ervas daninhas. Levantei o casaco e segui em frente com dificuldade: desci o fosso, atravessei-o e subi do outro lado, ignorando os espinhos que se prenderam nas bainhas do meu casaco.

Logo ao lado da entrada do castelo havia uma imensa rocha, ou melhor, um aglomerado de rochas, unidas com uma argamassa ainda visível e que endurecera em ângulos retos. Era como se alguém tivesse arrancado um pedaço bem grande do canto de uma casinha de bolo de gengibre superendurecida e o atirado no chão.

Parei sob a entrada em arco, onde um dia estivera a ponte levadiça, imaginando todas as pessoas que ao longo dos séculos haviam entrado ali e saído de lá, cada qual carregando uma mistura particular de desejo, esperança, inveja, desespero, tristeza, amor e todas as outras emoções humanas; uma mistura que as diferenciava das outras, que as transformava em únicas, tal como um floco de neve, mas que ao mesmo tempo as conectava de modo inextricável a todos os outros seres humanos do início ao fim dos tempos.

Então eu também atravessei a entrada e segui reto até a torre. Em seu interior sombrio encontrei uma escada tortuosa e subi os degraus desgastados com todo o cuidado. Eram tão estreitos que precisei me segurar nas duas laterais com as mãos espalmadas para não cair.

Parei no segundo andar a fim de dar uma olhada no exterior, mas recuei imediatamente.

Angus estava perto de um portão arqueado que levava ao lago. Ficou ali por um longo tempo, olhando para as águas, tão lisas que pareciam ter sido passadas a ferro. Então ele se inclinou, apanhou sua arma e um punhado de coelhos, e virou. Eu mergulhei ainda mais nas sombras, embora não fosse necessário: Angus seguiu reto e atravessou o portão principal sem olhar para cima nem uma única vez.

A neve leve se transformou em uma lufada e, sem perda de tempo, em uma nevasca. Eu não tinha outra escolha a não ser voltar para a hospedaria: se continuasse na torre, morreria congelada.

Rhona não estava nem no andar de cima nem no salão principal, e, embora eu estivesse louca para me livrar dela poucas horas atrás, minha necessidade de tomar uma xícara de alguma bebida quente era tão grande que agora eu estava desesperada para encontrá-la. Torcia para conseguir fazer mímicas indicando o que eu precisava e que ela fosse receptiva a tentar entender. Respirei fundo e entrei na cozinha. Quando pousei os olhos na grande mesa de madeira e nos coelhos recém-esfolados sobre ela, parei.

Angus estava de costas, sem camisa, lavando os braços na pia.

Eu sabia que devia ir embora, mas não consegui. Estava presa no lugar, observando os movimentos rítmicos e alternados de suas omoplatas enquanto ele enchia de água as mãos em concha para molhar os braços até a altura dos cotovelos e enxaguar o sabão.

Não sei o que denunciou minha presença, mas ele virou a cabeça e me pegou olhando.

Apesar de meu coração estar na garganta, não consegui afastar o olhar. Depois de vários segundos, ele se empertigou e — sem quebrar o contato visual — virou-se devagar, deliberadamente, até me encarar de frente.

O peito e o abdômen dele estavam cobertos por uma teia de cicatrizes grossas e altas — vermelhas, rosadas, roxas, até mesmo brancas. Não eram cicatrizes de perfurações: alguém lhe enfiara uma serra no corpo e retalhara sua carne, diversas vezes.

Fiquei olhando para ele, tentando entender.

— Oh, Angus — falei, cobrindo a boca. Dei alguns passos apressados em sua direção e, então, parei abruptamente.

Ele deu um sorriso triste e levantou as palmas das mãos. Depois de alguns instantes, virou-se de novo para a pia.

Estendi uma das mãos, como se fosse tocá-lo, embora uns quatro metros nos separassem. A ilusão, porém, estava ali, e eu deixei meus dedos esticados e trêmulos fingirem que roçavam seu ombro. Quando percebi o que estava fazendo, saí correndo para o meu quarto.

Tirei o frasco de comprimidos da gaveta e o guardei de volta três vezes. Não sabia o que fazer e terminei andando de um lado para o outro, da cama para a janela e da janela para a cama, virando-me com precisão como um soldado.

Seria isso uma resposta às minhas suspeitas sobre a pedra tumular? Será que ele havia sido dado como morto, mas, de alguma maneira, conseguira sobreviver? E o que, em nome de Deus, teria acontecido com ele? Eu não conseguia imaginar, mas ao mesmo tempo não era capaz de parar de pensar nisso.

Capítulo Vinte e Cinco

Ellis bateu na porta do meu quarto assim que ele e Hank voltaram, exigindo que eu descesse para tomar um drinque com eles. Tentei argumentar que estava enjoada, mas ele mais uma vez ameaçou chamar um médico, dizendo que dessa vez falava sério.

No caminho até a escada, Ellis trombou com uma parede. Estava completamente bêbado.

Nós nos acomodamos no nosso lugar de sempre, ao lado da lareira. A empolgação inicial de Ellis e Hank em entrevistar testemunhas que tinham visto o monstro azedou depois de apenas três dias. O azedume só aumentou com a raiva de Ellis por não ter conseguido avistar o local onde a bomba caíra apesar de haver rodeado o *loch* inteiro.

Do conforto do sofá ele relembrou os acontecimentos, vociferando sobre como tinha gente que "se aproveitava de sua posição de comando" e como "queria a cabeça de alguém" e outras coisas sem sentido. Por fim, sua lenga-lenga passou a versar sobre as entrevistas. Ele abriu o caderno e apontou trechos com um dedo em riste.

— Duas corcovas, três corcovas, quatro corcovas, nenhuma corcova... Cabeça de cavalo, cabeça de serpente, forma de baleia, caudas... Crina branca, pelo amor de Deus! — Atirou os braços para cima, frustrado. — Escamas, em outra descrição. Olhos de cobra, olhos na ponta de antenas, nenhum olho. Atravessou a estrada mastigando uma maldita ovelha. Cinza, verde, preto, prateado. Barbatana dorsal, barbatanas, vários braços, nenhum braço ou perna, presas de elefante. Presas de elefante, valha-me Deus!

Ele olhou feio para mim como se eu tivesse feito aquele comentário ofensivo. Quando não reagi, virou-se de novo para Hank.

— Ondulação vertical. Narinas que se abrem e fecham. Lontras. Veados. Esturjão doente de amor. Lula gigante. Troncos podres explodindo do traseiro. A única coisa que não ouvimos é que era alado e soltava fogo pelas ventas!

— Mas tenho certeza de que ainda vamos ouvir — retrucou Hank, que estava recostado com as pernas cruzadas, soprando anéis de fumaça.

— Como você consegue ficar assim tão calmo? Como diabos vamos descobrir o que é verdade quando tanta gente mente na cara dura para nós?

— Simples. Parando de pagar a eles — disse Hank. Soprou com sucesso um círculo de fumaça menor dentro de outro maior. Inclinou o corpo para a frente e cutucou o meu joelho. — Maddie, você viu isso?

— Vi — respondi.

Angus também vira do outro lado do balcão.

— Se você aprendesse a fumar, eu poderia lhe ensinar vários truques — continuou Hank. — Olhe só isso...

Ele expirou um arco vertical e em seguida o aspirou novamente pela boca.

— *Hank, pelo amor de Deus!* — exclamou Ellis. — Volte ao assunto! Se a gente não pagar, eles não vão querer falar conosco.

— E, se a gente pagar, vão mentir. Se as pessoas só quiserem falar conosco porque desejam contar sua história, é mais provável que contem a verdade. — Hank virou-se para mim. — O que você acha, querida?

— Eu não sei. Não sei mesmo — respondi. — Acho que entendo os dois lados.

— Como? — perguntou Ellis, virando-se de repente na minha direção. — Será que você poderia repetir isso?

Eu disse que não sei.

— Não, não sabe mesmo — retrucou ele —, e no entanto está sempre dando opinião.

Tentei ignorar o insulto e remexi o resto da minha torta. Estava procurando pedacinhos de carne de coelho, porque não queria comer os cogumelos. Infelizmente, eles tinham o mesmo tom de castanho da carne.

Um pensamento completamente formado passou pela minha cabeça, um *coup de foudre*. Pousei o garfo no prato e olhei para Ellis, sentindo que arregalava os olhos.

Ele decidira que as taças escarlates eram venenosas só de olhar para elas, mas não havia nada de venenoso em sua aparência, exceto o interior vermelho.

— Feche essa boca — disse Ellis. — Vai entrar mosquito.

— Ellis! — cortou Hank. — Que diabo aconteceu com você? Você está falando com *Maddie!*

— Se me dão licença... — falei, pousando o guardanapo ao lado do prato e me levantando.

Ellis soltou um muxoxo de desdém e balançou a cabeça.

— Quer que eu acompanhe você até lá em cima? — ofereceu Hank, levantando-se depressa.

— Não, obrigada. Vou ficar bem sozinha.

— Sim, claro — disse ele, mas rodeou a mesa e tocou meu cotovelo. — Maddie, ele não fez por mal. Está sendo um idiota, só isso. É muito estresse para ele.

— Muito estresse — falei. — Claro.

Tentei entender a enormidade da minha desconfiança. Se eu estivesse mesmo certa, isso não só provaria que Ellis é imoral numa escala completamente diferente como também negaria o próprio objetivo dessa aventura arrogante e tola. Encontrar o monstro não restauraria a honra dele, porque ele não teria honra alguma para ser restaurada.

Ao longo da noite, acabei me convencendo.

Ele não bateu carros por ser incapaz de distinguir o farol verde do vermelho: bateu carros porque estava bêbado. Da mesma maneira, não era nenhuma coincidência que os vestidos e joias que ele comprava para mim fossem quase sempre vermelhos. Ele sabia que essa cor destacava meus olhos verdes. E o único motivo no qual eu conseguia pensar para ele haver comprado um estojo vermelho para a minha máscara de gás era por esse tom combinar com o das minhas luvas.

O que achei mais alarmante foi o fato de ele ter feito um drama tão grande ao tentar se alistar pela segunda vez e depois fingir completa desolação quando foi recusado novamente. Todo aquele espetáculo fora criado para despertar a empatia dos outros, coisa que ele — por mais incrível que possa parecer — achava que merecia. Foi um show digno da minha mãe.

Fiz questão de ser a primeira a descer na manhã seguinte, trazendo comigo o casaco, a máscara de gás e as luvas. Pousei as luvas na mesa e esperei. Como em geral eu era a última a descer, não tinha ideia de quem chegaria primeiro.

Para meu alívio, foi Ellis.

— Bom dia, meu amor — disse ele, dando um beijo no meu rosto. — Você acordou cedo. Tem grandes planos para hoje?

Fiquei momentaneamente espantada com a animação de Ellis. Será que ele nem sequer se lembrava da noite anterior?

— Ah, só vou dar umas voltinhas pelo campo — respondi, tentando imitar o mesmo tom dele. — Como eu queria ter trazido minha aquarela!

— Ah, suas pinturas acabariam destruídas pela chuva. — Ele tirou um livro de registros da sacola de lona e o abriu.

Brinquei distraidamente com as minhas luvas escarlates, passando os polegares com cuidado pelas suas palmas.

— Sim, suponho que você tenha razão — falei. — O que me faz lembrar: fiquei tão feliz por você ter conseguido comprar um estojo à prova d'água para a minha máscara de gás. Com certeza se fosse uma caixa de papelão, a essa altura já estaria dissolvida.

— Só compro o melhor para a minha garota — retrucou ele.

— Mas fiquei curiosa por ter escolhido essa cor.

— Para combinar com suas luvas, claro. Diga, o que você acha que uma pessoa precisa fazer para lhe servirem o café da manhã por aqui? — Ele virou o pescoço, procurando Rhona.

— Mas minhas luvas são verdes — falei.

— Não, não são; são vermelhas.

— Não — retruquei, devagar. — São verdes.

Ele olhou para as luvas, depois levantou o olhar até me encarar nos olhos.

— Bem — falou ele, tão devagar quanto eu. — Você me disse que eram vermelhas.

— Disse? — perguntei, ainda brincando com as luvas. — Deve ter sido outro par, então. Estas são verdes e a combinação ficou meio estranha. Eu me sinto como um enfeite de Natal.

Olhei para ele. Ellis não piscava, com uma expressão fria como granito.

— Enfim — continuei —, se você voltar para Inverness, poderia me trazer um par novo? Estas estão com manchinhas de água. E dessa vez eu gostaria que fossem vermelhas. Sabia que existe um dito de que o vermelho é o novo distintivo da coragem?

Hank apareceu ao meu lado.

— O que está acontecendo, gente?

— De que cor são essas luvas? — inquiriu Ellis.

— Como? — perguntou Hank.

— As luvas de Maddie. De que cor elas são?

— Vermelhas — respondeu Hank.

Ellis se levantou tão subitamente que as pernas da sua cadeira guincharam no piso de pedra. Atirou o livro de registros dentro da sacola de lona, colocou a sacola na cadeira e depois subiu o zíper rústico com tanta força que precisou de três tentativas para conseguir fechá-lo. Atirou-me um último olhar frio e cortante e saiu, pisando duro.

Depois de alguns segundos, Hank disse:

— Meu Deus. Vocês dois não estão se desmantelando na minha frente, estão?

Em vez de responder, fiquei olhando para o meu colo.

Ele puxou uma cadeira e disse:

— Isso tudo é por causa de ontem à noite? Ele estava apenas sendo um idiota. Anda passando por uma carga violenta de estresse. Se o coronel não lhe perdoar, ele não vai mais ver nem um centavo pela frente até encontrar aquele monstro. E ainda assim pode ser que o coronel não o perdoe.

— Você subestima os poderes de Edith Stone Hyde.

— Espero que sim, porque ele mandou uma carta para ela ontem de manhã. Foi por isso que ficou tão chapado ontem à noite.

Fiquei espantada.

— Ele escreveu para ela? O que disse?

— Bem, ele não me mostrou a carta, mas suponho que tenha se atirado aos pés da mãe e implorado que interviesse com seus poderes divinos junto ao coronel.

— Eu não tinha ideia de que ele escreveria para ela.

— Ele não queria que você se preocupasse.

— Porque eu sou delicada demais?

— Porque ele queria te proteger.

— Bem, ele tem uma maneira engraçada de demonstrar isso.

Hank suspirou.

— Se está falando da noite passada, foram só palavras ao vento, Maddie. Você sabe que ele não falava sério.

— Eu já não sei de mais nada. Se quer saber, acho que ele nem se lembra. Anda tomando o meu remédio com bebida.

— Do que você está falando?

— Você ouviu.

Os olhos dele olharam os meus com algo semelhante a compreensão.

— Quando foi que isso começou?

— Ele sempre tomou do meu remédio, mas a coisa piorou muito desde que chegamos.

— Eu não tinha ideia. — O olhar dele se tornou distante. Depois do que pareceu uma eternidade, Hank suspirou fundo e bateu as mãos nas coxas. — Certo! Não se preocupe, querida. Eu vou endireitar seu marido.

— Tarde demais — falei.

— Eu vou endireitá-lo — disse Hank com firmeza.

Quando a porta da frente se fechou atrás dele, sussurrei mais uma vez:

— Tarde demais.

Naquela noite, Ellis voltou sóbrio e impecavelmente cortês à hospedaria. Sua calma externa e sua expressão plácida eram calmas demais, plácidas demais, deixando-me na dúvida se na verdade não estariam disfarçando uma mágoa ou uma raiva terríveis.

Comecei a repensar minha atitude.

Se ele realmente fosse daltônico e eu o tivesse acusado de fingimento, eu não era melhor do que as outras pessoas que o julgavam. Mas, se ele de fato estivesse fingindo e soubesse que eu o desmascarara, eu me tornaria algo tão letal para ele quanto uma arma carregada.

Se o coronel descobrisse que Ellis mentira para não servir ao exército, ele o deserdaria imediata e irrevogavelmente, e não haveria nada que ninguém, nem mesmo Edith Stone Hyde, pudesse fazer.

Qualquer que fosse o caso, eu havia cometido um erro e precisaria corrigi-lo.

Quando Ellis pousou os olhos em mim na manhã seguinte, sua expressão confirmou o quanto era crucial eu conseguir fazer as coisas voltarem a um estado de tranquilidade. Assim que ele me viu, retesou a mandíbula e olhou para seu livro de registros.

Eu odiava o que eu precisava fazer, e me odiava ainda mais por saber como. Recorreria diretamente ao arsenal de artifícios da minha mãe.

— Bom dia, meu amor — falei, aproximando-me dele. — Onde está Hank?

Ele lambeu o dedo e virou a página com um grande exagero.

— Meu bem, por favor me diga o que eu fiz — pedi. — Você saiu tão apressado ontem e mal falou comigo no jantar. Eu sei que fiz alguma coisa, mas não sei o que foi.

Ele continuou a olhar para o livro, fingindo que eu não estava ali.

— Bem, não é verdade — falei, tristíssima. — Eu sei por que você está bravo. Foi minha lamentável tentativa de fazer uma brincadeira, não é? Ellis, *por favor*, olhe para mim.

Ele levantou o rosto. Sua expressão era glacial, os olhos, duros.

— Minha brincadeirinha com as luvas — continuei. — Eu estava tentando ser engraçada, e não caçoar de você. Mas eu devia saber que com a sua doença não se brinca. Foi péssimo.

Ele não esboçou nenhuma reação. Apenas continuou me olhando, com os lábios apertados numa linha mal-humorada.

Não havia escolha a não ser continuar, porque eu não tinha outro plano na manga.

— Achei que, se eu lhe dissesse que minhas luvas eram verdes, você acharia que Hank estava zombando de você quando escolheu a cor errada para o estojo da minha máscara, mas o tiro saiu pela culatra. Assim que eu vi a sua cara, deveria ter parado, mas eu tinha ido tão longe que continuei e tentei inverter as coisas. É tão idiota... eu preciso mesmo de luvas novas, e só estava tentando inventar um jeito inteligente de pedir. Foi o lado *vaudeville* dentro de mim tentando sair, mas eu não sou nenhuma estrela. Nasci para ser uma coadjuvante. Portanto, fique tranquilo, porque a minha atuação de ontem marcou tanto a estreia quanto o encerramento da minha carreira solo de protagonista das brincadeirinhas.

Finalmente ele falou alguma coisa.

— *Vaudeville*, não. Burlesco.

Meu rosto ficou vermelho.

— Sim. Claro. É que em geral não é esse o nome que usamos.

— Minha mãe sempre disse que uma hora o sangue acaba aparecendo. Que pena que eu não lhe dei ouvido.

Minha boca se abriu e se fechou duas vezes antes de eu conseguir responder.

— Acho que mereço isso, depois do que falei para você.

Ele soltou uma única risada, curta e dura, parecida com um zurro.

Os dois não voltaram à hospedaria nem naquela noite nem na noite seguinte; por isso, eu não tinha ideia se Ellis havia acreditado na minha história sobre as luvas. Não deixaram nenhum bilhete e nenhuma pista de seu paradeiro.

Capítulo Vinte e Seis

Quando Anna finalmente voltou, cinco dias depois de receber a notícia da morte de Hugh, aceitou meus pêsames e simplesmente continuou tocando a vida como sempre, embora houvesse em seus passos um peso que não havia antes. Ela me permitiu continuar arrumando os quartos, o que me deixou muito agradecida, porque eu estava batendo a cabeça tentando encontrar maneiras de escapar de Rhona e não tinha a menor ideia do que diria a Angus se mais uma vez nos encontrássemos a sós.

A velha aparentemente compartilhava da mesma convicção de Anna de não arrumar as coisas dos outros, porque as meias sujas de Elis e suas cuecas continuaram exatamente no lugar onde ele as deixara três noites antes, e seu pijama estava embolado num canto. Hank pelo menos havia atirado suas roupas numa cadeira.

Dos cem comprimidos que encontrei inicialmente no quarto de Ellis só restavam 36.

Hank e Ellis voltaram naquela noite. Quando entraram pela porta, respirei fundo, preparando-me.

— Querida! — exclamou Ellis. Inclinou-se e me deu um beijo no rosto antes de sentar-se ao meu lado no sofá. Fedia a óleo de parafina, mas não a bebida. — Sentiu saudades de mim? — perguntou.

— Claro — respondi, tentando ler seu rosto.

Hank caiu numa das cadeiras em frente.

— Você nunca vai adivinhar onde estivemos.

— Ah, ela não liga para isso — disse Ellis, esfregando as mãos. — Rápido, traga logo o presentinho!

Hank enfiou a mão numa das sacolas de lona e entregou a Ellis uma caixinha fina de presente, que ele solenemente me ofertou, segurando-a nas palmas das duas mãos.

Desfiz o laçarote de cetim e levantei a tampa. Um par de luvas vermelhas de pele de cabrito repousava ali dentro, envolto em papel fino salpicado de dourado.

Fiquei lívida.

— O que você acha? Gostou? — perguntou ele.

— São lindas — falei.

— Sim, mas o mais importante: de que cor elas são?

— Vermelhas — respondi, quase num sussurro.

— Ótimo — falou Ellis, com um largo sorriso. — É o que Hank disse também, mas nunca dá para ter certeza com vocês piadistas. — Ele ergueu a mão por cima da cabeça e estalou os dedos. — Garçom! Dois uísques. Aliás, traga logo a garrafa.

Angus o olhou carrancudo, mas tirou dois copos de trás do balcão. Meg os segurou e enfiou uma garrafa embaixo do braço. Sua expressão transmitia tudo o que não podia ser dito por sua boca.

As luvas eram um recado, óbvio; mas o que significariam? Teria eu conseguido convencer Ellis de que ainda acreditava que ele era daltônico? Ou será que ele interpretou meu solilóquio desesperado como uma promessa de que eu guardaria segredo? Ou seria ele, de fato, daltônico?

Ao longo da noite, Ellis bebeu quase toda a garrafa de uísque, mas continuou, pelo menos por fora, com um espírito jovial.

Mantinha sempre uma mão proprietária sobre meu ombro ou minha perna, e era bem difícil para mim suportar aquilo sem me desvencilhar.

De vez em quando, eu olhava furtivamente para Angus, cujo rosto era impenetrável.

Eu voltara duas vezes ao cemitério depois de ver as cicatrizes dele, e estava mais do que convencida de que ele era o Angus gravado na pedra, o homem que perdeu tudo em um intervalo de seis semanas.

Pensava o tempo todo no nosso abraço junto à lareira e me perguntava se ele também pensaria.

Em nenhum momento, eles me disseram para onde foram e eu também não perguntei. Apesar da promessa de Hank de endireitar Ellis, os dois acabaram caindo no velho padrão de voltar embriagados para a hospedaria e depois continuarem bebendo até ambos atingirem um estado de estupor. A julgar pelo seu estoque em franca diminuição, Ellis, além disso, consumia comprimidos aos montes. Eu calculava que estivesse tomando algo entre oito ou dez por dia.

Na noite que eu sabia que os comprimidos acabariam, ele bateu à porta do meu quarto e pediu um. Depois de enfiar um comprimido na boca, chacoalhou o vidrinho sobre a mão e guardou os comprimidos no bolso. A contar pelo que restara, imaginei que tivesse pegado uns cinquenta, o bastante para durar cinco ou seis dias.

Atingimos uma espécie de frágil estado de normalidade. Ellis parecia ter esquecido completamente o episódio das luvas e, embora estivesse sempre bêbado, não passou por nenhum ataque de ira.

Todos os dias ele ficava ansioso à espera de uma carta da mãe, e todos os dias se frustrava. Começou a dizer que não precisava mesmo dela — estava mais certo do que nunca de que, quando encontrasse o monstro, limparia o nome dele e o do pai e, então, o coronel o receberia de volta com os braços e o talão de cheques abertos.

Encontrar o monstro do Lago Ness era sua única preocupação. Ele continuava tão ignorante quanto o monstro em relação ao que acontecia no resto do mundo.

Decidi passar o jornal a ferro na esperança de que ele ou Hank começassem a lê-lo. Isso não aconteceu.

Embora não houvesse sombra de dúvida de que se blindar contra o caos e o horror era uma atitude egoísta e covarde, em alguns momentos eu quase chegava a entender.

No fim de janeiro, o Exército Vermelho havia desmantelado uma rede de campos de extermínio em Auschwitz, na Polônia, e os detalhes que apareceram nos jornais ao longo dos dias e semanas seguintes eram tão excruciantes que eu mesma tive de lutar contra um impulso bastante forte de também me fechar na ignorância.

Centenas de milhares de pessoas — talvez muito mais, porque as notícias eram sempre contraditórias — foram presas e exterminadas, a maioria simplesmente por ser judia. Essas pessoas eram levadas até esses campos em vagões de transporte de gado e destinadas ou à morte ou ao trabalho escravo assim que desembarcavam. A morte ocorria em câmaras de gás, que funcionavam dia e noite, junto com os crematórios. Boa parte dos que haviam sido poupados da morte imediata acabava morrendo de qualquer maneira — graças a doenças, fome, tortura e exaustão. Havia ainda boatos de experimentos impensáveis conduzidos por um médico maluco.

Quando a SS percebeu que o Exército Vermelho estava fechando o cerco nesses campos, tentou destruir todas as evidências. Explodiram as câmaras de gás e os crematórios e atearam fogo em outros edifícios antes de baterem em retirada a pé, obrigando todas as dezenas de milhares de pessoas que ali estavam internadas em estado de desnutrição extrema — as que ainda conseguiam andar — a rumar para outros campos de extermínio situados mais além no território nazista. Só deixaram para trás as pessoas que eles tinham certeza de que morreriam e fuzilaram gente a esmo antes de baterem em retirada.

Nem mesmo os endurecidos soldados do exército russo estavam preparados para o que viram ali: 648 cadáveres que haviam sido largados no mesmo lugar onde tinham tombado e mais de sete mil sobreviventes em um estado tão temerário que continuaram morrendo apesar dos esforços imediatos de salvação.

Eles descobriram que a SS queimara a enfermaria com todo mundo dentro, 239 pessoas ao todo. Um dos seis depósitos que a SS não tivera tempo de queimar possuía toneladas — literalmente toneladas — de cabelo feminino, além de dentes humanos (com as obturações extraídas) e dezenas de milhares de roupas de criança.

Eu perdi as esperanças na humanidade. Embora os Aliados progredissem, achei que talvez fosse tarde demais, que o mal já tivesse prevalecido.

Capítulo Vinte e Sete

Com Anna assolada pelo luto recente e eu tendo mais dias livres do que nunca, aumentei minhas responsabilidades nas tarefas da casa, embora sempre ficasse no andar de cima para jamais ser pega.

Comecei a varrer os tapetes dos quartos com a vassoura de palha, que descobri na verdade ser de urze seca, e então, já que estava varrendo, varria todo o corredor até o topo das escadas. Menos de uma semana depois da volta de Anna, eu já limpava todo o andar superior sozinha, polindo as maçanetas, fazendo a manutenção e o abastecimento dos lampiões, apanhando a roupa suja para lavar, trocando os lençóis — e até mesmo esfregando a pia, a banheira e o vaso sanitário do banheiro com sapólio. Meg refazia minha manicure sempre que necessário; por isso, embora minhas unhas agora estivessem mais curtas, eram mais chamativas do que nunca, mas Ellis não percebeu nada.

Fiquei mais ousada e, certo dia, resolvi varrer as escadas também, uma vez que o carpete terminava na sua base. Ouvi tarde demais o barulho das unhas de Conall e, um instante depois, estava cara a cara com Angus, no último degrau, de avental, segurando uma vassoura. Fiquei congelada como um veado sob a luz do farol de um carro no meio da estrada.

Um súbito arregalar de olhos da parte dele denunciou sua surpresa.

— Boa tarde — cumprimentei, depois de alguns instantes de silêncio, tentando agir como se aquela situação fosse completamente normal entre nós.

Ele franziu o cenho.

— Desde quando isso está acontecendo?

— Já faz um tempinho — respondi, sentindo minhas faces corarem. — Por favor, não culpe Anna; foi ideia minha. Eu só queria ajudar.

Os cantos da boca dele se retorceram e um brilho escapou-lhe dos olhos. Ele gargalhou antes de seguir caminho, balançando a cabeça, seguido por um visivelmente confuso Conall.

Sentei-me no degrau, tonta de tamanho alívio.

Eu me restringira a limpar o andar de cima somente por medo de ser pega, mas, como Angus pelo visto não dava a mínima, comecei a ajudar na cozinha também. Sempre levava meu casaco, as luvas e a máscara de gás para que, caso Ellis e Hank chegassem mais cedo, eu pudesse sair pela porta dos fundos e voltar pela da frente fingindo que tinha ido dar um passeio. Foi ideia de Meg, mas Anna se opôs veementemente. Ela teimava que dava azar sair de uma casa e entrar nela por portas diferentes.

Embora no início eu fosse praticamente inútil, era uma aluna aplicada e as duas tiveram paciência comigo. Logo aprendi a raspar, não descascar, as cenouras e as batatas, e a cortar os nabos em cubos. Depois de meu primeiro desastre carregado de sal, aprendi como salgar a água para ferver os legumes e não apenas a fatiar o pão, mas a fazer isso segundo os padrões da guerra — os comerciantes eram proibidos de vender qualquer pão, inclusive o Pão Nacional, que não estivesse duro o bastante para ser cortado em fatias bem finas. Anna confessou que desconfiava que o Pão Nacional não fosse feito de farinha, e sim de ração animal moída, e acho que provavelmente ela tinha razão. Isso explicaria a densidade daquele pão áspero e seco apelidado de "Arma Secreta de Hitler". Diziam que era afrodisíaco — um boato que muita gente suspeitava ter sido criado pelo próprio governo para fazer as pessoas comerem o pão.

Descobri que o chá era feito de folhas soltas e colocado mais de uma vez em infusão, e também que a concentração de chá dos hóspedes variava de acordo com os sentimentos de Anna em relação a cada pessoa. Àquela altura, Hank e Ellis estavam tomando água quente com um pingo de leite.

Descobri que, além das muitas crenças pessoais de Anna — ela não podia ver um corvo pela janela sem correr para fora e contar quantos havia para depois analisar o que aquele número significava —, existiam várias coisas universalmente aceitas como sinal de azar. Uma delas explicava por que eu não conseguira encontrar nenhuma carne no dia em que Anna achou que eu vira a Caonaig e saiu correndo antes de começar a preparar o jantar. Considerava-se má sorte estocar carne em casa; portanto, as carnes eram conservadas em um guarda-comida exclusivo para isso, nos fundos. Também descobri que Angus era o responsável pelo conteúdo de uma boa quantidade de guarda-comidas de carne.

No morro, logo atrás do abrigo Anderson, havia um buraco coberto e bem ventilado onde ele mantinha um estoque de carne de veado, tetraz, faisão e outras carnes de caça, que ficavam penduradas até que estivessem amaciadas. Anna e Meg apanhavam o necessário para a hospedaria e envolviam o restante com jornal, e depois Angus deixava esses embrulhos na porta das casas das famílias necessitadas — sempre à noite, para que ninguém se sentisse em dívida.

Eu já desconfiava de que Angus caçava em propriedades alheias — de que outra maneira explicar a visita de Bob Policial ou o amplo estoque de carne de caça? —, mas não fiquei chocada, como um dia poderia ter ficado. Anna e Meg me ensinaram uma dose de história suficiente para eu entender tanto a relutância do policial em executar a lei, como também por que essa atitude dele refletia a atitude das pessoas de um modo.

Tudo começou no dia em que perguntei a Anna a diferença entre um sítio e uma fazenda e recebi um sermão inesperado:

— Ora essa! Um sítio *é* uma fazenda — respondeu ela, indignada —, só que não grande o bastante para sustentar uma família. *Esta* é a definição de sítio.

Meg olhou para mim como se dissesse: *Viu só o que você fez?*, e com razão.

Embora os acontecimentos relatados por Anna tivessem ocorrido quase dois séculos antes, ela falou sobre eles com tanto ultraje como se fossem fatos da semana anterior.

Disse que, em 1746, depois da Batalha de Culloden — o último e brutal confronto na rebelião jacobita —, os legalistas deram fim ao sistema de clãs para impedir permanentemente a recuperação dos jacobitas. Confiscaram as terras tradicionais dos seus membros e em seguida os dispersaram, banindo as famílias para minúsculos terrenos, esperando que se transformassem em fazendeiras da noite para o dia. As terras comunais de caçada de antigamente foram transformadas em fazendas de criação de ovinos e de caça esportiva, e qualquer pessoa que fosse pega caçando nelas era punida severamente. O direito dos aristocratas a um estoque imenso de animais para caçar por diversão era encarado como mais importante do que alimentar os famintos.

Mas a coisa não terminava aí. Além do remanejamento físico das pessoas e do fim abrupto e forçado do sistema de clãs, houve a tentativa metódica de erradicar a sua cultura. Falar gaélico virou crime, e os primogênitos de cada clã foram obrigados a estudar em escolas públicas britânicas, de onde voltavam com o mesmo sotaque afetado da classe abastada que meu sogro fingira na época áurea de sua popularidade.

Imaginei o coronel caminhando por ali com seus ternos de *tweed* ingleses e ar de superioridade, e percebi que o ódio que Rhonna e o Velho Donnie sentiam por ele — e por todos nós, por associação — tinha origens muito mais profundas do que qualquer ato pessoal da parte dele.

— E é *por isso* que caçar um veado é um roubo justificado — disse Anna, encerrando a explicação com um gesto decidido. Sem saber, ela repetira as palavras que Meg me dissera no dia em que me mostrou o abrigo Anderson, e finalmente entendi o motivo.

Caçar um veado era um roubo justificado porque acontecia numa terra que, para começo de conversa, fora roubada.

Eu passava a primeira metade de cada dia apenas com Anna e a segunda apenas com Meg, uma vez que os turnos das duas eram alternados, e de vez em quando as conversas com elas se transformavam em confidências.

Por Meg, descobri que o irmão de Anna, Hugh, pisara numa mina e o que fora encontrado de seus restos mortais tinha sido enterrado na Holanda. O outro irmão que ela perdeu, Hector, de 21 anos, fora atingido no peito por um morteiro durante as aterrissagens do Dia D. Seu corpo jamais foi recuperado, mas um soldado amigo conseguiu reaver suas identificações.

Por Anna, soube que Meg havia perdido a família inteira — os pais e duas irmãs menores — quatro anos antes, na Blitz de Clydebank. Quinhentas e vinte e oito pessoas morreram, 617 ficaram feridas e 35 mil desabrigadas ao término de duas noites de ataques aéreos ininterruptos que deixaram somente sete casas intactas, de um total de 12 mil. Meg só sobreviveu porque ela já tinha se juntado à Forestry Corps e estava em Drumnadrochit.

Eu torcia para que uma das duas me fornecesse mais informações sobre a história de Angus, o bastante para eu confirmar ou refutar minha teoria em relação à pedra tumular, mas elas não o fizeram, e eu não quis perguntar com medo de me entregar. Tinha mais do que consciência de que minha vontade de saber não se baseava na simples curiosidade.

Capítulo Vinte e Oito

Meg nos contou que as jovens da Forestry Corps estavam tão animadas com a proximidade do Baile de Dia de São Valentim que foram repreendidas duas vezes por falta de concentração usando as imensas serras automáticas. Como culpá-las? Várias dessas garotas, inclusive a própria Meg, esperavam ser presenteadas com alianças na ocasião a fim de oficializar seus noivados.

À medida que o dia se aproximava, os comentários dos lenhadores se tornavam cada vez mais ousados. Na véspera do baile, um deles disse algo tão vulgar que Meg ficou vermelha de tanta raiva. Ela se inclinou sobre Rory, que se aplastou na cadeira, e o repreendeu duramente, embora ele protestasse (com razão) que não tinha dito nada.

— Mas você não disse nada contra, disse? — perguntou ela, ainda com o dedo na cara dele.

Rory olhou feio para ela, mas seus braços penderam fracos nas laterais da cadeira.

Depois que Meg deu as costas e saiu pisando duro, os cachos ruivos balançando, os homens mais velhos que estavam sentados ao balcão assentiram em sinal de aprovação, e os outros lenhadores — que compreendiam que Rory tinha sido repreendido em nome de todos eles — passaram a se comportar de modo impecável.

Hank inclinou-se na direção de Ellis e protegeu a boca com uma das mãos em concha para não ser ouvido.

— Quem é o durão agora, hein? — questionou ele, zombeteiro.

Ellis estava distraído demais para achar graça. Não fazia nem vinte minutos que ele pedira licença e subira ao primeiro andar, mas voltara pálido. Eu sabia muito bem por quê. Ele tentara entrar em meu quarto e encontrou a porta trancada.

Ao arrumar os quartos naquela manhã, eu notara que ele só tinha cinco comprimidos. Sabia que ficaria desesperado atrás de mais e me perguntei por que ele simplesmente não me pedia, como sempre. Talvez não quisesse pedir na frente de Hank, não sei. Seja lá qual o motivo, eu não poderia mais ajudá-lo. Havia atirado na privada todos os comprimidos que restavam, dando descarga em seguida.

No dia do baile, Meg, Anna e eu nos esforçamos especialmente para enfeitar o salão, pois sabíamos que as garotas viriam. Colocamos toalhas de linho nas mesas, e Anna criou algo chamado "flores de carvão". Ela jogou a culpa da falta de flores de verdade na guerra e no frio, e, assim, colocara quatro ou cinco pedaços de carvão em tigelas de vidro, acrescentara água, sal e amônia e, por fim, uma mistura de tinta violeta e azul. Para mim era um mistério completo como aquela alquimia resultaria em algo semelhante a flores, mas elas começaram a "desabrochar" em questão de uma hora.

Como não tínhamos o suficiente para todas as mesas, decidimos que Meg conduziria as garotas até as mesas enfeitadas e levaria os homens — que de qualquer maneira não dariam a mínima para as flores — até as demais. Aquilo seria obrigatoriamente função de Meg, pois Anna precisava voltar para casa e eu, claro, deveria ficar ao lado da lareira esperando Ellis e Hank.

Porém, nossos esforços não se limitaram às flores de carvão. Entre nós três, conseguimos ovos e açúcar o suficiente para preparar dois bolos confeitados, que agora estavam no centro da mesa de madeira para ficarem longe do alcance de Conall. O monstro em questão estava esparramado na cama do dono, observando os bolos com ar melancólico. Era alto o bastante para alcançar qualquer coisa que quisesse tão logo lhe dessem as costas... mas isso não aconteceria de jeito nenhum. Teríamos protegido aqueles bolos com nossas próprias vidas.

Meg e eu doamos nossa cota de uma semana de ovos e açúcar, o que seria o suficiente para preparar um bolo, mas as galinhas de Anna tiveram um surto poedeiro. Por viverem em um sítio, os McKenzies recebiam ração de galinha em vez de ovos, e então o suprimento deles às vezes ficava baixo. Naquela ocasião específica, no entanto, as galinhas foram verdadeiras campeãs. Cada um dos convidados do baile ganharia um belo pedaço em vez de apenas um bocadinho.

Quando Anna se preparava para ir embora, horas depois do horário de costume, entristeceu-se.

— Nem me lembro da última vez em que comi bolo — disse ela, olhando desejosa para os bolos.

— Não se preocupe — tranquilizou-a Meg. — Vamos guardar para você o primeiríssimo pedaço, que vai ser bem grosso, aliás.

— Obrigada — disse Anna, ainda meio tristonha. — Acho que vou indo. Divirtam-se... e amanhã quero saber de *todos* os detalhes.

Os pais de Anna eram Wee Frees rígidos, e ela não podia nem mesmo usar pó facial, que dirá ir a um baile. Não era permitido sequer escutar música, a não ser nos domingos, e apenas no culto, canções sem grandes adornos. A severidade dos velhos McKenzies era tamanha que eles chegavam a prender o galo no sábado embaixo de uma cesta de palha para que ele não fizesse nenhuma investida contra as galinhas.

Eu entendia a melancolia de Anna, porque eu também gostaria muito de ir ao baile. Isso, porém, exigiria um universo alternativo onde Ellis não existisse.

Pelo menos eu poderia assistir ao prelúdio. Estava especialmente ansiosa para ver qual seria a reação aos bolos, pois tinha ajudado a fazê-los. Embora só houvesse quebrados os ovos e mexido a massa, nunca sentira tanto orgulho de coisa alguma em toda a minha vida.

Como não confiávamos em Conall perto dos bolos, fiquei na cozinha montando guarda para que Meg pudesse subir para o seu quarto e se arrumar.

Ela voltou parecendo um sonho do Dia de São Valentim, num vestido justo estampado com pequeninos corações vermelhos, o cabelo cuidadosamente arrumado e os lábios pintados com curvas arredondadas. Seus sapatos de salto alto eram de camurça vermelha com lindos laçarotes na frente. Deviam ser novinhos em folha — não consigo imaginar como algo de camurça seja capaz de sobreviver a mais de um dia naquele clima.

Também notei que ela usava meias-calças, e um sorriso espalhou-se pelos meus lábios. Ela acompanhou meu olhar, corou e retribuiu meu sorriso.

— O que você acha?

— Acho que Rory vai ficar embasbacado — falei. — Acho que você vai ser a mais linda do baile.

— Bem, pelo menos não vou precisar me preocupar com certo camaradinha tentando lamber as linhas de molho castanho das minhas pernas...

Conall abanou o rabo.

Era minha vez de subir para me arrumar para o jantar, mas hesitei. Sabia que não teria outra oportunidade de conversar com ela a sós, e queria lhe dizer algo sobre seu iminente pedido de casamento, mas não conseguia — provavelmente por estar bastante desqualificada para dar conselhos no quesito matrimônio. Meg acabou me salvando daquela situação:

— Agora vá — disse ela, em tom de repreensão, agitando os dedos em direção à porta da entrada. — Vá se arrumar como se deve. Hoje, mais do que nunca, a beleza é seu dever! Mesmo que seja desperdiçada com sua dupla de Chatos McChatos ao lado da lareira, os outros irão notar. E é melhor usar um vestido bem bonito. E que seja vermelho, principalmente hoje! Não se esqueça, vermelho é o novo distintivo da...

— Já sei! Já sei! — falei, interrompendo-a com uma risada. — Vou usar vermelho! E boa sorte hoje! Não que você vá precisar...

Saí apressada antes que ela pudesse dizer alguma coisa.

Maquiei meu rosto como se de fato eu estivesse indo a uma festa e escolhi um vestido de tafetá vermelho com uma saia amplamente rodada que não aparentava ser caro — porque não era mesmo. Não fora feito sob medida; eu o comprara numa loja antes de Ellis passar a dominar o meu guarda-roupa.

Por fim, desenhei com um lápis de olho uma linha trêmula na parte de trás das minhas pernas. Queria ser como as outras, misturar-me: naquela noite, mais do que em qualquer outra, não desejava roubar os holofotes de ninguém.

Quando Ellis e Hank entraram pela porta principal, com os rostos corados pelo frio e sabe-se lá o que mais, o outro lado do salão já estava quase cheio.

— Ora, ora, quem diria — disse Hank, parando.

O clima era eletrizante. As garotas, todas impecavelmente arrumadas, admiravam os bolos, que tinham sido exibidos, mas ainda não cortados. Os lenhadores também soltavam exclamações por causa dos bolos, mas na verdade o que admiravam mesmo eram as garotas. Eu imaginei quais delas deviam estar esperando alianças.

Meg, de pé ao lado de uma mesa cheia de garotas da Forestry Corps, inclinou-se para mostrar como a flor de carvão tinha se transformado desde que Anna a criara. Eu, porém, sabia muito bem o que ela na verdade estava fazendo, e o truque não demorou para surtir efeito.

— Espera aí... essas meias são de verdade! — exclamou uma das garotas com um gritinho. — Como você conseguiu meias-calças de verdade?

Os lenhadores murmuraram surpresos, como se ainda não tivessem olhado para as pernas de Meg. Agora, com uma desculpa, encaravam abertamente, com olhos cheios de desejo.

— Ah... — disse Meg, dando de ombros com timidez. — Elas apareceram como num passe de mágica. — Ela virou um tornozelo para mostrar melhor a panturrilha.

Hank e Ellis observavam a cena lá da porta. Por fim, Hank deu uma cutucada em Ellis e os dois praticamente correram para junto da lareira.

Ellis tropeçou na beira de um tapete e tombou para a frente, mas segurou-se no encosto de uma poltrona. Rodeou-a, sem soltá-la nem por um instante, e sentou-se. Seus olhos estavam injetados, a testa brilhante, e eu me apavorei.

Hank estava tão entretido olhando para Meg que se sentou no braço da outra poltrona antes de tombar para o assento; sua cabeça ficou pendurada em um dos braços, e as pernas, no outro. Depois de alguns segundos de surpresa espantada, ele se sentou direito.

Ellis me olhou de cima a baixo e estreitou os olhos. Seus lábios se retorceram, enojados.

— O que é isso?

Eu sabia que ele se referia a meu vestido barato e à ausência de meias-calças, mas fingi ignorância.

— Elas estão indo para um baile — expliquei. — Hoje é Dia de São Valentim.

— É o quê? — perguntou Hank. — Ah, merda! Eu devia ter mandado alguma coisa para Violet.

— Não, estou falando dessa... *roupa* — disse Ellis, apontando para mim com as costas da mão. — Parece uma mistura de criada de cozinha com mendiga.

Fechei a boca. Não havia sentido em explicar por que eu estava vestida daquele jeito. Não tinha sentido fazer nada, a não ser ficar quieta e esperar que aquilo passasse.

— Bom, *eu* acho que ela é um colírio para olhos cansados — disse Hank, ainda com os olhos fixos em Meg. — Se eu soubesse que ela ficaria assim tão empolgada por um par de meias-calças, teria lhe dado uma dúzia. Teria lhe dado quantas ela quisesse. Na verdade, nem sei o que eu seria capaz de dar para essa garota. Com esse rosto e esse corpo, ela bem poderia subir nessa vida, como a mãe de Maddie. — Ele agitou a cabeça brevemente em minha direção. — Sem querer ofender, claro, minha querida.

— Não se misture com lixo, Hank — disse Ellis, ainda me encarando. — O sangue acaba se traindo. É inevitável.

— O quê? — perguntou Hank, vagamente. Tinha voltado a olhar para as panturrilhas de Meg.

— O que nasce torto nunca se endireita. É disso que estou falando — disse Ellis.

— Ah, não; aquilo ali definitivamente não é nada torto. Olhe essas pernas. Aposto que têm dois quilômetros de comprimento. Só merecem tudo o que for de mais direito e melhor...

— Hank? — chamei, desesperada. Gesticulei, tentando atrair sua atenção. — *Hank!*

Ele olhou rapidamente para mim e disse:

— Você também está bonita, Maddie. Definitivamente uma moça direita.

— Bem, Maddie, me diga uma coisa. Esse seu vestido de moça direita... É vermelho ou verde? — perguntou Ellis, com intenções fatais.

Senti uma onda de adrenalina subir do centro do meu corpo e espalhar-se pelas extremidades.

— Desculpe, acho que não entendi.

— É *vermelho* ou *verde?*

— É do mais fino brocado, uma verdadeira paleta completa de cores — disse Hank, ainda completamente alheio à nossa conversa paralela.

— Maddie? Você ainda não me respondeu — falou Ellis. O canto do seu olho direito começou a tremer.

— Não posso — falei, olhando para o meu colo.

— E por que não?

— Porque você estava certo.

— Sobre o quê?

— Sobre tudo.

— *Diga! Eu quero ouvir!*

— Está bem! Não tem nada direito aqui! Só coisa torta!

Ele soltou uma gargalhada amarga.

— A submissão é uma cor que lhe cai bem, minha querida. Você deveria usá-la com mais frequência.

— Acho que você, mais do que ninguém, deve saber — respondi, antes de me virar para olhar o balcão.

Meg servia fatias de bolo para uma plateia de admiradores. Rory ainda não tinha chegado, e, embora ela exibisse uma expressão de coragem, eu sabia que estava muito triste.

— Eu bem que comeria o bolo dela, ah, se comeria — disse Hank, com um assobio baixinho. Ele se virou de repente na poltrona. — Sabem de uma coisa? Acabei de ter uma ideia maluca! Vamos ao baile. Vai ser como ir ao baile de Natal dos criados. Vocês pombinhos podem arrulhar o quanto quiserem, enquanto eu... ah, vou procurar uma pombinha só para mim. Para me embalar, digamos assim.

Hank sorriu, cheio de expectativa, para nós. Quando nem eu nem Ellis respondemos, o sorriso dele sumiu e ele nos olhou desconfiado, de um para o outro.

— Ah, por favor! — gemeu, antes de olhar para o teto, desesperado. — Vocês dois estão brigando *de novo?* Certo, vou adivinhar. Ellis disse algo completamente estúpido e agora você não quer mais falar com ele. Caramba, você não quer nem *olhar* para a cara dele! É isso o que o casamento faz com as pessoas? Não admira que eu não queira me casar. Você e ele não têm mais nem um pingo de humor. — Ele suspirou e voltou a olhar para o balcão. — Já aquela ali, ah... Ela, sim, parece ter um pingo ou dois de humor...

Capítulo Vinte e Nove

Às oito em ponto, os irmãos gêmeos de Halifax se ajoelharam e ofereceram anéis de noivado idênticos a suas namoradas. Quando as garotas coradas de vergonha disseram sim, os outros lenhadores desataram a cantar uma serenata para as futuras noivas, começando com "Oh Canada". Assim que soltaram as vozes, o velho Ian Mackintosh atravessou a rua e voltou com sua gaita de foles para acompanhar os rapazes, que continuaram em seguida com uma interpretação emotiva de "Farewell to Nova Scotia".

Ellis continuava bebendo seu uísque e me encarando como se quisesse me ver morta.

No meio de "A Ballad of New Scotland", não consegui mais suportar: subi as escadas correndo e me tranquei no meu quarto. Encostei-me na porta, ofegante.

Não se passaram nem dois minutos e pensei ter ouvido algo, apesar do barulho alto da gaita de foles. Pressionei o ouvido contra a porta. Ellis esbravejava, tropeçando pelo corredor, e dito e feito: lá veio ele até meu quarto. Quando descobriu que a porta estava trancada, começou a esmurrá-la.

— Maddie! Maddie! Abra essa *maldita* porta!

— *Vá embora!*

Pulei na cama e pressionei os joelhos contra meu peito.

— Abra essa maldita porta, estou falando sério!

Pela maneira como a porta saltava no batente, eu sabia que ele usava a lateral do punho para esmurrá-la. Tive vontade de acender uma vela para verificar se havia perigo de a porta ceder, mas minhas mãos tremiam tanto que eu não conseguiria acender um fósforo.

— Maddie! Se você não abrir essa maldita porta agora mesmo, eu juro por Deus que vou arrombar essa merda, você está me ouvindo? — rugiu ele, começando um novo ataque.

Eu me enrodilhei e apertei as mãos nos ouvidos. Não poderia gritar pedindo socorro — ninguém me ouviria devido ao som estrondoso da gaita —, mas e Hank? Onde estaria? Com certeza devia ter notado nosso sumiço e, pelo menos vagamente, ter consciência do estado em que Ellis se encontrava.

Depois do que para mim pareceram séculos, os socos se transformaram em batidas irregulares e, por fim, silenciaram. Ouvi um som seco quando Ellis bateu o corpo contra a porta suavemente. Ele começou a chorar.

— Maddie? Oh, Maddie, o que foi que você fez? Você é minha *mulher.* Devia estar *do meu lado.* E agora, o que é que eu vou fazer? Que diabo eu vou fazer?

Ele arranhou as unhas pela madeira da porta ao deslizar por ela até se sentar no chão. Continuou a chorar, mas até isso, por fim, diminuiu de intensidade e parou. Minutos depois, a única coisa que eu conseguia ouvir era o som da minha própria respiração ofegante.

Justamente quando eu já estava pensando que ele apagara, ouvi um farfalhar de pés no carpete e a seguir uma pausa.

Segurei a respiração.

Um grito terrível, primitivo, precedeu um golpe estrondoso na porta, seguido de outro e de mais outro, enquanto ele atirava o corpo inteiro contra ela violentamente.

Quando a madeira começou a rachar, eu saí da cama apressadamente e tateei no escuro até encontrar a lareira e, nela, o atiçador. Então eu me agachei atrás da cadeira, segurando o atiçador com todas as minhas forças, e comecei a chorar.

Ouvi outro golpe estrondoso na porta e, em seguida, o barulho seco de um corpo caindo, acompanhado de uma torrente de palavrões.

Então ouvi a voz de Hank:

— Que diabo você pensa que está fazendo?

— *Eu preciso falar com a minha mulher!*

— Levante, seu idiota — disse Hank com toda a calma.

— *Eu preciso! Falar! Com! A minha!* — ofegou Ellis, irado, mas não conseguiu pronunciar a última palavra.

— Você nem se aguenta em pé. Venha, vou te levar para a cama.

— Preciso falar com ela — insistiu Ellis, embora de repente parecesse sem forças. Ele soltou um gemido e depois se pôs a soluçar novamente.

Eu me aproximei da porta, ainda segurando o atiçador.

— Meu Deus — disse Hank. — Você está num estado lastimável. Me dê aqui a mão.

Ellis murmurou alguma coisa incoerente.

— Não, você não deslocou o ombro. Se tivesse deslocado, eu não conseguiria fazer *isso*.

Ouvi um uivo agudo de dor, seguido de um choramingo.

— Está vendo? Por outro lado, se você tivesse deslocado o ombro, seria mais do que merecido, por ser um idiota desse naipe. Aqui, me dê a mãozinha. Pronto, já levantou. Não se mexa.

Ouvi algo se chocar contra a parede bem ao lado da porta do meu quarto.

— Meu Deus do céu, será que daria para pelo menos *tentar* não cair enquanto eu abro a porta do seu quarto? Acha que consegue fazer isso?

Ellis respirava com esforço, em chiados ruidosos, tão próximos que parecia estar dentro do quarto comigo.

A porta do quarto dele se abriu e Hank voltou.

— Certo. Um pé na frente do outro.

Após alguns segundos de arrastos e batidas, ouvi o guincho alto das molas da cama. Parecia que Hank tinha, de lá da porta, atirado Ellis para dentro do quarto.

— Você fique aí — disse. — Se não, eu juro por Deus que amarro você nessa cama.

A porta se fechou e, um instante depois, ouvi três batidas educadas na porta do meu quarto.

— Maddie? — chamou Hank.

— Sim? — respondi, ainda agachada segurando o atiçador.

— Você está sentada ao lado da porta?

— Sim.

— Você está bem?

Não respondi. Meu coração batia tanto, que eu tinha certeza de que ele estava ouvindo, e eu tremia incontrolavelmente.

Depois de uma pausa, ele disse:

— Certo, já entendi. Você está brava comigo. Mas o que eu podia fazer? Arrancar a garrafa da mão dele?

— Sim.

Ele soltou um suspiro, e o ouvi coçando a cabeça.

— Certo, tem razão. Isso não vai mais acontecer, eu juro. Falando nisso, aliás, eu o tranquei no quarto. Quer a chave?

— Não. Fique com ela.

— Tente dormir um pouco — disse Hank. — Ele não vai mais incomodar você hoje. E Maddie? Eu sinto muito mesmo, de verdade.

Ele aguardou algum tempo antes de afastar-se, provavelmente esperando, acho eu, que eu lhe dissesse que estava tudo bem.

Mas não pude fazer isso. Nem de longe estava tudo bem, e, agora que Ellis não tinha mais comprimidos, a tendência era apenas piorar. Ah, por que eu tive a ideia de jogá-los fora?

Quando finalmente a gaita de foles de Ian Mackintosh se silenciou, a turma reunida lá embaixo soltou aplausos estrondosos, vivas e urros de alegria, sapateando até que todo o edifício começasse a chacoalhar.

Em questão de minutos, os jovens já estavam na rua, a caminho do prédio da Prefeitura, mas, mesmo depois de sua saída, os homens que continuaram por ali sentados ao balcão — os mais velhos, os habitantes locais — não diminuíram o volume das conversas e risadas, animados por terem participado do *cèilidh* improvisado.

Ainda imersa na escuridão, fui até a janela, tirei a armação do Blecaute e abri o caixilho.

Ouvi o som de um acordeão e de música alegre vindo da Prefeitura, além do barulho de risos, cantos e conversas animadas, incluindo algumas poucas discussões. Apesar do vento gelado, ajoelhei-me ao lado da janela e apoiei a cabeça no peitoril, ouvindo.

Senti uma pontada terrível de melancolia. A menos de um quilômetro, jovens — pessoas da minha idade, pessoas apaixonadas — planejavam um futuro juntos, um futuro que incluía todos os benefícios do amor verdadeiro: intimidade, paixão, filhos, companheirismo, e, claro, também sua quota de momentos difíceis. Talvez alguns daqueles casais terminassem infelizes e presos numa relação equivocada, mas, naquele momento específico, estavam tão alegres e animados quanto os demais, e, por mais que futuramente pudessem ser infelizes, eu quase era capaz de garantir que nenhum deles terminaria num casamento como o meu.

Ouvi passos na estrada e as vozes de um homem e uma mulher. Eles pararam na casa em frente à hospedaria e permaneceram em silêncio durante algum tempo, e imaginei que estivessem dando um beijo de despedida. Ele sussurrou alguma coisa e ela entrou, rindo. O homem aguardou alguns segundos depois de a porta se fechar e, em seguida, saiu caminhando pela rua, assoviando.

Em algum momento, recoloquei a armação do Blecaute na janela e fui dormir.

— Sua *mentirosa*! Sua *puta*!

O barulho de gritos irados de um homem me despertou de repente, e no início pensei que Ellis tinha voltado. Então ouvi Meg chorando e percebi que o homem era Rory. Os dois estavam no corredor.

Saltei da cama e acendi a vela sobre a minha cômoda, depois colei o ouvido à porta.

— Eu juro por tudo o que há de mais sagrado que estou lhe contando a verdade...

Ouvi uma pancada, seguida de um grito agudo de Meg.

Apanhei o atiçador, que ainda estava encostado junto à minha porta.

— Sua imprestável, sua vagabunda mentirosa! Me diga quem ele é! *Diga!*

— Não existe outro homem — implorou ela.

— Então por que você não pode me dizer onde foi que arrumou essas meias?

— Mas eu já disse, Rory...

— Então você quer que eu acredite que elas "apareceram como num passe de mágica"? Que tipo de idiota — outra pancada, outro grito — você pensa que eu sou? Hein? O que mais ele lhe deu? Ou você teve de fazer por merecer? É isso, então? Você virou uma profissional? Qual é o seu preço, hein? Um par de meias dá direito a um homem de fazer o que com você?

— Rory, pelo amor de Deus...

— Foi aquele canalha de pé chato? Eu percebi como ele te olha. Em que quarto ele está? Me diga! *Me diga!*

Quando Meg soltou um berro, abri com força a porta do meu quarto e saí. A única luz presente era a da vela às minhas costas, mas foi o suficiente para eu conseguir vê-lo desferir um murro no rosto dela com todas as forças. Ela caiu de joelhos e segurou sua bochecha, soluçando. Estava completamente nua. Rory estava de cueca com a camisa aberta.

— Pare! — gritei. — Ela está dizendo a verdade!

Ele olhou por cima do ombro. Nossos olhares se cruzaram. Ele virou-se deliberadamente para Meg, segurou uma mecha de seu cabelo e lhe deu um chute extremamente violento nas costelas. O som daquele golpe foi seco, terrível. Ela soltou um *uuuf* quando o ar saiu de dentro dela à força.

— *Fui eu quem deu essas meias pra ela!* — gritei, num guincho.

Ele tornou a chutá-la, ainda a segurando pelos cabelos, e, em seguida, atirou-a para o lado. Ela caiu e não fez o menor esforço para se mexer, como uma boneca de porcelana despida esquecida num quarto de brincar. Quando ele se preparou para chutá-la mais uma vez, eu levantei o atiçador e saí correndo em disparada pelo corredor.

Antes que eu pudesse alcançá-lo, porém, Angus apareceu no alto das escadas e, num único movimento, segurou Rory pela garganta e o prendeu contra a parede, fazendo seus pés ficarem pendurados no ar. As mãos de Rory se debateram e por fim seguraram a mão que prendia seu pescoço, mas ele não soltou som algum. O outro braço de Angus continuava pendendo ao lado de seu próprio corpo com os dedos espalmados.

— Que merda está acontecendo por aqui? — perguntou Hank, espiando para fora do quarto com uma vela na mão. Quando ele viu o que era, entrou de novo.

Atirei o atiçador no chão e saí correndo até Meg. Ela estava num estado de semiconsciência. Arrastei-a até seu quarto e me agachei ao seu lado, abraçando-a e protegendo a sua nudez. Ela choramingou e cobriu a cabeça com os braços.

Ouvi batidas ritmadas no corredor e olhei para cima, achando que era Angus dando socos. Mas não: ele continuava segurando Rory com uma única mão. As batidas vinham de Rory, que dava tapas na parede às suas costas. Seus olhos estavam esbugalhados e a língua saía pela sua boca e, embora a luz fosse fraca, ficou mais do que evidente que seu rosto não tinha uma coloração normal, que se tornava cada vez mais escuro. Os tapas foram diminuindo de intensidade e, por fim, cessaram de todo. Uma mancha molhada apareceu na frente de sua cueca; a urina escorreu-lhe pela perna e depois pelo chão.

Pareceu uma eternidade, mas provavelmente não deve ter durado mais do que uns poucos segundos, e então Angus o soltou. Rory caiu no chão como um boneco e permaneceu completamente imóvel. Tive certeza de que estava morto, mas, após alguns segundos, seu corpo se sacudiu violentamente e ele segurou a garganta, ofegando por ar. Foi um som horrível, rouco e áspero.

Angus postou-se logo atrás de Rory, com as mãos nos quadris. Vestia uma calça de pijama azul listrada, mas nenhuma camisa. Ninguém ali se encontrava decentemente coberto, Meg menos ainda, e aquilo fez com que o horror do momento de certa maneira se tornasse ainda mais real.

Angus cutucou Rory com o pé.

— Acho que não preciso lhe dizer o que vai acontecer se algum dia eu encontrar você perto da minha porta de novo — disse ele.

Rory se retorceu no chão, respirando com dificuldade, rouquejando, de modo intermitente, ainda segurando a garganta.

— Vou tomar isso como um não — disse Angus, inclinando-se para levantar Rory pelas axilas. Ele se virou e o lançou escada abaixo.

Segurei a respiração durante a série de batidas secas do corpo de Rory descendo aos trambolhões pelos degraus. Eu tinha certeza de que acabara de presenciar um assassinato, mas instantes depois ouvi a porta da frente se abrir e, em seguida, fechar-se com um clique silencioso.

Capítulo Trinta

Angus apanhou Meg dos meus braços como se ela não pesasse nada.

— Prepare a cama, tire os cobertores — ordenou ele para mim, enquanto eu o seguia apressadamente. — E você — disse ele para Hank, que aparecera diante da porta segurando uma vela —, traga essa vela e acenda as outras.

Angus pousou Meg na cama e puxou as cobertas por cima de seu branco corpo nu. Ela rolou para o lado direito, chorando baixinho. Sua face esquerda estava coberta de sangue, a pálpebra inchada. Sangue escorria-lhe num filete do nariz, e o lábio tinha um corte aberto.

— Onde mais ele feriu você, *m'eudail?* — perguntou Angus baixinho, sentando-se na beirada da cama. Ele afagou o topo da cabeça de Meg como se ela fosse uma criança. Ela apenas continuou chorando.

— Ele chutou as costelas dela — falei. — Com força.

Angus virou a cabeça para mim.

— E você, o que estava fazendo ali? Ele podia ter machucado você também.

— Eu ia matá-lo.

Ele ficou me encarando por vários segundos.

— Vou chamar o Dr. McLean — informou Angus, levantando-se. — Tem um kit de primeiros-socorros na cozinha, atrás do...

— Eu sei onde está — interrompi. — Vou pegá-lo.

Angus assentiu e virou-se para Hank, que àquela altura já acendera as outras velas.

— Você, vá apanhar alguns troncos da pilha lá embaixo e acenda a lareira deste quarto. E acenda os lampiões do corredor. A noite vai ser longa.

Eu desci correndo a escada, tateando no escuro para encontrar uma lanterna. Localizei a lata branca de metal com a cruz vermelha e acabei derrubando o sabão em pó na ânsia de apanhá-la depressa. Na volta, enquanto subia a escada correndo, topei com Hank, que vinha descendo.

Sentei-me na cama de Meg, abri o kit e embebi um pouco de algodão com iodo.

— Oh, Meg, desculpe, mas isso vai arder — falei, antes de tocar sua face com o algodão, muito de leve. Ela mal estremeceu de dor.

Seu olho esquerdo se fechara completamente durante a minha breve ausência: a carne acima da órbita inchara e caíra por cima do olho, criando uma segunda pálpebra grotesca. Um filete de sangue escorria do canto da sua boca até o travesseiro, e, com uma nova onda de horror, imaginei se ela não teria perdido algum dente.

Hank voltou com uma braçada cheia de troncos.

— Preciso trazer umas compressas — falei para ele. — Ela está inchando muito.

Apanhei duas grandes tigelas de metal na cozinha e levei-as para os fundos, deixando a porta escancarada. Ajoelhei-me no chão congelado e comecei a recolher a neve, atirando punhados nas tigelas e em seguida socando a neve até se formarem cristais de gelo e os nós dos meus dedos ficarem machucados. Quando já não era mais possível comprimi-la, entrei novamente na casa, correndo, parando apenas tempo o suficiente para fechar a porta com meu pé descalço. Parei diante da pia para encher de água a segunda tigela, coloquei-a sobre a primeira e nela pus uma pilha de trapos limpos.

Quando apareci diante da porta com minhas duas tigelas empilhadas, Hank virou a cabeça para me olhar, mas fora isso não fez mais nenhum movimento. Tinha conseguido acender um fogo pequeno na lareira e estava de pé diante dele, pouco à vontade.

— Hank, os lampiões do corredor — lembrei.

Num pulo, ele voltou à ação.

Pousei as tigelas na mesinha de cabeceira, torci um dos panos e coloquei-o sobre a testa de Meg. Dobrei outro e encostei na sua bochecha, logo embaixo do olho.

Então me sentei ao seu lado e afaguei-lhe os cabelos emaranhados fazendo sons de quem acalma um bebê, até notar que meus dedos estavam pegajosos de sangue. Olhei com mais atenção e percebi que uma mecha de seu cabelo fora arrancada do couro cabeludo, que estava exposto com um tom vermelho vivo.

Limpei-o com cuidado, depois o cobri com outra compressa fria. Meg não esboçou reação alguma.

Enquanto eu esperava Angus voltar com o médico, não havia mais nada a fazer a não ser ficar sentada ao lado de Meg, trocando as compressas quando já não estavam mais frias e observando a água assumir um tom rosado. Nunca me senti tão impotente em toda a minha vida.

O Dr. McLean mandou todos para fora do quarto a fim de examinar Meg; portanto, descemos as escadas para esperar. Aparentemente, Ellis continuou dormindo enquanto tudo aquilo acontecia. Ou isso, ou havia morrido, mas não vi motivo para ir checar. Se ele estivesse morto, continuaria morto pela manhã.

Hank e eu nos sentamos ao lado da lareira apagada. Angus acendeu um lampião e se pôs a andar de um lado para o outro. Vestira um suéter antes de sair, mas eu sabia que Hank já vira suas cicatrizes. Era impossível não ver.

Quando o Dr. McLean finalmente apareceu no pé da escada, eu me levantei com rapidez.

— Como ela está?

O médico pousou a maleta no chão e ajustou os óculos.

— Já ministrei morfina; então, por enquanto, ela está se sentindo bem, mas foi severamente espancada. Por acaso vocês sabem quem foi o animal responsável?

— Sim — disse Angus. — E ele já foi espancado por isso.

— Ela vai ficar bem? — perguntei.

— Ela sofreu uma concussão, um grande número de contusões, inclusive no baço e no rim, e pelo menos três de suas costelas foram quebradas. Além disso, perdeu os molares superiores do lado esquerdo, e os pré-molares estão soltos, mas talvez consigam aguentar o tranco.

— Precisamos chamar uma ambulância — falei. — Ela com certeza precisa ir ao hospital.

— Normalmente eu concordaria — disse o Dr. McLean. — Mas, nas atuais circunstâncias, se houver possibilidade de que ela seja tratada aqui, acho que seria preferível.

— Que circunstâncias? — quis saber Angus.

— O hospital fica em Inverness — explicou o médico —, que está sofrendo de falta de combustível e um surto de doença respiratória. Congestão peitoral é a última coisa de que essa pobre garota precisa com as costelas quebradas, portanto eu prefiro fortemente que ela não se exponha. Porém, caso decidam mantê-la aqui, deverão observá-la muito de perto.

— O que devemos fazer? — perguntei.

Depois de uma pausa, percebi que todos olhavam para mim. Eu me virei para Angus.

— Sei que durante o dia você tem outras ocupações, mas eu e Anna daremos conta de cuidar de Meg. Quem sabe Rhona possa voltar e ajudar por algum tempo.

— Maddie — disse Hank, devagar. — Tem certeza de que sabe o que está fazendo?

— Eu sei exatamente o que estou fazendo... Angus?

Era a primeira vez que eu o chamava pelo nome de batismo na frente de outra pessoa. Ele me olhou fixamente nos olhos.

— Maddie... — disse Hank, ao fundo.

— Por favor — implorei para Angus. — O médico disse que ela ficaria melhor aqui, e eu vou cumprir minha parte do acordo. Prometo.

Ele se virou para o Dr. McLean e assentiu.

— Ela fica aqui.

Hank permaneceu sentado em silêncio enquanto o médico dava instruções de cuidados com Meg.

Precisávamos ficar atentos a qualquer sinal de choque — palidez, queda de temperatura, aceleração ou desaceleração dos batimentos cardíacos. Caso isso acontecesse, deveríamos chamar a ambulância imediatamente, pois indicava hemorragia interna. Além do mais, devido à concussão, era necessário acordá-la de hora em hora ao longo das 12 horas seguintes para checar sua acuidade mental.

— Normalmente eu pediria a vocês que comparassem as duas pupilas, mas receio que isso não seja possível por causa do inchaço. Entretanto, sempre que vocês a despertarem, devem fazer com que ela respire fundo cinco ou seis vezes para afastar o risco de pneumonia. Se ela conseguir tossir, tanto melhor. Ela não vai querer, mas é importantíssimo. Deixei um pouco de morfina sobre a cômoda. Com sua experiência nesse campo, suponho que não tenha problema em ministrá-la, certo?

— Certo — disse Angus, com tristeza.

— Ótimo. Bem. A menos que tenham mais alguma pergunta, estou de saída.

Ele apanhou a maleta e seguiu até a porta. Angus o acompanhou.

— E o animal que fez isso... quer dizer que já cuidaram dele?

— Por enquanto — respondeu Angus. — Mas, se você por acaso for chamado em um dos acampamentos dos lenhadores esta noite, poderia recomendar que demorasse para chegar ou, quem sabe, se perdesse pelo caminho?

— Sim — respondeu o médico. — Por causa do Blecaute, às vezes pode ser bastante difícil encontrar o caminho no escuro. Pode-se dizer que numa noite como esta isso chegue até mesmo a ser impossível. Suponho que amanhã você fará uma visita ao oficial de comando, não?

— Com certeza — respondeu Angus. — E talvez também ao próprio homem em questão.

O médico assentiu.

— Nessas circunstâncias, não consigo pensar em nenhum motivo para tentar dissuadir você. Tenha uma boa-noite, Capitão Grant.

Hank olhou para cima de repente, e meu coração começou a bater com mais força.

Eu estava certa. Era ele — ele era o Angus da pedra tumular.

Capítulo Trinta e Um

Embora meu coração estivesse acelerado depois de descobrir a verdade, o resto de meu corpo se sentia completamente exausto. Todos nós estávamos, e subimos as escadas nos arrastando em fila — eu atrás de Angus, Conall atrás de mim e Hank na retaguarda.

Eu congelei ao ver Meg. Tinha pensado que sua aparência não poderia piorar.

— Meu Deus do céu... — murmurei, aproximando-me da cama.

O médico costurara tanto o corte em seu lábio quanto aquele que corria verticalmente por sua bochecha. Era terrível olhar para esse último — parecia um zíper negro improvisado, incrustado de sangue e prova irrefutável de que ela ficaria com uma cicatriz para sempre. Eu me perguntei se os dentes que ela perdera não deixariam seu rosto encovado e torci com todas as forças para que ela não perdesse os outros que estavam moles. Apesar de tudo, ela parecia imersa num sono profundo.

Hank pigarreou. Estava esperando no corredor em frente à porta do quarto de Meg.

— Então, quer que eu vá apanhar mais troncos ou...?

O que ele de fato queria saber é se poderia ir se deitar, e eu o odiei por isso.

— Não se preocupe, daremos um jeito — disse Angus.

Hank continuou ali por mais alguns segundos e depois foi embora. Eu só podia imaginar o que contaria a Ellis pela manhã, mas não havia nada que eu pudesse fazer quanto a isso.

Quando Angus foi apanhar mais gelo, retirei um dos cobertores da minha própria cama, aproximei a cadeira para ficar bem na frente de Meg e me acomodei ali, com os pés protegidos embaixo do meu corpo.

— Você devia ir dormir — disse Angus ao voltar. — Eu fico ao lado dela esta noite e Anna me rende de manhã.

— Eu gostaria de ficar, se não se importa.

— Eu não me importo, mas, a não ser que eu consiga fazer alguns arranjos, você terá de ficar sozinha com ela amanhã à tarde.

— Não tem problema.

Ele atiçou o fogo, depois se agachou contra a parede. Eu arrisquei um olhar de canto de olho: ele me observava.

— Quer dizer que você ia matar Rory, é isso? — perguntou.

— Era minha intenção. Sim.

Ele soltou uma risada baixinha.

— Muito me surpreende, Sra. Hyde.

— Maddie. Sou só Maddie. Anna e Meg me chamam assim há semanas, a não ser quando meu marido está por perto.

Ele me olhou por um longo tempo e eu me perguntei o quanto ele já não teria percebido.

— Acho que está na hora — avisou ele, quarenta minutos depois.

Foi difícil acordar Meg, mas finalmente conseguimos, chamando seu nome e dando tapinhas nas costas de suas mãos. Angus perguntou se ela sabia que dia era. Ela respondeu que era Dia de São Valentim e começou a chorar.

Era tudo culpa dela, murmurou entre os lábios cortados. Rory bebera demais e ela devia saber que não tinha nada que fazer gracinha por causa das meias-calças, nem tê-lo repreendido na noite anterior. Ele era um bom homem, no fundo — ela se mudaria para a Nova Scotia com ele depois da guerra. Tinha até ido assistir a *Welcome to Canada* na semana anterior junto com as outras garotas que se casariam com lenhadores depois que a guerra acabasse.

— Calma, calma, *m'eudail* — disse Angus.

— E se ele não voltar mais?

Angus e eu nos entreolhamos.

— Você precisa respirar fundo algumas vezes agora — disse Angus. — Só cinco vezes, mas deve ser bem fundo.

— Não consigo — chorou ela. — Você não entende, dói demais.

— Você precisa fazer isso, Meg — falei. — São ordens do médico. Você não quer pegar pneumonia, quer?

Angus e eu a ajudamos a virar de costas e seguramos suas mãos, contando em voz alta enquanto ela valentemente enchia e esvaziava os pulmões. Seus gritos eram de cortar o coração, mas, tão logo dissemos "cinco", ela virou-se de lado e apagou.

— Graças a Deus existe morfina — disse Angus. — Provavelmente ela nem vai se lembrar de que a acordamos.

— Daqui a quanto tempo é a próxima dose?

— Quase quatro horas. Vou dar a dose um pouquinho antes do término do efeito para ela não sentir dor. É melhor do que sentir e depois esperar a morfina agir.

Enquanto Angus voltava a se sentar, eu me perguntei se ele não estaria falando aquilo por experiência própria.

— O que vai acontecer com Rory? — perguntei.

— Não dá para saber. Mas de uma coisa você pode ter certeza: ele nunca mais vai encostar um dedo nela.

O fogo dançava em seus olhos azuis brilhantes, e entendi que Meg estaria a salvo de Rory para sempre, ainda que não fosse desejo dela.

Depois de tudo o que acontecera naquela noite, era difícil acreditar que Ellis continuasse trancado em seu próprio quarto, muito possivelmente amarrado à cama. Eu sentia vontade de engatinhar pelo chão até Angus e lhe contar tudo. Queria lhe perguntar a respeito de sua família. Queria sentir seus braços ao redor do meu corpo e queria abraçar o dele. Queria sentir o sangue pulsando em suas veias enquanto ele jurava me proteger, porque eu acreditaria nele.

Logo antes de despertarmos Meg pela terceira vez, ouvimos Anna movimentando-se no andar de baixo.

Angus levantou-se.

— Bem, acho melhor contar logo para ela o que aconteceu. Depois preciso me ausentar por um tempo; tenho uns assuntozinhos para acertar.

Alguns minutos mais tarde, Anna subiu correndo as escadas e entrou no quarto de Meg. Quando seus olhos pousaram sobre ela, desatou a chorar. Rodeei a cama e fui abraçá-la.

— Isso é maldade, Maddie, é isso o que é — disse ela, chorando no meu ombro. — Pura maldade. Que tipo de monstro poderia fazer uma coisa dessas? Ainda mais com nossa pobre, doce Meg? Meg, que não tem parente nenhum nessa vida?

— Não sei — falei, cheia de impotência. — Eu realmente não sei.

Quando Anna se acalmou o suficiente para eu achar que seria capaz de entender as instruções do médico, saí para dormir um pouco.

Seguindo pelo corredor até o meu quarto, notei que a porta estava entreaberta. Eu entrara com pressa na noite passada para apanhar meu cobertor, mas a luz que vinha do meu quarto me fez parar. Eu me lembrava com clareza de haver recolocado a armação do Blecaute na janela.

Fui de fininho até a porta e empurrei-a de leve.

Meu quarto fora completamente revirado. As gavetas da cômoda estavam escancaradas, e a de cima tinha sido arrancada. Tudo o que havia nelas — minhas miudezas, combinações, camisolas, meias-calças e livros — tinha sido atirado ao acaso pelo quarto. Meus vestidos, calças e suéteres haviam sido arrancados do armário, e as malas e os baús que eu guardava atrás das roupas foram arrastados para fora, abertos e emborcados. Até mesmo meu estojo de maquiagem fora atirado no chão, lançado com tanta violência que uma das dobradiças de bronze da prateleirinha agora pendia de lado, como uma asa quebrada.

Alguém tocou o meu ombro. Eu me virei e me encostei na parede.

Era Ellis, claro. Seu rosto estava emaciado, e sua compleição, amarelada. A expressão por trás de seus olhos rodeados de círculos vermelhos parecia vagamente conciliatória, solícita até.

— Maddie? — disse ele, aproximando-se um pouco e inclinando a cabeça de lado. Ele deu um sorriso forçado com os lábios ressequidos. — O que você fez com os comprimidos, Maddie?

Minha mente começou a rodar, mas eu não seria capaz de esconder o que fizera. Não conseguiria resolver mais nenhuma dificuldade como num passe de mágica.

— Eu os atirei na privada — respondi.

A fachada irritantemente falsa dele deu lugar no mesmo instante à fúria.

— Você *o quê?* Quando?

— Não sei, faz um tempinho.

— Que diabo deu em você para fazer uma burrice desse tamanho? *Meu Deus do céu!*

— Você — respondi.

Ele parecia abobalhado.

— Oh, meu Deus. Oh, meu Deus — disse ele baixinho para si mesmo. Correu uma das mãos trêmulas pelos cabelos e começou a ofegar, com dificuldade de respirar.

Eu andei de lado, sentindo a parede às minhas costas, tentando alcançar a porta. Meus dedos a encontraram e seguraram o batente.

Ele levantou o rosto abruptamente, olhando para mim com olhos insanos.

— Que diabo deu em você, Maddie? Quando foi que você se tornou tão decidida assim a acabar comigo?

Minha boca se abriu e se fechou, mas não consegui encontrar resposta alguma.

Ele se virou e lançou-se pelo corredor, oscilando de um lado para o outro e trombando na parede sempre que suas pernas não conseguiam se manter retas.

Entrei no quarto e fechei a porta com a tranca. Depois desabei na cama e imediatamente caí num sono profundo e sem sonhos.

Quando acordei, percebi que quase nove horas haviam se passado e saí correndo até o quarto de Meg. Já passara e muito da hora em que Anna costumava voltar ao sítio, e estava quase na hora de os clientes começarem a chegar.

Ela estava enrodilhada na cadeira, com as pernas cobertas pelo meu cobertor, tal como eu estivera antes. Parei ao lado da cabeceira de Meg e olhei para seu rosto espancado.

— Como ela está? — sussurrei.

— Angus acabou de lhe dar morfina; por isso ela apagou de novo. Ele disse que não precisamos mais acordá-la. Ai, ai. Disse também que, quando ela acordar, ainda precisa respirar fundo algumas vezes e tentar tossir.

Eu me sentei no chão ao lado da cadeira com as pernas esticadas e cruzadas na altura dos tornozelos.

— Desculpe por ter dormido tanto. Posso assumir a partir de agora. Alguém adiantou o jantar?

— Não tem necessidade. Angus colocou um aviso na porta dizendo "Fechado Por Motivo de Doença"... doença, pelo amor de Deus.

A única coisa que pude fazer foi balançar a cabeça.

Anna soltou um suspiro.

— Deve ser muito grave mesmo, porque o médico não pediu para ela tomar óleo de castor. Antes de qualquer outra coisa, a pessoa precisa tomar uma dose de óleo de castor. Pelo que eu estou vendo, ele não deixou nenhum tônico para ela também, e ele sempre deixa um. Como é que ela vai se recuperar sem um deles?

Ela olhou para mim como se eu soubesse. Quando levantei as mãos para indicar que eu não sabia, ela suspirou de novo.

— Rhona está preparando uma sopa e eu tenho certeza de que Mhàthair já está preparando todo tipo de chá neste exato instante, mas Angus disse que não devemos dar nada para ela antes de o Dr. McLean autorizar.

Um gemido baixinho veio da cama. Nós duas nos levantamos num pulo.

Meg se moveu inquieta embaixo dos cobertores. Anna torceu um paninho e passou-o pela sua testa, depois colocou algo de um frasco nos seus lábios.

— É lanolina — explicou, num sussurro. — Aqui não temos falta disso. Infelizmente, ela deixa a pessoa com cheiro de ovelha.

Meg tornou a ficar quieta. Anna e eu voltamos aos nossos lugares e permanecemos olhando para o fogo. As chamas eram hipnotizantes.

Anna, por fim, quebrou o silêncio

— Está com frio? Quer o cobertor?

— Não, estou bem, obrigada. Aqui está quente. Acho que, desde que pisei na Escócia, nunca estive tão aquecida.

— Pelo jeito, sua casa nos Estados Unidos deve ser bem quentinha.

— Sim, temperatura controlada, claro.

Anna me olhou com o rabo do olho.

— Está tudo bem? Não pude deixar de reparar na briga, nem que seu marido saiu aos gritos e se debatendo pelos cantos.

— Na verdade, não — respondi. — As coisas estão bastante sombrias.

Depois de quase um minuto lançando-me olhares ansiosos, Anna não aguentou mais.

— Não quero meter o nariz onde não sou chamada, mas às vezes ajuda se abrir. — Ela virou o rosto de propósito, provavelmente para facilitar minha confissão.

Hesitei, mas não por muito tempo.

— Acho que vou pedir o divórcio — sussurrei.

— Divórcio! — Anna girou a cabeça para me olhar, com olhos tão arregalados que eu via o branco deles completamente. — Você será igual a Wallis Simpson!

Eu me encolhi.

— Espero que não. Espero só ter de me divorciar uma vez; se descobrir como.

Enquanto Anna refletia sobre o assunto, virou-se de novo para a cama ainda com os olhos arregaladíssimos.

— Eu devia ter ficado de boca fechada — falei. — Eu deixei você em choque.

— Não — retrucou ela, balançando a cabeça com veemência.

À medida que o silêncio se avolumava entre nós, eu mergulhava no desespero. Não conseguia suportar a ideia de Anna não gostar mais de mim.

— Você me acha horrível, não é? — perguntei.

— Não seja ridícula — protestou ela. — Está na cara como ele trata você. Só não tinha passado pela minha cabeça que existia alguma coisa que você pudesse *fazer*.

Pensei no galo, confinado numa cesta todos os sábados, e percebi que divórcio provavelmente não era uma opção em Glenurquhart.

— Ele sabe? — perguntou Anna.

— Não, e nem pode saber por enquanto, porque, quando eu lhe disser, terei de ir morar em outro lugar. Se é que vou conseguir encontrar outro lugar.

— Ah, sim — disse ela, assentindo. — Imagino que com certeza será terrível continuar embaixo do mesmo teto que ele, depois de lhe dar a notícia.

Olhei para o rosto inchado e sanguinolento de Meg e lembrei os sons da porta se rachando quando meu marido enraivecido atirou-se contra ela, tentando me pegar.

— Receio que a coisa seja pior ainda.

Os olhos de Anna se deslocaram de mim para Meg e depois de novo para mim, arregalando-se de compreensão.

Olhamos inutilmente uma para a outra, depois continuamos a olhar para o fogo. Ele lançava sombras compridas que dançavam pelo teto antes de fazerem uma curva fechada na parede, como se acompanhassem o rasgo do papel de parede.

Embora no fim das contas eu tivesse falado muito pouco, provavelmente dissera mais do que devia. Mas me perguntei se o que dissera para Anna não poderia ter incitado o clima a mais confidências.

— Anna — falei. — Eu sei que não é da minha conta, mas você poderia por favor me dizer o que aconteceu com Angus? Eu sei que é o nome dele que está naquela pedra tumular, ele é o homem que não morreu. Mas não sei mais nada além disso.

Ela franziu a testa e piscou os olhos, observando-me enquanto pensava naquele pedido.

Meu rosto ficou vermelho. Eu cometera um erro, perguntando a respeito de coisas sobre as quais não tinha o direito de saber. Eu me virei para a parede, cheia de vergonha.

Às minhas costas, Anna suspirou profundamente.

— Bem — disse ela. — Você não vai saber pela boca de Angus, porque ele não fala nesse assunto, e, apesar de eu não ser do tipo que fala bobagens, isso também não é o que se poderia chamar de segredo de estado. Por isso, acho que ele não vai se importar.

Eu tinha imaginado um milhão de explicações desde que a pedra tumular me chamara a atenção pela primeira vez, mas nenhuma delas era tão trágica quanto a verdade. O único corpo que estava embaixo daquela pedra era o da criança.

— Mhàthair ajudou no parto dela, neste mesmíssimo quarto — disse Anna. — Tenho quase certeza de que foi a última vez que acenderam a lareira. A pobrezinha viveu só alguns minutos, que Deus tenha a sua alma. Ali mesmo foi quase o fim de Màiri. Então, exatamente um mês depois, chegou o telegrama avisando que Angus também tinha morrido. Eu estava aqui quando Willie veio entregá-lo. Ainda está guardado no cofre lá embaixo. Imagine, chegou justamente no Dia de São Valentim.

— Quando vocês descobriram que não era verdade?

— Tarde demais para salvar a pobre Màiri.

A primeira vez em que vi o túmulo, perguntei-me se Màiri morrera de tristeza, e no fim das contas foi justamente isso. Duas semanas depois de receber a notícia da morte de Angus, ela foi até o castelo, atravessou o portão, desceu a encosta e entrou nas águas. O pescador desesperado que a viu fazer isso não conseguiu remar rápido o suficiente para salvá-la, e seu corpo nunca foi encontrado.

Quando Anna me contou isso, senti meu coração se apertar. Percebi que já tinha visto Angus visitando os dois túmulos.

— Eles estavam casados há muito tempo? — perguntei.

— Bom, namoravam há anos, mas só se casaram quando a guerra começou e Angus se alistou no exército. A guerra teve esse efeito em muita gente.

— Meu Deus. Então não fazia nem dois anos que eles haviam se casado.

— Pois é. A guerra ceifou muita coisa antes do tempo.

Ela caiu em silêncio, e eu sabia que estava pensando em seus irmãos.

— Eles tiveram tempo de ficar juntos antes de Angus partir? — perguntei.

— Não, só um tempinho aqui, outro ali. A guerra começou a pegar fogo mesmo em abril de 1940, e pouco tempo depois Angus foi ferido pela primeira vez.

Enquanto Anna relembrava os acontecimentos, fiquei impressionada não apenas com o que ela me dizia, mas também com o quanto sabia. Então me lembrei do tamanho daquela vila e da magnitude daquela tragédia, mesmo numa época tão assolada pelas tragédias.

Durante a Batalha de Dunkirk, Angus voltara à linha de fogo não uma, nem duas, mas três vezes para resgatar membros de sua unidade de combate, apesar de ter sido atingido pelos estilhaços de uma granada na coxa. Sua bravura chamou a atenção do alto escalão e, quando ele se recuperou, foi convidado a juntar-se à recém-criada Special Service Brigade ou Brigada de Serviços Especiais.

Só se aceitavam os mais durões na "Brigada de Truques Sujos" de Winston Churchill — a equipe mortal e de elite que ele criou com o único objetivo de instaurar um "reinado de terror na costa inimiga". Eram treinados no Castelo Achnacarry, então conhecido como Castle Commando, sob a liderança do 15º Lorde Lovat, cujas técnicas se baseavam nas pequenas unidades de comando que haviam impressionado seu pai na Guerra dos Bôeres.

Angus e outros membros potenciais daquela elite militar foram deixados por sua conta e risco, fardados e plenamente armados, na estação ferroviária de Spean, a 11 quilômetros de distância, depois de tomarem apenas uma xícara de chá, para encontrarem o castelo sozinhos qualquer que fosse o clima. Se conseguissem, passariam seis semanas terríveis treinando com munição de verdade, exercitando-se até o limite da exaustão física completa e aprendendo todas as maneiras de matar um homem mesmo sem uma arma.

Angus foi despachado num navio depois de uns poucos dias de licença, os quais, contudo, foram o bastante para engravidar Màiri. Nove meses mais tarde, foi gravemente ferido — basicamente destripado — num combate corpo a corpo na França, onde tombou logo depois de abrir a garganta do seu oponente com a borda de seu capacete de metal.

Anna ia falando e eu praticamente conseguia visualizar o que ela dizia em minha cabeça, como se as cenas se desenrolassem de modo incessante. Eu havia imaginado versões incontáveis dos acontecimentos, mas aquilo era pior do que qualquer uma delas. Vi Angus dobrado em dois, lutando para continuar de pé e usando um dos braços para tentar segurar seus órgãos internos e o outro para acabar com o soldado inimigo. Vi Angus caindo no chão, certo de que estava à beira da morte, os olhos abertos e treinados voltados para o céu, os pensamentos em sua mulher e na criança que deveria nascer a qualquer momento e que talvez já até tivesse nascido.

Angus foi resgatado para um lugar seguro por membros da Resistência Francesa, mas durante um bom tempo ninguém soube disso — suas placas de identificação tinham sido arrancadas e encontravam-se perdidas em meio aos corpos apodrecidos que entulhavam as ruas com calçamento de pedra. Os combates eram tão violentos que se levava mais de uma semana para recolher os cadáveres, o que os tornava asquerosamente inchados e irreconhecíveis.

Ele ficou à beira da morte durante semanas. Foi um milagre ter sobrevivido, mas cinco meses depois, contra todas as expectativas, ele retornou ao território britânico.

— Meu Deus — exclamei, quando Anna fez uma pausa. — E então descobriu que sua mulher e sua filha tinham morrido.

— Sim — confirmou Anna. — Não havia nada que alguém pudesse fazer para salvar a criança, mas ele se culpa até hoje pelo que aconteceu com Màiri.

— Não foi culpa dele — eu disse.

— Eu sei, mas ele se sente responsável mesmo assim, como se devesse ter encontrado uma maneira de avisar que não morrera, mesmo estando *destripado* num celeiro em algum lugar da França. Desde então, ele não tocou nas águas do *loch*. Só pesca nos rios. Na verdade, ele não se atreve nem mesmo a atravessar o portão que leva ao lago.

— Mas, fora isso, ele se recuperou? Quero dizer, fisicamente?

— Ele é forte como um boi; eu já vi esse homem descer o morro com um veado nos ombros, estilo Harris. O único motivo de não ter voltado para o Front é por precisarem dele na escola de combate. Só um membro da elite pode treinar outro, e é isso o que ele faz lá no Casarão, a maior parte do tempo. O resto ele usa para alimentar todos nós.

— Você acha que ele vai continuar sendo um guarda-caça? Quero dizer, depois da guerra?

Anna negou com a cabeça.

— Não. O antigo proprietário morreu, sabe. Faz poucos meses, mas a gente já sabia há muito tempo que isso aconteceria. O pobre homem nunca se recuperou da perda do filho.

Eu me lembrei da advertência de Bob Policial com uma sensação de inquietude. Não havia nenhuma excursão de caça naquela propriedade — por motivos óbvios —; por isso, ninguém estava roubando o troféu de caça de nenhuma pessoa rica. Angus suplementava a dieta de todas as famílias do vilarejo. Era um caso verdadeiro de roubo justificado, e eu esperava que o novo dono do Casarão encarasse as coisas assim. Depois de tudo pelo que Angus havia passado, parecia cruel não deixar que ele voltasse a ser o guarda-caça após a guerra. Era evidente o quanto ele conhecia e amava aquelas terras.

— Bem — disse Anna, cansada. — Agora que já esgotei seus ouvidos, provavelmente é melhor eu ir. Mas antes vou lhe trazer uma xícara de chá.

— Anna? — falei, assim que ela se levantou.

— Sim?

— Obrigada por me dar essas informações — disse eu. — Ainda que nada disso seja da minha conta.

— Ah, tudo bem. Agora estou começando a pensar em você como um dos nossos.

Senti um aperto na garganta. Achei que podia ser a coisa mais bonita que alguém já tinha me dito — com sinceridade — na vida.

Capítulo Trinta e Dois

Quando Anna trouxe o chá, também me entregou o jornal.

— Já que ela provavelmente vai ficar dormindo, achei que você gostaria de alguma coisa para passar o tempo.

Depois de ela sair, verifiquei como estava Meg, pousando a mão na sua testa e observando o subir e descer de sua caixa torácica. Desconsiderando o rosto destruído e o sangue coagulado em seus cachos cor de cobre, ela parecia tão tranquila quanto uma criança adormecida.

Eu me acomodei na cadeira com o jornal.

NÃO VAI DEMORAR, QUASE LÁ e ALEMANHA SE APROXIMA DO FIM, proclamavam as manchetes, embora as reportagens em si revelassem uma realidade bem mais sombria.

Uma das matérias de um correspondente de guerra que viajava com os Seaforth Highlanders[15] durante os seus combates no Front Ocidental descrevia "cenas de completa devastação" — soldados tentando limpar campos minados embaixo de chuva torrencial, cidades abandonadas onde só havia as fachadas dos edifícios, cadáveres amontoados em pilhas altas dos dois lados das ruas. Em outra reportagem, um marechal

---

[15] Infantaria do exército britânico associada principalmente à região norte das Terras Altas da Escócia. (*N. da T.*)

resoluto descrevia a mesma batalha como "as coisas estão indo muito bem, embora a lama não ajude".

Havia uma matéria a respeito da doença respiratória que assolava Inverness, bem como sobre a falta de combustível. Uma recente onda de frio provocara um aumento tão grande no consumo que já não havia mais nenhuma lenha combustível nos estoques das autoridades municipais, que a forneciam para a população. Apesar das sugestões de disponibilizar os estoques emergenciais de combustível do Norte para as pessoas em grande necessidade, nada fora feito nesse sentido. Um único depósito de combustível do governo dispunha de mais de setecentas toneladas de carvão e mil toneladas de madeira; entretanto, os enfermos e idosos de Inverness não tinham absolutamente nada para colocar em seus fogões e lareiras.

Entre notícias de que o Exército Vermelho havia matado mais de 1,15 milhão de soldados alemães em pouco mais de um mês, de que Tóquio fora bombardeada novamente e de que dois dias de bombardeios aéreos das Forças Aliadas tinham reduzido a cidade de Dresden a entulho, havia também anúncios do Palace Cinema na Huntly Street divulgando a estreia de dois filmes, *You Can't Ration Love (Não se Pode Racionar o Amor)* e *Hitler's Gang (A Gangue de Hitler)*, que seriam exibidos três vezes ao dia, e de tabletes de vitamina B, pois "A Beleza Depende da Saúde". Um fabricante de sais hepáticos efervescentes prometia que seu produto "promoveria uma limpeza suave nos intestinos, varreria as impurezas e purificaria o sangue". Uma advertência circunspecta sobre doenças venéreas lembrava que seu aumento era "uma das pouquíssimas manchas negras" nos registros de guerra do país, mas não oferecia conselho algum do que fazer a respeito.

Talvez a justaposição mais absurda de todas fosse uma declaração do marechal Montgomery, afirmando que a guerra estava nos estágios finais, colocada ao lado de uma matéria sobre um cavalo que puxava uma carroça de leite e que disparou quando o carroceiro colocava o leite nas escadas da frente de um edifício. O animal saiu num galope desabalado "ao longo da Old Edinburgh Road e desceu o morro" enquanto garrafas de leite "voavam em todas as direções". O cavalo não conseguiu virar a esquina na High Street e bateu, com carroça e tudo, na vitrine da Woolworth's. Embora estivesse "com um corte feio no ombro", foi resgatado por um policial e vários soldados, e era esperado que acabasse recuperando-se totalmente.

O nível de detalhamento da notícia, bem como seu posicionamento aparentemente ao acaso, representava para mim prova de que o mundo tinha ao mesmo tempo enlouquecido e continuado igual a sempre.

Assassinatos em massa eram descritos ao lado de informações sobre laxantes. Cidades eram bombardeadas, homens aniquilavam uns aos outros metidos em lama até a altura do joelho, civis eram explodidos em pedacinhos ao pisarem em minas, mas, apesar disso, os cavalos ainda se assustavam, as pessoas frequentavam o cinema, e as mulheres se preocupavam em ter rostinhos de princesa. Eu não sabia se isso me fazia entender melhor o mundo ou se significava que eu jamais viria a entendê-lo.

O Dr. McLean chegou no fim da tarde e disse que, embora não estivesse mais preocupado com a concussão de Meg, ela ainda corria sérios riscos. Ainda deveríamos observar atentamente sinais de choque. Ele nos encorajou a tentar alimentá-la de alguma maneira, mas advertiu que fizéssemos isso de forma gradual. Assentiu em sinal de aprovação quando eu lhe disse que Rhona estava naquele exato instante preparando uma sopa lá embaixo.

Quando o médico saiu do quarto, desci com ele e entrei na cozinha. Ele acordara Meg para examiná-la, mas depois lhe dera uma injeção de morfina, e eu queria que ela comesse alguma coisa antes de voltar a ficar desacordada. Assim que Rhona me viu, serviu uma concha de caldo grosso e fragrante, e o entregou a mim com dedos encarquilhados.

— Obrigada — falei.

Ela voltou-se para a sopa, as costas tão curvas que seu rosto ficava quase paralelo ao líquido fervente. Os cabelos brancos estavam bem presos num coque e repartidos ao meio, mostrando quase um centímetro de couro cabeludo. Eu nem conseguia arriscar a idade dela. Ela podia ter qualquer coisa entre 70 e 90 anos, quem sabe até mais.

Consegui fazer Meg tomar apenas algumas colheradas antes de a morfina arrastá-la para longe de mim.

Três minutos antes das nove, Angus trouxe uma braçada de troncos para cima.

Eu não o ouvira retornar. Achava que me encontrava sozinha na hospedaria. Então me perguntei onde estariam Hank e Ellis porque, até onde eu sabia, eles também ainda não haviam voltado. Talvez tivessem ido para outro lugar ao verem o aviso afixado na porta.

Angus colocou os troncos ao lado da lareira, limpou as mãos e foi para o lado de Meg.

— Como ela está? — perguntou.

— Um pouco melhor — respondi, e depois relatei a visita do médico. — Ela tomou um pouquinho de sopa. Está se remexendo há mais ou menos meia hora e estou tentando fazer com que tome um pouco de água.

— Que horas o Dr. McLean deu-lhe a injeção?

— Por volta das cinco.

— Então já está na hora de tomar outra. Por isso ela está inquieta.

Eu me sentei na cadeira e observei enquanto ele lhe aplicava a injeção. Era a primeira vez que punha os olhos nele desde que Anna me contara sua história.

Ele lixou o pescoço de uma das ampolas de vidro, partiu-o e encheu a seringa. Depois amarrou um tubo de borracha no braço de Meg, enfiou a agulha e lentamente abaixou o êmbolo. Em seguida, permaneceu ao lado da cama, parado, olhando para ela.

— Você devia ir — disse ele, olhando para mim. — Descanse um pouco enquanto pode.

— Você é que devia dormir. Ficou acordado a noite inteira.

— Se não me engano, eu não estava sozinho.

— Sim, mas, depois que Anna chegou, eu dormi por nove horas. Posso aguentar facilmente até de manhã, mas não consigo dar as injeções. Se você se deitar agora, terá quase quatro horas de sono até a próxima dose e depois poderá voltar direto para a cama.

Ele colocou as mãos nos quadris, refletindo.

— Por favor — falei. — Eu insisto.

Ele levantou as sobrancelhas.

— Insiste, é?

— Eu prometi ontem à noite que cumpriria minha parte do acordo, e está mais do que evidente que é a sua vez de dormir — falei, quase embolando a língua na pressa de explicar. — Foi só isso o que eu quis dizer.

— Eu preferia quando você estava insistindo.

Olhei para ele. Ele sorria.

Levantei o queixo, tentando ao máximo imitar a diretora da Mrs. Porter's.

— Neste caso, receio que devo de fato insistir que o senhor descanse um pouco.

Ele deu uma risada baixinho.

— Ora, colocando a coisa assim, acho que não tenho escolha.

Ele acabou mesmo indo dormir, mas não sem antes substituir a tigela de gelo, atiçar o fogo e me obrigar a prometer que eu o acordaria caso precisasse de alguma coisa — ou se eu mudasse de ideia e quisesse dormir —, senão ele voltaria dali a pouco menos de quatro horas.

Eu me enrodilhei na poltrona, funda o bastante para conseguir dobrar o corpo de lado e ficar quase na horizontal. Foi somente quando enfiei o cobertor embaixo das minhas pernas que percebi que ainda estava descalça, ainda estava com a mesma camisola que vestira na noite anterior e que, portanto, andara para lá e para cá com aquela roupa — na frente do médico, na frente de Rhona, na frente de todo mundo. Trocar de roupa foi algo que apenas não me ocorrera. Por mais que eu me sentisse constrangida, naquele momento também fiquei aliviada.

Quase certamente devia ser mais confortável fazer uma vigília noturna de camisola.

Pelo visto, confortável até demais.

O fogo soltou um estalo alto e me despertou de repente. Uma brasa avermelhada estava no carpete à minha frente. Saltei da poltrona, apanhei o atiçador e empurrei-o de novo para dentro.

Depois de correr os olhos rapidamente pelo quarto e perceber que não havia mais nada pegando fogo, pousei os olhos em Meg. Olhei para ela sem parar, com um medo crescente, porque não conseguia ver movimento algum embaixo dos cobertores.

Num instante fui para sua cabeceira e fiquei observando-a com um terror cego. Seu rosto estava cinzento, a boca flácida. O olho direito, o que não estava fechado de tão inchado, ligeiramente aberto, deixando entrever uma listra branca. Pousei a mão na sua caixa torácica, tentando discernir movimentos, mas minha mão tremia tanto que eu não consegui ter certeza. Pressionei três dedos na lateral de sua garganta, buscando sentir seu pulso.

— Meg? — falei, e depois repeti, em tom mais alto: — Meg?

Apanhei o espelho de mão que estava sobre a cômoda e o segurei na frente de sua boca. O espelho balançava enlouquecidamente apesar de meus melhores esforços de mantê-lo firme, mas pelo menos permaneceu parte do tempo diante do rosto de Meg e eu não vi traço algum de embaçamento.

Segundos mais tarde, eu descia apressadamente as escadas no meio da escuridão, tateando as paredes para encontrar o caminho e berrando:

— *Angus! Angus!*

Nós trombamos um com o outro na porta da cozinha. Ele me segurou pelos braços para me imobilizar.

— O que foi? O que aconteceu?

— Ela não está mais respirando...

Ele saiu correndo e subiu as escadas depressa, antes mesmo de eu ter a chance de me virar.

Quando o alcancei, ele encontrava-se sentado na cama, pressionando dois dedos na parte interna do pulso de Meg.

Eu me aproximei devagar, ofegando com dificuldade, com medo demais de perguntar qualquer coisa.

Depois de um tempo insuportavelmente longo, ele colocou a mão dela novamente sobre a cama e checou a temperatura de sua testa.

— O pulso está estável — disse ele. — Ela está um pouco quente, mas só isso. Provavelmente é por causa da lareira. O choque teria o efeito oposto.

Cobri a boca para conter um grito de alívio.

— Oh, graças a Deus! Graças a Deus! Eu caí no sono e, quando acordei, ela não estava se mexendo, e eu pensei que... — Respirei fundo entre os meus dedos inclinados e terminei a frase num sussurro: — Pensei que eu a deixara morrer.

— Não, moça. Está tudo bem.

Minha visão se encheu de um enxame de mosquitos e depois sumiu completamente.

A próxima coisa de que me lembro é da minha testa apoiada nos joelhos de alguém e eu olhando para as dobras da minha camisola.

Eu estava caída no chão e Angus apoiava meu corpo. Um dos seus braços passava por debaixo das minhas pernas, levantando meus joelhos, e a outra se localizava atrás dos meus ombros.

— Fique parada até o sangue voltar — ordenou ele quando tentei levantar a cabeça.

— Desculpe — falei. — Não sei o que aconteceu.

— Você desmaiou, foi isso o que aconteceu — disse Angus. — Caiu com muita força. Está machucada?

— Acho que não. Desculpe.

— Não precisa se desculpar. Não tem motivo para isso.

Minha testa e meu lábio superior começaram a suar, e o zumbido em meus ouvidos aumentou. Uma onda de náusea atravessou meu corpo.

— Oh, meu Deus, acho que estou passando mal.

Ele apanhou as tigelas empilhadas que estavam sobre a mesinha de cabeceira e colocou-as no chão ao meu lado.

Fiquei horrorizada com a ideia de vomitar na frente dele, mas por algum tempo aquilo parecia inevitável. Por fim, felizmente, o mal-estar passou.

— Agora estou bem — falei.

— Quando foi a última vez que você comeu?

— Não sei direito — respondi. — Ontem, acho. Mas tomei uma xícara de chá hoje.

— Bem, isso não é o bastante. Onde você colocou o kit de primeiros-socorros?

— Embaixo da cama.

Um minuto depois, eu mordiscava o quadradinho de chocolate de emergência. Assim que terminei, dobrei o papel de alumínio e disse:

— Acho que agora consigo andar.

— E eu acho que você devia esperar mais uns dois minutos.

Ele apanhou um dos panos da tigela, torceu-o e colocou-o sobre a minha testa. Depois de um instante, eu o apanhei da mão dele e passei pelo pescoço, na frente e atrás.

— Acho que agora estou bem, de verdade — falei.

— Então vamos colocar você na cama.

Angus se levantou e me ofereceu as mãos. Quando me ajudava a levantar, eu desabei. Ele me segurou e me colocou de pé.

— Firme, aí. Precisa se sentar de novo?

— Não — sussurrei, apoiando-me pesadamente no corpo dele. — Está tudo bem.

— Não tem pressa. Quando estiver pronta, é só me dizer.

No momento em que finalmente achei ser capaz de controlar minhas pernas, falei:

— Estou bem, agora. Dessa vez é sério.

— Certo — disse ele, segurando-me com firmeza. — Um pé na frente do outro. Não posso segurar uma vela, mas sei o caminho. Não vou deixar você cair.

— Há uma coisa que você precisa saber — falei, tão logo ele me conduziu até a escuridão do corredor.

— E o que é?

— Tem algumas coisas jogadas no chão do meu quarto.

— Que tipo de coisas?

— Basicamente roupas. Meu marido estava procurando algo esta manhã.

Angus me apoiou enquanto eu entrava na escuridão de breu do meu quarto e navegava pelos objetos ao acaso.

— Pronto.

Eu afundei na cama e apoiei minha cabeça no travesseiro. Enquanto Angus procurava os cobertores e os puxava para cima a fim de me cobrir, suas mãos roçaram o topo dos meu pé, minha garganta, meu queixo.

— Sinto muito, Angus — falei, depois que ele me enrolou como um casulo.

— Pelo quê? Desmaiar não é culpa sua.

— Não, por prometer que eu cuidaria de Meg e depois cair no sono.

— Não se preocupe.

— Mas agora você não vai conseguir descansar nada.

— Eu dormi duas horas, e vou cochilar mais um pouco de vez em quando. Mas há algo em que *eu* devo insistir.

— O que é?

— Nada de pular refeições. Não posso arcar com todas vocês fora do combate de uma vez. A hospedaria não se gerencia sozinha, sabe.

Aquelas palavras formaram um nó agridoce na minha garganta, o segundo do dia.

Embora eu não conseguisse enxergar nada, sabia exatamente onde ele estava. Podia sentir sua presença, e por um momento achei que ele esticaria o braço para me tocar. Segurei a respiração e permaneci absolutamente imóvel, esperando, torcendo, mas ao mesmo tempo morrendo de medo.

Quando nada aconteceu, falei com voz trêmula:

— Angus?

— Sim?

Por um breve instante, achei que eu diria alguma coisa, embora nada me ocorresse, mas o silêncio aumentou e me dominou, uma coisa vasta e opressiva que me envolveu até eu me encontrar presa dentro dela.

— Obrigada por me ajudar a voltar para o meu quarto — falei, por fim.

— Melhor eu voltar para ficar com Meg agora — disse ele. — Durma bem, Maddie.

Segundos depois, a porta se fechou atrás dele e eu fiquei deitada no escuro, abobalhada.

Capítulo Trinta e Três

No dia seguinte, parei apenas o suficiente para recolher algumas roupas do chão e me vestir antes de correr até o quarto de Meg. Ainda tentava alisar as rugas da minha saia quando cheguei.

— Desculpe pelo atraso — falei, alisando o tecido amassado. — Acho que eu estava com o sono um pouco atrasado, mas com...

Olhei, esperando ver Anna, mas em vez disso encontrei sentada na poltrona uma velha senhora de cabelos grisalhos. Ela estava tricotando: *clic, clic, clic*, faziam as agulhas, alimentadas por um fio interminável de lã que repousava enrolado numa bolsa ao lado dela. Uma meia se formava embaixo delas.

Ela me olhou por cima dos óculos de armação de metal.

— Suponho que você seja aquela americana de quem Anna anda falando. Maddie Hyde, é isso?

— Sim. Sou eu.

— Sou a Sra. McKenzie, mãe de Anna, mas as pessoas daqui me chamam de Mhàthair. Você também pode chamar. Afinal de contas, somos todos filhos de Deus da mesma maneira.

Eu me aproximei de Meg.

— Como ela está?

— Tomando um tantinho de sopa quando acorda e também um pouco de chá.

— Um dos seus chás?

— Sim. Deixei mais um pouco com Rhona. Tente fazer ela beber o máximo possível. É para o inchaço, mas só vai funcionar nos primeiros dois dias. Depois vou ter de trazer outro.

As agulhas de Mhàthair nunca paravam de se mover, nem mesmo quando ela estava olhando para mim. Olhei fascinada para a meia parcial.

— Onde está Anna?

— No sítio. Volta mais tarde. Angus disse que você teve uma noite difícil, então fiquei um pouquinho aqui para você descansar.

— Obrigada.

— Agora vá para a mesa. Você não tem nada cobrindo esses seus ossos. Já vi mais carne nas juntas de um pardal.

Aparentemente Angus contara a todos sobre meu desmaio, porque, minutos depois de eu me sentar, Rhona saiu da cozinha arrastando os pés e trazendo um prato de ovos mexidos com uma fatia grossa de presunto e uma pilha de batata frita. Pousou o prato, apontou para ele e depois para mim.

Tinha acabado de voltar para a cozinha quando Hank e Ellis entraram pela porta da frente. Vinham sorridentes, recém-barbeados, envoltos numa nuvem de colônia. Ellis parecia sobrenaturalmente rosado e saudável — o que para mim era impossível, dada a sua aparência no dia anterior.

Quando se aproximaram de mim, meu coração começou a bater desenfreado. Eu me senti como o canário da minha sogra, preso em sua jaula cada vez menor.

— Bom dia, minha querida — disse Hank, sentando-se pesadamente numa cadeira. — Sentiu nossa falta?

— Bom dia, benzinho — disse Ellis, beijando meu rosto.

Senti a bile subir na parte de trás da minha garganta. Eu não podia acreditar que ele achava possível voltarmos a fingir que nada tinha acontecido. Até Hank devia ter percebido que as coisas haviam ido longe demais, mas ele continuava com aquele joguinho ridículo, qualquer que fosse ele.

— E então? Sentiu ou não sentiu? — perguntou Hank.

— Senti o quê?

— A nossa falta? Sabe... porque você nos ama e passamos a noite no Clansman? Não me diga que não percebeu! — Ele piscou um olho para mim, ansiosamente, e em seguida ficou boquiaberto, ultrajado. — Oh, meu Deus. *Você nem notou*. Ellis, sua mulher nem notou a nossa ausência.

— Notei, sim.

— Mas não sentiu nossa falta?

— Desculpe, eu estava meio ocupada — respondi.

— Ocupada *dormindo*, foi o que ouvi dizer — disse Ellis, sorrindo. — Passamos para apanhar você de tarde, mas a garota — não a que está machucada, aquela meio devagar que trabalha na cozinha — disse que você estava tirando um cochilo. Pelo jeito, precisava. Ainda está meio acabada.

Claro que estava: não arrumava o cabelo e a maquiagem há dois dias. Ele, por outro lado, parecia a própria imagem da saúde. Eu não entendia como isso era possível. Teria ele topado com alguém que tomava remédio para nervosismo no Clansman? Com certeza alguma coisa acontecera para deixar o rosto do meu marido corado.

— Ah, não perdeu grande coisa — disse Hank, acendendo um cigarro. — A única vantagem de lá em relação a essa espelunca é que estava aberto e estávamos morrendo de fome. Mas espere... o que é isso? — Ele olhou para o meu prato com olhos arregalados de espanto. — Ellis, acho que no fim das contas a gente deveria ter ficado aqui mesmo. Não vejo um café da manhã como esse desde que nos encontrávamos do outro lado do mundo.

— Parece gostoso — concordou Ellis, esticando o braço e apanhando minha comida. — Enfim, meu amor, faça as malas e passe um pouco da sua maquiagem de guerra. Vamos fazer uma viagenzinha.

— Vamos o quê? — perguntei.

Hank também roubou algumas batatas e as enfiou na boca.

— Oh, nossa — disse ele. — São uma delícia. — Ele lambeu os dedos e apanhou mais.

— Enfim — continuou Ellis. — Vamos para o vilarejo de Fort Augustus. Um dos velhotes no Clansman disse que na abadia do forte existem manuscritos que descrevem as primeiríssimas aparições do monstro. Parece que um dos homens de Cromwell avistou a fera por volta de 1650, ele registrou em seu diário de bordo ter visto "ilhas flutuantes", mas, uma vez que não existem ilhas no *loch*, a única coisa que ele pode ter visto era o monstro, ou vários deles, o que é interessante por diversas razões. Também há entalhes do monstro feitos pelos pictos, que devem nos fornecer pistas. Obviamente existe um padrão que ainda não conseguimos desvendar e que pode ser algo tão simples quanto um processo migratório. É meio parecido com quebrar um código, bastante complicado, mas tenho certeza de que estamos chegando perto. Se você quer saber, estamos tão perto que quase consigo sentir o gostinho.

Olhei para ele, incapaz de acreditar que acabara de comparar o que eles estavam fazendo com decifração de códigos ou com qualquer outra coisa relacionada à guerra.

— Não posso ir — falei.

— Por que não?

— Porque preciso cuidar de Meg.

Ellis recostou o corpo para trás e suspirou.

— Meu amor, você *não pode* cuidar de Meg. Porém, se isso a fizer se sentir melhor, podemos contratar uma enfermeira para ela.

— Mas eu prometi a Angus que...

A expressão dele encheu-se de ultraje.

— *Angus?* Desde quando Barba Negra virou *Angus* para você? Meu Deus, Maddie. Nem consigo me lembrar de quantas vezes eu avisei que você estava se tornando amiga demais da criadagem.

— Certo. Eu prometi ao *Capitão Grant* que ajudaria a cuidar de Meg.

A expressão de Ellis transformou-se de indignada a dolorosamente ofendida. Ele olhou para o lado.

— Não precisava disso.

— O quê? Não precisava do quê? — perguntei. — Ele é *mesmo* um capitão, ora, ou seja, é um oficial militar de alto comando, algo bem diferente do que você chama de "criadagem".

— Independentemente da posição dele, é um infrator que caça em terras alheias, um criminoso, e não entendo por que todo mundo por aqui, inclusive, pelo visto, a minha própria esposa, acha que esse camarada é um herói! — exclamou ele.

— Porque ele *é mesmo* um herói. Você não sabe nada sobre ele.

— E você sabe? — indagou Ellis.

Eu olhei fixo para a frente, em direção à parede do outro lado.

Ellis se inclinou adiante e cruzou as mãos sobre a mesa, com a cara intolerável que sempre fazia quando achava que minhas opiniões eram resultado de debilidade mental.

— Eu entendo que você se preocupe com Meg e queira ter certeza de que ela irá se recuperar — disse ele, com paciência —, mas não existe absolutamente motivo nenhum para ter de cuidar disso em pessoa.

— Existe. Ela é minha amiga.

— Ela não é sua amiga. Ela é uma garçonete de bar.

— Que por acaso é minha amiga.

Ellis deixou a cabeça pender e suspirou. Depois de vários segundos, olhou de novo para mim.

— Eu sei que você está num estado delicado no momento, mas eu gostaria que percebesse o que de fato está acontecendo.

— Não estou em estado delicado algum. Estou *ótima*.

— Não, minha querida, você não está ótima — retrucou ele. — Você deu descarga na sua medicação, está tendo ilusões, está se esquecendo do seu status social... por favor, não me interprete mal, não estou jogando a culpa em você. Mas essas pessoas *vão* se aproveitar de você, se é que já não se aproveitaram, e, como seu marido, é meu dever protegê-la. Há um hospital em Fort Augustus, bastante conhecido, na verdade... pensei que você poderia ficar um tempo por lá, só até voltar ao normal.

Com um pavor de gelar os ossos, percebi que ele estava planejando me internar num sanatório. Ele aparecera com uma solução que não apenas seria capaz de dar-lhe acesso a um estoque infinito de comprimidos, como também de neutralizar qualquer coisa que eu porventura viesse a dizer sobre seu daltonismo — ou seu comportamento em geral —, sob o pretexto de que minha imaginação estava comprometida por uma doença. E ainda por cima com um bônus: ele posaria de marido leal e martirizado, merecedor de pena e respeito.

Coitadinho, pobre Ellis, encalhado com a louca da Maddie. As coisas que ele deve ter suportado e que jamais vai confessar! Que pena... eram feitos um para o outro, sabe, os dois até mesmo enfrentaram a desaprovação dos pais dele, só para no fim ela acabar igualzinha à mãe...

Todos balançariam a cabeça, demonstrando um nível apropriado de tristeza, mas, ao mesmo tempo, sentindo a empolgação da vingança, pois desde o início sabiam que aquilo era inevitável. Então, uma a uma, as matronas da alta sociedade da Filadélfia fariam peregrinações à mansão da Market Street para apresentar suas condolências a Edith Stone Hyde, que suportaria a situação admiravelmente e no fundo se regozijaria com a comprovação de que estivera certa.

Será que Ellis me imaginou trancada no sótão durante tudo aquilo, como a esposa maluca do Sr. Rochester, só que drogada e submissa?

A cereja do bolo, a beleza do seu plano, é que, como eu continuaria viva, ele não seria obrigado a casar-se novamente. Seria então a vez de Hank encenar. Pobre Violet. Eu me perguntei se ela assumiria seu papel tão ingenuamente quanto eu e se reconheceria que não passava disso: de um papel.

A solução tão magistralmente arquitetada por Ellis, no entanto, tinha uma grande falha: a menos que o coronel lhe perdoasse, ele não poderia estar presente ao lado da mãe para receber a simpatia dos outros. Sem a absolvição do coronel, ele continuaria de mãos vazias. Ellis precisava mais do que nunca encontrar o monstro.

Ouvi alguém chamando lá fora.

— É George. Temos de ir — disse Hank, levantando-se.

— Por favor, venha conosco — pediu Ellis, olhando-me nos olhos. — Estou implorando.

Outro grito.

— Ellis, precisamos ir — reforçou Hank.

— Querida, por favor, mude de ideia — implorou Ellis.

Neguei com um aceno de cabeça.

Depois de uma pausa, ele se pôs de pé.

— Odeio ter de deixá-la dessa maneira, ainda que apenas por uns dias. Mas, se você não quer vir, não tenho escolha. De um jeito ou de outro, precisamos acertar esse assunto para podermos voltar para casa e começar uma vida nova.

— Seu plano não vai dar certo — falei baixinho. — Eles não vão me internar, porque eu não estou louca. Nunca estive.

Ele deu um sorriso cheio de tristeza.

— Vejo você daqui a alguns dias, querida. Cuide-se.

Alguns dias. Eu tinha apenas alguns dias para descobrir uma maneira de me safar daquela confusão, porque, apesar de minha atitude desafiadora, eu não sabia se ele de fato não teria o poder de me internar num sanatório. E Ellis certamente não aceitaria um divórcio: o processo acabaria revelando todo tipo de coisa que ele faria de tudo para manter embaixo do tapete.

No fim da tarde, num dos momentos em que Meg estava desperta, ela pediu um espelho.

Anna e eu nos entreolhamos.

— Por que você não espera alguns dias? — perguntou Anna Dê ao chá de Mhàthair a chance de agir.

— Eu quero ver — insistiu Meg. — Eu já sei que está feio.

Anna olhou para mim, desesperada, e eu encolhi os ombros. Não via como poderíamos recusar.

— Bom — disse Anna —, neste caso, vamos arrumar você um pouquinho.

Ela se pôs a limpar a crosta amarelada de pus que continuava a sair dos cortes ao redor da boca e do olho de Meg. Eu fui pegar a minha escova de cabelo, que tinha cerdas mais macias do que a de Meg, e escovei-lhe os cabelos gentilmente. Tomei cuidado para evitar a área em carne viva e tentei fazer alguma ondulação ou cacho suave. Anna ficou aguardando, roendo as unhas.

Quando entreguei o espelho a Meg, ela olhou e virou o rosto de lado. Levou os dedos para a bochecha destruída, traçando a linha do corte costurado; em seguida, deixou os dedos pairarem sobre o profundo corte em seu rosto. Então pousou o espelho na cama e começou a chorar.

Capítulo Trinta e Quatro

Dois dias depois, o Dr. McLean decidiu substituir a morfina de Meg por um tônico vermelho vivo.

Ao guardar as seringas numa caixa juntamente com a morfina restante, ele parou e franziu o cenho. Remexeu as ampolas, misturando as vazias com as cheias.

— Que estranho — disse por fim. — Eu poderia jurar que havia trazido mais do que isso. Deveria haver quatro cheias. Você não a medicou em dobro por acidente, não é?

— Acredito que não — respondeu Angus, sentindo-se um tanto quanto ofendido.

— Não, é claro que não — disse o médico, balançando a cabeça. — Eu devo ter contado errado.

Senti um nó se formando em meu estômago. Eu sem dúvida sabia onde aquelas ampolas tinham ido parar e por que Ellis parecia tão estranhamente saudável.

Quando Anna viu o tônico, assentiu, satisfeita. Para ela, aquilo era um sinal de que o mundo começava a entrar um pouco nos eixos.

Para Meg, significava que ela não poderia mais ficar dopada para evitar a dor. Além disso, o Dr. McLean havia insistido que uma respiração profunda não era mais suficiente. Agora, Meg também teria de se levantar e caminhar a extensão do corredor duas vezes por dia a fim de evitar a formação de coágulos.

Meg suportou bravamente, mas estava nítido que cada passo lhe causava uma dor insuportável. Eu e Anna a apoiávamos, segurando-lhe os cotovelos e dizendo palavras de encorajamento. Quando a levamos de volta ao quarto, ajudamos Meg a se sentar na cadeira, onde ela permaneceu ereta e imóvel até se sentir pronta para enfrentar a rotina de se deitar novamente, o que requeria a utilização dos músculos abdominais e das costas. Levantar-se, rir, tossir, respirar — tudo lhe causava dor.

Rhona se tornara uma presença constante desde a manhã que se seguiu ao incidente com Meg, e ela e Mhàthair estavam sempre incrementando a sopa que lhe dávamos às colheradas. Nós também a tomávamos, e as mudanças diárias no sabor eram um mistério para mim. Certa vez, um punhado de folhas verdinhas apareceu no canto da grande mesa e eu as toquei sem pensar, achando que talvez fossem hortelã. Na verdade, eram as primeiras folhas de urtiga da primavera e eu precisei ficar horas com as mãos submersas numa tigela com neve. Isso divertiu Anna e Meg durante muito tempo, até que Meg pôs um fim na piada porque não aguentava mais a dor que sentia ao rir. O que elas não notaram foi o fato de meu riso ter se transformado em choro.

Não havia como evitar — alguns dias significavam três, no máximo quatro. Meu período de alegria estava quase no fim.

Quatro dias viraram cinco, depois seis e não havia nem sinal de Ellis e Hank. Eu quase desejava que eles retornassem apenas para pôr um fim àquilo, pois eu me enchia de terror cada vez que a porta da frente se abria.

As noites eram ainda piores. Meu cérebro revirava, afugentando meu sono, mas eu não conseguia imaginar solução alguma. Eu não tinha nenhum dinheiro, nem no banco nem comigo; então, mesmo que soubesse como se subornava alguém para embarcar em outro navio cargueiro, não dispunha dos recursos necessários. Além disso, eu tampouco tinha para onde ir quando chegasse.

Embora não fosse mais necessário, eu continuava dormindo no quarto de Meg. Tinha medo de que Ellis retornasse e procurasse por mim em meu quarto.

No sétimo dia, quando Rhona começou a preparar tortas de carne de caça, percebi que Angus reabriria a hospedaria.

Eu não entendia como isso seria possível. Mesmo que Rhona preparasse toda a comida, Meg só conseguiria carregar bandejas dali a semanas e Rhona era simplesmente frágil demais para isso. Angus não conseguiria servir, limpar as mesas e tomar conta do bar ao mesmo tempo.

Quando desci, a porta da entrada estava aberta e ele retirava o aviso, segurando os pregos entre os lábios.

— Está tudo bem? — murmurou ele, olhando para mim.

— Sim. Tudo bem. Eu só queria perguntar uma coisa.

— Pode perguntar.

— Percebi que você vai reabrir a hospedaria e fiquei pensando se eu poderia ajudar. É trabalho demais para apenas uma pessoa, e Meg disse que poderia ficar sozinha por algumas horas, contanto que eu lhe desse um livro para ler.

Angus cuspiu os pregos na mão e fechou a porta.

— E o que você acha que seu marido vai pensar disso?

— Ele vai odiar. Na verdade, ele proibiria. Só que ele está fora da cidade.

— Eu percebi — disse ele, rindo. — Mas por quanto tempo?

— Não tenho certeza — respondi. — Pensei que ele voltaria logo.

— E se ele retornasse e a encontrasse servindo atrás do balcão?

— Ele faria um escândalo, mas acho que essa é a menor das minhas preocupações.

Angus colocou os pregos na mesa mais próxima e olhou para mim.

— Maddie, há algo que eu deveria saber? Porque não tenho como ajudar se não souber qual o problema.

Eu queria contar para Angus, mas não havia nada que ele pudesse fazer.

Permanecemos em silêncio durante muito tempo, Angus olhando para mim com as mãos nos quadris, a expressão séria.

— É complicado — falei, finalmente. — E, sendo bem sincera, acho que ninguém pode me ajudar.

— Tem certeza?

Assenti e disse:

— Certeza absoluta. Além disso, estou tentando não pensar a respeito. E então, o que me diz? Posso me distrair ajudando com o serviço do restaurante?

— Eu ficaria muito grato pela ajuda — disse ele, a voz ainda séria. — E, se você mudar de ideia e quiser me contar qual o problema, sabe onde me encontrar.

Alguns minutos antes das seis, quando já me aguardavam lá embaixo, parei em frente à porta de Meg. Eu a havia ajudado a se sentar na cadeira pouco antes, quando ela decidiu que ia ler. Pelo visto, sentar-se completamente ereta era mais confortável do que ficar inclinada na cama.

— Vou descer agora. Quer que eu traga alguma coisa para você? Que traga mais chá ou que a ajude a voltar para a cama?

Ela olhou para mim por sobre *Died in the Wool* e pousou o livro no colo.

— Você vai descer com essa roupa?

— É o que eu pretendia — respondi, olhando para mim mesma. Eu trajava um vestido azul-marinho que eu esperava esconder possíveis manchas e sapatos baixos o bastante para que eu não tropeçasse.

Ela franziu o cenho.

— Parece que você acabou de vir de um funeral, pelo amor de Deus! Você precisa levantar o moral deles; troque por uma roupa mais adequada e depois volte aqui.

— Mas eles vão começar a chegar a qualquer momento — protestei.

— Angus consegue servir as cervejas enquanto você se torna mais apresentável — disse Meg, firme. — Pelo menos você arrumou os cabelos e se maquiou — completou ela, baixinho, voltando a atenção ao livro.

Fiquei de pé em frente ao meu armário e considerei minhas opções. Peguei um vestido de rayon lilás com saia pregueada e cinto combinando, e sapatos com saltos altos o suficiente para alongar minhas panturrilhas, mas que eu esperava não me desequilibrarem ou me tornarem mais lenta.

Momentos depois, lá estava eu na porta de Meg com as mãos nos quadris.

— E agora? — perguntei.

Foi uma pergunta retórica, mas ela me olhou criticamente de cima a baixo, dos cabelos à ponta dos dedos.

— Vire-se — disse ela, rodando o dedo no ar.

Obedeci, mesmo ouvindo a chegada dos primeiros clientes.

— As linhas da sua perna estão um pouco tortas — declarou. — Mas, fora isso, você vai se sair bem.

Embora eu tivesse imaginado louça espatifando no chão e pratos caindo no colo dos clientes, não fui um desastre total. Foi um pouco estranho, claro: todos que chegavam se sentiam visivelmente intrigados em me ver atrás do balcão. Acho que só entenderam o que estava acontecendo quando viram Angus me ensinando a tirar cerveja das torneiras e medir doses de bebidas e eu levando-as até eles. Nos momentos entre um pedido e outro, eu não sabia o que fazer com minhas mãos ou para onde olhar. Tinha a impressão de que haviam me colocado nua em cima de um palco e de que eu esquecera todas as minhas falas.

Quando os mais curiosos e maliciosos começaram a fazer pedidos diretamente para mim, chamavam-me de Sra. Hyde, muito embora Angus se dirigisse a mim abertamente como Maddie. Foi uma noite estranha no aspecto de nomes, pois quando os lenhadores finalmente começaram a chegar — eles em geral chegavam em grupos barulhentos — foi com ar de reserva, chamando Angus de Capitão Grant ou Senhor. Imagino que estivessem sentindo o terreno, vendo se ainda eram bem-vindos.

Willie Carteiro foi o único a fazer um comentário direto. Ele parou completamente quando me viu e, em seguida, marchou em direção ao balcão.

— O que é isso? — perguntou ele, analisando-me da cabeça aos pés. — Será que meus olhos estão me pregando uma peça?

— Vai querer o quê, Willie? — indagou Angus, ignorando o comentário do homem. — O de sempre?

— Isso — respondeu Willie, enquanto continuava a me observar curiosamente.

Eu me saí bem, consegui servir cerveja sem que metade do copo fosse apenas espuma. Tentei me lembrar do que Meg realizava quando ninguém estava fazendo pedidos. Enchi as garrafas de água, levei os copos vazios para a cozinha e limpei o balcão até meus pulsos doerem, mas uma coisa que Meg fazia e eu não conseguia imitar era conversar, flertar e adivinhar os pedidos dos clientes.

Todos perguntaram por ela, muito embora o tenham feito individualmente e com discrição. Era evidente que sabiam o que acontecera, porém o nome Rory não foi mencionado uma única vez. Angus se limitou a dizer que, embora estivesse se recuperando bem, Meg ainda se sentia fraca e que ele transmitiria a ela os votos de melhora. Todos respondiam com acenos de cabeça e expressões faciais que ocultavam um ódio sem palavras.

Os lenhadores não perguntaram nada e o desconforto deles aumentava com o correr da noite. Parecia que tentavam adivinhar se deviam ir embora e provavelmente se sentiriam aliviados caso fizessem isso.

Conall estava em seu lugar de costume, próximo à lareira, e seu olhar esperançoso parecia pedir que eu me sentasse ao seu lado. Seus olhos me seguiam onde quer que eu fosse, e, com o passar das horas — quando finalmente percebeu que eu não lhe daria pedacinhos do meu jantar escondido —, perdeu as esperanças e abaixou a cabeça sobre o chão de pedra. Foi muito difícil não levar alguma coisa para ele. Tínhamos um pacto, e eu me sentia péssima por tê-lo quebrado.

Depois que todas as mesas e bancos ficaram ocupados e eu passei a correr de um lado para outro entre a cozinha e a porta de entrada, as horas começaram a voar. Quando percebi, todos já haviam comido, eu limpara todas as mesas e não tinha quebrado nada. Derramei bebida apenas duas vezes e somente uma delas em cima de um cliente — o tocador de gaita de foles, Ian Mackintosh, que foi bastante compreensivo.

Por volta das nove horas, Angus ligou o rádio e sintonizou no noticiário noturno. Parei na porta para escutar.

O Exército Vermelho aproximava-se cada vez mais de Berlim e havia interrompido todas as linhas de trem e estradas que levavam à cidade. Dresden até podia já ter sido reduzida a escombros, mas as Forças Aliadas continuavam bombardeando a Alemanha "dia e noite", segundo o locutor. As tropas britânicas haviam tomado Ramree, uma ilha em Burma, e uma batalha importante começara em Iwo Jima, uma ilha próxima ao Japão.

Eu me afastei antes de ouvir o número de mortos.

Rhona empilhara os pratos ao lado da pia e eu permaneci ao lado dela para ajudar. Ela parecia ter encolhido durante aquela noite e se movia mais lentamente do que o normal. Se falássemos a mesma língua, eu lhe teria dito para colocar os pés para cima enquanto eu me encarregava da louça.

Conall se aproximou pelas nossas costas e, depois que o último prato acabou de ser lavado, soltou um suspiro de partir o coração e se deixou cair aos pés da cama de Angus, como se minha crueldade tivesse lhe tirado energias até mesmo para pular. Se eu estivesse lavando os pratos sozinha, teria deixado que lambesse alguns deles.

Depois que todos se foram, levei uma tigela de sopa lá para cima, juntamente com uma caneca de cerveja.

— Toc, toc — falei, embora a porta do quarto de Meg estivesse aberta. — Trouxe uma coisinha para você.

Ela conseguira voltar sozinha para a cama e estava deitada, olhando a parede.

— Se não for morfina, eu não quero.

Pousei a tigela e a caneca e me sentei ao seu lado. Ela havia perdido o pouquinho de cor que ganhara durante o dia.

— O que aconteceu? Pensei que você estivesse se sentindo um pouquinho melhor.

— E estava — respondeu ela. — Acho que exagerei.

— Trouxe sopa. Quer voltar para a cadeira?

— Não. Acho que foi a cadeira que me fez piorar. — Ela se ergueu, apoiada em um cotovelo, vagarosamente. Era doloroso olhar aquilo. — Coloque um travesseiro atrás de mim, por favor. Então, como foram as coisas lá embaixo?

— Acho que me saí bem — respondi. — Só derramei bebida em uma pessoa.

Segurei a sopa sob o queixo de Meg e coloquei metade de uma colherada em sua boca. Ela fez uma careta de dor, movendo a mandíbula cuidadosamente. Rhona adicionara pedacinhos de batata e alho-poró, juntamente com alguns outros legumes.

— Quer que eu tire os legumes?

— Não. Eu consigo mastigá-los. Só preciso ter cuidado.

— Tome um gole de cerveja — falei, pousando a sopa na mesinha e entregando-lhe a caneca. — Uma pessoa muito sábia me disse certa vez que a cerveja fortalece o sangue.

— Talvez ela não fosse assim tão sábia — disse Meg, com um sorriso triste. Tomou um gole e me devolveu a caneca. — Então, quando perguntei como foi lá embaixo, o que eu queria mesmo saber era...

Ela ficou em silêncio. Depois de alguns instantes, recostou-se no travesseiro e fechou os olhos.

Finalmente compreendi os motivos de sua súbita melhora e igualmente súbita piora.

— Não. Ele não veio. E não acho que virá. Acho que não ousaria.

Ela assentiu e piscou. Seus cílios estavam molhados.

— Sinto muito, Meg.

— Eu sei — disse ela, fungando. — Acho que eu já sabia e talvez seja melhor assim, mas, Deus me perdoe, apesar de tudo que aconteceu, eu ainda o amo. Não é um sentimento que se possa simplesmente desligar.

Segurei a mão dela.

— Então você de fato acha que não é possível acertar as coisas com seu marido? — perguntou.

Uma náusea apertou minhas entranhas.

— Como?

— Anna me disse que você quer pedir o divórcio. Por favor, não se irrite; é que ela nunca conheceu uma divorciada antes.

— E ainda não conheceu! E provavelmente não irá conhecer, porque não vou me divorciar!

— Você se irritou! — disse Meg, soluçando de repente. — Eu não devia ter dito nada.

— Não, não, não. Não chore — implorei. — Não estou exatamente irritada, só meio desconcertada. Você acha que ela contou isso para quantas pessoas além de você?

— Talvez Angus, mas eu duvido. Ela me fez jurar que eu guardaria segredo.

Angus. Meu coração gelou só de pensar.

— De qualquer maneira, amanhã mesmo vou dizer a ela que você mudou de ideia e o assunto estará encerrado. Então foi só uma crise?

— Não — respondi. — Com certeza é algo definitivo.

— Talvez as coisas se ajeitem algum dia. Nunca se sabe. Vocês devem ter se amado em algum momento.

Balancei a cabeça.

— Eu achava que sim. Mas não, receio que não. Os sentimentos dele sempre estiveram em outro lugar.

Capítulo Trinta e Cinco

Eu estava enrodilhada na cadeira quando a sirene soou, alertando um ataque aéreo com seu grito agudo. Não havia nenhum aviso, nada que sugerisse que ela iria tocar — a coisa ia do silêncio absoluto ao barulho ensurdecedor em questão de segundos.

— Ai, meu Deus. Ai, meu Deus! — falei, levantando-me num pulo e olhando ao meu redor. O macacão antiaéreo de Meg estava guardado embaixo da cadeira. Peguei-o e fiquei parada ao pé da cama, imóvel, sem saber o que fazer. Eu não tinha a mínima ideia de como iria vesti-la com aquilo. Angus e Conall apareceram segundos depois, antes mesmo de eu começar a tentar vesti-la.

— Vista você o traje — disse Angus, quando me iluminou com a lanterna e viu que eu o estava segurando. — E pegue as máscaras de gás.

— Vão vocês dois! — gritou Meg. — Eu não vou conseguir.

— Vai, sim! — falou Angus. Ele atirou a lanterna para mim e então apanhou Meg rapidamente, levando-a enrolada em sua roupa de cama.

Eu vesti o macacão, peguei as máscaras de gás e desci rapidamente. O brilho fraco da lua revelava a silhueta distante do abrigo e corri para lá, segurando a porta a fim de que Angus entrasse com Meg. Logo depois, foi a vez de Conall e por último eu, fechando a porta atrás de mim.

Acendi a lanterna e a apoiei contra a parede. Angus, curvado pelo fato de o teto não ser alto, foi ao beliche nos fundos e deitou Meg na cama de baixo. Ela se virou de lado, gemendo de dor.

— Me dê a máscara de gás dela — disse Angus, agachando-se ao lado de Meg. — E coloque a sua também.

Ele posicionou a máscara sobre o rosto abatido dela. Meg gemeu e se enrodilhou ainda mais.

Angus procurou embaixo da cama e tirou de lá um embrulho de lona, rotulado com PRIMEIROS SOCORROS DE CAMPO. Desenrolou o embrulho, revelando uma variedade de instrumentos cirúrgicos e recipientes presos em seu interior. Logo depois, injetou alguma coisa no braço de Meg.

— O que era isso? — perguntei, ajoelhando-me ao lado dele. — Morfina?

— Isso. Uma seringa já preparada. Eu tive de trazê-la depressa até aqui e por isso não pude ser cuidadoso, e não vejo motivo para ela ter que suportar essa dor. — Ele olhou para mim. — Eu disse para você colocar sua máscara.

Eu estava tendo dificuldade em prender as amarras. Angus virou-se e fez alguma coisa atrás da minha cabeça. Levei a mão ao local para investigar. Ele prendera o ponto onde as amarras da máscara se uniam com um grampo de cabelo.

Diversos aviões sobrevoaram acima, um atrás do outro. Gritei e cobri minha cabeça. Angus me abraçou e eu o agarrei com força, virando o rosto e afundando o cilindro de vidro da minha máscara em seu ombro.

— São Spitfires; apenas Spitfires. Não precisa ter medo — disse ele. — Vou ajudar você a subir. Preciso sair para pegar minha arma.

Segurei na borda do beliche e ele me ajudou a subir, como se eu montasse em um cavalo. Tentei entrar embaixo das cobertas, mas a máscara de gás tornava impossível ver o que eu estava fazendo.

— Volto já — disse ele, afastando-se. Dei um grito e tentei agarrá-lo, mas ele saiu mesmo assim. Enquanto cada vez mais aviões zumbiam acima de nós, comecei a chorar, fungando dentro da minha máscara.

A arma provavelmente devia estar no esconderijo de emergência, um buraco cavado no chão, pois ele retornou quase no mesmo instante.

— Está tudo bem — falou ele, agachando-se — São mais Spitfires.

A sirene gritava, incansável, seu som subindo e descendo, subindo e descendo; e depois de algumas horas parei de notar e caí num estupor.

Deitei de lado, sem tirar os olhos de Angus o tempo todo. Ele mantinha a cabeça baixa, ouvindo atentamente. Cada vez que ouvia o som de um avião, gritava me dizendo que tipo de avião era. Eu não sabia a diferença entre um Lockheed Lightning e um Bristol Blenheim, mas, se Angus não estava lá fora tentando atingi-lo com um tiro, então provavelmente o avião não jogaria uma bomba sobre nós. Eu me acostumei tanto com os berros da sirene que me assustei quando finalmente o som parou de oscilar e atingiu a nota mais aguda.

Quando a sirene cessou, Angus baixou a arma.

— Acho que acabou — disse ele, levantando-se.

Caminhou até os fundos do abrigo para checar como estava Meg. Segundos depois retornou, cruzou os antebraços na parede do abrigo e descansou o queixo sobre eles. Seu rosto estava bem na frente do visor de plástico da minha máscara e percebi que ele nem havia colocado a dele. Nem sequer trouxera sua máscara até aqui: seus braços estiveram ocupados.

— Você está bem, então? — perguntou ele.

Comecei a chutar as cobertas, para sair.

— Fique — disse ele. — Meg está dormindo.

— Quer dizer que vamos passar a noite aqui? — perguntei com a voz abafada pela borracha.

— Sim. Pelo menos o que resta dela. Vai ser mais fácil caminhar à luz do dia e não quero movê-la novamente. — Ele bateu de leve no cilindro da minha máscara. — Você já pode tirar isso, sabia?

Quando a retirei, ele a apanhou da minha mão e guardou-a de volta em seu ridículo estojo vermelho.

— Você está bem aquecida aí em cima? — quis saber ele.

— Sim. Mas e você, onde vai dormir?

— Vou entrar rapidamente e pegar uma coberta para mim.

— Por que não fica na cama de cima e durmo com Meg?

— Não. Ela está enrodilhada e precisaríamos movê-la para abrir espaço para você se deitar. Fique onde está.

— Aqui em cima tem espaço suficiente para nós dois — falei.

Ele se levantou de repente. Nossos olhos se encontraram e dessa vez não havia nada entre eles, nenhum visor de plástico, cilindro verde, borracha preta ou qualquer outra coisa que pudesse ter abafado minha voz. Eu não fazia ideia de como aquelas palavras haviam saído da minha boca.

Ele sorriu e a pele ao lado de seus olhos se enrugou de leve.

— Desculpe — falei, ciente de que meu rosto estava vermelho.

Ele levou dois dedos aos meus lábios, então escorregou a mão e a pousou em minha bochecha.

Ofeguei; virei meu rosto na direção de sua mão e fechei os olhos. Quando os abri novamente, ele me atravessava com seu olhar. Seus olhos eram tão penetrantes e impressionantes como da primeira vez que eu o vira.

— Shhh, *m'eudail* — disse ele. — Está tudo bem.

Ele puxou a mão.

— Onde você vai? — gritei.

— Volto já — disse ele, saindo do abrigo.

Ele deixara a lanterna acesa. Conall estava sentado na entrada do abrigo, a cabeça baixa como uma gárgula.

Angus voltou com um cobertor, que envolveu ao redor de si mesmo. Agachou-se na entrada e desligou a lanterna.

— Boa noite, *m'eudail*.

Levei a mão ao rosto e acariciei o local que ele tocara.

Capítulo Trinta e Seis

No nono dia, comecei a me perguntar se teria acontecido alguma coisa com Ellis e Hank e, em caso positivo, se alguém saberia como me avisar. No décimo primeiro dia, dei-me conta de que talvez eles não planejassem retornar.

Começou como um pensamento mágico, mas logo me convenci de que não era uma conclusão assim tão estranha: Ellis não tinha um tostão furado, nem uma casa para onde voltar, enquanto Hank possuía todo o dinheiro do mundo e continuaria assim independente de onde estivesse. Eles podiam mudar de identidade, viajar para algum lugar exótico, encontrar um antro de ópio à beira-mar e deixar os problemas para trás. Eu sabia que fazia parte desses problemas, mas, se eles realmente haviam fugido juntos, por que se importariam com o que aconteceria comigo? Talvez tivessem encontrado alguma estima por mim em seus corações e decidiram me libertar.

É claro que eu não seria verdadeiramente livre até tornar a situação legal, mas a ideia brilhava tão tentadora quanto uma fresta de luz que entra sob a porta de uma cela de prisão. Eu tinha certeza de que Angus me deixaria permanecer até o final da guerra — afinal, eu trabalhava tão duro quanto os outros —, mas não era só isso. Eu me sentia à vontade na hospedaria, bem-vinda até.

Eu não me permitia pensar no que aconteceria depois da guerra, quando o proprietário retornasse. Minha maior esperança, meu maior desejo era algo em que eu não pensava de jeito nenhum, pois poderia acabar acreditando ser possível e sabia que não era.

Na décima segunda noite depois da partida do meu marido, eu voltei para o meu quarto.

A tarde ia alta, e eu e Anna estávamos no quarto de Meg. Tentávamos nos manter longe da cozinha, pois Rhona preparava outra sopa, dessa vez à base de carne de carneiro e cevada. Rhona e Mhàthair pareciam ter combinado entre si um plano detalhado de curar Meg com uma dieta à base de sopas e chás. Naquele momento, quatro grandes panelas fumegavam no fogão, e o perfume irresistível enchia o prédio inteiro.

Para Meg, porém, aparentemente não era irresistível.

Nós três estávamos na cama de Meg jogando cartas quando ela franziu o nariz e perguntou que fedor era aquele. Contei-lhe sobre a nova sopa.

— Chega de caldo escocês! — reclamou ela. — Faz duas semanas que não como comida de verdade.

Eu e Anna nos entreolhamos. Essa era a primeira vez que Meg demonstrava interesse em *qualquer* tipo de comida desde o incidente.

— Volto já — disse Anna, entrando em ação.

Ela retornou logo depois com uma tigela de mingau de aveia e um ovo pochê, ambos nadando em manteiga.

— Espero que você goste — falou ela, entregando o ovo para Meg e pousando a outra tigela sobre a mesa. — Porque, quando Rhona contar a Mhàthair, ela vai acabar comigo.

— Por quê? — perguntei.

— Porque hoje a prescrição é sopa de alho-poró e sem dúvida estraguei todo o esforço delas.

— Que delícia — disse Meg, com a boca cheia de ovo. — Será que tem mais?

— Não. Sinto muito. Mas, de agora em diante, trarei um ovo por dia para você.

— E se as galinhas não cooperarem? — indaguei.

— Aí vou apertá-las até sair um ovo! — respondeu Anna, gesticulando como se estrangulasse uma galinha. — E, se ainda assim não funcionar, lembrarei a elas o que aconteceu com Jenny.

— Quem é Jenny? — perguntei.

— A galinha que virou sopa. — Ela parou de rir — Você quer saber o nome do carneiro que está na outra sopa?

— Não. Não mesmo! — respondi.

— Elsie — disse Anna. — Ela era uma graça. Também vai dar as caras em forma de torta, ensopado e assado. Ah, sim, vamos ver Elsie por um bom tempo.

— Pare! — falei, levando as mãos aos ouvidos. — Assim nunca poderei comer novamente!

— Ah, essa gente da cidade — disse Anna, balançando a cabeça. — Você nem chegou a conhecer Elsie... Sabia que eu consigo ver suas cartas quando você as vira dessa maneira?

— Se comportem, vocês duas! — exclamou Meg, controlando-se para não rir. — Minhas costelas, lembram?

— Desculpe... — cantarolou Anna. — Não tenho culpa se algumas pessoas não conseguem...

Ouvimos uma batida na porta lá embaixo. Era um som formal, familiar.

Nós três congelamos.

Minha mente começou a pensar depressa. Meg já perdera todos os familiares, Angus também...

— Robbie! — arfou Anna, saltando da cama. Saí correndo atrás dela, e estava quase ao seu lado quando ela escancarou a porta com força.

Willie Carteiro se encontrava em nossa soleira, segurando o chapéu juntamente com um telegrama.

Anna deslizou para o chão silenciosamente, agarrada à porta. Eu me deixei cair ao lado dela, abraçando-a.

— Anna! — disse Willie com rapidez. — Não é para você.

— O quê? — perguntou ela, olhando-o cheia de espanto.

— Não é Robbie — tranquilizou-a Willie. — O telegrama não é para você.

— Oh — disse ela.

— Sra. Hyde — declarou Willie — Receio que seja para a senhora.

Eu me levantei, confusa.

— Minhas sinceras condolências — disse Willie, entregando-me o telegrama.

Anna se levantou e fechou a porta, embora Willie ainda estivesse parado ali fora. Eu caminhei até o sofá e me sentei. Anna se sentou ao meu lado.

O telegrama era de um advogado. Meu pai morrera engasgado com um pedaço de filé 14 dias atrás. O advogado pedia desculpas por me notificar tanto tempo depois, mas tivera dificuldades em me localizar. Eu deveria confirmar se de fato aquele era meu endereço atual e se desejava que os detalhes fossem enviados para lá.

Eu pousei o pedaço de papel em meu colo e olhei para o vazio, desnorteada.

Meu pai morrera na noite em que Ellis havia tentado derrubar a porta do meu quarto, na noite em que Rory quase matara Meg...

Era também o aniversário do dia em que Màiri recebera o telegrama que fora seu fim.

— Maddie? — chamou Anna, preocupada.

Entreguei o telegrama a ela.

— Oh, Maddie — disse Anna, depois de ler. — Nem sei o que dizer. Sinto muito. Sinto muito, muito mesmo. Existe alguma coisa que eu possa fazer? Qualquer coisa?

— Acho que preciso ficar um pouco sozinha.

— É claro. Qualquer coisa que você quiser.

Quando me levantei, ela pousou a mão em meu braço.

— Foi no Dia de São Valentim — disse ela, arregalando os olhos.

— Eu sei — respondi. — Deve ser um dia amaldiçoado.

Caminhei lentamente pela A82. Fui para o acostamento a fim de aguardar enquanto uma fila imensa de veículos militares passava. Eram quadrados, os doze primeiros carregados de insumos cobertos por lona e os demais transportando soldados. Em todos os veículos, homens inclinados para fora, segurando-se com apenas um braço, assoviaram e gritaram gracinhas. Muitos disseram coisas vulgares, mas eu não tinha como escapar daquele assédio. Estava encurralada no acostamento.

Eu me virei com o intuito de ficar de frente para os veículos que se aproximavam, pois dessa forma não precisaria enfrentar os olhares lascivos dos homens. Os motoristas também olhavam para mim, mas estavam atrás dos para-brisas, e então não ouvia o que diziam. Finalmente avistei o fim da fila.

No total, vinte e oito veículos haviam passado. Imaginei quantos daqueles jovens retornariam vivos dos lugares aos quais estavam sendo enviados.

Continuei a caminhar.

As nuvens eram de um cinza profundo, mudando de forma, e ressurgindo em alguns lugares onde parecia nascer dos próprios morros. O modo como a mesma paisagem podia assumir uma forma completamente diferente me impressionava. Os morros, com seus campos e florestas, eram ora vazios, ora majestosos, ora castigados, dependendo de como estava o céu acima deles. Naquele momento, pareciam funéreos.

Anna provavelmente estranhou o fato de eu não chorar. Talvez ela tenha pensado que eu reagiria posteriormente. Eu pensei na possibilidade, mas a descartei quase de imediato.

Imaginei se ele estava jantando em seu escritório quando a carne se alojou em suas vias respiratórias ou se ele havia voltado a fazer suas refeições na sala de jantar. Se emitira algum som ou se morrera em silêncio. Talvez ele tenha ficado roxo e tenha cambaleado, tentando pedir ajuda. Talvez tenha simplesmente caído de cara num suflê de espinafre. Imaginei essas cenas com uma curiosidade mórbida, mas sem dor e definitivamente sem pesar.

A carta que meu pai me enviou acabara com qualquer dúvida, mas acho que no fundo eu sempre soube que ele não me amava e, aparentemente, a falta de afeição dele despertou o mesmo em mim. A afeição fora escassa de todos os lados.

Minha mãe com certeza jamais me amou, apesar de suas declarações extravagantes. Seu amor, se é que algum dia existiu, evaporou completamente durante as sete semanas em que fugiu com Arthur e voltou apenas quando foi obrigada a retornar para o meu pai.

Ellis também nunca me amou. Pelo menos não como um marido deveria amar sua mulher e, mais recentemente, de maneira alguma.

Cheguei ao castelo. Embora eu não o tivesse escolhido como destino conscientemente, atravessei o fosso seco sem problemas e me vi de pé em frente ao portão.

Segui caminho morro abaixo, íngreme o bastante para que no final eu me visse galopando sem nenhuma elegância na tentativa de manter meu equilíbrio.

Na grama ao lado do rio, havia dezenas e dezenas de bitucas de cigarro. Fiquei enojada imaginando Hank e Ellis parados no lugar exato em que Màiri deu o passo para a morte — bebendo, fumando e soltando palavrões, sem se importar com ninguém além de si mesmos e sua futura fama.

Dei um passo à frente, como Màiri havia feito, até meus pés alcançarem a beira da água. Mais um passo, bem pequeno, e as solas dos meus pés ficaram submersas. Observei a água envolver meus pés, rodopiando, depois olhei para o próprio *loch*, escuro e em contínuo movimento, impossivelmente profundo.

Quais teriam sido os pensamentos de Màiri quando ela entrou naquelas águas? Em que momento se tornara tarde demais para voltar atrás? E, quando a água se fechou ao seu redor, será que sentiu remorso ou alívio, acreditando que estava prestes a se reunir ao marido e à filha? Abri minha mente, tentando imaginar os pensamentos dela. Eu queria saber como era sentir um amor tão intenso a ponto de não ser possível continuar vivendo sem ele.

Então eu senti sua presença naquele momento — senti Màiri e as profundezas de sua dor, e senti vontade de continuar caminhando, adentrando o *loch*. Sua angústia era imensa, sua tristeza, infinita. Eu me afogava naqueles sentimentos. *Nós* nos afogávamos neles.

Fechei os olhos, ergui os braços e me deixei cair.

A água começou a se agitar nas profundezas, como se alguma coisa estivesse se levantando dali, e com um ruído alto emergiu na superfície. Abri os olhos, ainda caindo — não havia como parar — e vi duas colunas de água se erguendo a partir de um canal que começava a ser formado na superfície, mas pelo quê? Alguma coisa obviamente corria embaixo da água, mas não parecia haver nada ali. Antes que eu conseguisse entender, a coisa se bateu contra o meu abdômen e me arremessou para trás.

Caí longe das margens do lago e bati a cabeça com tanta força que minha visão periférica ficou cheia de pontinhos. Embora eu estivesse sem ar, consegui me levantar, cambaleante.

A superfície do *loch* estava lisa, as pedras das margens, secas. Não havia sinal de nada, nem de uma minúscula onda.

Subi o morro correndo, segurando-me em tufos de grama para ir mais rápido. Somente quando cheguei ao topo é que parei para recuperar o fôlego. Eu me encostei no antigo arco, olhando de quando em vez para o lago, tentando em vão me acalmar.

Capítulo Trinta e Sete

Se Willie Carteiro se surpreendeu ao me ver entrando descabelada na agência dos correios perguntando se havia possibilidade de realizar uma ligação internacional, não demonstrou. Afinal de contas, fazia poucas horas que ele me entregara o telegrama com a notícia da morte do meu pai.

Willie explicou que as ligações internacionais só podiam ser feitas por rádio e que o equipamento ficava no Casarão.

— Obrigada — falei, calçando minhas luvas.

— E aonde a senhora pensa que vai? — perguntou ele, arqueando as sobrancelhas, com ar sério.

— Para o Casarão — respondi.

Ele ergueu uma das mãos.

— Sinto muito, mas isso está absolutamente fora de questão. O equipamento é para uso militar apenas, sem exceções. Não é uma cabine telefônica, entende? E, seja como for, não se pode simplesmente invadir a área de uma escola militar.

— Não. É claro que não. Não sei onde eu estava com a cabeça.

— Neste caso, a senhora deseja enviar um telegrama?

Olhei para ele, sem jeito.

— Eu poderia, mas receio que a situação não tenha mudado.

— Ah — disse ele, assentindo. — Nas atuais circunstâncias, acredito que posso ignorar a taxa de envio.

— Obrigada! — respondi. — É muito gentil da sua parte. Vou tentar ser bastante sucinta, mas, mesmo assim, creio que o telegrama acabará sendo extenso.

— Entendo — disse ele, preparando-se para anotar minha mensagem.

E acho que ele tinha entendido mesmo... até eu pedir ao advogado que por favor me informasse o necessário para pedir um divórcio e se era possível fazer isso aqui da Escócia, solicitando que por favor respondesse por telegrama ou carta expressa, pois eu gostaria de resolver a questão o mais rápido possível.

Willie entendeu essa parte também, mas era um tipo diferente de entendimento, sem qualquer empatia. Sua expressão se tornou dura.

A despeito dos alertas, não consegui me conter. Eu precisava ver Craig Gairbh.

Eu não tinha a mínima ilusão de entrar no Casarão, a única coisa que eu queria era pôr os olhos no lugar. Era onde Angus vivera antes da guerra e onde ele ainda passava os dias. Era de onde ele "extraía" a caça e o peixe necessários para suplementar a ração de tantos habitantes do vilarejo. Onde o coronel fizera papel de bobo tantos anos atrás, gerando o escândalo internacional que acabou fazendo Ellis e Hank decidirem que não tínhamos outra escolha a não ser encontrar o monstro nós mesmos. O Casarão era o núcleo de tudo.

Não havia placa alguma para me guiar, mas havia postes com buracos onde antes as placas costumavam se localizar, então caminhei pelas periferias do vilarejo até chegar a uma estrada de terra que levava à floresta. Devido a minha experiência na Cobertura, parei para observar a posição tanto do sol quanto dos morros antes de continuar floresta adentro.

Arbustos antigos começaram a aparecer aqui e ali nos dois lados da estrada, as pontas de suas folhas ovaladas pendendo para o chão em função do peso da neve, mas já carregadas de brotos que aguardavam a primavera para florir. Em uma clareira, uma constelação de iridáceas roxas despontava, desafiadora, sob uma camada de neve.

Cerca de um quilômetro floresta adentro, comecei a ver trechos do Casarão a distância. Apenas alguns deles eram visíveis, pois a estrada se apresentava sinuosa e circular, e muitas das árvores entre mim e a casa eram coníferas. Ainda assim, imediatamente percebi ser enorme.

Corri em direção à curva seguinte para ver melhor. A vegetação nas laterais da estrada desapareceu e esta se tornou mais larga, subitamente se transformando numa trilha formal ladeada por antigos carvalhos. Mantive distância, oculta pelas sombras da floresta.

Eu estava habituada a casarões e mansões de grandes proporções, mas esta era enorme. Contando as janelas, percebi que o centro possuía ao menos quatro andares, e as torres laterais mais ainda. Não era possível saber quantas chaminés havia — comecei a contá-las em um dos lados e perdi a conta depois de 16, antes mesmo de chegar ao centro. Escadarias semicirculares com balaustradas de pedra se aproximavam de ambos os lados da entrada principal, e outra fileira de balaustradas adornava o parapeito do telhado.

Aquilo não era um casarão. Era um castelo.

Todo o jardim da entrada — ou pelo menos o que um dia fora o jardim — tinha sido cercado de arame farpado e múltiplas fileiras de barracões de metal. Pareciam abrigos Anderson, só que muito maiores. Uma enorme fonte de pedra, agora seca, erguia-se do centro.

A fonte parecia remontar ao período barroco, com três ou quatro formas humanas ajoelhadas sob uma enorme cuba. Eu me esgueirei por trás de uma árvore para observar melhor e tropecei numa de suas raízes. Caí para a frente e me segurei no tronco. Foi apenas nesse momento que percebi a placa pregada a ele, logo acima da minha mão. Era vermelho vivo e triangular, com uma caveira e ossos brancos cruzados e apenas duas palavras:

CAMPO MINADO

Gelei. Meu pé direito ainda se posicionava parcialmente sobre a raiz, prejudicando meu equilíbrio. Com a mão ainda agarrada ao tronco com firmeza, olhei para baixo, analisando meu pé e o terreno ao meu redor para tentar descobrir se havia alguma maneira de identificar onde existiam minas enterradas.

Ouvi uma rajada de tiros a distância, seguida de vozes masculinas: altas, primitivas e ferozes.

Eu ainda nem me mexera — meu pé continuava em cima da raiz, minha mão, agarrada ao tronco — quando ouvi outra rajada de tiros, seguida de gritos vindos de outra direção, bem mais perto.

Acho que gritei. Não tenho certeza. Mas certamente minha calma em relação a armas de fogo se transformou em puro terror. Uma coisa eram balas traçantes, outra completamente diferente eram minas e metralhadoras.

Eu tinha trazido meu estojo vermelho com a máscara de gás e usava luvas vermelhas, o que me tornava bastante visível para não ser atingida por acidente — ou, então, tornavam-me um alvo fácil.

Guiada puramente pelo instinto, soltei a árvore e segui em direção à estrada com passos largos, praticamente saltando. Três vezes meus pés pousaram em amontoados de folhas no chão e em todas elas eu podia jurar que explodiria pelos ares.

Quando me vi de volta à estrada e em segurança, fiquei completamente imóvel. Eu me perguntei se estivera andando em meio ao campo minado durante todo o tempo e como escaparia dali.

Enquanto os tiros continuavam disparando na floresta ao meu redor, meus olhos perceberam marcas de pneu. Saltei sobre os rastros e caminhei cuidadosamente sobre eles, colocando um pé bem na frente do outro. Ao passar pelo último arbusto, comecei a correr com desespero. Minha máscara de gás saltava atrás de mim, batendo em minhas costas ritmicamente.

Saí da floresta e entrei na rua, as pernas tremendo como se alguém tivesse me empurrado por trás. Passei reto sobre o meio-fio pintado de branco e caí sobre o muro baixo de pedra atrás dele.

Apoiei-me no muro, encurvada e ofegante, enquanto uma vaca de longos pelos ruivos e chifres mais longos ainda me observava placidamente, mascando grama.

• • •

Meg estava de pé atrás do balcão quando entrei correndo pela porta, fechando-a com força atrás de mim.

— Maddie! O que aconteceu?

Tirei as luvas, mas minhas mãos tremiam tanto, que as deixei cair. Quando me abaixei para pegá-las, a máscara de gás escorregou dos meus ombros e caiu no chão com um barulho seco.

— Deixe isso para lá — disse ela. — Venha se sentar.

Larguei tudo no chão e segui cambaleando até o sofá. Sentei-me e levei as mãos aos cabelos, completamente molhados de suor e grudados em minha testa e nuca.

Meg olhou para a porta, ansiosa.

— Por que você estava correndo? Alguém está te perseguindo?

Gesticulei vigorosamente, ainda sem fôlego.

— Não, não. Não é nada disso. Não se preocupe.

— Então o que foi?

— Nada — respondi.

— Com certeza é *alguma coisa*. Você está muito agitada. Espere aqui, vou buscar um copo d'água.

— Por favor, não se levante — pedi. — A propósito, o que você está fazendo aqui embaixo? Você não deve fazer esforço.

— Não estou me esforçando. Precisava mudar de ares; por isso, trouxe para cá as palavras-cruzadas que você me deu. Fique aqui. Vou pegar água e não quero discussão.

Eu bebi a água em goles grandes e barulhentos assim que ela me entregou o copo, sem baixá-lo nem mesmo para respirar. Quando esvaziou, coloquei-o sobre a mesinha e enxuguei minha boca com a mão.

— Obrigada — falei, olhando para ela, envergonhada. Meg me encarava com um misto de empatia e tristeza.

— Anna me contou o que aconteceu com seu pai — disse ela. — Sinto muito. Meus pêsames. É perfeitamente natural que você esteja abalada. Nunca se sabe como reagir a notícias como essas.

— Não tem nada a ver com meu pai — respondi. — Não ligo a mínima para meu pai.

Meg me fitou calada por cerca de um minuto. Percebi como parecia terrível o que eu acabara de falar e fiquei imaginando se ela me achava desnaturada.

— Então o que é? — perguntou, com cautela.

Soltei uma gargalhada nervosa, desesperada.

— Não sei se deveria lhe contar.

— Fique tranquila. Não vou julgar você — falou ela. — Não estou em posição de atirar pedras em ninguém.

— Você vai pensar que sou louca.

— Bem, nunca saberei se você não me contar.

Aproximei-me dela e sussurrei:

— Fui atacada por um monstro hoje.

Os olhos dela se arregalaram. Depois de uma breve pausa, Meg disse:

— Você foi *o quê*?

Caí pesadamente no sofá.

— Eu sabia que você ia achar que estou louca! Eu não acreditava nessas coisas sobrenaturais antes de vir para cá. Então a Caonaig apareceu por causa do irmão de Anna... Anna nunca duvidou que ela veio por Hugh, e estava certa. E aquele corvo maldito, agourando tristezas e me perseguindo até a Cobertura. E hoje o monstro... ele se ergueu da água e me atacou!

Meg me encarou por alguns instantes, depois se levantou.

— Acho que nós duas precisamos de algo um pouquinho mais forte.

Ela serviu duas pequenas doses de uísque e trouxe até onde eu estava.

— *Slàinte* — disse ela.

— *Slàinte!* — respondi, tocando meu copo no dela.

— Muito bem, então — retomou Meg. — Que me diz de começar do começo?

Eu não sabia de onde ela queria que eu começasse, então comecei bem do início, vomitando tudo e mal parando para retomar o fôlego. Falei tudo, desde o fato de eu não sentir nada pela morte de meu pai porque ele sempre fora completamente indiferente à minha existência, desde minha mãe me deixando à beira da fome durante anos e seus planos de consertar meu nariz e operar meu lobo frontal até o suicídio dela, que eu poderia ter evitado; desde o fato de eu descobrir que Hank e Ellis decidiram no cara ou coroa quem se casaria comigo e de agora terem me abandonado completamente até minha certeza de que Ellis não era daltônico coisa nenhuma; desde ter percebido que eu estava completamente apaixonada por Angus até minha alarmante experiência no *loch* e o telegrama que eu enviara ao advogado perguntando como conseguir um divórcio; e finalmente sobre ter caminhado em meio a um campo minado porque, por algum motivo, o Casarão possuía um magnetismo que me atraía de uma maneira irresistível.

No silêncio que se seguiu, percebi o que eu dissera.

— Oh, meu Deus! — exclamei, escondendo o rosto entre as mãos.

— Se você está se referindo a Angus, não é surpresa alguma — disse Meg. — Eu já tinha percebido o jeito que você olha para ele.

Eu me virei, ofegando por entre os dedos enrijecidos.

— E já tinha percebido como ele olha para você, também — acrescentou ela, baixinho.

Meu coração ou parou de bater ou bateu rápido demais.

Tirei as mãos do rosto e me virei para Meg. Ela olhava bem no fundo dos meus olhos.

— Volte um pouquinho. Conte exatamente o que aconteceu às margens do lago.

Eu contei mais uma vez.

— Então, no momento em que eu estava prestes a afundar na água, foi como se uma bomba de ar tivesse explodido sobre a superfície e me atirado para trás. Pode parecer loucura, mas é a mais pura verdade, juro por Deus, mesmo que eu não consiga explicar como é possível.

Meg assentiu solenemente.

— Sim. Mas eu consigo. Não foi o monstro, Maddie. Se fosse, ele não a teria empurrado para fora do lago. Teria arrastado você para dentro.

Balancei a cabeça.

— Mas então o que...

— Foi Màiri — disse Meg. — Hoje é o terceiro aniversário de sua morte, naquele exato lugar. Ela invadiu a sua mente e o seu coração para saber se você amava mesmo Angus e, quando viu que sim, empurrou você para longe do perigo. Maddie, ela lhe deu suas bênçãos.

Capítulo Trinta e Oito

No intervalo de um dia, eu tinha deixado de ser a mulher que nunca fora amada por ninguém nesse mundo para ser a mulher que descobrira que o homem que ela amava desesperadamente talvez sentisse o mesmo. Entretanto, era mais do que isso: aquela intervenção sobrenatural me enchera de esperanças de que o meu destino e o de Angus era ficarmos juntos. Depois da Caonaig, eu não me sentia propensa a ignorar esse tipo de mensagem.

Meg queria voltar ao trabalho naquela noite, somente para dar uma ajudinha, mas Angus não permitiu. Fui obrigada a concordar: ela acabara de retirar os pontos e eu ainda a surpreendia encolhendo-se de dor quando achava que ninguém estava olhando. Mesmo assim, eu lamentava que ela não pudesse estar ali todas as noites, pois sentia que eu precisava de um apoio moral.

Minutos antes das seis horas, quando assumi meu lugar atrás do balcão, Angus veio para o meu lado e pousou a mão sobre a minha.

— Fiquei sabendo do que aconteceu com seu pai. Sinto muito pela sua perda.

— Obrigada — respondi, olhando para ele. — Também sinto muito pela sua.

Ele assentiu devagar. Pronto. Agora ele tinha ciência de que eu sabia de tudo.

À medida que a noite passava, eu procurava na expressão do Angus algum sinal de que aquilo que Meg dissera era verdade. Mas ele estava compreensivelmente preocupado e era impossível ler seu rosto.

Tornou-se evidente que os homens locais também se lembravam do aniversário da morte de Màiri, pois fizeram seus pedidos solenemente, em voz baixa. O único barulho de conversa vinha das mesas dos lenhadores, alguns dos quais tinham trazido suas noivas.

Em determinado momento, quando eu estava indo para a cozinha carregando uma pilha de pratos vazios, trombei com Angus. Ele me segurou pelos cotovelos, evitando minha queda.

— Você está bem? — perguntou ele.

— Sim — respondi, numa tentativa patética de parecer casual. — Mas não sei se posso dizer o mesmo sobre a frente do meu vestido.

Ele olhou para o meu corpo, os olhos intensos, sem piscar. Por alguns instantes, nenhum de nós se mexeu.

Quando ele finalmente abriu caminho a fim de que eu passasse e voltou para o balcão, pousei a pilha de pratos sobre a mesa e me apoiei nela.

Depois que a porta da entrada se fechou pela última vez e Meg já tinha ido se deitar, desci as escadas tão silenciosamente quanto um gato.

Eu me preparara como uma noiva, penteando meus cabelos até estarem macios, passando loção perfumada em minhas mãos e cotovelos e vestindo uma longa camisola branca — simples, mas com renda no pescoço e nos punhos.

O fogo tinha sido apagado e lançava uma luz suave, quase inexistente. O chão de pedra era frio sob meus pés e quase desisti. Segurei o balcão para tomar coragem.

Se eu voltasse, seria como se nada tivesse acontecido. Se continuasse, estaria adentrando o grande desconhecido.

Maddie, ela lhe deu suas bênçãos.

Entrei na cozinha e tateei a parede até chegar a uma das portas de madeira deslizantes atrás da qual se localizava a cama de Angus. No escuro, eu não conseguia saber se estavam abertas ou fechadas. Corri os dedos pela madeira até chegar à extremidade delas.

As portas estavam abertas. Eu estava bem diante dele.

De repente um clarão me cegou e eu dei um pulo para trás.

Quando Angus percebeu que era eu, encostou a lanterna na parede, de maneira que ela apontasse para o teto, e então jogou as pernas para o lado da cama. Ele usava calças de pijama azul listradas e uma camiseta, assim como na noite em que chegáramos.

— O que aconteceu? Está tudo bem? — perguntou ele, esfregando os olhos.

— Está tudo bem — respondi, piscando rapidamente. A luz intensa da lanterna havia deixado dois círculos brancos no meio dos meus olhos.

— Então o que foi?

Baixei os olhos e mordi os lábios. Depois de quase um minuto, quando os círculos brancos sumiram, forcei-me a olhar para ele novamente. Ele me olhava com uma preocupação visível.

— O que foi, *m'eudail*? — perguntou, suavemente.

Tomei coragem.

— Angus, tem uma coisa que eu quero... não, uma coisa que eu *preciso* te dizer. Algo importante. — Engoli em seco com dificuldade e olhei bem dentro dos olhos dele. — Sei que essa situação é incomum e que em outras circunstâncias nada disso faria sentido, mas nada em nossas circunstâncias é normal e eu percebi que... que existem... que eu tenho.... — Levei a mão à boca para sufocar um grito. — Ah, meu Deus! Me desculpe! Nunca me senti tão idiota em toda a minha vida!

Num piscar de olhos ele havia se levantado e eu estava em seus braços.

— Shhh, *m'eudail*. Você não precisa dizer nada. Eu já sei.

— Mas como você pode saber se eu nem consigo te contar? — perguntei, soluçando.

— Eu simplesmente sei — respondeu ele. Seu coração batia forte próximo ao meu ouvido.

Depois de algum tempo, Angus se afastou, mantendo as mãos em meus ombros. Olhou nos meus olhos e sustentou o olhar até que não existisse mais nada no mundo, só o seu rosto. Quando levou as mãos às minhas bochechas e se aproximou, minhas pernas quase amoleceram. Fechei os olhos e abri os lábios.

Ele beijou minha testa.

— *M'eudail,* você está sofrendo — disse ele, calmo. — Está vulnerável. Não é o momento apropriado para esse tipo de coisa.

Não sei como eu subi as escadas. Certamente depressa e certamente sem o mínimo de graciosidade e, quando eu por fim cheguei à minha cama, atirei-me sobre ela, envergonhada, enterrando o rosto no travesseiro.

Alguém bateu de leve na porta. Ainda que meus soluços tivessem se transformado num choro silencioso, minha retirada vergonhosa com certeza fora o bastante ruidosa para acordar Meg.

— Está aberta — falei.

A porta se abriu e a luz de uma vela lançou sombras compridas no fundo do quarto. Pela sombra, a cadeira se tornava quase tão alta quanto o teto. Fiquei de frente para ela, sem me virar, os joelhos dobrados ao peito, o rosto e o travesseiro molhados de lágrimas.

— Sinto muito por ter acordado você — murmurei.

— Eu não — disse Angus.

Tirei o rosto do travesseiro e olhei para trás. Ele estava de pé na soleira da porta, segurando a vela.

— Posso entrar?

Eu me endireitei e deslizei o corpo para trás, até minhas costas tocarem a cabeceira da cama. Funguei e limpei o rosto, com mãos trêmulas.

Angus pousou a vela sobre a penteadeira e atravessou o quarto em direção à cama.

— Me perdoe — disse ele.

Olhei para ele, trêmula. Novas lágrimas rolaram pelo meu rosto.

Ele se sentou na cama e correu o polegar pela minha bochecha Prendi a respiração e fechei os olhos.

— Me perdoe — falou ele, mais uma vez.

Quando abri os olhos, fitava os dele diretamente.

— Eu estava errado, *mo run*... este é o momento mais certo.

Ele se aproximou ainda mais e começou a beijar as lágrimas em minhas bochechas numa dança lenta, terna, indo de um lado a outro do meu rosto. Finalmente, quando achei que não aguentaria mais, ele pousou os lábios sobre os meus.

Eles eram cálidos e cheios, estavam entreabertos, e senti a sua respiração acelerada logo atrás deles. Angus me beijou mais e mais, com uma urgência crescente, a barba roçando a minha pele. Sua mão escorregou pelo meu pescoço e entrou por baixo da minha camisola.

Arfei e ele parou.

Com a mão envolvendo meu seio, ele me olhou nos olhos, à procura de um sinal. Foi um momento de doçura excruciante, êxtase torturante, de uma necessidade imediata. Era insuportável.

Eu me inclinei para a frente e puxei a camisa dele. Ele se ergueu e a retirou pela cabeça. Eu me ajoelhei na cama, puxando minha camisola.

— Espere — disse ele, e dessa vez fui eu quem parou.

Ele despiu minha camisola com calma, reverentemente.

Eu nunca me sentira tão exposta, mas ao mesmo tempo eu não queria me cobrir. A vela bruxuleava atrás dele e sua respiração se tornou ainda mais intensa enquanto seus olhos percorriam meu corpo, pousando sem acanho em meus seios e quadris.

— *Mo run geal og* — disse ele. — Tão linda.

Desamarrou as calças do pijama e deixou que caíssem no chão. Fiquei sem fôlego. É claro que eu conhecia a anatomia masculina, mas, a não ser por estátuas, nunca tinha visto um homem nu, muito menos excitado. Angus pareceu perceber isso e parou, dando-me a chance de apreciá-lo.

Finalmente, ajoelhou-se na cama e levou a mão à minha nuca, segurando minha cabeça enquanto me guiava para trás.

Momentos depois, quando já posicionado sobre mim, olhou bem fundo nos meus olhos e perguntou:

— Você tem certeza, *mo chridhe*? Isso não pode ser desfeito.

— Sim — sussurrei. — Tenho certeza absoluta.

Quando ele afundou em mim, eu estava tão enlevada que meu corpo começou a tremer. Enlacei meus braços e pernas ao redor dele, segurando-o com toda a força.

Na manhã seguinte, levei alguns instantes para perceber que não estava sonhando. A vela já se apagara há muito tempo; por isso, a escuridão era absoluta. Estávamos lado a lado, os corpos nus colados um ao outro. Um dos braços dele estava sob meu travesseiro e o outro, ao redor do meu corpo, a mão descansando entre meus seios. Fiquei ali deitada, imóvel, as mãos em seu antebraço. Ele se mexeu e eu pressionei sua mão sobre meu coração. Corri os dedos por seu braço, maravilhada com a textura de sua pele. Embora ele ainda dormisse, senti uma pulsação insistente se intensificar às minhas costas, até ele estar completamente colado contra minha pele.

Virei de lado e puxei os lençóis, beijando seu peito e traçando suas cicatrizes com meus lábios e dedos. Quando finalmente cheguei à sua boca, Angus segurou meu rosto entre as mãos e pressionou os lábios contra os meus, abrindo-os, até compartilharmos uma única respiração. Ele me segurou como se eu não pesasse nada e me ergueu, colocando-me em cima dele, um joelho de cada lado de seu corpo. Pousei as mãos em seu abdômen, equilibrando-me, um pouco chocada por estar sobre ele.

Angus estendeu os braços e acariciou meus mamilos. Segurei a respiração e quase não soltei mais o ar.

— Maddie, *mo chridhe* — disse ele.

— Angus... ai, meu Deus — falei, insegura. — Não sei o que fazer.

— Sabe, sim. Venha até mim.

Abaixei os quadris lentamente e parei, prendendo a respiração, quando senti a extremidade dele pressionando contra mim.

— Angus...

— Está tudo bem — disse ele, acariciando meu rosto. — *Ná stad.* Estou bem aqui ao seu lado.

Ele permaneceu parado enquanto o guiei para dentro de mim, lentamente, deslizando até ele estar tão enterrado em meu corpo que nossos quadris se tocaram, depois me erguendo mais uma vez até quase o perder, para em seguida descer, unindo-nos novamente. Eu me inclinei para a frente e coloquei as mãos em cada lado de sua cabeça, com a respiração acelerada junto ao travesseiro ao lado do rosto dele.

Ele segurava minha cintura, e seus quadris se erguiam mais um pouco a cada vez que eu descia, entrando mais fundo em mim e continuando lá por mais tempo. Senti seu sangue latejar, como se nossas terminações nervosas estivessem unidas.

Minhas pernas tremeram com violência e, quando achei que estava prestes a perder o controle completamente, ele ergueu as mãos e agarrou as minhas, entrelaçando seus dedos aos meus, e assim garantiu que eu de fato o perdesse.

As contrações tomaram conta de mim, tão intensas e inesperadas que gritei e ele segurou meu rosto, cobrindo minha boca com a dele, pressionando o corpo contra o meu, mais rápido, com mais urgência. Senti a rendição dele e fui tomada por um prazer tão intenso que achei que meu coração fosse realmente parar.

Mais tarde, deitados um nos braços do outro, ele acariciou meus cabelos e costas. Meu rosto estava enterrado em seu pescoço e, cada vez que eu inalava, seu perfume tomava conta de mim.

— Bem — disse ele, com um beijo. — Embora eu preferisse ficar aqui para sempre, o dever me chama.

Segurei seu pulso.

— Eu te amo, Angus Grant. De todo o coração, eu te amo.

— E eu amo você, *mo chridhe.*

Capítulo Trinta e Nove

Meg soube exatamente o que acontecera assim que me viu. Não disse uma palavra, apenas sorriu como se soubesse de um segredo. Não ajudou muito o fato de eu ter ficado vermelha e olhado para o chão ou de usar um turbante por não ter tido tempo de arrumar os cabelos.

Terminei os afazeres no piso superior quase ao mesmo tempo em que Anna terminou os do piso inferior, e nós três fomos para a cozinha tomar um *strupag*.

Anna passara as últimas tardes retirando pedras dos canteiros e estava sofrendo de dor nas costas.

— São os baldes de pedras — explicou ela. — Pesam mais do que baldes de leite e é necessário se abaixar para pegá-los, para apanhar as pedras... Isso está acabando com as minhas costas. Vou ficar igual a Rhona quando terminar.

— Claro que não — falei, embora não tenha soado tão convincente quanto gostaria.

— Levante e fique curvada sobre a mesa — disse Meg. — Pode deixar que vou desfazer esses nós para você.

Meg se posicionou atrás dela e massageou-lhe as costas, afundando os dedos logo acima dos quadris dela.

— Vou te ajudar com as pedras — falou Meg. — Mais mãos tornarão o trabalho mais fácil.

— De jeito nenhum! — exclamou Anna, indignada. — O Dr. McLean não deu alta para você realizar nenhum tipo de trabalho, muito menos para carregar pedras.

— Bem, não posso simplesmente ficar sentada sem fazer nada, não é? — retrucou Meg. — Não aguento mais as palavras cruzadas de Maddie e sua grafia americana. Por que alguém escreveria *whiskie* e não "whisky"? Mas, enfim, em breve o Dr. McLean vai me dar alta, o que provavelmente significará que já estarei em perfeitas condições para trabalhar.

— Talvez eu possa ajudar com as pedras — ofereci.

Anna e Meg olharam para mim, sérias. Alguns instantes depois, explodiram em gargalhadas.

— E sujar suas mãos? — perguntou Meg.

— Eu sujo as mãos o tempo inteiro!

— Não vi você se oferecendo para limpar os canteiros hoje de manhã — disse Anna.

— Você não me pediu ajuda — respondi — E, para seu governo, eu estava lá em cima limpando as privadas. Também não vi você oferecer ajuda para isso.

— Ah, deixe disso — falou Anna — Estamos apenas brincando.

— Eu sei! — respondi, rindo. — Não seja boba!

A porta da frente se abriu e, depois de alguns segundos, fechou-se novamente. Anna olhou para o relógio.

— Deve ser Willie com as cartas — disse ela, em pânico — E eu aqui coberta de alcatrão e fuligem!

— Pegue um lenço e se limpe! Vou até lá ganhar tempo — disse Meg.

Anna esperava que Willie a pedisse em casamento a qualquer momento, pois já tinha pedido permissão ao pai dela.

A atração entre os dois representava um mistério — era fácil entender por que Willie se sentia atraído por Anna, mas o que ela via nele? Para mim, ele mais parecia um gnomo laranja carrancudo e rápido em julgar as pessoas, além de ser uns vinte anos mais velho do que ela. Pelo visto, porém, ela estava perdidamente apaixonada por ele. Acho que ninguém entende os motivos do coração, mas eu sentia pena do pobre George manco.

Anna correu até a pia e começou a limpar a sujeira do rosto. Fui até lá para ajudá-la.

Meg voltou, branca como cera.

— Não é Willie — disse ela.

— Então quem...? — perguntei.

Meg olhou para mim, desnorteada, e eu soube imediatamente quem era.

— Meu Deus do Céu! — sussurrei.

— Ele ainda não perguntou por você — disse ela. — Quando perguntar, vou dizer que você saiu para dar uma caminhada.

— Não — respondi baixinho. — Vou até lá. Não faz sentido retardar o inevitável.

— E o que vai dizer a ele? — perguntou Meg.

— Não faço a menor ideia.

— Pelo menos espere até Angus voltar.

Balancei a cabeça.

Meg me fitou brevemente, então assentiu.

— Tudo bem. Mas ficarei aqui de prontidão, segurando a panela mais pesada que temos, caso você precise de alguma ajuda.

Despi o avental pela cabeça e o pendurei num gancho. Então caminhei até a sala, as pernas parecendo se mover sozinhas.

Ellis e Hank se encontravam sentados próximos à lareira, em seu local de costume, como se nunca tivessem ido embora. Ellis estava no sofá, de costas para mim, enquanto Hank estava em uma das poltronas. Ele se levantou imediatamente.

— Maddie, minha querida — disse, erguendo os braços para me abraçar. Quando não correspondi, ele os abaixou imediatamente e franziu o cenho. — Qual o problema? Parece até que você viu um fantasma.

— Sinto como se tivesse visto mesmo. O que vocês estão fazendo aqui?

Ellis se virou para olhar para mim, apoiando os braços no encosto do sofá.

— Ora, que pergunta estranha. Estamos hospedados aqui, é claro.

— Bem, não. Na verdade, vocês quase não têm estado aqui.

— Você sabia que iríamos viajar — disse Ellis.

— Vocês disseram que ficariam fora alguns dias — falei — Já faz duas semanas.

— Treze dias — retrucou Hank. — Mas quem está contando?

— Eu estava — respondi. — Achei que vocês não fossem mais voltar.

— Oh, minha querida. Você não pensou que eu tivesse abandonado você novamente, pensou? — perguntou Ellis. Ergueu uma sobrancelha e voltou o olhar para Hank, completando: — Eu bem que lhe disse que ela tem uma imaginação e tanto.

Meus joelhos bambearam. Pouco depois, Hank e Ellis me ajudavam a sentar no sofá.

— Qual o problema? Você está tendo um surto? — perguntou Ellis.

— Vá buscar um copo d'água — ordenou Hank.

— Não dá. Não tem ninguém no balcão — respondeu Ellis.

— Então pegue um copo e procure uma pia!

— Na cozinha? E se a bruxa estiver lá?

— Então use o banheiro, pelo amor de Deus!

Ellis olhou para Hank, ofendido, e foi até o balcão pegar um copo. Depois de parar em frente à porta da cozinha, mudou de ideia e subiu as escadas.

Hank sentou-se na mesa baixa à minha frente. Inclinou-se para perto de mim, apoiando as mãos em suas coxas.

— Querida... o que está acontecendo? Me conte.

— Não está acontecendo nada — respondi, embora minha voz me traísse.

— Obviamente está. E, se você não me disser o que é, ele vai pensar que você está passando por um surto.

Não pude conter o riso.

— Ele sempre acha que estou tendo um surto. Não me importo mais.

— Você não está falando sério — disse Hank.

— Ah, estou sim.

— Merda — disse Hank. Ele olhou para as escadas, aflito. — Veja bem, acho que é melhor você saber que Ellis andou fazendo umas perguntas por aí. Na verdade, mais do que perguntas, andou tomando providências.

— Ah, então ele planeja me internar num sanatório, é isso?

— Não. Ele planeja tratar você.

Fiquei em silêncio, momentaneamente chocada.

— Tratar? — perguntei baixinho, embora obviamente eu já soubesse.

— Dada a gravidade dos seus sintomas, o médico com quem ele conversou disse que uma cura permanente era a melhor solução. Você nem precisaria ficar internada no hospital.

Você vai ser tão mais feliz; dissera minha mãe. *É uma coisinha à toa. Você entra e sai em uma hora.*

— E o que Ellis contou ao médico para ele dizer isso?

— Bem, para começar, que você atirou seu remédio no vaso sanitário...

— Eu o joguei fora porque era *Ellis* quem devorava os comprimidos loucamente. Eu só tomei um daqueles comprimidos em toda a minha vida. *Um. Comprimido.* Era ele quem os tomava. Hank, você sabe disso.

— Você perdeu toda a noção de estrutura social, está demonstrando sinais de paranoia...

— *Paranoia*? Sério, Hank?

— ... e começou a ter delírios.

Eu olhei para ele e assenti.

— Ah, então o problema na verdade é esse.

— O quê?

— Como se você não soubesse. Vou enviar um telegrama ao coronel neste exato minuto.

— E o que você vai dizer? — perguntou Hank.

— Que Ellis não é daltônico! Que ele mentiu para não precisar se alistar!

Hank ficou boquiaberto.

— Maddie. Meu Deus. É claro que ele não está fingindo. Que coisa terrível de se dizer!

— Ora, por favor! — respondi. — Você acha que sou assim tão idiota? É óbvio que vocês planejaram tudo juntos, inventaram doenças para permanecer longe da guerra.

— Do que você está falando?

— Pé chato? Ora, me poupe!

Hank explodiu, irado.

— Eu *tenho* pé chato! Usei sapatos especiais a minha vida inteira!

— Vocês são um pior do que o outro. Para mim chega! — falei, levantando-me.

— Maddie, espere...

Ele falou com tamanha convicção que obedeci.

— Não faça isso — disse ele.

— Por quê? Não vai ter o menor sentido me internar depois que todos souberem a verdade.

— Porque *não é* a verdade, e é exatamente esse tipo de comportamento drástico que preocupa Ellis. Você enfia uma coisa na cabeça e age sem considerar as consequências, sem pensar em quem você prejudicará. Se mandar um telegrama ao coronel, Ellis vai internar você imediatamente. Já está tudo acertado, basta ele dar um telefonema. Então, só por via das dúvidas, vai mandar prenderem o Barba Negra também.

— Angus? Por quê?

— Justamente por causa disso. Por causa dessa familiaridade inadequada. Ellis tem certeza de que ele anda se aproveitando de você. Por isso foi até o tribunal perguntar qual a pena por caçar em propriedade alheia. A propósito, a pena é de dois anos de cadeia por cada ofensa.

Eu tornei a me sentar, lentamente.

— Então, se basta um telefonema e eu não tenho como impedir, por que você está me contando tudo isso? — perguntei.

Hank suspirou.

— Não sei. Acho que justamente porque basta um telefonema. Para avisá-la. Para que você não o irrite. No início, eu era contra essa ideia, mas devo ser honesto... Maddie, você está me assustando. Percebe do que acabou de me acusar? Do que acabou de acusar Ellis? É como se você, conscientemente, tivesse escolhido a ofensa que mais poderia nos magoar. Você não é assim. A Maddie que eu conheço jamais faria isso.

Ellis desceu correndo as escadas.

— Aqui — disse ele, colocando o copo d'água nas minhas mãos.

Eu devolvi o copo para ele, derramando água em suas calças.

Ele pousou o copo na mesa e me olhou com uma preocupação teatral.

— Querida, você parece aflita. Quer um comprimido? Peguei alguns enquanto estávamos fora. Encontrei um ótimo médico, o melhor da sua área.

Então eu soube que era verdade. Pude ver o esquema por trás de seus olhos como um letreiro. A falsa preocupação que servia a seus próprios interesses e que ele logo se convenceria ser legítima, sua satisfação por eu estar, de fato, agindo de maneira histérica, ao lado da sua versão da história, de que ele fez tudo aquilo apenas em nome da minha felicidade, pois essa fora sempre a sua maior preocupação.

Era como se Ellis encarnasse minha mãe. Então percebi o quanto meu comportamento piorava as coisas; por isso, fiz o possível para agir igual a ela também.

— Não. Meu estômago dói. Deve ter sido alguma coisa que comi — respondi. — Estou enjoada o dia inteiro. Se me dão licença, vou me deitar um pouco.

— Quer que eu acompanhe você? — perguntou ele, no mesmo tom teatral de antes.

— Não. Tenho certeza de que vou ficar bem.

— Maddie? — chamou Ellis. — Você estava na cozinha quando chegamos?

— Sim — respondi, forçando um sorriso. — Estava procurando alguma coisa para o meu estômago.

— Ah — disse ele. — Claro.

— Vou descer às sete, certo?

— Somente se você estiver se sentindo disposta — respondeu ele.

— Tente descansar, querida.

Eu me levantei com toda a dignidade que consegui reunir e não sei como cheguei até meu quarto.

Meg apareceu em questão de minutos.

Abri a porta e depois caí de cara na cama.

— O que está acontecendo? — perguntou ela, fechando a porta. — Você devia ter falado mais alto. Não conseguimos ouvir nada.

— Tranque a porta, por favor — pedi.

Ela a trancou e se sentou ao meu lado.

— O que aconteceu? Você contou para ele que queria acabar com tudo?

— Não.

— E por que não?

— Porque não posso — falei, angustiada. — Preciso me reconciliar com Ellis ou pelo menos fingir que estou me reconciliando.

Meg pulou da cama e me olhou, brava.

— Como é que é? Como você é capaz de fazer isso? Tem alguma ideia de como Angus vai ficar? Ele não significa nada para você?

— Não é isso. Preciso fazer isso justamente porque ele significa muito para mim! — retruquei. — E, se houver alguma chance de ter um relacionamento com ele no futuro, quero que meu cérebro esteja intacto!

Meg olhou para mim por alguns instantes, depois se sentou novamente.

— Acho que não estou entendendo — disse ela.

— Você lembra quando contei que minha mãe queria que eu fizesse uma lobotomia?

— Sim — falou ela, incerta.

— Você sabe o que é uma lobotomia?

— Não exatamente.

— Eles enfiam uma espátula pequenina pelo seu olho até a parte frontal do cérebro e então remexem um pouco lá dentro. É exatamente isso que meu marido vai fazer comigo da próxima vez em que eu irritá-lo.

Ela abriu a boca, horrorizada.

— Mas ele com certeza não pode fazer isso!

— Parece que pode, uma vez que já acertou tudo. Fui diagnosticada com uma doença de fundo nervoso alguns anos atrás, e minha mãe era completamente louca. Ellis convenceu o médico mesmo sem ele jamais ter me visto. Meu marido só precisa dar um telefonema para que venham me buscar.

— Meu Deus do céu! — Ela se levantou e caminhou, dura, até a cadeira. — E você não contou a ele que pediu um divórcio...

— Não, graças a Deus. Se tivesse contado, uma ambulância já estaria a caminho.

— E ele não sabe nada sobre você e Angus...

— Ele suspeita de alguma coisa, mas com certeza não sabe a extensão do que aconteceu.

Ela bateu as mãos nos braços da cadeira, assustando-me.

— Então *por quê*?

— Dinheiro, é claro — respondi. — E a parte mais terrível é que eu mesma provoquei isso tudo.

— Não! — disse ela franzindo a testa. — Como você poderia fazer isso?

— Eu fui idiota o bastante para dizer que sei que ele não é daltônico. Se eu contar a verdade ao pai dele, Ellis ficará sem nenhum centavo. Então ele bolou um plano para fazer com que qualquer coisa que eu diga pareça loucura... e, é claro, se algum dia eu for tola o bastante para abrir a boca, basta dar um telefonema e ele resolverá o problema. Minha única saída é tentar não irritá-lo até conseguir pensar numa saída.

— Não. Vamos fazer *o seguinte* — disse Meg, firme. — Vamos tirar você daqui. A família de Anna poderá te acolher, tenho certeza. Angus se juntará a você mais tarde.

— Não vai funcionar. Ele vai me encontrar.

— Vamos garantir que não encontre.

— Ele vai me encontrar e mandar prender vocês todos por sequestro. E depois eu serei enviada a um hospital e voltarei babando. Babando, mas completamente obediente.

— Mas você não pode ficar aqui sentada esperando que isso aconteça! — disse Meg, irritada. — Não faz o menor sentido.

— Você não está entendendo. *Ele me encontraria*. Tem muito dinheiro envolvido na história: a fortuna da família dele já é grande, mas, mais cedo ou mais tarde, ele vai acabar descobrindo que meu pai morreu, e a quantia de dinheiro que meu pai tem é obscena.

Meg se calou por alguns instantes. Virei-me para ela. Seus olhos encararam fundo os meus. Ela suspirou e me deu as costas, olhando a lareira vazia.

Obviamente ela sabia que havia mais alguma coisa, mas o que eu poderia dizer? Que ninguém era capaz de fazer nada para me salvar sem que Angus fosse preso para sempre? Que o destino dele estava nas mãos do meu marido volátil e em minhas tentativas de acalmá-lo?

Depois de mais de um minuto de silêncio, ela começou a tamborilar os dedos no queixo.

— Bem — disse ela. — É possível que haja uma outra maneira.

Pela primeira vez desde que eu havia me atirado na cama, aprumei-me rapidamente.

— Como? O quê?

— Guisado de broto de samambaia é uma iguaria por aqui, de fato muito gostoso, especialmente com algumas gotas de vinagre de malte. Claro que é necessário extremo cuidado ao cozinhar, pois, se preparado depois da temporada, existe risco de envenenamento... — Ela me olhou de soslaio para ver se eu acompanhava. — Mas é claro que, se os brotos estivessem só um pouquinho passados... talvez uma ou duas semanas além do ponto, um cozinheiro inexperiente acharia que estavam bons. E então outra pessoa veria a panela no fogo e, sabendo que já não era mais época de guisado de samambaia, chegaria à conclusão de que alguém estava preparando um lote de inseticida para o jardim. E, para ajudar, poderia acrescentar algumas folhas de ruibarbo.

Pisquei algumas vezes.

— Acho que não consigo fazer isso — falei, finalmente.

— Fazer o quê?

— Matá-lo — sussurrei.

— Por Deus, não! — exclamou Meg, ríspida. — Seria um caso infeliz de falência renal, um trágico mal-entendido.

— Mesmo se cometermos esse... erro — falei, controlando a voz —, Angus vai pensar que eu o traí. Pelo menos até eu resolver o assunto.

— Não vejo como evitar isso, já que você não aceita sair dessa situação. A menos que você deixe Angus fazer alguma coisa para protegê-la, certamente não poderemos contar a ele... Se passar pela cabeça dele por um minuto sequer que você está sendo ameaçada, ele fará justiça com as próprias mãos e teremos de nos livrar de um corpo, e não será por causa de uma coisinha inocente como falência renal. E existe a possibilidade de que ele acabe fazendo justiça com as próprias mãos mesmo se não contarmos.

— E se ele deixar de me amar nesse meio-tempo?

— Acho que você não precisa se preocupar com isso — disse Meg. — Mas também não acho que você tenha muita escolha, já que não quer tomar uma atitude. Ver você com o seu marido vai *destruir* Angus. Disso eu tenho certeza.

Capítulo Quarenta

Eu mal conseguia respirar ao descer as escadas aquela noite e, ao atravessar a curta distância até o canto do sofá próximo à lareira, sentia como se caminhasse para a guilhotina. Não sabia se Hank dissera a Ellis alguma coisa sobre nossa conversa e sobre minhas acusações. Tentei me convencer de que ele não faria isso, pois sabia o que estava em jogo. Não era possível que me odiasse tanto assim, mesmo se realmente tivesse pé chato.

Tentei ler a expressão facial de Hank ao me aproximar, mas ele não deixava transparecer nada. Ellis afofou a almofada ao seu lado.

— Sente-se, querida! Eu já estava começando a temer que você não aparecesse.

— Sinto muito sobre antes — falei, dando um sorriso forçado antes de me sentar. — Tenho certeza de que aquelas não eram as boas-vindas que você esperava.

— Não seja boba! — retrucou Ellis. — Eu devia ter mandado recado dizendo que nos ausentaríamos por tanto tempo. Seu estômago está melhor?

— Um pouco.

Minha tentativa de aparentar naturalidade teria sido mais convincente se eu tivesse perguntado a respeito da viagem e sobre o que eles haviam descoberto sobre o monstro, mas eu sabia muito bem que havia outros motivos obscuros para a viagem e que a conversa teria exigido um nível de dissimulação que eu não conseguiria sustentar. Por enquanto, precisaria culpar a dor de estômago pela falta de interesse na viagem.

Angus nos observava a distância, seu rosto uma máscara impenetrável. Eu não conseguia olhar para ele diretamente — não queria dar motivos para Ellis notá-lo —, mas com o canto do olho eu observava a maneira como ele pousava os copos no balcão do bar, o jeito taciturno com que executava seu trabalho.

Eu não fazia a menor ideia do que ele estava pensando. Ele provavelmente desconfiou que as coisas não eram o que pareciam ser, mas deve ter se perguntado por que não contei a ele o que estava acontecendo. Eu me sentia de mãos completamente atadas. Ou Angus seria jogado numa cadeia para sempre, ou mataria Ellis e seria condenado à morte por enforcamento.

Os homens locais eram calados e frios como Angus, e, quando Willie Carteiro entrou, ocupou seu lugar de sempre sem olhar para nós três com muito interesse, como se Hank e Ellis nunca tivessem ido embora, como se os últimos 13 dias não tivessem acontecido.

Tomei cuidado a fim de evitar olhar para os lenhadores, que estavam obviamente abobalhados de me verem em meu posto habitual de Sra. Hyde. Rezei em silêncio para que nenhum deles comentasse que eu trabalhara atrás do balcão, pois sabia que, se existia alguma coisa que motivaria Ellis a procurar uma cabine telefônica, seria isso.

Por sorte, os lenhadores estavam muito mais interessados em Meg do que no que acontecia ao lado da lareira. Naquele dia, o Dr. McLean havia liberado Meg para trabalhar ali, embora ainda não pudesse ir para a serraria. Ela estava muito magra e andava com dificuldade, mas havia se arrumado e usava um belo vestido de cor viva, determinada a continuar a vida como de costume. Olhando-a pela direita, era linda como sempre. Mas da esquerda... bem, olhar seu lado esquerdo me dava vontade de chorar.

— Uma pena o que aconteceu com o rosto dela — disse Hank, acendendo um cigarro. — Ela era tão bonita.

— Não posso dizer que tinha notado — respondeu Ellis. — Mas agora ela definitivamente está acabada.

Imaginei se a noite em que ele tentou derrubar a porta do meu quarto passara pela sua cabeça ou se ele fazia ideia do que planejara fazer comigo se tivesse conseguido.

Quando Meg pousou os pratos à nossa frente, Ellis perguntou:

— Isso é carne de boi?

— De veado — respondeu ela.

Ellis olhou para Hank, deliciado.

Eu o odiava! Ah, como eu o odiava. O sentimento se remexia em minhas entranhas como uma serpente.

Cerca de 15 minutos depois, um velho trajando um uniforme em trapos entrou cambaleante e, com um floreio inebriado, declarou ter visto o monstro.

Willie zombou:

— Lá vem essa história de novo.

— Então você não acredita em mim? — perguntou o homem, incrédulo.

— Oh, não. Que motivo teríamos para duvidar de você? — indagou Ian Mackintosh. Todos que estavam no bar começaram a rir.

— Bem, se é assim, vou levar meu dinheiro para outro lugar.

— Então você vai caminhar dois quilômetros até Clansman?

— Bem, eu é que não vou ficar onde estou sendo insultado, disso pode ter certeza.

As sobrancelhas ruivas de Willie se arquearam.

— Pela sua aparência, terá sorte se conseguir chegar até sua casa.

O velho cambaleou e se virou em direção à porta.

Ellis e Hank se entreolharam. Ellis deu um pulo e foi até ele.

— Com licença, senhor — disse, tocando o cotovelo do homem. — Não pude deixar de ouvir o que o senhor disse. Gostaria de se juntar a nós? Ficaríamos felizes em ouvir sua experiência.

O homem olhou Ellis com olhos remelentos e pensou por um instante.

— Eu conheço você. Você é o... eu sei quem você é — disse ele, tendo dificuldade em formar as palavras. — Ouvi dizer que você estava na cidade. Sabe, conheci seu pai. Um bom homem. Muito generoso, se me lembro bem.

— Sim. É de família — disse Ellis, exultante. — Venha, sente-se. — Ele gesticulou em direção à lareira, como se convidasse o homem para entrar em nossa sala particular.

— Bem, não posso negar.

— Garçom? — chamou Ellis, estalando os dedos sobre a cabeça. — Traga o que o cavalheiro quiser.

Eu me encolhi. Nem podia imaginar a reação de Angus, e tive de usar todo o meu autocontrole para não olhar.

Ellis guiou o homem até o assento ao lado de Hank. Depois de nos apresentar, ele se sentou, inclinando-se para a frente e esfregando as mãos:

— Mas chega de falar da gente. Fale a seu respeito.

— Meu nome é Roddie McDonald — disse ele. — E eu devia saber mesmo que não dá para falar sobre o que aconteceu num lugar repleto de céticos — continuou o homem, olhando para o balcão e então se inclinando, como se contasse um segredo: — Sabe, essa não foi a primeira vez que vi o monstro. Contei ao seu pai sobre a outra vez, e ele ficou muito agradecido. Seu pai.... era um coronel, certo? Como anda o velho diabo? Ele serviu na Grande Guerra, assim como eu... só que agora devemos nos referir a ela como Primeira Guerra Mundial. — Ele baixou a cabeça, olhando para si mesmo. — Esse uniforme... eu o usei na Batalha de Liège. Dessa vez me destacaram para a Home Guard.[16] Disseram que estou velho demais... — Ele olhou diretamente para mim, colocando as mãos ao lado da boca, e sussurrou alto. — Isso demonstra o quanto eles sabem... Sou um tigre tão forte agora quanto era no passado.

Ele deu uma piscadela e, como numa cena de uma comédia grotesca, Hank e Ellis jogaram a cabeça para trás, gargalhando. Roddie pareceu

---

[16] Organização de defesa do exército britânico na Segunda Guerra, compreendida por homens em geral velhos demais para se alistar (daí o apelido "Dad's Army"). Era uma defesa secundária para o caso de uma possível invasão alemã. (*N. da T.*)

assustado, depois confuso e, então, também começou a rir, expondo dentes podres e as falhas entre eles. Afundei em meu assento.

— Aposto que sim. Não se pode derrotar um homem bom! — disse Hank. Ele parou de rir e pigarreou. — Agora comece do começo e nos conte tudo.

Embora estivesse na cara que Roddie viera à hospedaria com o objetivo de arrumar dinheiro, senti imediatamente que havia algo mais em jogo. Ele afirmava ter visto o monstro no portão do castelo, o que deveria ter irritado Hank e Ellis, já que era exatamente onde eles haviam acampado, mas ambos não demonstraram irritação alguma. Pelo contrário, encorajaram o homem a continuar, com grande simpatia. Eu os imaginei de terno, entretendo ricaços nas mansões de Rittenhouse Square.

Roddie estava satisfeito com toda aquela atenção e fazia expressões faciais exageradas, dramatizando e gesticulando.

— Então, sem nenhum aviso, a superfície da água começou a borbulhar e de repente a cabeça e o pescoço surgiram, a menos de cinquenta metros à minha frente! — Roddie balançou a cabeça, impressionado. — Ah, foi uma visão e tanto...

— O pescoço era longo e curvo, não é? — perguntou Ellis.

— Ah, sim — disse Roddie, assentindo. — Como o de um cisne. Só que muito, muito maior. E os olhos dele...

— Eram proeminentes? — questionou Hank. — Redondos e escuros? Como os de uma criatura das profundezas?

— Ah, eram, sim — concordou Roddie assentindo mais uma vez. — Tinha uma aparência aterrorizante, como se não fosse pensar duas vezes antes de levar você embora.

— Qual o tamanho da nadadeira em suas costas? — indagou Ellis.

Roddie riu e bateu na perna:

— E como você sabe dessa nadadeira?

— Andamos pesquisando — respondeu Ellis, olhando para Hank.

Naquele momento eu entendi. Entrevistar médicos e consultar tribunais não foi tudo o que eles fizeram durante sua ausência.

— Sim, o monstro tinha uma nadadeira, e só ela tinha pelo menos um metro de comprimento...

Depois de mais explicações, Roddie confirmou que o corpo do monstro era "verde-escuro, com marcas marrons no flanco e pintas na barriga". Se inicialmente afirmou ter visto a cabeça e o pescoço da fera a cerca de cinquenta metros de distância, depois passou a descrever o corpo com riqueza de detalhes.

— Com licença, querido — falei. — Acho que vou me retirar agora.

Ellis olhou para mim, surpreso. Não me lembrava da última vez em que eu o chamara de "querido" e ele, com certeza, também não. Tive de me esforçar para fazer aquela palavra sair da minha boca.

— Mas você nem tocou na sua comida — protestou ele.

— Desculpe — respondi. — Ainda estou um pouco enjoada. Tenho certeza de que vou me sentir melhor depois de uma boa noite de sono.

— É claro — disse ele, levantando-se. — Eu a acompanho até seu quarto.

— Não. Por favor, fique — pedi, pousando a mão em seu braço. — Isso é importante. Arranque dele o máximo de detalhes possível. Quanto antes você pegar esse monstro, antes poderemos ir para casa, e então tudo voltará ao normal.

Ele me olhou com curiosidade enquanto eu me despedia de Hank e Roddie, e continuou a me observar enquanto eu me levantava do sofá e seguia até as escadas.

Ele, porém, não era o único a me observar. Eu quase sucumbi diante do escrutínio de Angus.

Assim que fechei a porta, atirei-me na cama. O cheiro de Angus ainda estava em meu travesseiro. Enterrei meu rosto ali e chorei.

Ou Hank e Ellis já tinham construído uma réplica ou planejavam fazê-lo e, devido à descrição que arrancaram de Roddie, eu sabia exatamente como seria. Se já a haviam construído, produziriam imagens dentro de poucos dias e arrumariam as coisas para partir. Mas antes Ellis destruiria meu cérebro, pois retornaria triunfante com imagens claras que confirmavam as fotos do coronel.

Pai, filho e conta bancária seriam reunidos, e Ellis não deixaria nada impedir isso — muito menos um detalhe irrelevante como eu.

Capítulo Quarenta e Um

Passei a noite me revirando, enrolando as cobertas até que elas ficassem emboladas. Cada vez que a chaminé assoviava ou a janela batia por conta do vento — cada vez que eu escutava qualquer ruído —, tinha certeza de que Angus estava vindo me ver. E então o que eu faria? Contaria tudo e rogaria a Deus que me iluminasse com uma solução em que eu ainda não tivesse pensado? Ou simplesmente pediria a Deus para que o que eu contasse a Angus não o fizesse sair enlouquecido pelo corredor a fim de matar Ellis?

Depois de algum tempo, não aguentei e me esgueirei até a cozinha, tateando as portas de madeira que escondiam a cama dele até encontrar a junção entre elas. Estavam fechadas.

Eu encostei a testa na junção, pensando que ele provavelmente notara que eu estava ali — sentia a presença dele da porta da mesma maneira que podia sentir meu próprio coração batendo forte no peito e, mesmo que ele não me sentisse da mesma maneira, com certeza havia escutado meus dedos deslizando ao longo das portas ou os pequenos estalos que a madeira soltava sob o peso da minha cabeça.

Se ele sabia que eu estava ali, não deu sinal algum. Não tem problema, disse a mim mesma. Nada poderia me salvar e eu só causaria mal a Angus. Pressionei os lábios contra as portas de madeira num beijo silencioso e me esgueirei novamente para cima.

Ouvi Ellis e Hank conversando lá embaixo assim que saí do quarto. Respirei fundo, controlando-me.

Sendo filha da minha mãe, reconciliar-me com eles deveria ser fácil, ainda que fosse a última coisa que eu desejava fazer. Mas não: eu me sentia nauseada, letárgica, insensível. Era como se meu cérebro já tivesse sido danificado e ninguém tivesse me contado. Imaginei como seria o procedimento cirúrgico e se eu guardaria alguma lembrança depois dele. Imaginei se eu seria capaz de formar novas lembranças depois dele.

Anna estava sentada à beira do fogo, polindo um conjunto de talheres pousados sobre um pedaço de feltro. Olhou para mim brevemente e tentei imaginar o que Meg lhe dissera.

— Bom dia, querida — disse Ellis, levantando-se e puxando uma cadeira para mim.

— Bom dia, querido — respondi.

Quando o chamei de querido, percebi surpresa em seu olhar, tal como na noite anterior. Hank olhou para mim sem dizer nada. Sua expressão vazia me aterrorizava.

— Obviamente está se sentindo melhor — disse Ellis, sentando-se novamente. — Você parece Rita Hayworth indo a um safári. Tem algum plano em mente?

— Sim — respondi, alisando a jardineira como se fosse feita da mais pura seda. — Pensei em ir com vocês hoje.

— Mesmo? Por quê?

— Porque faz muito tempo que não o vejo — falei. — Senti saudades.

Hank e Ellis se entreolharam.

— Hoje não é o melhor dia para você vir conosco — disse Ellis.

— Uma dama pode entender isso da maneira errada, sabia? — falei. — Prometo que não farei você desperdiçar nenhum filme.

— O tempo está terrível — afirmou Hank.

— Ele tem razão — concordou Ellis. — Você já deu uma olhada lá fora? O céu está completamente cinza. Não vai abrir tão cedo.

Ou eles realizariam a farsa, ou Ellis já dera o telefonema e a ambulância estava a caminho.

Angus saiu da cozinha, viu que eu estava com Ellis e Hank e tornou a entrar com desdém.

Ellis olhou para ele.

— Acho que esse é o homem mais desagradável que já conheci.

Meg despontou da cozinha.

— Vocês três vão jantar conosco esta noite? Teremos um guisado maravilhoso e, pela primeira vez, um pão decente.

— Mas nós não estamos sempre aqui para jantar? — perguntou Hank, com uma risada zombeteira.

Ellis revirou os olhos e balançou a cabeça.

— Sim... quando estão aqui, quer dizer — disse Meg. — É que esse guisado é uma especialidade do local e temos apenas um pão bom o suficiente para comer com ele: branco e macio, preparado hoje de manhã. Não teremos o suficiente para todos. Cheguem cedo, ou então posso mandar servir no seu quarto, pois os demais vão comer sanduíche de beterraba no pão de sempre.

— Por que esse tratamento especial? — quis saber Hank.

— Encare isso como boas-vindas — disse ela, e tornou a entrar na cozinha.

— Acho que o lenhador a deixou com um parafuso solto — comentou Hank.

Ellis riu.

— Acho que ela sempre teve o parafuso solto.

Uma especialidade do local.

Gostaria de dizer que consegui afastar o pensamento imediatamente, porém, se minhas suspeitas se confirmassem, Meg prepararia a única solução para o meu problema.

Deveria deixar que ela o fizesse? Será que eu conseguiria viver com aquela culpa?

Eu me perguntei se Rhona e Mhàthair estavam procurando os brotos de samambaia lá fora ou se já os estariam cozinhando.

Hank e Ellis começavam a juntar suas coisas quando a porta da frente se abriu e Willie Carteiro entrou. Ele caminhou até o fogo.

— Bom dia — disse ele a Anna. — É um dia *dreich*.

— Sim, é mesmo. Bem que eu queria passar o dia inteiro perto da lareira — comentou ela, suspirando. — Mas os campos não se cuidam sozinhos.

— Você não pode cuidar dos campos hoje... vai ficar *drookit*! — Embora ele parecesse carrancudo, eu sabia dos sentimentos dele por Anna e reconheci aquilo como uma demonstração de afeto.

— Tenho um casaco de chuva. Se chover demais, posso usá-lo.

— Pode ter certeza de que vai precisar — afirmou ele, assentindo sério. — Tenho algumas cartas para os seus hóspedes. Bem, uma carta e um telegrama.

— Eles estão bem ali — disse Anna, virando a cabeça em nossa direção como se Willie não pudesse nos encontrar sozinho.

— E quem é o Sr. Boyd? — perguntou ele, aproximando-se da mesa.

Hank estendeu a mão e Willie entregou-lhe a carta.

Mesmo que a caligrafia não fosse impecável e que a carta não tivesse um leve perfume de Soir de Paris, o envelope lilás a teria denunciado.

— Oh, parece que a minha pombinha finalmente me encontrou — disse Hank, deslizando um abridor sob a abertura do envelope. — Ela deve estar implorando para eu voltar para casa. Bem, não deve demorar muito agora, e acho que serei obrigado a colocar uma aliança naquele dedinho lindo.

Enquanto Hank abria a carta de Violet, Willie me entregava o telegrama. Ele me fitou por tempo o bastante para eu perceber que ele tentava me dizer alguma coisa. Eu peguei o telegrama com relutância.

— Vamos, abra — disse Ellis.

Fiquei imóvel, segurando o telegrama. Eu tinha pensado que a situação não poderia piorar, mas pelo visto eu estava errada. Ellis estava prestes a descobrir que meu pai tinha morrido e também que eu perguntara a respeito do divórcio.

Hank abriu a carta e começou a ler.

— Bem, se você não vai abrir, eu vou — disse Ellis, arrancando o telegrama das minhas mãos.

Eu cobri meus olhos. A sala ficou em silêncio enquanto os dois liam.

— Como assim? Seu pai morreu? — perguntou Ellis. — Por que você não me disse nada?

— Meu Deus — disse Hank, desanimado.

— Meu Deus! — gritou Ellis, dando um tapa na mesa. — Puta merda, Maddie! Estamos mais ricos do que Creso. Mais ricos do que Hank! Mas só porque você não é homem e porque graças a Deus não temos um filho, senão seríamos obrigados a dar a ele o nome de seu avô para poder acessar a herança, e toda a fortuna iria para a criança em seu vigésimo primeiro aniversário. Mas parece que seu avô não tinha pensado nessa possibilidade. Ah! Você foi mais esperta do que um barão ladrão, minha princesa inteligente! Agora podemos comprar nossa própria casa em Rittenhouse Square — o coronel que vá para o inferno!

— Ela me abandonou! — murmurou Hank, baixinho. — Ela me abandonou!

Olhei por entre os dedos. Hank estava pálido. Ellis pulava pela sala, como um idiota. Tinha deixado o telegrama sobre a mesa. Eu o peguei e li.

Ele estava certo. Eu havia herdado toda a fortuna, mas apenas porque era a única herdeira. Se houvesse algum homem na família, eu jamais veria um centavo daquele dinheiro, a não ser que o homem em questão fosse meu próprio filho e, nesse caso, eu perderia o dinheiro quando ele atingisse a maioridade. O advogado sugeria que nos encontrássemos pessoalmente assim que eu retornasse aos Estados Unidos, mas não fazia menção alguma ao divórcio. Percebi que era isso que Willie queria me dizer... que o telegrama poderia ser lido na presença do meu marido.

Pousei o telegrama sobre a mesa e olhei para Hank. Ele me fitava atentamente. Parecia confuso, os olhos úmidos.

— Ela me deixou, Maddie — disse ele, balançando a cabeça. — Vai se casar com Freddie. Não entendo. Como ela pôde fazer isso comigo? — Sua feição se alterou drasticamente e ele esmurrou a mesa. — Freddie! Maldito Freddie! Esse devia ser o plano dele, desde o início! Queria que eu ficasse fora do seu caminho para poder roubar Violet de mim! Eu vou matá-lo, Ellis... juro que vou!

De repente Ellis estava na frente dele, segurando-o pelos ombros.

— Não, você não vai matar ninguém — falou Ellis, calmo e solene. — Vamos fazer as filmagens, depois vamos voltar para casa e, quando virarmos um sucesso mundial, você vai roubá-la de volta. É isso o que vamos fazer.

Hank fitou Ellis por alguns instantes, arfando como um touro descontrolado.

— Então vamos acabar logo com isso! — exclamou.

— Já que você coloca as coisas dessa maneira, suponho que eu não tenha muita escolha, embora estivesse saboreando o momento ao lado da minha adorável esposa milionária — disse Ellis. Ele vestiu o casaco e me deu um beijo no rosto. — Até logo, minha linda galinha dos ovos de ouro. Vejo você no jantar.

Quando a porta se fechou atrás dele, eu me sentia tão chocada que nem conseguia me mexer. Aparentemente Anna se encontrava no mesmo estado, pois estava sentada no sofá segurando uma colher numa mão e o pano de polir na outra.

Meg entrou pelos fundos, balançando a cabeça, enojada. Foi até a janela e espiou enquanto eles se afastavam.

Capítulo Quarenta e Dois

Vejo você no jantar, dissera ele.

Fiquei sentada à mesa, absorvendo o significado daquilo tudo, tentando fazer com que se transformasse em alguma coisa que não fosse assassinato a sangue-frio. Tentei olhar a questão de forma puramente racional, como se fosse apenas uma necessidade de escolha entre órgãos: meu cérebro ou os rins dele. Porém, não seriam apenas seus rins. Seria sua vida.

Tentei argumentar que era um ato de autodefesa, mas não era. Se eu permitisse que aquilo acontecesse, seria uma execução anterior ao crime, pois Ellis até então ainda não cometera crime algum.

Eu não podia fazer isso. Apesar de tudo o que eu estava prestes a perder, não podia ficar sentada de braços cruzados observando enquanto ele era envenenado.

Eu acabara de chegar àquela conclusão quando a porta se abriu com tanta violência que bateu na parede atrás dela.

Dois policiais entraram. Havia um carro preto parado na rua atrás deles e, através da chuva, consegui ler POLÍCIA DE INVERNESS-SHIRE escrito na lateral do automóvel.

Não eram meros guardinhas: o uniforme deles era impecável, azul-marinho com listas de cetim branco em ambos os lados das calças, os capacetes pontiagudos com insígnias prateadas. Cassetetes e algemas pendiam de seus cintos pretos e, quando eles pararam, a água escorreu pelos uniformes, formando uma poça no chão ao redor de seus coturnos.

— Bom dia, senhoras — cumprimentou o mais alto, assentindo em nossa direção.

Eu mal podia respirar. Ellis. Ele realmente dera o telefonema. Teria sido porque não gostou da maneira como Angus olhou para nós na noite anterior? Será que eu não fora convincente em meu papel de esposa devotada? Ou, talvez, ele já tivesse voltado da viagem determinado a fazer isso de qualquer maneira e não houvesse nada que eu pudesse ter feito para impedir.

— Em que posso ajudá-los, cavalheiros? — perguntou Meg.

Eu precisava avisar Angus. Como eu não o alertara antes...? Não podia acreditar.

— Estamos procurando Angus Duncan Grant — disse um deles. — Creio que ele reside aqui, correto?

— Sim, reside aqui no momento. E o que querem com ele? — indagou Meg.

— Somente uma conversa rápida.

Ele parecia tão amável, tão educado, tão objetivo. Era difícil acreditar que estava prestes a destruir a vida de Angus.

— Vou avisá-lo que os senhores estão aqui — disse Meg.

Caminhei atrás dela em direção à cozinha e, quando me virei, percebi que os dois policiais olhavam para mim. Eu tinha certeza de que eles haviam percebido o pânico em meus olhos.

— Bom dia, cavalheiros — cumprimentou Angus, rodeando o balcão do bar e indo se sentar em um dos banquinhos. — Ouvi dizer que os senhores querem falar comigo?

Conall veio atrás dele e se deitou aos seus pés. O cachorro parecia relaxado, mas seus olhos estavam atentos.

— Sr. Grant...

— Capitão Grant — corrigiu Anna, próxima à lareira.

Os policiais assentiram na direção dela e voltaram o olhar para Angus.

— Capitão Grant, sou o Inspetor Chisholm e este é o Sargento MacDougall. Recebemos a queixa de que alguém estava invadindo a área de Craig Gairbh.

— Lamento, mas não sei nada a respeito — informou Angus.

— A queixa nomeia o senhor como acusado — continuou o Inspetor Chisholm. — E uma breve análise das evidências parece demonstrar que é verdade. Demos uma caminhada rápida pela sua propriedade e não pudemos deixar de notar que há um estoque bem generoso de carne de caça num buraco escavado no morro atrás dela. Dois veados vermelhos, um faisão e um tetraz, se não me engano. Imagino que o senhor não se importe de nos dizer como os obteve.

— Eu os cacei nos morros — respondeu Angus. — Tenho certeza de que os senhores já desconfiavam.

— E isso inclui o território de Craig Gairbh?

— Sim — disse Angus, assentindo.

— Bem — declarou o inspetor, erguendo as sobrancelhas. — Por essa eu não esperava. Sua honestidade é tocante, mas apesar disso receio que teremos de levá-lo em custódia.

— Creio que isso não será necessário — retrucou Angus, completamente calmo. Ele cruzou os braços sobre o peito e estirou as pernas, cruzando-as na altura dos tornozelos.

— Infelizmente não temos escolha — disse o Inspetor Chisholm. — A lei é clara sobre esse assunto.

— Então quem prestou a queixa? — perguntou Angus. — Porque certamente não foi o proprietário.

— E como o senhor sabe? — indagou o inspetor Chisholm.

— Porque acho que me lembraria se eu o tivesse feito — respondeu Angus.

Eu estava completamente confusa. A julgar por suas expressões, os policiais também.

— Como assim? — questionou, por fim, o Inspetor Chisholm.

— Acho que não posso prestar queixa contra mim mesmo e, mesmo que pudesse, com certeza não o faria.

— O senhor está nos dizendo que é o proprietário?

— Sim — respondeu Angus, assentindo. — Eu me tornei o proprietário há três meses. Sou filho do falecido irmão do antigo proprietário. O parente mais próximo do sexo masculino.

Eu não conseguia entender. Virei-me para Angus.

— Mas, naquela noite em que Bob Policial veio aqui... Ele veio lhe dar uma advertência sobre invasão de propriedade — falei.

— Não foi por invasão de propriedade. Foi por ter jogado o inspetor das águas no rio.

Olhei bem fundo nos olhos dele, percebendo o que tudo aquilo significava. Então, de um salto, me levantei.

— Aquele filho da mãe. Aquele *rato* filho da mãe! Mal posso esperar para contar a ele!

— Maddie? — disse Angus. — O que está acontecendo?

— Foi Ellis! Foi ele quem prestou a queixa! Ele ameaçou jogar você na prisão se eu não voltasse a me comportar como sua esposa perfeita. — Parei de repente. — Mas foi em frente e prestou a queixa assim mesmo. Meu Deus, o hospital provavelmente já deve ter mandado uma ambulância para cá!

— Hospital? Que hospital? — inquiriu Angus.

— Meg pode explicar. Preciso ir — falei, passando apressada pelos policiais e indo apanhar meu casaco.

— Maddie, *pare*! — exclamou Angus. — Espere. Eu vou com você.

— Sinto muito interromper — disse o Inspetor Chisholm —, mas será que poderíamos ter alguma prova de que sua alegação é verdadeira antes de irmos?

— Isso pode esperar — declarou Angus, caminhando a passos largos em direção à porta. — Conall, *trobhad! Crios ort!*

O cão se pôs de pé imediatamente, correndo para alcançar seu dono.

— Receio que não — afirmou o Inspetor Chisholm, segurando o braço de Angus. Num segundo, Angus se virou e segurava os pulsos do homem ao lado de suas orelhas. O rosto dos dois estava a centímetros de distância.

O sargento MacDougall deu um passo à frente, a mão em seu cassetete.

Depois de alguns segundos, Angus soltou o Inspetor Chisholm, que ajeitou o uniforme e fitou Angus, irritado.

— Vou mostrar a prova e então vocês podem dar o fora daqui — disse Angus. — Meg, traga o cofre. Vou apanhar a chave. E Maddie, *não saia daqui!*

Quando ele se virou, aproveitei a oportunidade para me lançar na chuva lá fora.

Eu tinha várias coisas para falar a Ellis — e Hank — a sós.

Corri o mais que pude, depois continuei o caminho andando depressa e, quando o Castelo Urquhart despontou à minha frente, eu já seguia devagar, cansada.

A visão do castelo me deu novo fôlego e voltei a correr, subindo a lateral do fosso vazio, atravessando os portões principais e percorrendo a área coberta de limo até chegar ao topo, diante do portão que levava ao lago.

Hank estava na margem, debruçado sobre a câmera, com uma capa de chuva sobre a cabeça. Ellis estava no barco, parcialmente dentro d'água. Primeiro pensei que se preparasse para desembarcar, mas então percebi que eles já haviam colocado as sacolas a bordo, e a corda que prendia o barco se encontrava enrolada em seu interior. Ellis se preparava para entrar no lago.

Corri até lá e, antes que me vissem, pulei para dentro do barco. Caí de joelhos numa poça de água da chuva e bati as costelas no banco.

Quando levantei a cabeça para afastar os cabelos molhados do rosto, vi Ellis olhando para mim, boquiaberto, em choque.

— Maddie? Que diabos...? — começou ele.

Hank saiu de baixo de sua capa de chuva.

— Meu Deus! Que diabo você está fazendo aqui? A gente disse que não era um bom dia.

Do outro lado do banco, no fundo do barco, estava a miniatura do monstro, seu pescoço curvado e olhos proeminentes, a nadadeira longa e o corpo verde-oliva.

Eu me atirei sobre o banco e agarrei a réplica.

— E esse é o motivo? — perguntei, erguendo a réplica sobre minha cabeça.

— Maddie, solte isso — disse Ellis entredentes.

— Com prazer — falei, jogando a criatura por sobre os ombros dele, o mais longe possível do barco. A réplica ficou boiando de lado, e comecei a rir. — Meu Deus, isso aí nem funciona.

Ellis apenas continuou me olhando.

Hank soltou um suspiro dramático.

— Ellis, pegue aquele treco. Nossa madeira plástica está quase no fim. E, enquanto isso, que tal controlar sua mulher?

Ellis pegou os remos e começou a remar em direção ao boneco, os olhos fixos nos meus.

— Ei, Hank! — gritei, com voz esganiçada. — Quero ter uma palavrinha com você. Esse negócio de me manter sob controle... Isso inclui transformar meu lobo frontal em suflê?

Hank revirou os olhos.

— Ora, Maddie. Ele só quer que você pare de agir como uma maluca. Se você conseguir, ele não fará nada.

— Você não pensava dessa maneira ontem. O que foi que mudou desde então?

— Ele só está frustrado; todos estamos! E estamos todos falando coisas que não queremos, inclusive você. *Especialmente você.* Mas falta pouco para sairmos desse buraco; então, por favor, será que você pode tentar se controlar só por mais alguns dias?

— Ele estava frustrado quando telefonou para o tribunal? Porque dois policiais de Inverness apareceram há cerca de meia hora para prender Angus.

Hank olhou para Ellis, irritado.

— É verdade?

— Por que você está perguntando para ele? — Minha voz soava estranha devido ao excesso de emoção. — Você acha que do nada ele vai começar a falar a verdade? Meu Deus, ele mentiu sobre ser daltônico para fugir da guerra! — Minha voz voltava com o eco, chocando-se contra os morros na margem oposta.

Ellis se levantou ao lado do banco, no meio do barco. Vi seu punho fechado vindo na direção da minha cabeça e, um instante depois, eu estava deitada na água do chão do barco, vendo estrelas.

— Meu Deus, Ellis! — gritou Hank. — O que deu em você?

Eu me enrodilhei na proa, esperando minha visão voltar ao normal.

— Vá pegar aquele boneco de merda agora mesmo! Ellis, estou falando sério! *Volte aqui*!

— Primeiro vou ter uma conversinha com minha esposa — respondeu Ellis por sobre os ombros, quase cantarolando.

— Ellis, se você não trouxer esse barco agora...

— Não há muito o que você possa fazer a respeito, não é?

Eu me apoiei nos cotovelos, a cabeça latejando. Estávamos a uns dez metros da margem. Ellis, sentado no banco do meio, olhava para mim, sorrindo.

— Então é verdade — falei.

— Não sei do que você está falando.

— Você não é daltônico.

Ele deu de ombros.

— E daí? Não tem importância.

— *Não tem importância*?

— Ninguém jamais vai saber. Mas pode ficar tranquila quanto à sua cirurgia, querida; as instalações são bastante luxuosas.

— Ellis! — gritou Hank, da margem.

— Quando eu sair desse barco — falei baixinho —, você nunca mais vai me ver, exceto talvez diante de um juiz no nosso divórcio. Você não pode mais me obrigar a ficar com você.

— Ah, posso, sim. Você é inválida, o que me torna seu guardião legal. Eu só preciso dar um telefonema para o hospital.

— Não podem me levar para o hospital se não me encontrarem. E não irão me encontrar.

— *Ellis! Volte!* — gritou Hank.

— Ah, e a propósito, Angus não foi preso por caçar em propriedade privada, pois ele é o *proprietário* de Craig Gairbh — continuei. — Acho que isso faz de você o primo dele em algum grau, embora eu não consiga perceber qualquer semelhança entre vocês dois.

Olhamos um nos olhos do outro, como se nos víssemos pela primeira vez. A água bateu contra a lateral do barco, que começava a balançar.

— Ellis! — berrou Hank. — Pelo amor de Deus, *volte!*

— Deixe a gente em paz, Hank! Só vou voltar depois que resolver esse assunto!

— *Olhe*! — gritou Hank, e a voz dele saiu tão gutural, tão descontrolada, que não tivemos como não olhar.

Ele filmava como um maníaco. Esticou o outro braço de baixo da capa apenas por tempo suficiente para poder apontar.

— Ali! Era longo, escuro e curvo. Saiu da água só por um momento; o bicho inteiro deve ter pelo menos uns 18 metros! Puta merda! É agora! Estou filmando! Estou filmando! Ellis, isso vai ser *espetacular*!

A expressão de Ellis se alterou e ele se remexeu no banco. Eu segurei a borda e me inclinei para olhar. Alguma coisa grande e escura se movia rapidamente sob as águas. Percebi que a coisa estava se erguendo, e então ela bateu no fundo da proa e me arremessou para longe.

Minha boca e meu nariz se encheram de água antes que eu conseguisse entender o que acontecera. Eu estava embaixo d'água.

O frio foi chocante. Milhares de bolhas, grandes e pequenas, saíam de mim. Era o ar saindo das minhas roupas — e, como as bolhas subiam, isso significava que eu devia estar com o rosto para baixo. Virei-me instintivamente, tentando ficar na posição correta.

As bolhas diminuíram, o que significava que minhas roupas estavam ficando saturadas. Meu único pensamento era me livrar do meu casaco, mas, embora conseguisse juntar as mãos à minha frente, meus dedos estavam enregelados demais para obedecer a qualquer comando. Eu podia sentir os botões, tocá-los, sentir até mesmo a linha que os prendia ao tecido do casaco, mas não conseguia fazer nada para desabotoá-los. Após alguns segundos, afastei as mãos, resignada.

Olhei para cima e, como se através de uma camada de vidro grosso, pude ver Ellis de pé no barco, segurando um remo. O objeto atravessou a água e parou sobre meu peito.

Com uma força de vontade monstruosa, consegui levar as mãos à frente e agarrei o remo. Fiquei segurando e, depois de alguns segundos, perguntei-me por que ele não me puxava para fora. Chocada, olhei para cima e vi o rosto determinado de Ellis através da água.

Ele não estava me salvando. Estava fazendo de tudo para eu não conseguir sair debaixo d'água.

Tentei afastar o remo, mas meus esforços foram em vão. Ellis o moveu para o meio do meu peito e me empurrou mais para o fundo, até a última fileira de bolhas escapar de minhas narinas. Minha consciência tremulou, a superfície começou a se distanciar e, então, tudo ficou em silêncio.

O que aconteceu em seguida se assemelhou a ser sugada para uma cachoeira invertida. Um braço me segurou firme e fui puxada para cima, explodindo pela superfície com um ruído ensurdecedor de ondas se quebrando. Então fui arrastada pelas águas, rapidamente, puxada por trás.

— Aguente firme, *mo gràdh*. Peguei você — disse Angus, em meu ouvido.

Seu braço livre remava com força. Suas pernas se mexiam furiosamente sob nós. Tentei respirar, mas meu peito não se mexia. Eu não conseguia nem mesmo levantar a mão para segurar o braço dele.

Meus olhos se fecharam, apesar de eu lutar para mantê-los abertos. Em um momento, vi nuvens passando, rolando sobre mim, como se fossem seres vivos; no momento seguinte, nada.

Nuvens, nada. Nuvens, nada. E, finalmente, apenas o nada.

Capítulo Quarenta e Três

Só me lembro da boca de Angus cobrindo a minha e depois de vomitar água. Ele me deitou de lado e um espasmo atravessou minha caixa torácica, fazendo com que outro jato de água fosse lançado para fora da minha boca e do meu nariz. Respirei pela primeira vez desde que afundara — um gargolejo, rouco.

Angus me colocou sentada e me enrolou em seu casaco.

— Mas que diabo...? — disse Hank, enfiando a cabeça para fora da tenda feita com seu casaco de chuva. — Meu Deus... O que aconteceu? Maddie, você está bem?

— Não, ela não está bem! — vociferou Angus. — Quase se afogou e está congelando. Passe para cá o seu casaco.

Hank se esforçou para tirar o casaco e o atirou para Angus.

— O que aconteceu? Eu nem a vi afundar. — Ele olhou de novo para mim. — Meu Deus, o rosto e as mãos dela estão azuis.

Angus me envolveu com o segundo casaco e me segurou nos braços.

— Vou levá-la para o forno de secar milho — avisou. — É a sala intacta que fica do outro lado da muralha. Corra o mais rápido possível até a primeira casa branca, a norte daqui. É a casa dos McKenzies. Conte o que aconteceu e peça que chamem a polícia. O policial vai trazer um carro.

Enquanto Angus atravessava comigo o portão que levava ao lago, segurando minha cabeça contra seu ombro, olhei para trás, para o *loch*.

Ellis ainda estava no barco, remando enlouquecidamente com um único remo. O outro flutuava para longe dele.

Hank retornou com Mhàthair, os dois com os braços cheios de montes de cobertores e edredons. Sem perda de tempo, Mhàthair substituiu os casacos com eles e me enrolou numa espécie de charuto, como um bebê, depois me colocou na beirada do forno antigo e sentou-se ao meu lado, puxando o máximo possível a barra do próprio casaco por cima de mim. Eu me encostei nela, tremendo de frio e alternando respirações curtas com tosses violentas.

Angus cobriu suas roupas encharcadas com um cobertor como se fosse um kilt escocês e ficou andando de um lado para o outro. Todas as vezes em que eu era sacudida pelas tosses, ele corria para me sentar, de modo que Mhàthair pudesse dar tapas nas minhas costas.

Hank estava agachado contra a parede, lívido. Depois de algum tempo, levantou-se.

— Acho que vou ver se consigo trazer aquele idiota para a terra firme — disse.

— Se eu fosse você — retrucou Angus —, eu recuperaria a minha câmera e deixaria aquele *amadain* exatamente onde ele está.

— Eu sei que ele tentou armar uma canalhice sem tamanho para cima de você, mas com certeza você não quer que ele morra afogado naquele lago — falou Hank.

— Não existe nada que eu deseje mais — retrucou Angus —, mas tenho quase certeza de que ele vai encontrar um jeito de sair dali, nem que seja só para dar um fim nas evidências.

— Se está falando da câmera, acho que ela está bem protegida pelo meu casaco de chuva.

— Sim, estou falando da câmera. Mas não é contra a chuva que ela precisa de proteção. No filme, além de seja lá o que mais que você conseguiu captar, está a tentativa do seu amigo de matar a esposa.

— O quê? Não. Isso é ridículo. — Depois de uma pausa breve, Hank virou o rosto depressa para mim. — Maddie, é verdade?

Eu assenti com grande esforço.

Ele ficou me olhando por alguns segundos enquanto a compreensão o atingia. Depois se virou e seguiu a passos duros até a porta.

De onde eu me encontrava, no alto do forno, tinha uma visão perfeita do portão. Hank saiu pisoteando as ervas daninhas, parou embaixo do arco do portão e olhou para o cais. Então soltou um berro como um animal selvagem e saiu descendo o morro a toda velocidade. Durante vários minutos, ouvimos gritos raivosos, que, apesar de amplificados pela água, eram ininteligíveis.

Quando ele voltou, estava transformado. Entrou na sala do forno de cabeça baixa e ombros curvados. Seus braços nem sequer balançavam. Ele parecia um cadáver de pé.

Escorregou as costas pela parede até ficar agachado. Olhou para o chão entre suas pernas, apoiando os antebraços nos joelhos, deixando as mãos penderem. Estavam cheias de sangue e arranhões.

— Ele conseguiu sair do lago antes de eu chegar — disse ele, por fim. — Atirou a câmera na água.

Nós ficamos em silêncio.

Ele olhou para mim, com olhos vazios de qualquer expressão.

— Você tentou me avisar, mas eu não lhe dei ouvidos. Achei que o conhecesse. Você me perdoa?

Continuei aninhada contra Mhàthair, sem sequer tentar responder.

— Não, claro que não — continuou Hank. — Não posso me redimir com você, disso eu sei. Mas eu realmente não sabia... nem sei quando ele encontrou tempo para ir escondido até a cabine telefônica. Estávamos quase sempre juntos. Se ele também ligou para o hospital, além de para a polícia, juro que não vou permitir que levem você.

— Você! — vociferou, irado, Angus. — Você não vai conseguir fazer nem um arranhão no *bastart* idiota o bastante para tentar levar Maddie! Só que alguém vai terminar com o cérebro avariado, isso eu prometo. E não será só o cérebro: vou aproveitar para acabar com o resto daquele covarde lá embaixo. Se fosse ele, iria torcer para Bob Policial vir prendê-lo bem depressa, antes que eu tenha a chance de chegar perto dele.

Hank observou Angus falar e depois abaixou novamente a cabeça.

Quando Bob chegou, Angus me levou até o carro e Mhàthair e Hank o seguiram. Ninguém sugeriu que resgatássemos Ellis.

No caminho de volta para a hospedaria, Bob falou:

— Vocês estão me dizendo que existiam provas fotográficas da tentativa de assassinato, mas que elas foram destruídas? É isso?

— Isso — confirmou Angus.

Bob virou-se para Hank, que estava no banco do passageiro olhando pela janela lateral.

— E você está me dizendo que não viu nada?

— Só o monstro — respondeu Hank, arrasado.

— Mas você estava *bem ali!* — Bob deu dois tapas no volante para efeito de ênfase.

— Eu estava concentrado, filmando.

Bob olhou para ele duas vezes, exasperado, depois soltou um suspiro.

— Bem, temos uma testemunha ocular e felizmente a vítima sobreviveu para testemunhar também. Com certeza, isso já será o bastante para prendê-lo.

Chegamos à hospedaria e estacionamos o carro em frente. O cascalho rangeu sob a borracha dura e fria dos pneus.

Bob virou-se em seu assento, observando Angus me retirar do carro.

— Vou chamar o Dr. McLean — disse ele —, e depois... acho que não vai ter jeito, vou ter de ir até lá resgatar aquele *creutair* patético. Nem me lembro qual foi a última vez em que tive alguém lá na cela da delegacia. — Ele suspirou novamente. — Acho que vou ser obrigado a alimentá-lo.

Assim que Angus me levou para o primeiro andar, Anna, Meg e Mhàthair retiraram-me de seus braços e o mandaram embora com ordens de que fosse se secar direito.

Sem perda de tempo, acenderam o fogo da lareira do meu quarto, vestiram-me com uma camisola grossa e cobriram-me com tantos cobertores que eu nem conseguia me mexer. Colocaram porcos de cerâmica perto dos meus pés, e Mhàthair — depois de pressionar o ouvido em meu peito e sacudir a cabeça — ausentou-se por um tempo e voltou com um preparado fumegante e fedorento, que enfiou pela parte da frente da minha camisola. Além disso, colocou alho socado entre todos os dedos dos meus pés e os enrolou. Quando trocou os cobertores, acrescentou um extra, ainda dobrado, no pé da cama, aumentando ainda mais o peso sobre mim.

Aceitei tudo sem protestar. Quando eu não estava tossindo, meus pulmões chiavam. Eu me sentia fraca demais para me mexer e mantinha os olhos vagamente fixos no fogo da lareira, entrando e saindo de uma espécie de transe, relembrando o que então julgava serem meus últimos momentos — a sensação de flutuar na água, sem peso, quase ociosamente, o barulho ensurdecedor das bolhas explodindo ao meu redor, os remos batendo no suporte de remos. Os primeiros instantes, quando eu ainda tentava descobrir uma maneira de me salvar, e os últimos, quando aceitei que não conseguiria.

Ellis reconheceu uma oportunidade de livrar-se de mim e a agarrou sem hesitar nem por um segundo. Minha herança, a herança dele, seu segredinho sujo... tudo poderia ser resolvido de uma tacada só, bastando apenas um ou dois minutos de esforço.

Ele negaria tudo, claro, usando minha doença para provar que meu testemunho não era confiável e dizendo que Angus havia interpretado mal o que acontecera. Provavelmente ainda se diria um herói frustrado, clamando que estava a segundos de me resgatar da água e me colocar no barco, mas que, graças à interferência de Angus, eu tive de permanecer ainda mais tempo submersa.

De que maneira, porém, ele explicaria o sumiço da câmera ou a versão de Hank dos acontecimentos? Embora Ellis fosse capaz de lançar dúvidas sobre o meu testemunho, não poderia fazer o mesmo com o de Hank — e eu duvidava muito que seria fácil silenciá-lo.

Será que o que vimos realmente fora o monstro? Nunca saberíamos. Por culpa de Ellis, ninguém jamais saberia.

Capítulo Quarenta e Quatro

Segundo o Dr. McLean, meu transe irregular na verdade era hipotermia — mas, assentindo com aprovação para Mhàthair, ele declarou que agora eu fora suficientemente aquecida e escapara do perigo nesse sentido. Entretanto, afirmou que, por ter engolido água, eu estava com pseudopneumonia e que o importante agora era evitar que ela se transformasse numa pneumonia verdadeira, coisa que em poucas horas seria letal. Retirou um frasco com um líquido verde intenso da sua maleta e pousou-o sobre a cômoda.

— Isto contém um expectorante. Ela precisa tossir toda a água para fora.

— E óleo de castor? Não precisa tomar? — perguntou Anna, ansiosamente.

O médico fez que não.

— Receio que não irá ajudar em nada.

Anna inspirou ruidosamente entre os dentes, desesperada.

Ao longo da noite, minha temperatura subiu e desceu — ora eu ardia em febre, ora ficava fria como gelo em questão de segundos. Era assolada por surtos de tosses violentas, e, entre um e outro, sempre que eu respirava, sentia como se meus pulmões estalassem. Estava completamente à mercê do meu próprio corpo.

Agarrava as cobertas para me cobrir, implorando para alguém colocar mais lenha na lareira, e logo em seguida atirava todos os cobertores para longe, conseguindo às vezes até mesmo os lançar ao chão. Mhàthair então os recolocava com calma e gentileza.

Ela ia e vinha trazendo emplastros, alternando uma pasta de cebola e vinagre com outra de mostarda. Quando o calor insuportável aumentava dentro de mim, eu atirava todos eles para longe. Ela os substituía com a mesma atitude paciente com que recolocava os cobertores. Pairava por perto, fazendo coisas misteriosas, assemelhando-se mais a um par de mãos competentes ou a um conjunto de dedos hábeis do que a Mhàthair, uma pessoa de verdade.

Angus não saiu do meu lado. Quando eu transpirava e implorava por gelo, ele enxugava a minha testa e pingava gotinhas de água na minha língua. Quando meu corpo se retorcia de frio, ele enfiava as cobertas embaixo de mim e acarinhava meu rosto. Não houve nem um instante em toda aquela noite em que eu não abrisse os olhos e imediatamente visse seu rosto.

Em um momento de madrugada, eu estava tão febril que meu queixo doía de tão endurecido. Angus pousou a mão na minha testa e olhou para mim, alarmado.

Mhàthair também sentiu minha temperatura e saiu apressada do quarto. Angus afastou os cobertores e segurou meu corpo inerte para subir a minha camisola por cima da cabeça. Então, torceu compressas de água gelada e colocou-as sobre minha pele pegajosa.

Minutos depois, Mhàthair retornou. Os dois apoiaram meu corpo e me obrigaram a beber alguma espécie de chá. Tinha sido adoçado com bastante mel, mas mesmo assim senti o gosto amargo por trás. Enquanto eles me acomodavam novamente na cama, deslizei para uma escuridão tão profunda quanto a do lago. No instante imediatamente anterior a tudo desaparecer, uma moça de olhos tristes apareceu na minha frente. Estava flutuando, o vestido e os cabelos boiavam ao seu redor. Eu soube instintivamente que era Màiri. Ela murmurou algo para mim e levantou os braços, mas, antes que eu pudesse distinguir o que dizia, ela e tudo mais desapareceram.

Depois disso só me lembro de acordar sem saber direito onde eu estava. Pisquei algumas vezes e me vi olhando para os olhos azuis de Angus. Ele havia arrastado a poltrona até o lado da cama.

Do outro lado, Mhàthair estendeu o braço e pousou a mão na minha testa.

— A febre abaixou, graças aos céus — disse ela. — Ela conseguiu.

Angus fechou os olhos por um instante, depois levantou a minha mão e a beijou.

— Nunca mais me assuste desse jeito de novo, *mo chridhe*. Pensei que tivesse perdido você, e esse lago já me fez perder o suficiente.

Embora a febre tivesse baixado, eu não me encontrava em condições de sair da cama. A tosse era exaustiva e fonte de grande sofrimento.

Anna tricotava ao lado da lareira e eu descansava os olhos quando alguém bateu à porta.

— Toc, toc — disse Hank. — Pode receber visitas?

— Eu diria que não! — exclamou Anna, severa. — Não nesse estado.

— Desculpe, não brinquei por mal. Por favor, Maddie... posso ter uma palavrinha com você? A sós?

— Ela ainda está se recuperando, seu tonto! — disse Anna. — Seja lá o que for, vai ter de esperar.

— Tudo bem — sussurrei. Eu estava quase afônica de tanto tossir.

Anna encarou Hank por alguns segundos e depois ergueu os dedos espalmados de uma das mãos.

— Cinco minutos — declarou. — E nem um minuto a mais. Vou esperar no corredor.

Ela colocou o tricô no chão e saiu, dirigindo um olhar congelante a Hank ao passar.

Ele permaneceu parado, constrangido, remexendo as mãos, como se não soubesse direito o que fazer com elas. Tive medo de que acendesse um cigarro. Por fim, rodeou a cama, sentou-se na poltrona, cruzou as pernas e ficou olhando fixamente para a prateleira da lareira.

— Ele tentou mesmo afogar você? — perguntou, por fim. — Quero dizer, você tem certeza disso?

Somente depois de dizer aquelas palavras é que ele me olhou. Eu o encarei fixamente. Ele abaixou os olhos e respirou fundo.

— Olhe — disse. — Eu sei que isso não muda o que aconteceu, mas decidi enviar um telegrama ao coronel. Vou contar a ele que Ellis mentiu sobre o daltonismo. Existem exames, sabe. Não é possível fingir para sempre.

Após um instante, perguntei:

— Por quê? Vingança?

— Porque ele merece! Porque, além do que ele quase conseguiu fazer com você cirurgicamente, ele tentou te matar! E destruiu as imagens! E por causa dele eu perdi Violet! Por causa dele eu perdi tudo, provavelmente até mesmo você! — Ele abaixou a cabeça e pressionou os dedos nos cantos dos olhos, como se prestes a chorar.

Eu o observei, sem a menor comoção.

— Não foi por causa dele que você perdeu Violet — falei. — Você agiu de modo tão terrível com ela quanto comigo.

Ele parou de tentar chorar e me encarou.

— O quê?

— Eu sei de tudo, Hank.

— Bem, é evidente que não sabe. Do que você está falando?

— O que foi que você escolheu, cara ou coroa? — perguntei. — E o mais importante: você ganhou ou perdeu?

Ele arregalou os olhos e ficou me encarando por um longo tempo, sem piscar.

— Meu Deus, Maddie. Não sei nem o que dizer.

— Acho que prefiro que você não diga nada mesmo.

Anna voltou a entrar no quarto.

— Bob Policial está lá embaixo — declarou ela. — Disse que precisa falar com vocês dois imediatamente e, já que o assunto não pode esperar e que Maddie não pode descer, pediu para perguntar se tudo bem ele subir até aqui, embora eu tenha deixado bem claro que não é nada decente e que eu não ficaria nem um pouco surpresa se você dissesse que não.

— Tudo bem, não tem problema — falei. — Pode pedir a ele que suba.

Tentei manter a calma, mas a adrenalina correu pelo meu corpo. E se ele tivesse vindo avisar que Ellis fugira?

Angus e Anna conduziram Bob até o quarto.

Ele ficou parado ao pé da minha cama, segurando o boné de policial.

— Sra. Hyde — disse, assentindo em sinal de cumprimento. — Está se sentindo um pouquinho mais disposta? Angus me informou que a senhora passou bastante mal à noite.

— Sim, obrigada. Acho que estou melhorando — afirmei, embora o esforço de falar tenha desencadeado uma crise de tosse. Rolei de lado e Anna correu para dar tapas nas minhas costas.

Bob esperou até eu terminar e Anna me acomodar numa posição sentada novamente.

— Eu sinto muitíssimo mesmo por ser obrigado a invadir sua privacidade assim, mas receio que aconteceu um problema.

— Que tipo de problema? — perguntou Angus, e, pela nuvem em seu rosto, percebi que chegara à mesma conclusão que eu.

— Não é o que estão pensando — disse Bob. Ele olhou para seus sapatos por um instante e depois encarou Hank abertamente. — Sr. Boyd, aconteceu alguma espécie de... altercação na margem do lago?

— Óbvio, eu dei uma surra nele.

— Mas ele estava... consciente da última vez em que o viu?

— Estava meio bambo, mas definitivamente consciente. Choramingando e ameaçando, inclusive.

— Sim. Bem — disse Bob, torcendo o boné. — Acontece que, quando voltei para fazer a detenção, encontrei o suspeito falecido.

Angus veio imediatamente para o meu lado e pousou a mão em meu ombro. Eu levantei a mão e apertei a dele com força.

— O quê? Como? — inquiriu Hank.

— Tudo indica que se afogou em cinco centímetros de água — informou Bob. — Nunca vi nada igual. O rosto estava emborcado na margem do lago, mas o resto do corpo nem sequer tinha se molhado.

Hank deu uma risada amarga.

— Provavelmente ele estava se fingindo de morto para escapar da prisão. Ele seria bem capaz de rebaixar-se a esse nível, acredite em mim.

— Não há a menor dúvida de que está morto. O corpo já se encontra no necrotério de Inverness. Então a questão agora é como isso aconteceu.

O rosto de Hank foi se contorcendo numa expressão de pânico quando entendeu as implicações. Ele deu um pulo da poltrona.

— Meu Deus do céu, você não pode estar pensando que fui eu que o matei! — exclamou. — Ele estava cambaleando quando eu fui embora, juro! Deve ter caído logo em seguida. Eu só dei um tapa nas duas orelhas dele ao mesmo tempo! Só isso!

Hank se virou para me encarar, com um olhar desesperado e os punhos fechados.

— Maddie! Conte para ele! Pelo amor de Deus; você *sabe* que eu não seria capaz de matar Ellis! *Conte para ele!*

— É verdade — falei. — Hank jamais seria capaz de matar Ellis. Eles fazem parte de uma mesma pessoa.

Hank olhou para mim, alterado.

Bob esfregou o queixo por algum tempo, pensativo.

— Bem, dadas as circunstâncias... e é a primeira vez que isso me acontece... suponho que seja possível arquivar o caso como afogamento acidental... desde que não haja nenhuma objeção da parte da família.

Ele lançou-me um olhar indagador. Depois de alguns segundos, abaixei a cabeça em sinal de assentimento. Angus apertou meu ombro e eu segurei seus dedos com mais força ainda.

Bob respirou fundo.

— Bem, nessas circunstâncias, não tenho certeza do que seria o certo a dizer. E, apesar de saber que isso tudo é muito repentino, receio que a senhora terá de começar a pensar nas providências práticas. Por favor, avise-me se eu puder ajudar em mais alguma coisa, qualquer coisa mesmo.

— Obrigada — falei baixinho.

Depois que Bob saiu, Hank caminhou até a porta como um sonâmbulo.

Quando a porta do quarto dele se fechou, olhei para Angus. Sabia que algo estava prestes a acontecer, mas nada poderia ter me preparado para o grito de gelar o sangue que atravessou o edifício. Abracei Angus pela cintura, esperando até aquele lamento fúnebre terrível se transformar em uma crise de choro descontrolada.

Angus segurou minha cabeça contra o seu corpo e afagou meu cabelo.

— E você, *m'eudail?* Está bem?

Assenti.

— Acho que sim. Creio que não desejaria isso a ninguém, mas, meu Deus...

— Tudo bem, *mo run geal og.* Não precisa explicar nada. Não para mim.

Segurei a mão dele e pressionei o rosto contra ela.

No quarto do fim do corredor, Hank continuava a praguejar e se lamentar de dor, mas não havia nada que alguém ali pudesse fazer. Não existia nesse mundo nem uma só alma capaz de consolá-lo, porque não fora apenas o seu coração que se partira. Ele inteiro fora partido ao meio.

Capítulo Quarenta e Cinco

Acabei resolvendo enviar Ellis de volta a sua mãe. Eu não queria comparecer ao funeral e desconfiava que, de qualquer maneira, não seria bem recebida.

Dois dias depois de Hank partir num avião com o corpo de Ellis, Angus se instalou em meu quarto e na minha cama. Deitado ao meu lado, apoiado em um dos cotovelos, afastou meus cabelos do meu pescoço e correu o dedo pela gola da minha camisola.

— Tire isso...

Quando eu voltei a me deitar, ele se inclinou sobre mim e sussurrou diretamente em meu ouvido:

— Quero casar com você, *mo chridhe.* Oficializar a situação assim que for possível.

Deu minúsculos beijinhos no meu pescoço e começou a descer. Quando tinha quase chegado na minha clavícula, segurou um pouco de carne entre os dentes. Reprimi um grito e todos os pelos do meu corpo se arrepiaram.

— Isso, claro, se você estiver disposta a aceitar um cão vira-lata como eu — disse ele, continuando a descer. Foi dando beijinhos até chegar ao meu seio esquerdo e correu a língua pelo mamilo, que se enrijeceu.

Ele levantou a cabeça.

— Mas suponho que, como não coloquei a coisa exatamente como uma pergunta, ainda preciso de uma resposta...

— Mas claro! — falei. — Eu quero ser a Sra. Grant assim que... oh!

A boca dele já começara a descer de novo.

— Na verdade — disse ele, entre um beijo e outro —, você vai se tornar a Venerável Madeline Grant, Lady de Craig Gairbh.

O que ele fez em seguida me incapacitou de responder... não com palavras, pelo menos.

Decidimos esperar algumas semanas por motivo de decência, mas para todos os propósitos e efeitos já estávamos casados a partir daquele momento. Angus passava todas as noites em minha cama, embora logo antes do nascer do dia descesse para a dele, a fim de não ofender as sensibilidades de Anna.

Pelas notícias do Front, era evidente que a guerra na Europa não duraria muito mais tempo. Cidade após cidade se rendia ou era libertada, e os alemães foram empurrados ainda mais para dentro de seu território. Viram-se acuados por todos os lados. Também já não havia mais homens para recrutar. Começaram então a alistar meninos da Juventude de Hitler de até 10 anos de idade e a realistar qualquer soldado que só houvesse perdido a perna do joelho para baixo.

A partir daí, foi como uma queda de dominós, a começar com um acontecimento no meu próprio país. O presidente Roosevelt morreu no dia 12 de abril e Harry S. Truman tornou-se o 33º Presidente dos Estados Unidos da América.

Três dias mais tarde, as forças britânicas libertaram um complexo de campos de concentração em Bergen-Belsen e, de acordo com um artigo do *The Inverness Courier*, encontraram "milhares de homens, mulheres e crianças à beira da inanição, corpos despidos empilhados a uma altura de um metro e meio ao longo de uma área de oitenta por trinta metros, canibalismo à solta, doenças e atos de crueldade indizíveis". O general Eisenhower implorou aos membros da Casa dos Comuns da Grã-Bretanha que viessem assistir "à agonia da humanidade crucificada" com seus próprios olhos, porque "nenhuma palavra seria capaz de descrever este horror".

No dia 16 de abril, o mesmo dia em que os russos iniciaram outra gigantesca ofensiva, um Adolf Hitler nas raias do desespero ordenou seu "confronto final", ordenando que as tropas prendessem imediatamente qualquer soldado ou oficial que desse ordens de bater em retirada, independentemente do seu escalão, e que, caso necessário, os executassem, porque, mesmo estando vestidos com o uniforme alemão, provavelmente deviam ter sido corrompidos pelo dinheiro russo. Assim disse ao seu exército: "Nesta hora solene, toda a nação alemã volta os olhos para vocês, meus soldados no Leste, e espera que pela sua fé, pelos seus braços e pela sua liderança o massacre bolchevista seja afogado num banho de sangue."

Doze dias mais tarde, Mussolini e sua amante foram executados pela artilharia depois de tentarem fugir para a Suíça. Seus corpos foram então pendurados de cabeça para baixo em ganchos de carne na Piazzale Loreto. Uma mulher aproximou-se e gritou: "Cinco tiros pelo assassinato de meus cinco filhos!" e atirou cinco vezes no cadáver já destroçado de Mussolini.

No dia seguinte, 29 de abril de 1945, o exército americano libertou Dachau, o primeiro campo de concentração erigido pelos alemães e um dos últimos a ser libertado. Ao chegarem, os americanos encontraram trinta vagões de carvão repletos de cadáveres em estágio de decomposição. No campo, descobriram aproximadamente trinta mil sobreviventes desnutridos, que continuaram morrendo a uma taxa de centenas por dia porque seus organismos estavam fracos demais para aceitar qualquer alimento.

No dia 30 de abril, os russos tomaram Berlim e levantaram a bandeira soviética sobre o Reichstag. No seu *bunker*, enquanto a batalha se desenrolava violentamente sobre suas cabeças, Adolf Hitler e Eva Braun envenenaram a si mesmos e a seus cachorros, e a seguir Hitler matou-se com um tiro na cabeça.

Nós nos reunimos em torno do rádio naquela noite, ofegantes. Era quase demais para acreditar. Até que enfim: depois de mais devastação, crueldade e frio desrespeito pela vida humana do que qualquer pessoa seria capaz de conceber, as hostilidades pareciam ter chegado ao fim. E chegaram mesmo, mas o fim da guerra só foi oficializado dali a uma semana, quando todos os remanescentes do exército alemão renderam-se incondicionalmente.

Quando por fim foi declarado o Dia da Vitória, a comemoração coletiva deu origem a um caos. As pessoas arrancavam as cortinas de Blecaute das janelas e as incendiavam nas ruas, sirenes tocavam e sinos de igreja não paravam de bater, desfiles da vitória se transformavam em enlouquecidas festas improvisadas, pessoas dançavam e cantavam, estranhos faziam amor nos arbustos dos acostamentos das estradas, fogueiras eram acesas em todas as partes e gaitas de foles tocavam triunfantemente em todos os morros a noite inteira.

Às dez horas da manhã do dia seguinte, eu e Angus nos casamos. No dia seguinte, Anna e Willie fizeram o mesmo.

Capítulo Quarenta e Seis

Algumas semanas depois de nosso casamento, notei que sem dizer palavra alguma Angus havia substituído a pedra tumular que continha seu nome por outra que não o continha. Dessa vez fui eu que se ajoelhou e traçou com os dedos os nomes de Màiri e sua filha, deixando ali o punhado de jacintos que eu recolhera na Cobertura.

Sabendo que só havia prestado homenagem a um dos túmulos, fui até o portão que dava para o lago. No caminho, apanhei mais flores, e, depois de colocá-las na margem, olhei para a superfície negra brilhante do lago e me perguntei o que, exatamente, teria acontecido conosco ali. Teria sido Màiri? O monstro? Ou algo completamente distinto?

O monstro — se é que havia um — jamais se revelou novamente para mim. Contudo, se eu aprendera algo no ano anterior, é que há monstros em toda parte, em geral à plena vista.

Quando Angus perguntou se eu estava pronta para ver minha nova casa, respondi que sim, claro, desde que ele tivesse certeza de que o exército já removera todas as minas terrestres. Ele gargalhou alto quando lhe contei sobre o dia em que fui até ali espiar e de como eu havia fugido, e me disse que nunca existira mina nenhuma — as placas serviam para afastar os civis e fazer os soldados permanecerem. A munição, contudo, era verdadeira.

— Que me diz? — perguntou ele, depois que viramos a curva e chegamos à trilha ladeada de carvalhos. O arame farpado e os abrigos Nissen não estavam mais lá e, portanto, foi a primeira vez que consegui ver o Casarão em toda a sua inteireza.

Angus passara o braço em torno do meu ombro e me olhava cheio de expectativa.

— Oh, Angus! — exclamei, saltitando na frente dele. — É magnífica! Está trancada?

— Acho que não — disse ele, depois riu quando saí correndo.

As portas duplas eram imensas e repletas de cravos de metal de alto a baixo. A entrada era tomada por vinhas e galhos entalhados, do frontão até quase o chão. Logo acima, havia um gigantesco brasão de armas, e, no alto, sobre um friso de cavalos flanqueando um escudo, uma torre de relógio numa cúpula que Angus me disse ter sido acrescentada em 1642. Todas as janelas eram enfeitadas com entalhes, e colunas coríntias com 12 metros de altura espalhavam-se ao longo de todo o corredor entre elas.

Quando atravessei as portas de entrada e me vi diante de uma vasta galeria de vários andares, fiquei sem fôlego. Gerações e mais gerações de poderosos Grants me observavam das paredes cobertas de painéis de carvalho, as molduras que os continham separadas por filetes dourados. A maioria deles era loira; todos tinham os mesmos olhos azuis impressionantes de Angus.

Não havia um único cômodo no térreo que não apresentasse um teto elaboradamente trabalhado com gesso, quase sempre pintado ou com borda de ouro. Cada pequeno detalhe se revelava maravilhoso — dos candelabros ornamentados às tapeçarias medievais do "armário de curiosidades" que um dia pertenceu a Luís XIV. Os móveis estofados me pareceram estranhamente surrados, até Angus explicar que datavam do início dos anos 1700 e que o veludo era original.

Tentei imaginar a reação do coronel ao entrar ali pela primeira vez, anos atrás. Quando olhou para os retratos de seus parentes, teriam suas fantasias de encontrar o monstro aumentado a ponto de englobarem desejos de tornar-se o lorde daquele castelo? Durante a sua estadia, enquanto abusava das criadas, imitava o sotaque da classe alta britânica e encomendava seus ternos de *tweed*, teria ele secretamente contado quantos Grants homens haveria entre ele e o título?

Para mim, não restava a menor dúvida. E Ellis provavelmente fizera o mesmo.

Embora a guerra tivesse terminado, a Europa continuava imersa no caos. Havia falta de comida e crises nos transportes, um número surpreendente de refugiados vagava de cidade em cidade, tropas alemãs rendiam-se em massa, centenas de milhares de prisioneiros eram libertados e inúmeros soldados feridos agora enfrentavam a perspectiva de tentar reconstruir a própria vida.

Nunca esqueci os homens feridos a bordo do SS *Mallory*, principalmente o soldado que sustentara o meu olhar. Ele havia aberto os meus olhos, despertara-me para uma realidade que eu, de certa maneira, havia conseguido evitar até então. Enquanto Ellis e Hank andavam por aí como se não existisse preocupação alguma neste mundo, homens como aquele soldado queimado, Angus e os irmãos de Anna sacrificaram tudo para salvar o resto de nós. Eu desejava retribuir de alguma maneira.

Quando contei a Angus o que tinha em mente, ele me abraçou sem dizer nada.

E assim os planos foram feitos. Ao longo dos anos seguintes, o casarão em Craig Gairbh serviria de hospital para acolher os soldados feridos de guerra.

Epílogo

Em dois meses, camas de hospital e biombos portáteis já tomavam conta dos corredores e do salão de baile do Casarão. A Sala de Estar da Ala Leste foi transformada em sala de cirurgia, e o Salão Principal, em ala de queimados. Junto com Conall, nós nos mudamos para os aposentos dos criados, que se localizavam no andar superior, e, pouco tempo depois, Meg juntou-se a nós, ao decidir virar enfermeira.

Os pacientes me deixavam ao mesmo tempo arrasada e impressionada. Vi quando um sargento de 47 anos de idade, que recentemente ficara cego e ainda aprendia a caminhar com a ajuda de uma bengala, sentiu pela primeira vez as pétalas de uma peônia e, em seguida, enterrou o rosto na flor. Segurei a mão de um rapaz que ainda não tinha 20 anos de idade quando ele gritou de frustração após colocar sua prótese pela primeira vez. Torcia animada durante as frequentes corridas de cadeiras de rodas que eram realizadas no Salão Principal. A biblioteca fora transformada em salão de jogos. Todas as manhãs, um soldado incansável de 22 anos, cuja coluna e braço esquerdo haviam sido esmigalhados, fazia com que um de nós o levasse na cadeira de rodas até a biblioteca e depois passava o dia inteiro derrotando qualquer um que se atrevesse a desafiá-lo para uma partida de xadrez.

Eu me solidarizava com esses homens, e centenas de outros como eles, que passavam por nossa casa e nossas vidas. Para mim, era um consolo ver que encontravam algum alívio nos jardins ou refrescavam-se à sombra da fonte.

Meg fazia sucesso entre os soldados e casou-se com um jovem oficial que também era de Clydebank no Dia de São Valentim do ano seguinte — evento que, pelo mais feliz dos motivos, nem eu nem Angus pudemos presenciar. Entrei em trabalho de parto na noite anterior e, assim, inesperadamente, o Dia de São Valentim foi redimido.

Dois de nossos filhos nasceram naquela época, para grande alegria dos soldados. Depois de tanto horror, morte e desespero, os bebês representavam a afirmação de vida mais verdadeira possível.

Vida. Era isso. Em toda a sua bela e trágica fragilidade, ainda existia vida, e aqueles de nós que haviam tido sorte o bastante para sobreviver abriam os braços para recebê-la.

Nota da Autora

Agora as advertências de sempre a respeito de escrever uma obra de ficção baseada em fatos reais:

Eu me apropriei de alguns trechos da história das aparições do monstro. Em especial, transformei a "Foto do Cirurgião" na "Foto do Coronel" e recriei completamente o acontecimento descrito pelo oficial da Royal Observer Corps. A planta da British Aluminum em Foyers foi de fato bombardeada durante a guerra, porém ao meio-dia e não à noite, e em fevereiro de 1941, não em janeiro de 1945. De maneira similar, embora eu tenha procurado ser fiel aos fatos relativos à criação da Brigada de Serviços Especiais, o Castelo de Achnacarry só se tornou "Castle Commando" em 1942.

Embora eu não os tenha ficcionalizado, os dados e cifras relacionados a algumas das batalhas e certamente aos campos de extermínio aparecem de modo inexato no livro porque tive de baseá-los nas informações disponíveis para os meus personagens, ou seja, limitam-se às transmissões noturnas da BBC e ao que era divulgado no *The Inverness Courier* naquela época. Somente depois de anos as verdadeiras cifras e a real magnitude da verdade viriam à tona e, como sabemos hoje, são ainda mais difíceis de compreender do que as que tanto horrorizaram Maddie.

Agradecimentos

Não sei se escrever enlouquece as pessoas ou se as pessoas loucas são atraídas para a escrita, mas eu não poderia ter escrito este livro sem a ajuda das seguintes pessoas sãs com quem tenho uma dívida eterna de gratidão:

A meu marido, Bob, meu Rochedo de Gibraltar: sem seu apoio e crença constante em mim, nada disso teria sido possível e com certeza eu não conseguiria seguir em frente.

Aos meus filhos, Benjamin, Thomas e Daniel, rapazes adoráveis e incrivelmente bem ajustados apesar de terem a mim como mãe.

A Hugh Allison e Tony Harmsworth. Sinto como se uma mão invisível tivesse me guiado até vocês. Ambos, especialistas na Escócia durante a Segunda Guerra e no monstro do Lago Ness, apresentaram uma disposição nada menos que heroica em responder às minhas intermináveis perguntas ao longo dos anos.

Aos familiares de Hugh, que me convidaram para conversas ao lado da lareira e (para o bem ou para o mal) nunca deixaram meu copo esvaziar: Hughie e Chrissie Campbell, Donnie e Joan Macdonald, Jock Macdonald e Alasdair Macdonald, obrigada a cada um de vocês pela hospitalidade e por compartilharem comigo lembranças e recordações.

Às pessoas que moraram em Glenurquhart durante a guerra e foram generosas o bastante para compartilhar suas experiências: Duncan MacDonald, Angus MacKenzie, Jessie (Nan) Marshall, William Ross e Bonita Spence.

A Lady Munro de Foulis, por me convidar a visitar o Castelo Foulis para conversar sobre suas experiências na WAAF (Women's Auxiliary Air Force, a Força Aérea Auxiliar Feminina) e por permitir que eu fuçasse com a minha câmera a cozinha original do castelo.

A Siobhan McNab, pelo seu trabalho arquivístico providencial e minucioso; a Fiona Marwick, do West Highland Museum em Fort William; e a Sheila Gunn por fornecer as traduções dos termos em gaélico.

A minhas críticas de confiança Karen Abbott, Joshilyn Jackson e Renee Rosen, que no mínimo uma vez me estimularam a não entregar os pontos, ou então, se eu já tivesse desistido, puxavam-me de volta à vida. Não consigo mais contar a quantos livros sobrevivemos coletivamente.

Eu seria negligente se também não enviasse um grito carinhoso de agradecimento a meu querido amigo David Verzello, que largava tudo o que estava fazendo para ler este livro sempre que eu lhe pedia — o que era frequente.

E um agradecimento bastante especial a Emma Sweeney, minha agente maravilhosa; a Cindy Spiegel, minha editora extraordinária; e a Gina Centrello e toda a equipe da Random House. Vocês têm tanto uma paciência de Jó quanto uma compreensão aguda do processo criativo e, com mão segura, mas gentil, ajudaram a transformar este livro na sua melhor versão possível. Também sou eternamente grata a Lisa Highton, minha editora na Two Roads Books, que acreditou nesta obra desde o princípio.

A Cindy, especificamente: a vida me atirou várias armadilhas nos últimos anos e é impossível colocar em palavras a gratidão que sinto por você ter permanecido ao meu lado. Se eu não tivesse plena certeza do seu apoio, não sei se seria capaz de atravessar tudo isso. Obrigada.

Impresso no Brasil pelo
Sistema Cameron da Divisão Gráfica da
DISTRIBUIDORA RECORD DE SERVIÇOS DE IMPRENSA S.A.
Rua Argentina 171 – Rio de Janeiro, RJ – 20921-380 – Tel.: (21) 2585-2000